怪談牡丹燈籠・怪談乳房榎

三遊亭円朝

目次

怪談牡丹燈籠

序

およそありのままに思うこころを言い表わしうる者は知らず知らずいと巧妙なる文をものして自然に美辞の法《のり》にかなうとスペンサーの翁《おきな》は言いけり。まことなるかなこのことばや。このごろ詼談師《かいだんし》三遊亭の叟《おじ》が口演《くえん》せる牡丹燈籠《ぼたんどうろう》となん呼びなしたる仮作譚《つくりものがたり》を速記という法を用いてそのままに写し取りて草紙となしたるを見はべるに通篇俚言《りげん》俗語のことばのみを用いてさまで華《はな》あるものとも覚えぬものから句ごとに文ごとにうたた活動する趣ありてさながらまのあたり萩原某《はぎわらそれ》に面合《おもてあ》わするがごとくお露の乙女にあい見る心地す。相川某《あいかわそれ》のそそっかしき、義僕孝助のまめやかなる、読み来たればわれ知らずあるいは笑いあるいは感じてほとほとまことのこととも思われ、つくりものとは思わずかし。これはた文の妙なるによるか。しかりまことにその文の巧妙なるにはよるといえどもかの円朝の叟のごときはもと文壇の人にあらねば操觚《そうこ》を学びし人とも覚えず。しかるをなおよくかくのごとく一吐《いっと》一言《いちげん》文をなして、かの為永《ためなが》の翁を走らせ、かの式亭《しきてい》の叟をあざむくこの好稗史《こうはいし》をものすることといといぶかしきに似たりといえども、また退いて考うれば、ひとえに叟の述ぶるところの深く人情の髄をうがちてよく情合いを写せばなるべく、ただ人情の皮相を写して死したるがごとき文をものして婦女童幼に媚《こ》びんとする世の浅劣なる操觚者流はこの燈籠《とうろう》の文を読みて円朝叟に恥じざらめやは。いささか感ぜしところを述べて序を乞《こ》わるるまま記して与えつ。

春のやおぼろ
しるす

序

孔子《こうし》は怪力乱神《かいりよくらんしん》を語《かた》らずといいたまえども左伝《さでん》には多く怪異の事を載せたり。また中庸《ちゅうよう》に国家将《まさ》に興《おこ》らんとすれば禎祥《ていしょう》有《あ》り国家《こっか》将《まさ》に亡《ほろ》びんとすれば妖孽《ようげつ》ありと言うを見れば世の中には不可思議無量の事なしと言いがたし。ことに仏家の書には奇異の事を出《いだ》しこれを方便となし神通となして衆生を済度の法《のり》とせり。この篇に説くところの怪事もまた凡夫の迷いを示して凡夫の迷いを去り正しき道に入らしむるのしおりとするためなれば事の虚実はとまれかくまれ作者の心を用うるところの深きを知るべし。

古道人

序詞

文字よく人の言語を写すといえども、ただその意義を失わずしてこれを文字にとどむるのみ。その活発なる説話の片言隻語《へんげんせきご》を漏らさずこれを収録して文字にとどむることあたわざるは、わが国に言語直写の速記法なきがためなり。予これを憂うること久し、よりて同志とともにその法を研究すること多年、一の速記法を案出して、しばしばこれを試み講習の功ついに言語を直写してその片言隻語を誤らず、その筆記を読んでその説話を親聴《しんてい》するの感あらしむるに至りしをもって、議会、演説、講義等直写の筆記を要する会席に聘《へい》せられ、これを実際に試みすこぶる好評を得たり。よりてますますこの法を拡張して世を益せんことを謀《はか》るにあたり、かつて稗史《はいし》小説の予約出版を業とする東京稗史出版社の社員来たっていわく、有名なる落語家《はなしか》三遊亭円朝子の人情話はすこぶる世態をうがち、喜怒哀楽よく人をして感動せしむること、あたかもその現況に接するごとく非常の快楽を覚ゆるものなれば、予が速記法をもってその説話を直写し、これを冊子となしたらんには、最も愉快なる小説を得るのみならず、従って予が発明せる速記法の便益にして必要なることを世に示すの捷径《しょうけい》たるべしと、その筆記に従事せんことを勧む。予喜んで会員酒井昇造氏とともに円朝子が出席する寄席に就《つ》き請《こ》うて楽屋に入り、速記法をもって円朝子が演ずるところの説話をそのままに直写し片言隻語を改修せずして印刷に付せしはすなわちこの怪談牡丹燈籠なり。これは有名なるシナの小説より飜案《ほんあん》せし新奇の怪談にして、すこぶる興あるのみか勧懲《かんちょう》に裨益《ひえき》ある物語にてつねに聴衆の喝采を博せし子が得意の人情話なれば、その説話を聞く、あたかもその実況を見るがごとくなるを、従って聞けば従って記し、片言隻語を漏らさず、子が笑えば筆記も笑い、子が怒れば筆記も怒り、泣けば泣き喜べば喜び、嬢子《じょうし》の言は優にして艶に、傖夫《そうふ》の語は鈍にしてなまる等、いわゆる言語の写真法をもって記したるがゆえ、その冊子を読む者はまた寄席において円朝子が人情話を親聴するがごとき快楽あるべきを信ず。もってわが速記法の功用の著大なるを知りたまうべし。ただしその記中往々文体を失し、抑揚そのよろしきを得ず、通読に便ならざるところありて、尋常小説のごとくならざるは、すなわち其調をなさざる言語を直写せし速記法たるゆえんにして、わが国の説話の語法なきを示し、もって将来わが国の言語上に改良を加えんと欲する遠大の目的をいだくものなれば、看客幸いにこれを諒《りょう》して愛読あらんことを請う。

若林玵蔵識

一

寛保《かんぽう》三年の四月十一日、まだ東京を江戸と申しましたころ、湯島天神の社《やしろ》にて聖徳太子の御祭礼をいたしまして、その時たいそう参詣《さんけい》の人が出て群集《ぐんじゅ》雑踏を極めました。ここに本郷三丁目に藤村屋《ふじむらや》新兵衛《しんべえ》という刀屋がございまして、その店先にはよい代物が並べてあるところを、通りかかりました一人のお侍は、年のころ二十一、二ともおぼしく、色あくまでも白く、まゆげ秀で、目元きりりっとして少しかんしゃく持ちとみえ、鬢《びん》の毛をぐうっとつり上げて結わせ、りっぱなお羽織にけっこうなお袴《はかま》を着け、雪駄をはいて前に立ち、うしろに浅葱《あさぎ》の法被《はっぴ》に梵天帯《ぼんてんおび》を締め、真鍮《しんちゅう》巻きの木刀を差したる中間《ちゅうげん》が付き添い、この藤新《ふじしん》の店先へ立ち寄って腰をかけ、並べてある刀をながめて、

侍「亭主や、そこの黒糸だか紺糸だかしれんが、あの黒い色の柄《つか》に南蛮鉄の鍔《つば》が付いた刀はまことによさそうな品だな、ちょっとお見せ」

亭「へいへい、こりゃお茶を差し上げな、きょうは天神の御祭礼でたいそうに人が出ましたから、さだめし往来はほこりでさぞお困りあそばしましたろう」

と刀のちりを払いつつ、

亭「これは少々こしらえが破《や》れておりまする」

侍「なるほど少し破れておるな」

亭「へい、中身《なかご》はずいぶんお用いになりまする。へい、お差し料になされてもお間に合いまする。お中身もお性《しょう》もたしかにお堅いお品でございまして」

と言いながら、

亭「へい、ごらんあそばしませ」

と差し出すを、侍は手に取って見ましたが、まえにはよくお侍様が刀を召す時は、刀屋の店先で引き抜いて見ていらっしゃいましたが、あれはあぶないことで、もしお侍が気でも違いまして抜き身を振り回されたら、ほんとうにけんのんではありませんか。いまこのお侍もほんとうに刀を見るおかたですから、まず中身の反りぐあいから焼曇《おち》のありなしより、差表差裏《さしおもてさしうら》、鋩尖《ぼうしさき》なにやかや吟味いたしまするは、さすがにお旗本の殿様のことゆえ、なみなみの者とは違います。

侍「とんだよさそうな物。拙者の鑑定するところでは備前物のように思われるがどうじゃな」

亭「へい、よいお目ききでいらっしゃいまするな。恐れ入りました。仰せのとおり、私ども仲間の者も天正助定《てんしょうすけさだ》であろうとの評判でございますが、惜しいことにはなにぶん無銘にて残念でございます」

侍「御亭主や、これはどのくらいするな」

亭「へい、ありがとう存じます、お掛け値は申し上げませんが、ただいまも申しますとおり銘さえございますれば多分の値打《ねう》ちもございますが、無銘のところで金十枚でございます」
侍「なに十両とか、ちっと高いようだな、七枚半には負からんかえ」
亭「どういたしまして、なにぶんそれでは損がまいりましてへい、なかなかもちましてへい」
としきりに侍と亭主と刀の値段の掛け引きをいたしておりますと、うしろのかたで通りかかりの酔っ払いが、この侍の中間を捕えて、「やいなにをしやあがる」と言いながらひょろひょろとよろけてはたとしりもちをつき、ようやく起き上がって額でにらみ、いきなりげんこつをふるい丁々《ちょうちょう》と打たれて、中間は酒のとがと勘忍してさからわず、大地に手をつき首《こうべ》を下げて、しきりにわびても、酔っ払いは耳にもかけずたけり狂って、なおも中間をなぐりおるを、侍はと見れば家来の藤助だから驚きまして、酔っ払いに向かい会釈をなし、
侍「なにを家来めが無調法をいたしましたか存じませんが、当人に成り代わり私がおわび申し上げます。なにとぞ御勘弁を」
酔「なにこいつはそのほうの家来だと。けしからん無礼なやつ、武士の供をするなら主人のそばに小さくなっておるが当然。しかるになんだ、天水桶《てんすいおけ》から三尺も往来へ出しゃばり、通行の妨げをして拙者を突き当たらせたから、やむをえず打擲《ちょうちゃく》いたした」
侍「なにもわきまえぬ者でございますればひとえに御勘弁を。てまえ成り代わっておわびを申し上げます」

酔「いまこのところでてまえがよろけたとこをとーんと突き当たったから、犬でもあるかと思えばこの下郎めがいて、地べたへひざを突かせ、見なさるとおりこれこのように衣類を泥だらけにいたした。無礼なやつだから打擲いたしたがいかがいたした。拙者の存分にいたすからここへお出しなさい」

侍「このとおりなにもわけのわからん者、犬同様の者でございますから、なにとぞ御勘弁くだされませ」

酔「こりゃおもしろい、はじめて承った。侍が犬の供を召し連れて歩くという法はあるまい。犬同様の者なら手前申し受けて帰り、番木鼈《まちん》でも食わしてやろう。なにほどわびてもりょうけんはなりません。これ家来の無調法を主人がわぶるならば、大地へ両手を突き、重々恐れ入ったと首《こうべ》を土にたたきつけてわびをするこそしかるべきに、なんだ片手に刀の鯉口《こいぐち》を切っていながらわびをするなどとは侍の法にあるまい、なんだ、てまえは拙者を切る気か」

侍「いやこれはてまえがこの刀屋で買い取ろうと存じましてただいま中身《なかご》を見ていましたところへこの騒ぎにとりあえずまかり出ましたので」

酔「えーい、それは買うとも買わんともあなたの御勝手じゃ」

と罵るを侍はしきりにその酔狂をなだめていると、往来の人々は、

「そりゃけんかだ、あぶないぞ」

「なにけんかだとえ」

「おうさ、相手は侍だ」

「それはけんのんだな」

と言うをまた一人が、

「なんでげすねえ」

「さようさ、刀を買うとか買わないとかのまちがいだそうです。あの酔っ払っている侍がはじめ刀に値をつけたが、高くて買われないでいるところへ、こちらの若い侍がまたその刀に値をつけたところから酔っ払いは怒《おこ》り出し、おれの買おうとしたものをおれに無沙汰で値をつけたとかなんとかのまちがいらしい」

と言えばまた一人が、

「なにさそうじゃあありませんよ。あれは犬のまちがいだあね。おれの家《うち》の犬に番木鼈《まちん》を食わせたから、その代わりの犬を渡せ、また番木鼈《まちん》を食わせて殺そうとかいうのですが、犬のまちがいはむかしからよくありますよ。白井権八《しらいごんぱち》などもやっぱり犬のけんかからあんな騒動になったのですからねえ」

と言えばまたそばにいる人が、

「なにさそんなわけじゃあない、あの二人は叔父甥《おじおい》の間柄で、あの真っ赤に酔っ払っているのは叔父さんで、若いきれいな人が甥だそうだ。甥が叔父にこづかい銭をくれないというところからのけんかだ」

と言えば、またそばにいる人は、

「なーにあれは巾着切《きんちゃくき》りだ」

などと往来の人々は口に任せていろいろの評判をいたしているうちに、一人の男が申しますは、

「あの酔っ払いは丸山本妙寺中屋敷に住む人で、元は小出《こいで》様の御家来であったが、身持ちが悪く、酒色にふけり、おりおりは抜刀《すっぱぬき》などして人をおどかし乱暴を働いて市中を横行《おうぎょう》し、ある時は料理屋へ上がり込み、十分酒肴《さけさかな》に腹を太らし、勘定は本妙寺中屋敷へ取りに来いと、横柄に食い倒し飲み倒して歩く黒川孝蔵《くろかわこうぞう》という悪侍ですから、年の若いほうの人は見込まれてつまり酒でも買わせられるのでしょうよ」

「そうですか、なみたいていのものなら切ってしまいますが、あの若いほうはどうも病身のようだから切れまいねえ」

「なにあれは剣術を知らないのだろう、侍が剣術を知らなければ腰抜けだ」

などとささやくことばがちらちら若い侍の耳にはいるから、ぐっとこみあげ、癇癖《かんぺき》にさわり、満面朱を注いだるごとくになり、額に青筋を表わし、きっと詰め寄り、
侍「これほどまでにおわびを申しても御勘弁なさりませぬか」

酔「くどい。見ればりっぱなお侍。御直参《ごじきさん》かいずれの御藩中《ごはんちゅう》かは知らないが尾羽打ち枯らした浪人と侮り失礼至極、いよいよ勘弁がならなければどうする」

と言いさま、があっとたんをかの若侍の顔に吐き付けましたゆえ、さすがに勘弁強い若侍も、いまははや怒気一度に顔に現われ、

侍「おのれ下手に出ればつけあがり、ますます募る罵詈《ばり》暴行、武士たる者の面上にたんを吐き付けるとはふとどきなやつ、勘弁ができなければこうする」

と言いながらいま刀屋で見ていた備前物の柄《つか》に手がかかるが早いか、すらりと引き抜き、酔っ払いの鼻の先へぴかりと出したから、見物は驚きあわて、弱そうな男だからまだ引っこ抜きはしまいと思ったに、ぴかぴかといったから、ほら抜いたと木《こ》の葉の風にあったように四方八方にばらばらと散乱し、町々の木戸を閉じ、路地を締め切り、商人《あきんど》はみな戸を締める騒ぎにて町中《まちなか》はひっそりとなりましたが、藤新の亭主一人は逃げ場を失い、つくねんとして店先にすわっておりました。さて黒川孝蔵は酔っ払ってはおりますれども、生酔い本性違《たが》わずにて、かの若侍のけんまくに恐れをなし、よろめきながら二十歩ばかり逃げ出すを、侍はおのれ卑怯なり、口ほどでもないやつ、武士が相手にうしろを見せるとは天下の恥辱になるやつ、かえせかえせと、雪駄ばきにてあとを追い掛ければ、孝蔵はもはやかなわじと思いまして、よろめく足を踏みしめて、一刀の破《や》れ柄に手をかけてこなたを振り向くところを、若侍は得たりと踏み込みざま、えいと一声肩先を深くぷっつりと切り込む。切られて孝蔵はあっと叫び片ひざをつくところをのしかかり、えいと左の肩より胸元へ切り付けましたから、斜《はす》に三つに切られてなんだか亀井戸《かめいど》のくずもちのようになってしまいました。若侍はすぐとりっぱにとどめを刺して、血刀をふるいながら藤新の店先へ立ち帰りましたが、もとより切り殺すりょうけんでございましたから、ちっとも動ずるけしきもなく、わが下郎に向かい、侍「これ藤助、その天水桶の水をこの刀にかけろ」
と言いつければ、さいぜんより震えておりました藤助は、
藤「へい、とんでもないことになりました。もしこのことから大殿様のお名前でも出ますようのことがございましてはあいすみません。もとはみんな私から始まったこと、どういたしてよろしゅうございましょう」
と半分は死人の顔。
侍「いや、さように心配するには及ばぬ。市中を騒がす乱暴人、切り捨てても苦しくないやつだ。心配するな」
と下郎を慰めながら泰然として、あっけに取られたる藤新の亭主を呼び、
侍「こりゃ御亭主や、この刀はこれほど切れようとも思いませんだったが、なかなか切れますな、よほどよく切れる」
と言えば亭主は震えながら、
亭「いやあなた様のお手がさえているからでございます」
侍「いやいやまったく刃物がよい。どうじゃな、七両二分に負けてもよかろうな」
と言えば藤新はかかりあいを恐れ、
亭「よろしゅうございます」
侍「いやおまえの店にはけっして迷惑はかけません。とにかくこのことをすぐに自身番に届けなければならん。名札を書くからちょっとすずり箱《ばこ》を貸してくれろ」

と言われても、亭主はおのれのそばにすずり箱のあるのも目に入らず、震え声にて、小僧やすずり箱を持ってこいと呼べど、家内の者はさきの騒ぎにいずれへか逃げてしまい、一人もおりませんから、ひっそりとして返事がなければ、

侍「御亭主、おまえはさすがに御渡世柄だけあってこの店をちょっとも動かず、自若《じじゃく》としてござるは感心なものだな」

亭「いえなに、おほめで恐れ入ります。さきほどからはや腰《こし》が抜けて立てないので」

侍「すずり箱はおまえのわきにあるじゃあないか」

と言われてようよう心づき、すずり箱をかの侍の前に差し出すと、侍はすずり箱のふたを押し開きて筆を取り、すらすらと名前を飯島平太郎《いいじまへいたろう》と書き終わり、自身番に届けおき、牛込のお屋敷へお帰りになりまして、この始末を、御親父飯島平左衛門《へいざえもん》様にお話を申し上げましたれば、平左衛門様はよく切ったと仰せありて、それからすぐにお頭たる小林権太夫《ごんだゆう》殿へお届けに及びましたが、させるおとがめもなく切り徳切られ損となりました。

二

さて飯島平太郎様は、お年二十二の時に悪者を切り殺してちっとも動ぜぬ剛気の胆力でございましたれば、お年を取るに従い、ますます知恵が進みましたが、そののち御親

父様には亡くなられ、平太郎様には御家督を御相続あそばし、御親父様の御名跡をおつぎあそばし、平左衛門と改名され、水道端《すいどうばた》の三宅《みやけ》様と申し上げますするお旗本から奥様をお迎えになりまして、ほどなく御出生《ごしゅっしょう》のお女子《によし》をお露《つゆ》様と申し上げ、すこぶる御器量よしなれば、御両親はたなぞこの玉とめで慈しみ、あとにお子供ができませず、一粒種のことなればなおさらに撫育《ひそう》されるうち、ひまゆく月日に関守りなく、ことしはや嬢様は十六の春を迎えられ、お家もいよいよ御繁昌でございましたが、盈《み》つれば虧《か》くる世《よ》のならい、奥様にはふとしたことがもととなり、ついに帰らぬ旅路に赴かれましたところ、この奥様のお付きの人に、お国《くに》と申す女中がございまして、器量人並みに優《すぐ》れ、ことに立ち居取り回しに如才なければ、殿様にも一人寝の閨《ねや》寂しいところからいつかこのお国にお手がつき、お国はとうとうお妾《めかけ》となりすましましたが、奥様のない家《うち》のお妾なればお羽振りもずんとよろしい。しかるにお嬢様はこのお国を憎く思い、互いにすれすれになり、国々と呼びつけまするると、お国はまたお嬢様に呼び捨てにされるをいやに思い、お嬢様のことをあしざまに殿様にかれこれと告げ口をするので、嬢様と国との間なんとなく落ち着かず、されば飯島様もこれを面倒なことに思いまして、柳島へんにある寮を買い、嬢様にお米《よね》と申す女中を付けて、この寮に別居させておきましたが、そも飯島様の誤りにて、これよりお家の悪くなる初めでございました。さてその年も暮れ、明くれば嬢様は十七歳におなりあそばしました。ここにかねて飯島様へお出入りのお医者に山《やま》本志丈《もとしじょう》と申す者がございます。この人一体は古方家《こほうか》ではありますけれど、実はお幇間医《たいこ》者のおしゃべりで、諸人《しょにん》助けのためにさじを手に取らないという人物でございますれば、大概のお医者なれば、ちょっと紙入れの中にもお丸薬《がんやく》か粉薬《こぐすり》でもはいっていますが、この志丈の紙入れの中には手品の種や百眼《ひゃくまなこ》などが入れてあるくらいなものでございます。さてこの医者の近づきで、根津《ねづ》の清水谷《しみずだに》に田畑《でんばた》や貸長屋を持ち、その上がりで暮らしを立てている浪人の、萩原新三郎《はぎわらしんざぶろう》と申します者がありまして、生《う》まれつき美男で、年は二十一歳なれどもまだ妻をもめとらず、独身で暮らす鰥《やもお》に似ず、ごく内気でございますから、外出《そとで》もいたさず閉じこもり、鬱々《うつうつ》と書見のみしておりますところへ、ある日志丈が訪ねてまいり、

志「きょうは天気もよろしければ亀井戸の臥竜梅《がりょうばい》へ出かけ、その帰るさに僕《ぼく》の近づき飯島平左衛門の別荘へ立ち寄りましょう、いえさ君はいったい内気でいらっしゃるから婦女子にお心掛けなさいませんが、男子《だんし》にとっては婦女子ぐらい楽しみなものはないので、いま申した飯島の別荘には婦人ばかりで、それはそれはよほど別嬪《べっぴん》な嬢様に親切な忠義の女中とただ二人ぎりですから、冗談でも申してきましょう、ほんとうに嬢様の別嬪を見るだけでもけっこうなくらいで、梅もよろしいが動きもしない口もききません、されども婦人は口もきくし、さ、動きもします。僕などは助平のたちだからよほど女のほうがよろしい、まあともかくも来たまえ」

と誘い出しまして、二人打ち連れ臥竜梅へまいり、その帰り道に飯島の別荘へ立ち寄り、

志「ごめんください、まことにしばらく」

という声聞きつけ、

米「どなたさま、おや、よくいらっしゃいました」

志「これはお米さん、そののちはついにない存外のごぶさたをいたしました。嬢様にはお変わりもなく、それはそれは重畳重畳、牛込からここへお引き移りになりましてからは、なにぶんにも遠方ゆえ、存じながらごぶさたになりましてまことにあいすみません」

米「まああなたが久しくお見えなさいませんからどうなすったかと思って、毎度おうわさを申しておりました。きょうはどちらへ」

志「きょうは臥竜梅へ梅見に出かけましたが、梅見ればほうずがないというたとえのとおり、まだあきたらず、御庭中の梅花を拝見いたしたくまいりました」

米「それはよくいらっしゃいました。まあどうぞこちらへおはいりあそばせ」

と庭の切戸を開きくれれば、「しからばごめん」と庭口へ通ると、お米は如才なく、

米「まあ一服召し上がりませ。きょうはよくいらっしゃってくださいました。ふだんは私と嬢様ばかりですから、寂《さむ》しくって困っているところ、まことにありがとうございます」

志「けっこうなお住まいでげすな……さて萩原氏《うじ》、きょう君のお名吟は恐れ入りましたな、なんとか申したたな、ええと『煙草《たばこ》には燧火《すりび》のうまし梅の中』とは感服感服、僕な

どのような横着者は出る句もやはり横着で『梅ほめて紛らかしけり門違い』かね、君のような書見ばかりして鬱々《うつうつ》としてはいけませんよ。さっきの残酒《ざんしゅ》がここにあるから一杯あがれよ……なんですね、いやです……それでは一人でちょうだいいたします」

と瓢箪《ひょうたん》を取り出すところへお米出てきたり、
米「どうもまことにしばらく」

志「きょうは嬢様に拝顔を得たくまいりました。ここにいるは僕がごくの親友です。これはきょうはおみやげもなんにも持参いたしません、エヘヘありがとうございます。これは恐れ入ります。お菓子を、羊羹《ようかん》けっこう、萩原君召し上がれよ」

とお米が茶へ湯をさしに行ったあとを見送り、

「ここの家《うち》は女二人ぎりで、菓子などはほうぼうからもらっても、食いきれずに積み上げておくものだから、みなかびを生やかして捨てるくらいのものですから、食ってやるのがかえって親切ですから召し上がれよ。実にこの家《うち》のお嬢様は天下にない美人です。いまに出ていらっしゃるからごらんなさい」

とおしゃべりをしているところへむこうの四畳半の小座敷から、飯島のお嬢様お露が人珍しいから、障子のすきまよりこちらをのぞいてみると、志丈のそばにすわっているのは例の美男萩原新三郎にて、男ぶりといい人柄といい、花の顔《かんばせ》月の眉、女子《をなご》にして見まほしき優男《やさおとこ》だから、ぞっと身にしみどうした風の吹き回しであんなきれいな殿御がここへ来たのかと思うと、かっとのぼせて耳たぼが火のごとくかっと真っ赤になり、なんとなく間が悪くなりましたから、はたと障子をしめきり、内へはいったが、障子の内では男の顔が見られないから、またそっと障子をあけて庭の梅の花をながめるふりをしながら、ちょいちょいと萩原の顔を見てまた恥ずかしくなり、障子の内へはいるかと思えばまた出てくる、出たり引っ込んだり引っ込んだり出たり、もじもじしているのを志丈は見つけ、

志「萩原君、君を嬢様がさっきからしげしげと見ておりますよ。梅の花を見るふりをしていても、目の玉はまるでこちらを見ているよ。きょうはとんと君にけられたね」

と言いながらお嬢様のほうを見て、

「あれまた引っ込んだ、あらまた出た、引っ込んだり出たり出たり引っ込んだり、まるで鵜《う》の水飲み水飲み」

と騒ぎどよめいているところへ下女のお米出《いで》きたり、

「嬢様から一献《いっこん》申し上げますがなにもございません。ほんの田舎料理でございますがごゆるりと召し上がり相変わらずあなたの御冗談を伺いたいとおっしゃいます」

と酒肴《さけさかな》を出だせば、

志「どうも恐れ入りましたな、へいこれはお吸い物まことにありがとうございます。さっきから冷酒は持参いたしておりまするが、お燗酒《かんしゅ》はまた格別。ありがとうございます。どうぞ嬢様にもいらっしゃるように。きょうは梅じゃあない実はお嬢様を、いやなに」

米「ホホホホただいまさよう申し上げましたが、お連れのおかたはご存じがないものですから間が悪いとおっしゃいますから、それならおよしあそばせと申し上げたところが、それでも行ってみたいとおっしゃいますの」
志「いや、これは僕の真の近づきにて、竹馬の友と申してもよろしいくらいなもので、御遠慮には及びませぬ。どうぞちょっと嬢様にお目にかかりたくってまいりました」
と言えば、お米はやがて嬢様を伴い来たる。嬢様のお露様は恥ずかしげにお米のうしろにすわって、口の内にて「志丈さんいらっしゃいまし」と言ったぎりで、お米がこちらへ来ればこちらへ来たり、あちらへ行けばあちらへ行き、しじゅう女中のうしろにばかりくっついている。
志「存じながらごぶさたにあいなりまして、いつも御無事で。この人は僕の近づきにて萩原新三郎と申します一人者でございますが、お近づきのためちょっとお杯をちょうだいいたさせましょう。おやなんだかこれでは御婚礼の杯のようでございます」
と少しもだれまなく取り巻きますと、嬢様は恥ずかしいがまたうれしく、萩原新三郎を横目にじろじろ見ないふりをしながら見ております。と気があれば目も口ほどにものを言うというたとえのとおり、新三郎もお嬢様の優姿《やさすがた》に見とれ、魂も天外に飛ぶばかりです。そうこうするうちに夕景になり、明りがちらちらつく時刻となりましたけれども、新三郎はいっこうに帰ろうと言わないから、
志「たいそうに長座をいたしました。さ、おいとまをいたしましょう」

米「なんですねえ志丈さん、あなたはお連れ様もありますからまあよいじゃあありませんか、お泊まりなさいな」
新「僕はよろしゅうございます。泊まってまいってもよろしゅうございます」
志「それじゃあ僕一人憎まれ者になるのだ、しかしまたかような時は憎まれるのがかえって親切になるかもしれない、きょうはまずこれまでとしておさらばおさらば」
新「ちょっと便所を拝借いたしとうございます」
米「さあこちらへいらっしゃいませ」
と先《さき》に立って案内をいたし、廊下伝いにまいり、
米「ここが嬢様のお部屋でございますから、まあおはいりあそばして一服召し上がっていらっしゃいまし」
新三郎は「ありがとうございます」と言いながら用場へはいりました。
米「お嬢様え、あのお方が出ていらっしゃったらばおひやをかけておあげあそばせ、お手ぬぐいはここにございます」
と新しい手ぬぐいを嬢様に渡しおき、お米はこちらへ帰りながら、お嬢様があのようなおかたに水をかけてあげたならばさぞおうれしかろう、あのおかたはよっぽど御意にかなった様子、と一人言を言いながら元の座敷へまいりましたが、忠義も度を外すとかえって不忠に落ちて、お米はけっして主人にみだらなことをさせるつもりではないが、いつも嬢様は別にお楽しみもなく、ふさいでばかりいらっしゃるから、こういう冗談でも

したら少しはお気晴らしになるだろうと思い、主人のためを思ってしたので。さて萩原は便所から出てまいりますと、嬢様は恥ずかしいのがいっぱいでただぼんやりとしておひやをかけましょうともなんとも言わず、湯桶を両手に支えているを、新三郎は見て取り、

新「これは恐れ入ります、はばかりさま」

と両手を差し伸べれば、お嬢様は恥ずかしいのがいっぱいなれば、目もくらみ、見当違いのところへ水をかけておりますから、新三郎の手もあちらこちらと追いかけてようよう手を洗い、嬢様が手ぬぐいをと差し出してもじもじしているうち、新三郎もこのお嬢は真に美しいものと思い詰めながら、ずっと手を出し手ぬぐいを取ろうとすると、まだもじもじしていて放さないから、新三郎も手ぬぐいの上からこわごわながらその手をじっと握りましたが、この手を握るのはまことに愛情の深いものでございます。お嬢様は手を握られ真っ赤になって、またその手を握り返している。こちらは山本志丈が新三郎が便所へ行き、あまり手間取るをいぶかり、

志「新三郎君はどこへ行かれました。さあ帰りましょう」

とせきたてればお米はごまかし、

米「あなたなんですねえ、おや、あなたのお頭《つむり》がぴかぴか光ってまいりましたよ」

志「なにさそれは明りで見るから光るのですわね、萩原氏萩原氏」

と呼び立てれば、

米「なんですねえ、ようございますよう、あなたはお嬢様のお気質もご存じではありませんか、お堅いから子細はありませんよ」
と言っておりますところへ新三郎がようよう出てきましたから、
志「君どちらにいました。いざ帰りましょう。さようなればおいとま申します、きょうはいろいろごちそうにあいなりました、ありがとうございます」
米「さようなら、きょうはまあまことにお草々《そうそう》さま、さようなら」
と志丈新三郎の両人は打ち連れ立ちて帰りましたが、帰る時にお嬢様が新三郎に「あなたまた来てくださらなければわたくしは死んでしまいますよ」と無量の情を含んで言われたことばが、新三郎の耳に残り、しばしも忘れる暇はありませなんだ。

三

さても飯島様のお屋敷のかたにては、お妾お国が腹いっぱいのわがままを働くうち、今度抱え入れたぞうり取りの孝助は、年ごろ二十一、二にて色白のきれいな男ぶりで、きょうしも三月二十二日殿様平左衛門様にはお非番でいらっしゃれば、庭先へ出で、あちらこちらをながめおられる時、この新参の孝助を見かけ、
平「これこれてまえは孝助と申すか」
孝「へい、殿様にはごきげんよろしゅう、わたくしは孝助と申しまする新参者でござ

います」

平「そのほうは新参者でも陰ひなたなくよく働くといってだいぶ評判がよく、みなの受けがよいぞ。年ごろは二十一、二と見えるが、人柄といい男ぶりといいぞうり取りには惜しいものだな」

孝「殿様にはこの間じゅう御不快でございましたそうで、お案じ申し上げましたが、さしたることもございませんか」

平「おおよく尋ねてくれた。別にさしたることもないが。してまえは今までいずかたへか奉公をしたことがあったか」

孝「へい、ただいままでほうぼう奉公もいたしました。まずいちばんさきに四谷《よつや》の金物屋へまいりましたが一年ほどおりまして駆け出しました。それから新橋の鍛冶屋《かじや》へまいり、三月《みつき》ほど過ぎて駆け出し、また仲通りの絵草紙屋へまいりましたが、十日で駆け出しました」

平「そのほうのようにそうあきては奉公はできないぞ」

孝「いえ、わたくしがあきっぽいのではございませんが、わたくしはどうぞして武家奉公がいたしたいと思い、そのわけを叔父に頼みましても、叔父は武家奉公は面倒だから町家へ行けと申しましてあちらこちら奉公にやりますから、わたくしも面当てに駆け出してやりました」

平「そのほうは窮屈な武家奉公をしたいというのはいかがなわけじゃ」

孝「へい、わたくしは武家奉公をいたしお剣術を覚えたいので、へい」
平「はて剣術が好きとな」
孝「へい、番町の栗橋《くりはし》様かこちら様は真影流《しんかげりゅう》の御名人と承りましたゆえ、どうぞして御両家のうちへ御奉公にあがりたいと思いましていましたところ、ようようの思いでこちら様へお召し抱えにあいなり、念が届いてありがとうございます。どうぞお殿様のお暇の節には、少々ずつにてもおけいこが願われようかと存じましてまいりました。こちら様に若様でもいらっしゃいますことならば、若様のおもりをしながら皆様がおけいこをあそばすのをおそばで拝見いたしていましても、型ぐらいは覚えられましょうと存じましたに、若様はいらっしゃらず、お嬢様には柳島の御別荘にいらっしゃいまして、お年はお十七とのこと。これが若様なればよっぽどよろしゅうございますに、お武家様にお嬢様は糞ったれでございますなあ」
平「ハハハ、遠慮のないやつ、これは大きにさようだ。武家では女は実に糞ったれだのう」
孝「うっかりととんでもないことを申し上げ、お気にさわりましたら御勘弁を願います。どうぞただいまもお願い申し上げますとおりお暇の節にはお剣術を願われますまいか」
平「このほどは役が替わってからけいこ場もなく、まことに多端ではあるが、暇の節にずいぶん教えてもやろう。そのほうの叔父は何商売じゃの」

孝「へい、あれはほんとうの叔父ではございません。おやじの店受《たなう》けで、ちょっと間に合わせの叔父でございます」

平「なにかえ、おふくろは幾つになるか」

孝「おふくろはわたくしの四つの時に私を置き去りにいたしまして、越後《えちご》の国へ行ってしまいましたそうです」

平「さようか、だいぶ不人情の女だの」

孝「いえ、それと申しまするのもおやじの不身持ちに愛想を尽かしてのことでございます」

平「おやじはまだ存生か」

と問われて、孝助は「へい」と言いながらしおしおとして申しまするには、

「おやじも亡くなりました。わたくしには兄弟も親類もございませんゆえ、たれあって育てる者もないところから、店受けの安兵衛さんに引き取られ、四つの時から養育を受けまして、ただいまでは叔父分となり、かように御当家様へ御奉公にまいりました。どうぞいつまでもお目掛けられてくださいませ」

と言いさしてはらはらと落涙をいたしますから、飯島平左衛門様も目をしばたたき、

平「感心なやつだ、てまえぐらいな年ごろには親の忌日《きにち》さえ知らずに暮らすものだに、親はと聞かれて涙を流すとは親孝行なやつじゃて。おやじはこのごろ亡くなったのか」

孝「へい、おやじの亡くなりましたのは、わたくしの四歳《よっつ》の時でございます」

平「それでは両親の顔も知るまいのう」
孝「へい、ちっとも存じませんが、わたくし十一歳の時にはじめて店受けの叔父からおふくろのことやおやじのことも聞きました」
平「おやじはどうして亡くなったか」
孝「へい、切り殺されて」
と言いさしてわっとばかりに泣き沈む。
平「それはまたいかがのまちがいで、とんでもないことであったのう」
孝「さようでございます。ただいまより十八年以前本郷三丁目の藤村屋新兵衛と申しまする刀屋の前で切られました」
平「それは何月幾日《いくか》のことだの」
孝「へい、四月十一日だと申すことでございます」
平「して、てまえのおやじはなんと申す者だ」
孝「もとは小出様の御家来にて、お馬回りの役を勤め、食禄《しょくろく》百五十石をちょうだいいたしておりました黒川孝蔵と申しました」
と言われて飯島平左衛門はぎっくりと胸にこたえ、びっくりし、指折り数うれば十八年以前いささかのまちがいから手に掛けたはこの孝助の実父であったか、おれを実父のあだと知らず奉公に来たかと思えばなんとやら心悪く思いましたが、素知らぬ顔して、
平「それはさぞ残念に思うであろうな」

孝「へい、おやじのかたき討ちがいたしとうございますが、なにを申しますにも相手はりっぱなお侍様でございますから、どういたしても剣術を知りませんでは親のかたき討ちはできませんゆえ、十一歳の時からきょうまで剣術を覚えたいと心がけておりましたが、ようようのことで御当家様にまいりましてまことにうれしゅうございます。これからはお剣術を教えていただき、覚えました上はそれこそ死物狂いになって親のかたきを討ちますから、どうぞ剣術を教えてくださいませ」

平「孝心なものじゃ、教えてやるがてまえは親のかたきを討つというが、かたきの面体を知らんでいて、相手はりっぱな剣術使いで、もしいまおれがてまえのかたきだと言ってみすみす鼻の先へかたきが出たらその時はてまえどうするか」

孝「困りますな。みすみす鼻の先へかたきが出ればしかたがございませんから、りっぱな侍でもなんでもかまいません。飛びついてのど笛でも食い取ってやります」

平「気性なやつだ。心配いたすな、もしかたきの知れたその時は、この飯島が助太刀をしてかたきをきっと討たせてやるから、心丈夫に身をいとい、ずいぶん大切に奉公をしろ」

孝「殿様ほんとうにあなた様が助太刀をしてくださいますか。ありがとう存じます。殿様がお助太刀をしてくださいますれば、かたきの十人ぐらいは出てまいりましても大丈夫です。ああありがとうございます、ありがとうございます」

平「おれが助太刀をしてやるのをそれほどまでにうれしいか、かわいそうなやつだ」

と飯島平左衛門は孝心に感じ、おりを見て自《みずか》ら孝助のかたきと名のり、討たれてやろうとつねに心にかけておりました。

四

さて萩原新三郎は山本志丈といっしょに臥竜梅へ梅見に連れられ、その帰るさにかの飯島の別荘に立ち寄り、ふとかの嬢様の姿を思い詰め、たがいにただ手を手ぬぐいの上から握り合ったばかりで、実にまくらを並べて寝たよりもなお深く思い合いました。昔の者はみなこういうことに固《かと》うございました。ところが当節のおかたはちょっとしゃれ半分に「君ちょっと来たまえ、ざこ寝で」と、男が言えば、女のほうで「おふざけでないよ」また男のほうでも「そう君のように言っては困るねえ、いやならいやだとはっきり言いたまえ、いやならまたほかを聞いてみよう」とあき店《だな》かなにかを捜す気になっているくらいなものでございますが、萩原新三郎はあのお露殿とさらにいやらしいことはいたしませんでしたが、実にまくらをも並べて一つ寝でもいたしたごとく思い詰めましたが、新三郎は人がよいものですから一人で会いに行くことができません。会いにまいってもしひょっと飯島の家来にでも見つけられてはと思えば行くこともならず、志丈が来ればぜひお礼かたがた行きたいものだと思っておりましたが、志丈はいっこうにまいりません。志丈もなかなかさるものゆえ、あの時萩原とお嬢との様子がおかしいから、もし万一のことがあって、事のあらわれた日には大変、坊主首《ぼうずっくび》を切られなければならん、これはけんのん、君子は危うきに近寄らずというから行かぬほうがよいと、二月三月四月と過ぎてもいっこうに志丈が訪ねてきませんから、新三郎はひとりくよくよお嬢のことばかり思い詰めて、食事もろくろく進みませんでおりますと、ある日のこと孫店《まごだな》に夫婦暮らしで住む伴蔵《ともぞう》と申す者が訪ねてまいり、

伴「旦那様、このごろはあなた様はどうなさいました、ろくろく御膳《ごぜん》もあがりませんで。きょうはお昼《ひる》もあがりませんな」

新「ああ食べないよ」

伴「あがらなくっちゃあいけませんよ。今の若さに一膳半ぐらいの御膳があがれんとは。私などは親わんで山盛りにして五、六杯も食わなくっちゃあちっとも物を食べたような気持ちがいたしやせん、あなた様はちっとも外出《そとで》をなさいませんな。この二月でしたっけな、山本さんとごいっしょに梅見にお出かけになって、なにかしゃれをおっしゃいましたっけな、ちっと御保養をなさいませんとほんとうに毒ですよ」

新「伴蔵、貴様はあの釣りが好きだっけな」

伴「へい、釣りは好きのなんのって、ほんとうにおまんまより好きでございます」

新「さようか、そうならばいっしょに釣りに出かけようかのう」

伴「あなたはたしか釣りはおきらいではありませんか」

新「なんだか急にむかむかと釣りが好きになったよ」

伴「へい、むかむかとお好きになって、そしてどちらへ釣りにいらっしゃるおつもりで」
新「そうさ、柳島の横川でたいそう釣れるというからあすこへ行こうか」
伴「横川というのはあの中川へ出るところですかえ、そうしてあんなところでなにが釣れますえ」
新「大きな鰹が釣れるとよ」
伴「ばかなことをおっしゃい、川で鰹が釣れますものかね。たかだか鯔《いな》か鱮《たなご》ぐらいのものでございましょう。ともかくもいらっしゃるならばお供をいたしましょう」
と弁当の用意をいたし、酒を吸い筒へ詰め込みまして、神田の昌平橋《しょうへいばし》の船宿から漁師を雇い乗り出しましたれど、新三郎は釣りはしたくはないが、ただ飯島の別荘のお嬢の様子をかきの外からなりとも見ましょうとの心組みでございますから、新三郎は持ってきた吸い筒の酒にぐっすりと酔って、船の中で寝込んでしまいましたが、伴蔵は一人で日の暮れるまで釣りをいたしていましたが、新三郎が寝たようだから、
伴「旦那え旦那え、おかぜをひきますよ、五月ごろはとかく冷えますから。旦那え旦那え、これはあまりお酒を勧めすぎたかな」
新三郎はふと見ると横川のようだから、
新「伴蔵ここはどこだ」
伴「へい、ここは横川です」

と言われてかたえの岸べを見ますと、二重の建仁寺《けんにんじ》のかきに潜《くぐ》り門がありましたが、これはたしかに飯島の別荘と思い、
新「伴蔵やちょっとここへ着けてくれ、ちょっと行ってくるところがあるから」
伴「こんなところへ着けてどちらへいらっしゃるのですえ。わっちもごいっしょにまいりましょう」
新「おまえはそこに待っていなよ」
伴「だってそのための伴蔵ではございませんか、お供をいたしましょう」
新「やぼだのう。色にはなまじ連れはじゃまよ」
伴「いよ、おしゃれでげすね、ようがすねえ」
というとたんに岸に船を着けましたから、新三郎は飯島の門のところへまいり、ぶるぶる震えながらそっと家《うち》の様子をのぞき、門が少しあいてるようだから押してみるとあいたから、ずっと中へはいり、かねて勝手を知っていることゆえ、だんだんと庭伝いにまいり、泉水べりに赤松の生えてあるところからいけがきについて回れば、ここは四畳半にて嬢様のお部屋でございました。お露も同じ思いで、新三郎に別れてからそのことばかり思い詰め、三月から患っておりますところへ、新三郎は折戸のところへまいり、そっとうちの様子をのぞきこみますと、うちでは嬢様は新三郎のことばかり思い続けて、たれを見ましても新三郎のように見えるところへ、ほんとうの新三郎が来たことゆえ、はっと思い「あなたは新三郎様か」と言えば、

新「静かに静かに。その後はたいそうにごぶさたをいたしました。ちょっとお礼にあがるんでございましたが、山本志丈があれぎりまいりませんものですから、わたくし一人ではなにぶん間が悪くってあがりませんだった」

露「よくまあいらっしゃいました」

ともう恥ずかしいこともなにも忘れてしまい、無理に新三郎の手を取っておあがりあそばせと蚊帳《かや》の中へ引きずり込みました。お露はただもううれしいのがこみあげてものが言われず、新三郎のひざに両手を突いたなりで、うれし涙を新三郎のひざにほろりとこぼしました。これがほんとうのうれし涙です。他人のところへ悔やみに行ってこぼす空涙とは違います。新三郎ももうこれまでだ、知れてもかまわんと心得《こころえ》、蚊帳のうちで互いにうれしきまくらを交わしました。

露「新三郎様、これはわたくしの母様《かか》から譲られました大事な香箱でございます、どうかわたくしの形見と思し召しお預りください」

と差し出すを手に取って見ますと、秋野に虫の象眼入りのけっこうな品で、お露はこのふたを新三郎に渡し、自分はその身のほうを取ってたがいに語り合うところへ、隔てのふすまをさらりと引きあけて出てきましたは、お露の親御飯島平左衛門様でございます。両人はこの体《てい》を見てはっとばかりにびっくりいたしましたが、逃げることもならず、ただうろうろしているところへ、平左衛門はぼんぼりをずっと差しつけ、声を怒らし、

平「これ、露これへ出ろ。また貴様は何者だ」

新「へい、てまえは萩原新三郎と申すそこつの浪士でございます、まことにあいすみませんことをいたしました」

平「露、てまえはやれ国がどうのこうの言うの、おやじがやかましいの、どうか閑静なところへ行きたいのと、さまざまのことを言うから、この別荘に置けば、かような男を引きずり込み、親の目をかすめて不義を働きたいために閑地へ引き込んだのであろう。これかりそめにも天下御直参の娘が、男を引き入れるということがぱっと世間に流布いたせば、飯島は家事不取り締まりだと言われ、家名を汚し、第一御先祖へ対してあいすまん、不孝不義の不届き者めが、手打ちにするからさよう心得ろ」

新「しばらくお待ちください、そのお腹立ちは重々ごもっともでございますが、お嬢様がわたくしを引きずり込み不義をあそばしたのではなく、てまえがこの二月はじめてまかりいでまして、お嬢様をそそのかしたので、まったくてまえの罪でお嬢様には少しもおとがはございません、どうぞ嬢様はお助けなすってわたくしを」

露「いいえ、お父様《とっさま》わたくしが悪いのでございます。どうぞわたくしをお切りあそばして、新三郎様をばお助けくださいまし」

とたがいに死を争いながら平左衛門のそばにすり寄りますと、平左衛門は剛刀をすらりと引き抜き「たれかれと容赦はない、不義は同罪、娘からさきへ切る、観念しろ」と言いさま片手なぐりにやっとくだした腕のさえ、島田の首がころりと前へ落ちました時、萩原新三郎はあっとばかりに驚いて前へのめるところを、ほおよりあごへかけてずんと

切られ、うーんといって倒れると、
伴「旦那《だんな》え旦那え、たいそううなされていますね。恐ろしい声をしてびっくりしました。かぜをひくといけませんよ」
と言われて新三郎はやっと目をさまし、はあとため息をついているから、
伴「どうなさいましたか」
新「伴蔵やおれの首が落ちてはいないか」
と問われて、
伴「そうですねえ、船べりできせるをたたくとよく雁首《がんくび》が川の中へ落っこちて困るもんですねえ」
新「そうじゃあない、おれの首が落ちはしないかということよ、どこにも傷がついてはいないか」
伴「なにを御冗談をおっしゃる、傷もなにもありはいたしません」
と言う。新三郎はお露にどうにもして会いたいと思い続けているものだから、そのことを夢に見てびっしょり汗をかき、辻占《つじうら》が悪いから早く帰ろうと思い「伴蔵早く帰ろう」と船を急がして帰りまして、船が着いたからあがろうとすると、
伴「旦那ここにこんなものが落ちております」
と差し出すを新三郎が手に取り上げてみますれば、飯島の娘と夢のうちにて取り交わした、秋野に虫の模様のついた香箱のふたばかりだから、はっとばかりに奇体の思いを

いたし、どうしてこのふたがわが手にあることかとびっくりいたしました。

五

話替わって、飯島平左衛門はりりしい知恵者にて諸芸に達し、とりわけ剣術は真影流の極意を極めました名人にて、お年四十ぐらい、人並みに優《すぐ》れたおかたなれども、妾の国というが心得違いのやつにて、内々隣の次男源次郎《げんじろう》を引き込み楽しんでおりました。お国は人目をはばかり庭口の開き戸をあけおき、ここより源次郎を忍ばせる趣向で、殿様のお泊まり番の時にはここから忍んでくるのだが、奥向きの切り盛りは万事妾の国がすることゆえ、たれもこの様子を知る者は絶えてありません。きょうしも七月二十一日、殿様はお泊まり番のことゆえ、源次郎を忍ばせようとの下心で、庭げたをかの開き戸のそばに並べおき、

国「きょうは暑くってたまらないから、風を入れないでは寝られない。雨戸を少しすかしておいておくれよ」

と言い付けおきました。さて源次郎はみな寝静まったる様子をうかがい、そっとはだしで庭石を伝わり、雨戸のあいたところからはい上がり、お国の寝間に忍び寄れば、

国「源次郎様たいそうに遅いじゃあありませんか。わたくしはどうなすったかと思いましたよ、あんまりですねえ」

源「わたくしも早く来たいのだけれども、兄上もお姉様《あねえさま》もお母様《ははさま》もお休みにならず、奉公人までがみな暑い暑いと渋《しぶ》うちわを持って、あおぎたてて涼んでいてしかたがないから、今まで我慢して、ようようの思いで忍んできたのだが、人に知れやあしないかねえ」

国「大丈夫知れっこはありませんよ。殿様があなたをごひいきにあそばすから知れやあしませんよ、あなたの御勘当が許《ゆ》りてからこの家《うち》へたびたびおいでになれるようにいたしましたのも、みなわたくしがそばで殿様へうまくとりなし、あなたをよく思わせたのですよ。殿様はなかなかりりしいおかたですから、あなたとわたくしとの仲が少しでも変な様子があれば気取《けど》られますのだが、ちっとも知れませんよ」

源「実におじ様は一通りならざる知者だから、わたくしはほんとうに怖いよ、わたくしも放蕩《ほうとう》を働き、大塚《おおつか》の親類へ預けられていたのを、こちらのおじさんのおかげで家《うち》へ帰れるようになった。その恩人の寵愛《ちょうあい》なさるおまえとこうやっているのが知れては実にすまないよ」

国「ああいうことをおっしゃる。あなたはほんとうに情がありませんよ。わたくしはあなたのためなら死んでもけっしていといませんよ。なんですねえ、そんなことばかりおっしゃって、わたくしのそばへ来ない算段ばかりあそばすのですものを。あの源様、こちらの家《うち》でもこの間お嬢様がお隠れになって今は外に御家督がありませんから、ぜひとも御夫婦養子をせねばなりません。それについてはお隣の源次郎様をと内々殿様にお勧め申しましたら、殿様が源次郎はまだ若くってりょうけんが定まらんからいかんとおっしゃいましたよ」
源「そうだろう。恩人の愛妾《あいしょう》のところへ忍び来るようなわけだから、どうせりょうけんが定まりゃあしないや」
国「わたくしは殿様のそばにいつまでもついていて、殿様が長生きをなすって、あなたは外へ御養子にでもいらっしゃれば、お目にかかることはできません、その上きれいな奥様でもお持ちなさろうものなら、国《くに》のくの字もおっしゃる気づかいはありませんよ、それですからあなたがほんとうに信実がおありあそばすならば、わたくしの願いをかなえて、うちの殿様を殺してくださいましな」
源「情があるからできないよ。わたくしのためには恩人のおじさんだもの、どうしてそんなことができるものかね」
国「こうなる上からは、もう恩も義理もありはしませんやね」
源「それでもおじさんは牛込名代《うしごめなだい》の真影流の達人だから、てまえごときものが二十人ぐらいかかってもかなうわけのものではないよ、その上わたくしは剣術がごく下手だもの」
国「そりゃああなたはお剣術はお下手《へーた》さね」
源「そんなにオヘータと力を入れて言うには及ばない。それだからどうもいけないよ」

国「あなたは剣術はお下手だが、よく殿様といっしょに釣りにいらっしゃいましょう。あの来月四日はたしか中川《なかがわ》へ釣りにいらっしゃるお約束がありましょう。その時殿様を船から川の中へ突き落として殺しておしまいなさいよ」

源「なるほどおじさんは水練をご存じないが、やはり船頭がいるからいけないよ」

国「船頭を切っておしまいあそばせな。なんぼあなたが剣術がお下手でも、船頭ぐらいは切れましょう」

源「それは切れますとも」

国「殿様が落ちたというので、あなたは立腹して、早く捜させてはいけませんよ。いろいろ理屈を長々と二時《ふたとき》ばかりも言っていてそれから船頭に捜させ、死骸を船に揚げてから不届きなやつだといって船頭を切っておしまいなさい。それから帰り道に船宿に寄って、船頭がそそうで殿様を川へ落とし、殿様は死去されたれば、てまえは言いわけがないから船頭はその場で手打ちにいたしたが、船頭ばかりではあいすまんぞ、亭主そのほうも切ってしまうのだが、内分ですませてつかわすにより、このことはけっして口外いたすなとおっしゃれば、船宿の亭主も自分の命にかかわることですから口外する気づかいはありません。それからあなたはお屋敷へお帰りになって、知らん顔でいて、お兄様《あにいさま》に隣ではは家督がないから早く養子にやってくれやってくれとおっしゃれば、こなたは別に御親類もないからお頭に話をいたし、あなたを御養子のお届けをいたしますまでは、殿様は御病気の届けをいたしておいて、あなたの家督相続がすみましてから、殿様の死去のお届けをいたせば、あなたはこちらの御養子様、そうするとわたくしはいつまでもあなたのそばにへばりついていて動きません。こちらの家《うち》はあなたのお家より、よっぽど大尽ですから、召し物でもお腰の物でもけっこうなのがたくさんありますよ」

源「これはうまい趣向だ、考えたね」

国「わたくしは三日三晩寝ずに考えましたよ」

源「これはしごくよろしい、どうもよろしい」

と源次郎は欲張りと助平とが合併して乗り気になり、両人がひそひそ語り合っているを、忠義無類の孝助というぞうり取りが、御門の男部屋に紙帳《しちょう》をつって寝てみたが、なにぶんにも暑くって寝つかれないものだから、渋うちわを持って、「どうもことしのように暑いことはありゃあしない」と言いながら、お庭をぶらぶら歩いていると、板べいの三尺の開きがバタリバタリと風にあおられているのを見て、

孝「締まりをしておいたのにどうしてあいたのだろう。おや庭げたが並べてあるぞ、だれか来たな、隣の次男めがお国さんと様子がおかしいから、ことによったらくっついているのかもしれん」

と抜き足してそっとこなたへまいり、沓脱《くつぬぎ》石へ手を支えて座敷の様子をうかがうと、自分が命を捨てても奉公をいたそうと思っている殿様を殺すという相談に、孝助は大いに怒り、年はまだ二十一でございますが、負けない気性だから、怒りのあまり思わず知らずがっと鼻を鳴らす。

源「お国さんたれか来たようだよ」
国「あなたはほんとうに臆病《おくびょう》でいらっしゃるよ、たれもまいりはいたしません」と耳を立てて聞けば人のいる様子ですから、
国「だれだえ、そこにいるのは」
孝「へい孝助でございます」
国「ほんとうにまああきれますよ、夜夜中《よるよなか》奥向きの庭口へはいりこんですみますかえ」
孝「暑くって暑くってしようがございませんから涼みにまいりました」
国「今晩は殿様はお泊まり番だよ」
孝「毎月《まいげつ》二十一日のお泊まり番は知っています」
国「殿様のお泊まり番を知りながらなぜ門番をしない。御門番は御門をさえ堅く守っていればいいのに、暑いからといって女ばかりいる庭先へ来てすみますか」
孝「へい、御門番だからといって御門ばかりを守ってはおりません、へい、庭も奥も守ります、へい方々を守るのが役でございます。御門番だからと申して奥へどろぼうが入り、殿様とちゃんちゃん切り合っているに門ばかり見てはいられません」
国「新参者のくせに、殿様のお気に入りだものだから、この節では増長してたいそうお羽振りがいいよ、奥向きを守るのはわたしの役だ。部屋へ帰って寝ておしまい」
孝「そうですか、あなたが奥向きのお守りをして、かように三尺戸をあけておいてよ

ろしゅうございますか、庭口の戸があいていると犬がはいってきます、なんでも犬畜生の恩も義理も知らんやつが、殿様のたいせつにしていらっしゃるものをむしゃむしゃ食っていますから、わたくしは夜通しここに張り番をしています。ここにげたが脱いでありますから、なんでも人間がはいったに違いはありません」

国「そうさ、さっきお隣の源様がいらっしゃったのさ」

孝「へえ、源様がなに御用でいらっしゃいました」

国「なんの御用でもよいじゃあないか。ぞうり取りの身の上でおまえは御門さえ守っていればよいのだよ」

孝「毎月二十一日《まいげつにじゅういちにち》は殿様お泊まり番のことは、お隣の御次男様もよくご存じでいらっしゃいますに、殿様のお留守のところへおいでになって、御用が足りるとはこりゃあ変でございますな」

国「なにが変だえ。殿様に御用があるのではない」

孝「殿様に御用ではなく、あなたに内証《ないしょう》の御用でしょう」

国「おやおやおまえはそんなことを言ってわたしを疑《うたぐ》るね」

孝「なにも疑りはしませんのに、疑ると思うのがよっぽどおかしい、夜夜中《よるよなか》女ばかりのところへ男がはいり込むのはどうもおかしいと思ってもよかろうと思います」

国「おまえはまあとんでもないことを言って、お隣の源様にすまないよ。あんまりじゃあないか。おまえだってわたしの心を知っているじゃあないか」

と、両人の争っているのを聞いていた源次郎は、人の妾でも取ろうというくらいなやつだからなかなか抜け目はありません。そしてそのころは若殿とぞうり取りとはお羽振りが雲泥の違いであります。源次郎はずっと出て来て、

源「これこれ孝助なにを申す、これへ出ろ」

孝「へい、なにか御用で」

源「てまえいま承れば、なにかお国殿とおれとなにかわけでもありそうに言うが、おれも養子に行く出世前のたいせつなからだだ。もっともいったん放蕩をして勘当をされ、大塚の親類共へ預けられたから、さよう思うも無理もないようだが、さようなことを言いかけられては捨て置きにならんぞ」

孝「ごたいせつの身の上をご存じなればなぜ夜夜中女一人のところへおいでなされました。あなた様が御自分に傷をおつけなさるようなものでございます、あなただって男《なん》女《にょ》七歳にして席《せき》を同じゅうせず、瓜田《かでん》に履《くつ》を容《い》れず、李下《りか》に冠《かんむり》を正さずぐらいのことはわきまえておりましょう」

源「黙れ。さような無礼なことを申して、もし用があったらどういたす。いやさ御主人がお留守でも用の足りる子細があったらどうするつもりだ」

孝「殿様がお留守で御用の足りるはずはありません。へい、もしありましたら御存分になさいまし」

源「しからばこれを見い」

と投げ出す片紙《はがみ》の書面。孝助は手に取上げて読み下すに、

一筆申し入れ候《そろ》。過日御約束致し置き候《そろ》中川漁船行の儀は来月四日と致し度《たく》。就《つい》てては釣道具大半《なかば》破損致し居り候間《そろあいだ》夜分にても御閑《おひま》の節《せつ》御《ご》入来之《じゅらいの》上《うえ》右釣道具御繕《おんつくろ》い直《なお》し被下《くだされ》候様奉願上候《ねがいあげたてまつりそろ》。

飯島平左衛門

源次郎殿

と孝助がよくよく見ればまったく主人の手蹟だから、これはと思うと、

源「どうだ、てまえは無筆ではあるまい。夜分にてもよいから来て釣り道具を直してくれろとの頼みの状だ。今夜は暑くて寝られないから、釣り道具を直しにまいった。しかるをてまえから疑念をかけられ、悪名《あくみょう》をつけられ、はなはだ迷惑いたす。貴様はいかがいたすつもりか」

孝「さような御無理をおっしゃってはまことに困ります。この書き付けさえなければけんかはわたくしが勝ちだけれども、書き付けが出たからわたくしのほうが負けになったのですが、どっちが悪いか、とくとあなたの胸に聞いてごらんあそばせ。わたくしは御当家様の家来でございます。むやみに切ってはすみますまい」

源「うぬのような汚れたやっこを切るかえ、ぶち殺してしまうわ。なにか棒はありませんか」

国「ここにあります」

と お国が重籐《しげとう》の弓の折れを取り出し、源次郎に渡す。
孝「あなた様、そんな御無理なことをして、わたくしのようなひよわいからだに傷でもできましては御奉公が勤まりません」
源「えい、てまえ疑《うたぐ》るならば表向きに言えよ。なにを証拠にさようなことを申す。そのくらいならなぜお国殿とまくらを並べているところへ踏み込まん。拙者は御主人から頼まれたからまいったのだ。憎いやつめ」
と言いながらはたとぶつ。
孝「痛うございます。あなたさようなことをおっしゃっても、とくと胸に聞いてごらんあそばせ、ひよわいぞうり取りをおぶちなすって」
源「黙れ」
と言いざまひゅうひゅうと続け打ちに十二、三も打ちのめせば、孝助はひいひいと叫びながら、ころころと転げ回り、さも恨めしげに源次郎の顔をにらむところを、とーんと孝助の月代《さかやき》ぎわを打ち割ったゆえ黒血がたらたらと流れる。
源「ぶち殺してもいいやつだが、命だけは助けてくれる。向後《こうご》さようのことを言うと助けてはおかぬぞ、お国殿わたくしはもう御当家へはまいりません」
国「あれ、いらっしゃらないとなお疑《うたぐ》られますよ」
と言うを聞き入れず、源次郎はこれをしおにはだしにて根府川石《ねぶかわいし》の飛び石を伝いて帰りました。

国「おまえが悪いからぶたれたのだよ。お隣の御次男様にとんでもないことを言ってすまないよ、おまえにここにいられちゃあ迷惑だから出ていっておくれ」

と言いながら、痛みに苦しむ孝助の腰をとんと突いて、庭へ突き落とすはずみに、根府川石にまた痛くひざを打ち、あっと言って倒れると、お国は雨戸をぴっしゃり締めて奥へ入る。あとに孝助くやしき声を震わせ、

「畜生め畜生め、犬畜生め、自分たちの悪いことをよそにしてわたしをひどい目にあわせる。殿様がお帰りになれば申し上げてしまおうか、いやいやもしこのことを表向きに殿様に申し上げれば、きっとあの両人と突き合わせになると、むこうには証拠の手紙があり、こっちは聞いたばかりのことだからどういうても証拠になるまい。ことにはむこうは次男の勢い、こちらは悲しいかなぞうり取りの軽い身分だから、お隣ずからの義理でもわたしはお暇《いとま》になるに相違ない、わたしがいなければ殿様は殺されるに違いない。これはいっそのこと源次郎お国の両人を槍《やり》で突き殺して、自分は腹を切ってしまおう」

と、忠義無二の孝助が覚悟を定めましたが、さてこのあとはどうなりますか。

六

萩原新三郎は、ひとりくよくよとして飯島のお嬢のことばかり思い詰めていますところへ、おりしも六月二十三日のことにて、山本志丈が訪ねてまいりました。

志「その後は存外のごぶさたをいたしました。ちょっと伺うべきでございましたが、いかにも麻布へんからのことゆえ、おっくうでもありかつおいおい暑くなってきたゆえ、藪医《やぶい》でも相応に病家もあり、なにやかやで意外のごぶさた、あなたはどうもお顔の色がよくない。なにおかげんが悪いと、それはそれは」

新「なにぶんにもかげんが悪く、四月の半ばごろからどっと寝ております。飯もろくろく食べられないくらいで困ります。おまえさんもあれぎり来ないのはあんまりひどいじゃあありませんか。わたくしも飯島さんのところへ、ちょっと菓子折りの一つも持っておお礼に行きたいと思っているのに、君が来ないからわたくしは行きそこなっているのです」

志「さて、あの飯島のお嬢も、かわいそうに亡くなりましたよ」

新「ええお嬢が亡くなりましたとえ」

志「あの時僕が君を連れていったのが過《あやま》りで、むこうのお嬢がぞっこん君にほれこんだ様子だ。あの時なにか小座敷でわけがあったに違いないが、深いことでもなかろうが、もしそのことがむこうのおやじ様にでも知れた日には、志丈が手引きした憎いやつめ、切ってしまう、坊主っ首をぶち落とす、といわれては僕も困るから、実はあれぎりまいりもせんでいたところ、ふとこのあいだ飯島のお屋敷へまいり、平左衛門様にお目にかかると、娘はみまかり、女中のお米も引き続き亡くなったと申されましたから、だんだん様子を聞きますと、まったく君に焦がれ死にをしたということです。ほんとうに君は罪造りですよ。男もあんまりよく生まれると罪だねえ。死んだものはしかたがありませんからお念仏でも唱えておあげなさい。さようなら」

新「あれさ志丈さん。ああ行ってしまった。お嬢が死んだなら寺ぐらいは教えてくればいいに、聞こうと思っているうちに行ってしまった。いけないねえ。しかしお嬢はまったくおれにほれこんでおれを思って死んだのか」

と思うとかっとのぼせてきて、根が人がよいからなおなお気が鬱々《うつうつ》して病気が重くなり、それからはお嬢の俗名を書いて仏壇にそなえ、毎日《まいにち》毎日念仏三昧《ざんまい》で暮らしましたが、きょうしも盆の十三日なれば精霊《しょうりょう》だなのしたくなどをいたしてしまい、縁側へちょっと敷物を敷き、蚊やりをくゆらして、新三郎は白地の浴衣を着、深草形のうちわを片手に蚊を払いながら、さえ渡る十三日の月をながめていますと、カラコンカラコンと珍しくげたの音をさせていけがきの外を通る者があるから、ふと見れば、先きへ立ったのは年ごろ三十ぐらいの大丸髷《おおまるまげ》の人柄のよい年増にて、そのころはやった縮緬細工《ちりめんざいく》の牡丹芍薬《ぼたんしゃくやく》などの花の付いた燈籠をさげ、そのあとから十七、八とも思われる娘が、髪は文金の高《たか》髷《まげ》に結い、着物は秋草色染の振袖《ふりそで》に、緋縮緬《ひぢりめん》の長襦袢《ながじゅばん》に繻子《しゅす》の帯をしどけなく締め、上方風の塗柄《ぬりえ》のうちわを持って、ぱたりぱたりと通る姿を、月影に透かし見るに、どうも飯島の娘お露のようだから、新三郎は伸び上がり、首を差し延べてむこうを見ると、むこうの女も立ち止まり、

女「まあ不思議じゃあございませんか、萩原様」

と言われて新三郎もそれと気がつき、
新「おや、お米さん、まあどうして」
米「まことに思いがけない。あなた様はお亡くなりあそばしたということでしたに」
新「へえ、なに、あなたのほうでお亡くなりあそばしたと承りましたが」
米「いやですよ、縁起の悪いことばかりおっしゃって。だれがさようなことを申しましたえ」
新「まあおはいりなさい。そこの折戸のところをあけて」
と言うから両人内へはいれば、
新「まことにごぶさたをいたしました、先日山本志丈が来まして、あなたがた御両人ともお亡くなりなすったと申しました」
米「おやまああいつが。わたくしのほうへ来てもあなたがお亡くなりあそばしたと言いましたが、わたくしの考えでは、あなた様はお人がよいものだからうまくだましたのです。お嬢様はお屋敷にいらっしゃってもあなたのことばかり思っていらっしゃるものだから、つい口に出てうっかりと、あなたのことをおっしゃるのが、ちらちらと御親父様のお耳にもはいり、また内にはお国という悪い妾がいるものですからじゃまを入れて、志丈に死んだと言わせ、互いに諦めさせようと、国の畜生がしたことに違いはありませんよ。あなたがお亡くなりあそばしたということをお聞きあそばして、お嬢様はおいとしいこと、剃髪《ていはつ》して尼になってしまうとおっしゃいますゆえ、そんなことをなすってはたいへんですから、心でさえ尼になった気でいらっしゃればよろしいと申し上げておきましたが、それでは志丈にそんなことを言わせ、互いに諦めさせておいて、お嬢様に婿《むこ》を取れと御親父様からおっしゃるのを、お嬢様は、婿は取りませんからどうかお家《うち》には夫婦養子をしてくださいまし。そしてほかへ縁付くのもいやだと強情をお張りあそばしたものですから、お家《うち》がたいそうにもめて、親御様がそんなら約束でもした男があってそんなことを言うのだろうと怒《おこ》っても、一人のお嬢様で切ることもできませんから、ふといやつだ、そういうわけなら柳島にもおくことができない、放逐《ほうちく》するというので、ただいまではわたくしとお嬢様と両人お屋敷を出まして、谷中《やなか》の三崎《さんさき》へまいり、だいなしの家にはいっておりまして、わたくしが手内職などをして、どうかこうか暮らしをつけていますが、お嬢様は毎日毎日お念仏三昧でいらっしゃいますよ。きょうは盆のことですから、方々お参りにまいりまして、遅く帰るところでございます」

新「なんのことです。そうでございますか、わたくしもうそでもなんでもありません、このとおりお嬢様の俗名を書いて毎日念仏しておりますので」

米「それほどに思ってくださるはまことにありがとうございます。ほんとうにお嬢様はたとい御勘当になっても、切られてもいいからあなたのお情けを受けたいとおっしゃっていらっしゃるのですよ。そしてお嬢様は今晩こちらへお泊め申してもよろしゅうございますかえ」

新「わたしの孫店に住んでいる、白翁堂勇斎《はくおうどうゆうさい》という人相見が、万事わたくしの世話をしてやかましいやつだから、それに知れないように裏からそっとおはいりあそばせ」
というこことばに従い、両人ともにその晩泊まり、夜のあけぬうちに帰り、これより雨の夜も風の夜も毎晩来ては夜の明けぬうちに帰ること十三日より十九日まで七日《なのか》の間重なりましたから、両人が仲は漆《うるし》のごとく膠《にかわ》のごとくになりまして新三郎もうつつをぬかしておりましたが、ここに萩原の孫店に住む伴蔵という者が、聞いていると、毎晩萩原の家《うち》にて夜夜中女の話し声がするゆえ、伴蔵は変に思いまして、旦那は人がよいものだから悪い女にかかり、だまされては困ると、そっと抜け出て、萩原の家《うち》の戸のそばへ行って家《うち》の様子を見ると、座敷に蚊帳をつり、床の上に比翼ござを敷き、新三郎とお露と並んですわっているさまはまことの夫婦のようで、今は恥ずかしいのもなにも打ち忘れてお互いになれなれしく、

露「あの新三郎様、わたくしがもし親に勘当されましたらば、米と両人をお家へ置いてくださいますかえ」

新「引き取りますとも、あなたが勘当されればわたしはしあわせですが、一人娘ですから御勘当なさる気づかいはありません。かえってあとで生木を割《さ》かれるようなことがなければいいと思ってわたしは苦労でなりませんよ」

露「わたくしはあなたよりほかに夫はないと存じておりますから、たといこのことがお父《とっ》さまに知れて手打ちになりましても、あなたのことは思い切れません。お見捨てなさるときききませんよ」

とひざにもたれかかりてむつましく話をするは、よっぽどほれている様子だから、
伴「これは妙な女だ。あそばせことばで。どんな女かよく見てやろう」
と差しのぞいてはっとばかりに驚き、化け物だ化け物だ、と言いながら真っ青になって夢中で逃げ出し、白翁堂勇斎のところへ行こうと思って駆け出しました。

七

飯島家にては忠義の孝助が、お国と源次郎の悪だくみの一部始終を立ち聞きいたしまして、孝助は自分の部屋へ帰り、もうこれまでと思い詰め、姦夫姦婦《かんぷかんぷ》を殺すよりほかに手だてはないと忠心いちずに思い込み、それについてはたといおれは死んでもこのお屋敷を出まい、殿様に御別条のないようにしようと、これからかげんが悪いとて引きこもっており、翌朝になりますと殿様はお帰りになり、残暑の強い時分でありますから、お国は殿様のそばでできたてのお供えみたように、うちわであおぎながら、
国「殿様ごきげんよろしゅう、わたくしはもう殿様にお暑さのおあたりでもなければよいと毎日心配ばかりしています」
飯「留守へたれもまいりはいたさなかったか」
国「あの相川《あいかわ》様がちょっとお目通りがいたしたいとおっしゃって、お待ち申しております」

飯「ほう相川新五兵衛《しんごべえ》が。また医者でも頼みにまいったのかもしれん。いつもながらそそっかしいじいさんだよ、まあこちらへ通せ」
と言っているとと相川は「はい、ごめんください」と遠慮もなく案内も乞わず、ずかずか奥へ通り、
相「殿様お帰りあそばせ、ごきげんさま、まことに存外のごぶさたをいたしました。いつも相変わらず御番疲れもなく、日々御苦労さまに存じます。きびしい残暑でございます」
飯「まことに暑いことで、お徳様の御病気はいかがでござるな」
相「娘の病気もいろいろと心配もいたしましたが、なにぶんにもはかばかしくまいりませんで、それについてまことにどうも……ああ暑い、お国様せんだってはまことにごちそうさまにあいなりましてありがとう、まだお礼もろくろく申し上げませんで、へえ。ああ暑い、まことに暑い、どうも暑い」
飯「まあ少し落ち着けば風がはいってずいぶん涼しくなります」
相「おりいって殿様にお願いのことがございまして、まかりいでました。どうかお聞きずみを願います」
飯「はてな、どういうことで」
相「お国様やなにかには少々お話しができかねますから、どうか御近習のかたがたをみな遠ざけていただきとう存じます」

飯「さようかよろしい。みなあちらへまいり、こちらへまいらんようにするがよろしい。してどういうことで」

相「さて殿様、きょうわざわざ出ましたは折いって殿様にお願い申したいは娘の病気のことについて出ましたが、ご存じのとおりかれの病気も長いことで、わたくしもいろいろと心配いたしましたけれども、病いの様子がはっきりとわかりませんでしたが、ようよう、な、昨晩当人がわたくしの病いは実はこれこれのわけだと申しましたから、なぜ早く言わん、けしからんやつだ、不孝者であると小言は申しましたが、あれは七歳の時母に別れことし十八まで男の手に丹誠して育てましたにより、あのとおりのうぶなやつでなにもかも知らんやつだから、そこが親ばかのたとえのとおりですが、殿様わけをお話し申してもお笑いくださるな。お蔑《さげす》みくださるな」

飯「どういう御病気で」

相「てまえ一人の娘でございますから、早く、な、婿《むこ》でももらい、楽隠居がしたいと思い、日ごろ信心気のないわたくしなれども、娘の病気を治《なお》そうと思い、夏とはいいながらこの老人が水をあびて神仏《かみほとけ》へ祈るくらいなわけで。ところが昨夜娘の言うには、わたくしの病気は実はこれこれと言いましたが、そのことは乳母《おんば》にも言われないくらいなわけですが、そこが親ばかのたとえのとおり、お蔑みくださるな」

飯「どういう御病気ですな」

相「わたくしもだんだんと心配をいたして、どうか治してやりたいと心得、いろいろなぜ早く言わんと申しました」
医者にも掛けましたが、知れないわけで、これぱかりは神にも仏にもしようがないので、
飯「どういうわけで」
相「まことに申しにくいわけで、お笑いなさるな」
飯「なんだかさっぱりとわけがわかりませんね」
相「実は殿様が日ごろおほめなさるこちらの孝助殿、あれは忠義な者で、以前はしかるべき侍の胤《たね》でござろう、今はおちぶれてぞうり取りをしていても、志は親孝行の者だ、かわいい者だと殿様がおほめなされ、あれには兄弟も身よりもない者だから、ゆくゆくはおれが里方になってほかへ養子にやり、相応な侍にしてやろうとおっしゃいますから、わたくしもおりおりはうちの家来善蔵《ぜんぞう》などに、飯島様の孝助殿を見習えと叱りつけますものだから、台所のおさんまでが孝助さんは男ぶりもよし人柄もよし、優しいとほめ、乳母《おんば》までがかれこれとほめはやすものだから、娘も、殿様お笑いくださるな、わたくしは汗の出るほど恥じ入ります、実はとくより娘があの孝助殿を見そめ、恋患いをしております、まことに面目ない、それを、さ、婆あにも言わないで、ようやく昨夜になって申しましたから、なぜ早く言わん、一合取っても武士の娘ということが浄瑠璃本《じょうるりぼん》にもあるではないか、侍の娘が男を見そめて恋患いをするなどとは不孝者め、たとい一人の娘でも手打ちにするところだが、しかし紺看板に真鍮巻きの木刀を差した見る影もない者にほれたというのは、孝助殿の男ぶりのいいのにほれたか、または姿のいいのにほれこ

んだかと難じてやりました。そうすると娘がお父様《とつ》実は孝助殿の男ぶりにも姿にもほれたのではございません、ほかにただ一つの見どころがありますからとこう言いますから、どこに見どころがあると聞きますと、あのお忠義が見どころでございます、主《しゅう》へ忠義のおかたは、親にも孝行でございましょうねえ、と言いましたから、それは親に孝なるものは主へ忠義、主へ忠なるものは親へは必ず孝なるものだと言いますと、娘がわたくしの家《うち》はお高はわずか百俵二人扶持《ぶち》ですから、ほかから御養子をしてお父様が御隠居をなさいましても、もしその御養子が心のよくない人でも来たその時は、こちらの高が少ないから、わたくしの肩身が狭く、ついにはそれがためにわたくしまでが、ともにお父様を不孝にするようになってはすみません、わたくしもただいままで御恩を受けましたによりどうか不孝をしたくない、つきましてはたとえぞうり取りでも家来でも志の正しい人を養子にして、夫婦もろとも親に孝行を尽くしたいと思いまして、孝助殿を見そめ、寝ても覚めても諦められず、ついに病いとなりましてまことにあいすみません、と涙を流して申しますから、わたくしもしごくもっとものようにも聞こえますから、とにかくお願いに出て、殿様から孝助殿を申し受けて来ようと言ってまいりましたが、どうかあの孝助殿をてまえの養子にくださるように願います」

飯「それはまあありがたいこと、差し上げたいね」

相「なに、くださる、ああありがたかった」

飯「だが一応当人へ申し聞けましょう。さぞ喜ぶことで。孝助が得心の上でしかと御返事を申し上げましょう」
相「孝助殿はよろしい、あなたさえうんとおっしゃってくだされればそれでよろしい」
飯「わたしが養子にまいるのではありませんから、そうはいかない」
相「孝助殿はいやと言う気づかいはけっしてありません。ただ殿様から孝助行ってやれとお声がかりを願います。あれは忠義者だから、殿様のおことばはそむきません。わたくしも当年五十五歳で、娘は十八になりましたから早く養子をしてからだをかためてやりたい。殿様どうか願います」
飯「よろしい。差し上げましょう。御胡乱《ごうろん》に思し召すならば金打《きんちょう》でもいたそうかね」
相「そのおことばばかりでたくさん。ありがとうございます。早速娘に申し聞けましたら、さぞ喜ぶことでしょう、これがね殿様が孝助に一応申し聞けて返事をするなどとおっしゃると、また娘が心配して、たとい殿様がくださる気でも孝助殿がどうだかなどと申しましょうが、そうはっきりことが決まれば、娘はうれしがって飯の五、六杯《ぱい》ぐらいも食べられ、一足とびに病気も全快いたしましょう。善は急げのたとえで、明日御番帰りに結納《ゆいのう》の取りかわせをいたしとう存じますから、どうか孝助殿をお供に連れておいでください。娘にもちょっと逢わせたい」
飯「まあ一献差し上げるから」
と言っても相川は大喜びで、汗《あせ》をだくだく流し、早く娘にこのことを聞かせとうございますから、きょうはおいとまを申しましょうと言いながら、帰ろうとして、相「あいた、柱に頭をぶっつけた」

飯「そそっかしいからたれか見てあげな」

飯島平左衛門も心うれしく、鼻たかだかと、

飯「孝助を呼べ」

国「孝助は不快で引いております」

飯「不快でもよろしい。ちょっと呼んでまいれ」

国「お竹どんお竹どん、孝助をちょっと呼んでおくれ、殿様が御用がありますと」

竹「孝助どん孝助どん、殿様が召しますよ」

孝「へいへい、ただいまあがります」

と言ったが、額の傷があるから出られません。けれども忠義の人ゆえ、殿様の御用と聞いて額の傷も打ち忘れて出てまいりました。

飯「孝助ここへ来いここへ来い、みなあちらへまいれ、たれもまいることはならんぞ」

孝「だいぶお暑うございます、殿様は毎日の御番疲れもありはいたすまいかと心配をいたしております」

飯「そちはかげんが悪いといって引きこもっているそうだが、どうじゃな。てまえに少し話したいことがあって呼んだのだ。ほかのことでもないが、水道端《すいどうばた》の相川にお徳ということし十八になる娘があるな、器量も人並みに勝れことに孝行者で、あれがてまえ

の忠義の志に感服したとみえて、てまえを思い詰め、患っているくらいなわけで、ぜひてまえを養子にしたいとの頼みだから行ってやれ」

と孝助の顔を見ると、額に傷があるから、

飯「孝助どういたした、額の傷は」

孝「へいへい」

飯「けんかでもしたか、ふらちなやつだ、出世前の大事のからだ、ことに面体《めんてい》に傷を受けているではないか、私《わたくし》の遺恨でからだに傷をつけるなどとは不忠者め、これが一人《ひとり》前《まえ》の侍なれば再び門をまたいで屋敷へ帰ることはできぬぞ」

孝「けんかをいたしたのではありません。お使い先で宮辺《みやべ》様《さま》の長家下を通りますと、屋根からかわらが落ちて額にあたり、かようにけがをいたしました、悪いかわらでございます。お目ざわりになってまことに恐れ入ります」

飯「屋根がわらの傷ではないようだ。まあどうでもいいが、しかし必ずけんかなどをして傷を受けてはならんぞ。てまえはまっすぐな気性だが、むこうが曲ってくればまっすぐに行くことはできまい。それだからそこをよけて通るようにすると広いところへ出られるものだ。なんでも堪忍をしなければいけんぞ。堪忍の忍の字は刃《やいば》の下に心を書く。ひとつ動けば胸を切るごとくなんでも我慢が肝心だぞよ、奉公するからは主君へあげおいた身体、主人へあげると心得て忠義を尽くすのだ。けっして軽はずみのことをするな。曲ったやつには逆らうなよ」

という意見がいちいち胸にこたえて、孝助はただへいへいありがとうございますと泣く泣く、

孝「殿様来月四日に中川へ釣りにいらっしゃると承りましたが、このあいだお嬢様がお亡くなりあそばして間もないことでございますから、どうか釣りをおやめくださいますように。もしもおけががあってはいけませんから」

飯「釣りが悪いければやめようよ。けっして心配するな。今言ったとおり相川へ行ってやれよ」

孝「どちらへかお使いにまいりますのですか」

飯「使いじゃあない。相川の娘がてまえを見そめたから養子に行ってやれ」

孝「へえなるほど、相川様へどなたが御養子になりますのです」

飯「なあに、てまえが行くのだ」

孝「わたくしはいやでございます」

飯「べらぼうなやつだ。てまえの身の出世になることだ。これほどけっこうなことはあるまい」

孝「わたくしはいつまでも殿様のそばに生涯へばりついております。ふつつかながら片時《へんし》も殿様のおそばを放さずお置きください」

飯「そんなことを言っては困るよ。おれがもう請《う》けをした。金打をしたからしかたがない」

孝「金打をなすってもいけません」
飯「それじゃあおれが相川にすまんから腹を切らんければならん」
孝「腹を切ってもかまいません」
飯「主人のことばを背くならば長のいとまを出すぞ」
孝「おいとまになってはなんにもならん、そういうわけでございますならば、ちょっと一言《ひとこと》ぐらいこういうわけだとわたくしにお話しくださってもよろしいのに」
飯「それはおれが悪かった。このとおり板の間へ手をついて謝るから行ってやれ」
孝「そうおっしゃるならしかたがありませんから取り決めだけをしておいて、からだは十年が間まいりますまい」
飯「そんなことができるものか、あす結納を取りかわすつもりだ。むこうでも来月初旬に婚礼をいたすつもりだ」
とのことを聞いて孝助の考えまするに、おれが養子に行けば、お国と源次郎と両人で殿様を殺すに違いないから、今夜にも両人を槍で突き殺し、その場でおれも腹掻き切って死のうか、そうすればこれが御主人様の顔の見納め、と思えば顔色《がんしょく》も青くなり、主人の顔を見て涙を流せば、
飯「わからんやつだな。相川へまいるのはそんなにいやか。相川はつい鼻の先の水道端だから毎日でも行き来のできるところ、なにも気づかうことはない。てまえは気強いようでもよく泣くなあ、男たるべきものがそんないくじがない魂ではいかんぞ」

孝「殿様わたくしは御当家様へ三月五日に御奉公にまいりましたが、ほかに兄弟も親もないやつだとおっしゃって目をかけてくださる、その御恩のほどはわたくしは死んでも忘れはいたしませんが、殿様はお酒を召し上がると正体なく御寝《げし》なさる。また召し上がらなければ御寝なられませんゆえ、少しあがってください。あまりよく御寝なると、どんな英雄でも、ずいぶん悪者のためにいかなる目にあうかもしれません。殿様けっして御油断はなりません。わたくしはそれが心配でなりません。それから藤田《ふじた》様からまいりましたお薬は、どうか一日おきに召し上がってください」

飯「なんだな、遠国へでも行くようなことを言って。そんなことは言わんでもいいわ」

八

萩原の家《うち》で女の声がするから、伴蔵がのぞいてびっくりし、ぞっと足元から総毛立ちまして、ものをも言わず勇斎のところへ駆け込もうとしましたが、怖いからまず自分の家《うち》へ帰り、小さくなって寝てしまい、夜の明けるのを待ちかねて白翁堂の家《うち》へやってまいり、

伴「先生先生」

勇「だれだのう」

伴「伴蔵でごぜえやす」
勇「なんだのう」
伴「先生ちょっとここをあけてください」
勇「たいそう早く起きたのう、おめえには珍しい早起きだ。待て待ていまあけてやる」
と掛けがねをはずしあけてやる。
伴「たいそう真っ暗ですねえ」
勇「まだ夜が明けきらねえからだ。それにおれは行燈《あんどう》を消して寝るからな」
伴「先生静かにおしなせえ」
勇「てめえがあわてているのだ、なんだ、なにしに来た」
伴「先生萩原様は大変ですよ」
勇「どうかしたか」
伴「どうかしたのなんのという騒ぎじゃございやせん。わっちも先生もこうやって萩原様の地面内に孫店を借りて、お互いに住まっており、そのうちでもわっちはなお萩原様の家来同様に畑をうなったり庭をはいたり、使い早間《はやま》もして、かかあはすすぎ洗濯《せんたく》をしておるから、店賃《たなちん》も取らずにたまには小づかいをもらったり、着物の古いのをもらったりする恩のあるその大切な萩原様が大変なわけだ。毎晩女が泊まりに来ます」
勇「若くって一人者でいるから、ずいぶん女も泊まりに来るだろう、しかしその女は人の悪いようなものではないか」
伴「なに、そんなわけではありません。わっちがきょう用があってほかへ行って、夜中に帰ってくると、萩原様の家《うち》で女の声がするからちょっとのぞきました」
勇「悪いことをするな」
伴「するとね、蚊帳がこうつってあって、その中に萩原様ときれいな女がいて、その女が見捨ててくださるなと言うと、生涯見捨てはしない、たとい親に勘当されても引き取って女房にするからけっして心配するなと萩原様が言うと、女がわたくしは親に殺されてもおまえさんのそばは離れませんと、互いに話しをしていると」
勇「いつまでもそんなところを見ているなよ」
伴「ところがねえ、その女がただの女じゃあないのだ」
勇「悪党か」
伴「なに、そんなわけじゃあない、骨と皮ばかりのやせた女で、髪は島田に結って鬢《びん》の毛が顔にさがり、真っ青な顔で、裾がなくって腰から上ばかりで、骨と皮ばかりの手で萩原様の首っ玉へかじりつくと、萩原様はうれしそうな顔をしているとそのそばに丸髷の女がいて、こいつもやせて骨と皮ばかりで、ずっと立ち上がってこちらへ来ると、やっぱり裾が見えないで、腰から上ばかり、まるで絵にかいた幽霊のとおり。それをわっちが見たから怖くて歯の根も合わず、家《うち》へ逃げ帰って今まで黙っていたんだが、どういうわけで萩原様があんな幽霊に見込まれたんだか、さっぱりわけがわかりやせん」

勇「伴蔵ほんとうか」
伴「ほんとうかうそかといってばかばかしい、なんでうそを言いますものか、うそだと思うならおまえさん今夜行ってごらんなせえ」
勇「おらあいやだ。はてな昔から幽霊とあいびきするなぞということはないことだが、もっともシナの小説にそういうことがあるけれども、そんなことはあるべきものではない。伴蔵うそではないか」
伴「だからうそなら行ってごらんなせえ」
勇「もう夜も明けたから幽霊ならいる気づかいはない」
伴「そんなら先生、幽霊といっしょに寝れば萩原様は死にましょう」
勇「それは必ず死ぬ、人は生きているうちは陽気盛んにして正しく清く、死ねば陰気盛んにしてよこしまに穢《けが》れるものだ。それゆえ幽霊とともに偕老同穴の契りを結べば、たとえ百歳の長寿を保つ命もそのために精血を減らし、必ず死ぬるものだ」
伴「先生、人の死ぬ前には死相が出ると聞いていますが、おまえさんちょっと行って萩原様を見たら知れましょう」
勇「てまえも萩原は恩人だろう。おれも新三郎の親萩原新左衛門《しんざえもん》殿の代《だい》から懇意にして、親御の死ぬ時に新三郎殿のことをも頼まれたから心配しなければならない。このことはけっして世間の人に言うなよ」
伴「ええええ、かかあにも言わないくらいなわけですから、なんで世間へ言いましょう」
勇「きっと言うなよ。黙っておれ」
そのうちに夜もすっかり明け放れましたから、親切な白翁堂は藜《あかぎ》のつえをついて、伴蔵といっしょにぽくぽく出かけて、萩原の家《うち》へまいり、
勇「萩原氏萩原氏」
新「どなた様でございます」
勇「隣の白翁堂です」
新「お早いこと、年寄りは早起きだ」
なぞと言いながら戸を引きあけ、
新「お早うございらっしゃいました。なにか御用ですか」
勇「あなたの人相を見ようと思って来ました」
新「朝っぱらからなんでございます。一つ地面内におりますからいつでも見られましょうに」
勇「そうでない、お日様のおあがりになろうとするところで見るのがよいので。あなたとは親御の時分から別懇にしたことだから」
と懐より天眼鏡を取り出して、萩原を見て、
新「なんですねえ」
勇「萩原氏、あなたは二十日《はつか》を待たずして必ず死ぬ相がありますよ」

新「へえ、わたくしが死にますか」

勇「必ず死ぬ、なかなか不思議なこともあるもので、どうもしかたがない」

新「へえそれは困ったことで。それだが先生、人の死ぬ時はその前に死相の出るということはかねて承っており、ことにあなたは人相見の名人と聞いておりますし、また昔から陰徳を施して寿命を全くした話も聞いていますが、先生どうか死なないくふうはありますまいか」

勇「そのくふうは別にないが、毎晩あなたのところへ来る女を遠ざけるよりほかにしかたがありません」

新「いいえ、女なんぞは来やあしません」

勇「そりゃあいけない、昨夜のぞいて見た者があるのだが、あれはいったい何者です」

新「あなた、あれは御心配をなさいまする者ではございません」

勇「これほど心配になる者はありません」

新「なにあれは牛込の飯島という旗本の娘で、わけあってこの節は谷中の三崎村へ、米という女中と二人で暮らしているも、みんなわたくしゆえに苦労するので、死んだと思っていたのにこのあいだはからず出会い、そののちはたびたびあいびきするので、わたくしはあれをゆくゆくは女房にもらうつもりでございます」

勇「とんでもないことを言う。毎晩来る女は幽霊だがおまえ知らないのだ。死んだと思ったならなおさら幽霊に違いない、そのまあ女が糸のようにやせた骨と皮ばかりの手で、おまえさんの首ったまへかじりつくそうだ。そうしておまえさんはその三崎村にいる女の家《うち》へ行ったことがあるか」

と言われて行ったことはない、あいびきしたのは今晩で七日目ですが、というものの、白翁堂の話に萩原も少し気味が悪くなったゆえ顔色《がんしょく》を変え、

新「先生、そんならこれから三崎へ行って調べてきましょう」

と家《うち》を立ち出で、三崎へまいりて、女暮らしでこういう者はないかとだんだん尋ねましたが、いっこうに知れませんから、尋ねあぐんで帰りに、新幡随院《しんばんずいいん》を通り抜けようとすると、お堂のうしろに新墓《あらはか》がありまして、それに大きな角塔婆《かくとうば》があって、その前に牡丹の花のきれいな燈籠が雨ざらしになってありまして、この燈籠は毎晩お米がつけてきた燈籠に違いないから、新三郎はいよいよおかしくなり、お寺の台所へ回り、

新「少々伺いとう存じます、あすこのお堂のうしろに新しい牡丹の花の燈籠を手向けてあるのは、あれはどちらのお墓でありますか」

僧「あれは牛込の旗本飯島平左衛門様の娘で、先《さき》だって亡くなりまして、ぜんたい法《ほう》住寺《じゅうじ》へ葬るはずのところ、当院は末寺じゃからこちらへ葬ったので」

新「あのそばに並べてある墓は」

僧「あれはその娘のお付きの女中でこれも引き続き看病疲れで死去いたしたから、いっしょに葬られたので」

新「そうですか、それではまったく幽霊で」
僧「なにを」
新「なんでもよろしゅうございます。さようなら」
と言いながらびっくりして家《うち》に駆け戻りこの趣を白翁堂に話すと、
勇「それはまあ妙なわけで、驚いたことだ。なんたる因果なことか、ほれられるものにことをかえて幽霊にほれられるとは」
新「どうもなさけないわけでございます。今晩もまたまいりましょうか」
勇「それはわからねえな、約束でもしたかえ」
新「へえ、あしたの晩きっと来ると、約束をしましたから、今晩どうか先生泊まってください」
勇「まっぴらごめんだ」
新「占いでどうか来ないようになりますまいか」
勇「占いでは幽霊の処置はできないが、あの新幡随院の和尚はなかなかにえらい人で、念仏修業の行者でわたしも懇意だから手紙をつけるゆえ、和尚のところへ行って頼んでごらん」
と手紙を書いて萩原に渡す。萩原はその手紙を持ってやってまいり、「どうぞこの書面を良石《りようせき》和尚様へあげてくださいまし」と、差し出すと、良石和尚は白翁堂とは別ならぬ間柄ゆえ、手紙を見てすぐに萩原を居間へ通せば、和尚は木綿の座ぶとんに白衣を着て、その上に茶色の衣を着て、当年五十一歳の名僧、寂寞《じゃくまく》としてちゃんとすわり、なかなかに道徳いや高く、念仏三昧というありさまで、新三郎はひとりでに頭がさがる。

良「はい、おまえが萩原新三郎さんか」

新「へえ、そこつの浪士萩原新三郎と申します。白翁堂の書面のとおり、なんの因果か死霊に悩まされ難渋をいたしますが、貴僧の御法をもって死霊を退散するようにお願い申します」

良「こちらへ来なさい、おまえに死相が出たという書面だが、見てやるからこちらへ来なさい、なるほど死ぬなあ、近々《きんきん》に死ぬ」

新「どうかして死なないように願います」

良「おまえさんの因縁は深しいわけのある因縁じゃが、それを言うてもほんとうにはせまいが、なにしろくやしくてたたる幽霊ではなく、ただ恋しい恋しいと思う幽霊で、三世も四世も前から、ある女がおまえを思うて生きかわり死にかわり、かたちはいろいろに変えて付きまとうているゆえ、のがれがたい悪因縁があり、どうしてものがれられないが、死霊よけのために海音如来《かいおんにょらい》という大切の守りを貸してやる、そのうちにせっかく施餓鬼《せがき》をしてやろうが、そのお守りは金無垢《きんむく》じゃによって人に見せると盗まれるよ。丈《たけ》は四寸二分で目方もよほどあるから、欲の深いやつはつぶしにしてもよほどの値打ちだから盗むかもしれない、厨子《ずし》ごと貸すにより胴巻きに入れておくか、からだにせおうておきな。それからまたここにある雨宝陀羅尼経《うほうだらにぎょう》というお経をやるから読誦《どくじゅ》しなさい、この経は宝を雨ふらすというお経で、これを読誦すれば宝が雨のように降るので、欲張ったようだがけっしてそうじゃない、これを信心すれば海の音という如来様が降ってくるというのじゃ。この経は妙月長者《みょうげっちょうじゃ》という人が、貧乏人に金を施して悪い病いのはやる時に救ってやりたいと思ったが、宝がないから仏の力をもって金を貸してくれろと言ったところが、釈迦《しゃか》がそれはまことに心がけの尊いことじゃといって貸したのがすなわちこのお経じゃ。またお札《ふだ》をやるからほうぼうへはっておいて、幽霊のはいりどころのないようにして、そしてこのお経を読みなさい」

と親切のことばに萩原はありがたく礼を述べて立ち帰り、白翁堂にそのことを話し、それから白翁堂も手伝ってそのお札を家《うち》の四方八方へはり、萩原は蚊帳をつってその中へはいり、かの陀羅尼経を読もうとしたがなかなか読めない。曩謨《のうぼ》婆誐嚩《ばぎゃば》帝嚩囉《ていばざら》駄囉《だら》、娑誐囉《さぎゃら》捏具《にりぐ》灑耶《しゃや》、怛陀孽多野《たたぎゃたや》、怛儞也陀《たにゃた》唵素嚕閉《おんそろべい》、跋捺囉嚩底《はんだらばち》。瞢誐嚇《ぼうぎゃれい》阿左嚇《あしゃれい》阿左跛嚇《あしゃはれい》。なんだか外国人のうわごとのようでわけがわからない。そのうち上野の夜《よ》の八つの鐘がボーンと忍が岡の池に響き、向が岡の清水の流れる音がそよそよと聞こえ、山に当たる秋風の音ばかりで、陰々寂寞《せきばく》世間がしんとすると、いつもに変わらず根津の清水のもとからこまげたの音高くカランコロンカランコロンとするから、新三郎は心のうちで、そら来たと小さくかたまり、額からあごへかけてあぶら汗を流し、一生懸命一心不乱に雨宝陀羅尼経を読誦していると、こまげたの音がいけがきの元でぱったりやみましたから、新三郎はよせばいいに念仏を唱えながら蚊帳を出て、そっと戸の節穴からのぞいて見ると、いつものとおり牡丹の花の燈籠をさげて米が先へ立ち、あとには髪を文金の高髷に結い上げ、秋草色染の振袖に燃えるような緋縮緬の長襦袢、そのきれいなことというばかりもなく、きれいほどなお怖く、これが幽霊かと思えば、萩原はこの世からなる焦熱地獄に落ちたる苦しみです。萩原の家《うち》は四方八方にお札がはってあるので、二人の幽霊が臆してあとへさがり、

米「嬢様とてもはいれません、萩原さんはお心変わりがあそばしまして、昨晩のおことばと違い、あなたを入れないように戸じまりがつきましたから、とてもはいることはできませんからお諦めあそばしませ、心の変わった男はとても入れる気づかいはありません。心の腐った男はお諦めあそばせ」

と慰むれば、

嬢「あれほどまでにお約束をしたのに、今夜に限り戸締まりをするのは、男の心と秋の空、変わり果てたる萩原様のお心が情けない、米や、どうぞ萩原様に会わせておくれ、会わせてくれなければわたしは帰らないよ」

と振袖を顔に当て、さめざめと泣く様子は、美しくもありまたものすごくもなるから、新三郎はなにも言わず、ただ南無阿弥陀仏、南無阿弥陀仏。

米「お嬢様、あなたがこれほどまでに慕うのに、萩原様にゃああんまりなおかたではございませんか、もしや裏口からはいれないものでもありますまい、いらっしゃい」

と手を取って裏口へ回ったがやっぱりはいられません。

九

飯島の家《うち》では妾のお国が、孝助を追い出すか、しくじらするようにいろいろくふうをこらし、このことばかり寝ても覚めても考えている、悪いやつだ。殿様は翌日御番でお出向きになったあとへ、隣の源次郎がおはようと言いながらやってきましたから、お国はしらばっくれて、

国「おや、いらっしゃいまし、引き続きまして残暑が強く皆様ごきげんよろしゅう。こちらは風がよくはいりますからいらっしゃいまし」

源次郎は小声になり、

源「孝助はゆうべのことをしゃべりはしないかえ」

国「いえさ、孝助がきっと告げ口をしますだろうと思いましたに、告げ口をしませんで、殿様に屋根がわらが落ちて頭へ当たりけがをしたと言ってね。その時わたくしは弓の折れでぶたれたと言わなければよいと胸がどきどきしましたが、あのことはなんとも言いませんが、言わずにいるだけおかしいではありませんか」

と小声で言って、わざと大声で、

国「お暑いこと、この節のように暑くってはしかたがありません」

また小声になり、

国「いえ、それに水道端の相川新五兵衛様の一人娘のお徳様が、うちのぞうり取りの孝助に恋患いをしているとさ。まあほんとうに茶人もあったものですねえ、ばかなお嬢様だよ、それからあの相川のじいさんが汗をだくだく流しながら、殿様に願って孝助をくれろと頼むと、殿様もひいきの孝助だからあげましょうと相談ができまして、相川は帰りましたのですよ。そうして、きょうは相川で結納の取りかわせになるのですとさ」

源「それじゃあよろしい、孝助が行ってしまえば子細はない」

国「いえさ、水道端の相川へ養子にやるのに、うちの殿様がお里になってやるのだから、いけませんよ。そうすると、あいつがこの家のむすこのふうをしましょう、ぞうり取りでさえずいぶんつんけんしたやつだから、そうなればきっとこの間の意趣を返すに違いはありません。なんでもあいつが一件を立ち聞きしたに違いないから、あなたどうかして孝助めを殺してください」

源「あいつは剣術ができるからおれには殺せないよ」

国「あなたはなぜそう剣術がお下手だろうねえ」

源「いいや、それにはうまいことがある。相川のお嬢にはうちの相助《あいすけ》という若党がたいそうにほれているから、あれをうまくだまかし、孝助とけんかをさせておき、あとでけんか両成敗だから、おいらのほうで相助を追い出せば、おじさんも義理でも孝助を出すに違いないが、ついちゃああしたおじさんといっしょに帰ってきては困るが、孝助が一人で先へ帰るわけにはできまいか」

国「それはわけなくできますとも、わたくしが殿様に用がありますから先へ帰してくださいましと言えば、きっと先へ帰してくださるに違いはありませんから、大曲りあたりで待ちぶせてあいつをぽかぽかおなぐりなさい」

大声を出して、

国「まことにお草々様で、さようなら」

源次郎は屋敷に帰るとすぐに男部屋へまいると、相助は少し愚か者で、鼻歌でデロレンなどを歌っているところへ源次郎が来て、

源「相助、たいそう精が出るのう」

相「おや御次男様、まことに日々《ひび》お暑いことでございます、当年は別してお暑いことで」

源「暑いのう、そちは感心なやつだとつねづね兄上もほめていらっしゃる、主用がなければ自用を足し、少しもからだにすきのない男だとおっしゃっている、それにてまえは国に別段身よりもないことだから、当家が里になり、大したところではないが相応な侍の家へ養子にやるつもりだよ」

相「恐れ入ります。なんともはやまことにどうも恐れ入りますなあ、殿様と申しあなたと申し、ふつつかなわたくしをそれほどまでに、これははや口ではお礼が述べきれましねえ、なんともへいわからなくありがとうございます。それだが武士になるにゃあわたくしもいろはのいの字も知んねえもんだからまことに困るんで」

源「実は貴様も知っている水道端の相川のう、あすこにお徳という十八ばかりの娘があるだろう。貴様をあすこの養子に世話をしてやろうと兄上がおっしゃった」

相「これはは やもうどうも。ほんとうでごぜえますか。はやどうも、あのくれえなお嬢様は世間にはないと思います、ほうべたなどはぽっとして尻などがちまちまとして、あのくれえないいお嬢《すけ》様はたんとはありましねえ」

源「むこうは高が少ないから、若党でもなんでもよいから、堅い者なればというのだから、てまえなればごくよかろうとあらまし相談が整ったところが、隣のぞうり取りの孝助めがごまをすったために、縁談が破談となってしまった。孝助が相川の男部屋へ行ってあの相助はいけないやつで、大酒飲みで、酒を飲むと前後を失い、主人の見さかいもなく頭をぶち、女郎は買い、ばくちは打ち、その上盗人根性《ぬすっとこんじょう》があると言ったもんだから、相川もいやきになり、話がもつれて、今度はとうとう孝助が相川の養子になることに決まり、きょう結納の取りかわせだとよ。むこうではぞうり取りでさえほしがるところだから、てまえなれば真鍮でも二本差す身だから、きっとよかったに違いはない。孝助は憎いやつだ」

相「なんですと、孝助が養子になると。憎《にっ》こいやつでごじいます。人の恋路のじゃまをすればばって、わたくしが盗人根性があって、おまけに御主人の頭を打《にゃ》すと、いつわたくしが御主人の頭を打《にゃ》しました」

源「おれに理屈を言ってもしかたがない」

相「残念、腹が立ちますよ、憎こい孝助だ。ただおきましねえ」
源「けんかしろけんかしろ」
相「けんかしてはかないましねえ、あいつは剣術《きんじゅつ》が免許《みんきょ》だから剣術《きんじゅつ》はとてもおよびましねえ」
源「それじゃあ田中の中間のけんかの亀蔵《かめぞう》というやつで、からだじゅう傷だらけのやつがいるだろう。あれと藤田の時蔵と二人に鼻薬をやって頼み、貴様と三人で、あした孝助が相川の屋敷から一人で出てくるところを、大曲りでぶち殺してもかまわないから、ぽかぽか殴りにして川へほうりこめ」
相「殺すのはかわいそうだが、打《にゃ》してやりてえなあ。だがけんかをしたことが知れればどうなりますか」
源「そうさ、けんかをしたことが知れれば、おれが兄上にそう言うと、兄上はきっと不届きなやつ、相助をいとまにしてしまうとおっしゃっておいとまになるだろう」
相「おいとまになってはつまりましねえ。よしましょう」
源「だがのう、こちらで貴様にいとまを出せば、隣でも義理だから孝助にいとまを出すに違いない。あいつがいとまになれば相川でも孝助は里がないから養子にもらう気づかいはない、そのうちこちらではてまえを先へ呼び返して相川へ養子にやるつもりだ」
相「まことにおめえ様、御親切が恐れ入り奉ります」
と言うから、源次郎は懐中より金子幾らかを取り出し、源「金子をやるから亀蔵たちと一杯飲んでくれ」

相「これはは や金子《けんす》まで。これいただいてはすみましねえ。せっかくのおぼしめしだからちょうだいいたしておきます」

これから相助は亀蔵と時蔵のところへ行きこのことを話すと、おもしろ半分にやっつけろと、手はずの相談を取り決めました。さて飯島平左衛門はそんなこととは知らず、孝助を供に連れ、御番からお帰りになりました。

国「殿様きょうは相川様のところへ孝助の結納でおいでになりますそうですが、少しお居間の御用がありますからお送り申したら、孝助は殿様よりお先へお帰しくださいまし。用がすみ次第すぐにまたお迎いにつかわしましょう」

という。飯島は「よしよし」と孝助を連れて相川の家《うち》へまいりましたが相川はごく小さい家《うち》で、

孝「お頼み申しますお頼み申します」

相「どーれ、これ善蔵や玄関に取り次ぎがあるようだ。善蔵いないか、どこへ行ったんだ」

婆「あなた、善蔵はお使いにおやりあそばしたではありませんか」

相「おれが忘れた、牛込の飯島様がおいでになったのかもしれない、たばこ盆へ火を入れてお茶の用意をしておきな。たぶん孝助殿もいっしょに来たかもしれないから、お徳にそのことを言いな。これこれおまえよくしたくをしておけ、おれが出迎いをしよ

う」

と玄関まで出てまいり、

相「これは殿様だいぶお早くどうぞすぐにおあがりを願います、へいまことにこのとおり見苦しいところ孝助殿も。ごあいさつはあとでします」

相川はいそいそと一人で喜び、こっつりと柱に頭をぶっつけ「あいたた、とにかくこちらへ」と座敷へ通し、「さて残暑お暑いことでございます、また昨日はあがりまして御無理を願ったところ、早速にお聞きずみくだされありがとう存じます」

飯「昨日はお草々を申しました。いかにもお急ぎなさいましたから御酒もあげませんで、大きにお草々申し上げました」

相「あれから帰りまして娘に申し聞けまして、殿様がお承知の上孝助殿を聟にとることに決まって、あすは殿様お立ち合いの上で結納取りかわせになると言いますと、娘は落涙をして喜びました、というと浮気のようですが、そうではない、お父様《とっさま》を大事に思うからとはいいながら、ただいままで御苦労をかけましたと申しますから、早く丈夫にならなければいけない孝助殿が来るからと申して、すぐに薬を三服たてつけて飲ませました、それからおかゆを二膳半食《ぜんはん》べました。それからきょうはな娘がずっと気分が直って、お父様こんなに見苦しいなりでいては、孝助様に愛想をつかされるといけませんからというので、化粧をする、婆あもお歯黒《はぐろ》をつけるやら大変です、わたくしももはや五十五歳ゆえ早く養子をして楽がしたいものですから、まことに恥じ入った次第でございますが、早速のお聞きずみ、まことにありがとう存じます」

飯「あれから孝助に話しましたところ、当人もたいそうに喜び、わたくしのようなふつつかものをそれほどまでにおぼしめしくださるとは冥加至極《みょうがしごく》と申してな、あらかた当人も得心いたした様子でな」

相「いやもう、あの人は忠義だからいやでも殿様のおっしゃることならはいと言っていうことを聞きます、あのくらいな忠義な人はない。旗本八万騎の多い中にもおそらくはあのくらいな者は一人もありますまい。娘がそれを見込みましたのだ。善蔵はまだ帰らないか、これ婆あ」

婆「なんでございます」

相「殿様にごあいさつをしないか」

婆「ごあいさつをしようと思っても、あなたがせかせかしているものだからごあいさつする間《ま》もありはしません。殿様、ごきげんさまよういらっしゃいました」

飯「これは婆《ばあ》やあ、お徳様が長い間御病気のところ、早速の御全快まことにおめでたい、おまえも心配したろう」

婆「おかげさまで、わたくしはお嬢様のお小さい時分からおそばにいて、お気性も知っておりますのになんともおっしゃらず、やっとこのあいだわかったので殿様に御苦労をかけました。まことにありがとうございます」

相「善蔵はまだ帰らないか、長いなあ、お菓子を持って来い、殿様御案内のとおり手狭でございますから、なにかちょっと尾頭付きで一献差し上げたいが、まあお聞きください、このとおり手狭ですからお座敷を別にすることも出来ませんから、孝助殿もここへいっしょにいたし、きょうは無礼講で御家来でなく、どうか御同席で御酒をあげたい、孝助はわたくしが出迎えます」

飯「なにわたくしが呼びましょう」

相「なあにあれはわたくしの大事な聟で、死に水を取ってもらう大事な養子だから」と立ち上がり、玄関まで出迎え、

相「孝助殿まことによく、いつもおすこやかに御奉公、きょうはな無礼講で、殿様のそばで御酒、いやなに酒は飲めないから御膳をちょっとあげたい」

孝「これは相川様ごきげんよろしゅう、承ればお嬢様は御不快の御様子、少しはおよろしゅうございますか」

相「なにを言うのだ、おまえの女房をお嬢様だのおよろしいもないものだ」

飯「そんなことを言うと孝助が間を悪がります。孝助せっかくのおぼしめし、ごめんをこうむってこちらへ来い」

相「なるほどりっぱな男で、なかなかふう、へえ、さて昨日は殿様に御無理を願い早速お聞きずみくださいましたが、高《たか》は少なし娘はふつつかなり、舅《しゅうと》は知ってのとおりのそこつ者、実になんと言って取るところはないだろうが、娘がおまえでなければならないと思うまでに思い詰めたというと、浮気なようだがそうではない、あれが七つの時母

が死んで、それから十八までわしが育ったものだから、あれも一人の親だと大事に思い、おまえの心がけのよい、優しく忠義なところを見て思い詰め病いとなったほどだ、どうかあんなやつでも見捨てずにかわいがってやっておくれ。わたしはすぐにちょこちょこと隠居して、すみのほうへ引っ込んでしまうから、ときどき少々ずつ小づかいをくれればいい、それからほかになにもおまえに譲る物はないが、藤四郎吉光《とうしろうよしみつ》の脇差《わきざし》がある、こしらえはやぼだが、それだけはわたしの家《うち》に付いた物だからおまえに譲るつもりだ、出世はおまえの器量にある」

飯「そういうと孝助が困るよ。孝助もまことにありがたいことだが、少し子細があって、ことしいっぱいわたしのそばで奉公したいというのが当人の望みだから、どうか当年いっぱいはわたしの手元に置いて、来年の二月に婚礼をすることにいたしたい、もっとも結納だけはきょういたしておきます」

相「へい来年の二月では今月が七月だから、七八九十十一十二正二と今から八か月間があるが、八か月では質物でも流れてしまうから、あまり長いなあ」

飯「それは深いわけがあってのことで」

相「なるほど、ああ感服だ」

飯「おわかりになりましたか」

相「それだから孝助に娘のほれるのももっともだ、娘よりわたしが先へほれた、それはこうでしょう、ことしいっぱいあなたのおそばで剣術を習い、免許でも取るような腕になるつもりだろう、これはそうなくてはならない、孝助殿の思うにはなんぼ自分がりこうでも器量があるにしたところが、少《すけ》なくも禄のあるところへ養子に来るのだからみやげがなくてはおかしいというので、免許か目録の書付けを握って来る気だろう、それに違いない、ああ感服、自分を卑下したところがえらいねえ」

孝「殿様、わたくしはちょっとお屋敷へ帰って参ります」

相「行くのは御主用だからしかたがないが、なにもないがちょっと御膳をあげます。少し待っておくれ。善蔵まだか、長いのう、だが孝助殿、またすぐに帰ってくるだろうが主用だから来られないかもしれないから、ちょっと奥の六畳へ行って徳に会ってやっておくれ。徳がきょうはおしろいをつけて待っていたのだから、おまえに会わないとつけたおしろいがむだになってしまう」

飯「そうおっしゃると孝助が間を悪がります」

相「とにかくあれさ、どうかちょっと会わせて」

飯「孝助ああおっしゃるものだからちょっとお嬢様にお目通りしてまいれ。まだこちらへ来ないうちは、てまえは飯島の家来孝助だ、相川のお嬢様の所へ御病気見舞いに行くのだ、なにをうじうじしている、お嬢様の御病気を伺ってまいれ」

と言われ孝助は間を悪がってへいへい言っていると、

婆「こちらへどうぞ。御案内をいたします」

とお徳の部屋へ連れてくる。

孝「これはお嬢様長らく御不快のところ、御様子はいかがさまでございますか。お見舞いを申し上げます」

婆「孝助様どうかお目をかけられてくださいまし。お嬢様孝助様がいらっしゃいましたよ。あれまあ真っ赤になって、今まであなたが御苦労をなすったおかたじゃありませんか。孝助様がおいでになったらおうらみを言うとおっしゃったに、ただ真っ赤になってお尻でごあいさつなすってはいけません」

孝「おいとまを申します」

とあいさつをして主人のところへまいり、

孝「いったん御用をたして、早くすみましたらまたあがります」

相「困ったねえ、暗くなったがなにがあるかえ」

孝「なにがとは」

相「なにさちょうちんがあるかえ」

孝「ちょうちんは持っております」

相「なにがないと困るがあるかえ、なにさろうそくがあるかえ、なにあるとえ、そんならよろしい」

孝助はいとまごいをして相川の屋敷を立ち出で、大曲りのほうを通れば、前に申した三人が待ち伏せをしているのだが、孝助の運が強かったとみえ、隆慶橋《りゅうけいばし》を渡り、軽子坂《かるこざか》から屋敷へ帰ってきた。

孝「ただいま帰りました」
というからお国は驚いた。なんでも今ごろは孝助が大曲りへんで、三人の中間に真鍮巻きの木刀でぶたれて殺されたろうと思っているところへ、ふだんのとおりで帰ってきたから、
国「おやおやどうして帰ったえ」
孝「あなた様がお居間の御用があるから帰れとおっしゃったから帰ってまいりました」
国「どこからどうお帰りだ」
孝「水道端を出て隆慶橋を渡り、軽子坂をあがって帰ってきました」
国「そうかえ、わたしゃまたきょうは相川様でおまえを引き止めて帰ることができまいと思ったから、御用はすませてしまったから、おまえはすぐに殿様のお迎いに行っておくれ。そしてもしおまえがお迎いに行かないうちにお帰りになるかも知れないよ、おまえほかの道を行って、途中でお目にかからないといけない。殿様はいつでも大曲りのほうをお通りになるから、あっちのほうから行けば途中で殿様にお目にかかるかもしれない。すぐに行っておくれ」
孝「へい。そんなら帰らなければよかった」
と再び屋敷を立ち出で、大曲りへかかると、中間三人は手に手に真鍮巻きの木刀をひねくり待ちあぐんでいたのも道理、来ようと思うほうから来ないで、あとのほうから花《はな》

菱《びし》のちょうちんをさげてくるのを見つけ、たしかに孝助と思い、相助はずっと進んで、
相「やい待て」
孝「だれだ、相助じゃねえか」
相「おお相助だ、貴様とけんかしょうと思って待っていたのだ」
孝「なにを言うのだ、だしぬけに、貴様とけんかすることはなにもねえ」
相「おのれ相川様へごまあすりやあがって、おれの養子になるじゃまをした。それぱかりでなくおれのことを盗人根性《ぬすっとこんじょう》があると言やあがったろう、どういうわけでごまをすって、てめえがあのお嬢様のところへ養子に行こうとする、憎《にっこ》いやつ、ほかのこととは違う。盗人根性があると言ったからけんかするから覚悟しろ」
と争っている横合いから、亀蔵が真鍮巻きの木刀を持って、いきなり孝助の持ってるちょうちんをたたき落とす、ちょうちんは地に落ちて燃え上がる。
亀「てまえは新参者のくせに、殿様のお気に入りを鼻にかけ、大手を振って歩きやあがる、いってえ貴様は気に入らねえやつだ、この畜生め」
と言いながら孝助の胸ぐらを取る。孝助はこいつらは徒党したのではないかと、透かしてむこうを見ると、どぶのふちにいま一人しゃがんでいるから、孝助はかねて殿様が教えてくださるには、相手の大勢《たいぜい》の時はあわてるとけがをする、寝て働くがいいと思い、胸ぐらを取られながら、亀蔵の油断を見て前袋に手がかかるが早いか、孝助は自分のからだをあおむけにして寝ながら、右の足をあげて亀蔵のきんたまのあたりをけかえせば、

亀蔵はさかとんぼうを打ってどぶのふちへ投げ付けられるを、左のほうから時蔵相助が打ってかかるを、孝助はひらりとからだを引き外し、腰に差したる真鍮巻きの木刀で相助のしりのあたりをどんとぶつ。相助ぶたれて気がのぼせあがるほど痛く、目もくらみ足もすわらず、ひょろひょろと逃げ出しどぶへ駆け込む。時蔵もぶたれて同じくどぶへ落ちたのを見て、

孝「やい、何をしやあがるのだ。さあどいつでもこいつでも来い、飯島の家来には死んだ者は一匹もいねえぞ、お印物《しるしもの》のちょうちんを燃やしてしまって、殿様に申し訳がないぞ」

飯「まああもうよろしい、心配するな」

孝「へい、これは殿様どうしてここへ。わたくしがこんなにけんかをしたのをごらんあそばして、またわたくしがしくじるのですかなあ」

飯「相川のほうも用事がすんだから立ち帰って来たところ、この騒ぎ、憎いやつと思い、見ていててまえが負けそうならおれが出て加勢をしようと思っていたが、貴様の力で追い散らしてまずよかった、焼け落ちたちょうちんを持って供をしてまいれ」

と主従《しゅじゅう》連れ立って屋敷へお帰りになると、お国は二度びっくりしたが、素知らぬ顔でこの晩はすんでしまい、翌朝《よくあさ》になると隣の源次郎がすましてやってまいり、

源「おじ様おはようございます」

飯「いや、だいぶお早いのう」

源「おじ様、昨晩大曲りで御当家の孝助とわたくしどもの相助とけんかをいたし、相助はさんざんに打たれ、ほうほうのていで逃げ帰りましたが、兄上がたいそうに怒《いか》り、けしからんやつだ、年がいもないと申してすぐにいとまを出しました。ついてはけんか両成敗のたとえのとおり、御当家の孝助も定めておいとまになりましょう。家来の身分として私《わたくし》の遺恨をもってけんかなどをするとはもってのほかのことですから、兄の名代でちょっと念のためにお届けにまいりました」

飯「それはよろしい、ゆうべのは孝助は悪くはないのだ。孝助がわたしの供をしてちょうちんを持って大曲りへかかると、田中の亀蔵、藤田の時蔵、おうちの相助の三人がいきなりに孝助に打ってかかり、供前《ともまえ》を妨ぐるのみならず、ちょうちんを打ち落とし、印物《しるしもの》を燃やしましたから、憎いやつ、手打ちにしようと思ったが、隣ずからの中間を切るでもないと我慢をしているうちに、孝助が怒《おこ》って木刀で打ち散らしたのだから、ゆうべのは孝助は少しも悪くはない。もし孝助に遺恨があるならばなぜ飯島に届けん。供先《ともさき》を妨げけしからんことだ。相助のいとまになるは当たり前だ、あれはいとまを出すのがよろしい。あいつを置いてはよろしくありませんとお兄《あにい》さまに申し上げな、これから田中、藤田の両家へも廻文を出して、時蔵、亀蔵もいとまを出させるつもりだ」

と言い放し、孝助ばかり残ることになりましたから、源次郎もあてがはずれ、あいさつもできないくらいな始末で、なんとも言うことができず屋敷へ帰りました。

さてかの伴蔵はことし三十八歳、女房おみねは三十五歳、互いに貧乏世帯を張るも萩原新三郎のおかげにて、ある時は畑をうない、庭や表のはきそうじなどをし、女房おみねは萩原の宅へまいり煮炊きすすぎ洗濯やおかずごしらえお給仕などをしておりますゆえ、萩原も伴蔵夫婦には孫店を貸してはおけど店賃なしで住まわせて、おりおりは小づかいや浴衣などの古い物をやり、家来同様使っていました。伴蔵は怠け者にて内職もせず、おみねは一人で内職をいたし、毎晩八つ九つまで夜なべをいたしていましたが、ある晩のこと絞りだらけの蚊帳をつり、この絞りの蚊帳というは蚊帳に穴があいているものですから、ところどころ観世縒《かんじんより》でしばってあるので。その蚊帳をつり、伴蔵は寝ござを敷き、一人で寝ていて、足をばたばたやっており、蚊帳の外では女房がしきりに夜なべをしていますと、八《や》つの鐘がボンと聞こえ、世間はしんといたし、おりおり清水《しみず》の水音が高く聞こえ、なんとなくものすごく、秋の夜風の草葉にあたり、陰々寂寞と世間が一体にしんといたしましたから、この時は小声で話をいたしてもよく聞こえるもので、蚊帳のうちで伴蔵が、しきりにだれかとこそこそ話をしているに、女房は気がつき、行燈《あんどう》の下影から、そっと蚊帳のうちを差しのぞくと、伴蔵が起き上がり、ちゃんとすわり、両手をひざについていて、蚊帳の外にはだれか来て話をしている様子は、なんだかはっきりわかりませんが、どうも女の声のようだからおかしいことだと、やきもちの虫がぐっと胸へ込み上げたが、年若とは違い、もう三十五にもなることゆえ、表向きに悋気《りんき》もしかねるゆえ、あんまりな人だと思っているうちに、女は帰った様子ゆえなんとも言わず黙っていたが、翌晩もまた来てこそこそ話をいたし、こういうことがちょうど三晩の間続きましたので、女房ももう我慢ができません。ちと鼻がとんがらかってきて、鼻息が荒くなりました。

伴「おみね、もう寝ねえな」

みね「ああばかばかしいやね、八つ九つまで夜なべをしてさ」

伴「ぐずぐず言わないで早く寝ねえな」

みね「えい、人が寝ないでかせいでいるのに、ばかばかしいからさ」

伴「蚊帳の中へ入《へい》んねえな」

おみねは腹立ち紛れにずっと蚊帳をまくって中へはいれば、

伴「そんな入《へい》りようがあるものか。なんてえ入《へい》りようだ。突っ立って入《へえ》っちゃあ蚊《か》が入《へえ》ってしようがねえ」

みね「伴蔵さん、毎晩おまえのところへ来る女はあれはなんだえ」

伴「なんでもいいよ」

みね「なんだかお言いなねえ」

伴「なんでもいいよ」

みね「おまえはよかろうがわたしゃつまらないよ。ほんとうにおまえのために寝ないであくせくとかせいでいる女房の前もかまわず、女なんぞを引きずり込まれては、わたしのような者でもあんまりだ。あれはこういうわけだと明かして言っておくれてもいいじゃあないか」

伴「そんなわけじゃねえよ。おれも言おう言おうと思っているんだが、言うとおめえが怖がるから言わねえんだ」

みね「なんだえ怖がると、おおかたさきのあまっちょがなんかおまえにこわもてで言やあがったんだろう、おまえがかかあがあるから女房に持つことができないと言ったら、そんならうっちゃっておかないとかなんとかいうのだろう、理不尽にあまっちょが女房のいるところへどかどか入《へえ》ってきて話なんぞをしやあがって、もし刃物三昧《はものざんまい》でもするりょうけんならわたしはただはおかないよ」

伴「そんな者じゃあないよ、話をしてもてめえ怖がるな、毎晩来る女は萩原様にごくほれて通ってくるお嬢様とお付きの女中だ」

みね「萩原様は萩原様の働きがあってなさることだが、おまえはこんな貧乏世帯を張っていながら、そんな浮気をしてすむかえ、それじゃあおまえがそのお付きの女中とくっついたんだろう」

伴「そんなわけじゃないよ。実はおとといの晩おれがうとうとしていると、清水のほうから牡丹の花の燈籠をさげた年増が先へ立ち、お嬢様の手を引いてずっとおれの家《うち》へ入《へえ》ってきたところが、なかなか人柄のいいお人だから、おれのような者の家《うち》へこんな人が来るはずはないがと思っていると、その女がおれの前《めえ》へ手をついて、伴蔵さんとはおまえ様でございますかというから、わっちが伴蔵でごぜえやすと言ったら、あなたは萩原様の御家来かと聞くから、まあまあ家来同様なわけでごぜえますというと、萩原様はあんまりなおかたでございます。お嬢様が萩原様に恋い焦がれて、今夜いらっしゃいとたしかにお約束をあそばしたのに、今はお嬢様をおきらいなすって、入れないようになさいますとはあんまりなおかたでございます。裏の小さい窓にお札がはってあるので、どうしてもはいることができませんから、お情けにそのお札をはがしてくださいましというから、あしたきっとはがしておきましょう、明晩きっとお願い申しますと言ってずっと帰《けえ》った。それからきのうは一日畑うないをしていたが、つい忘れていると、その翌晩また来て、なぜはがしてくださいませんというから、違《ちげ》えねえ、つい忘れやした、きっとあしたの晩はがしておきやしょうと言ってそれからけさ畑へ出たついでに萩原様の裏手へ回ってみると、裏の小窓に小さいお経の書いてある札がはってあるが、なにしてもこんな小さな所からはいることは人間にはできるものではねえが、かねて聞いていたお嬢様が死んで、萩原様のところへ幽霊になって会いに来るのがこれに相違ねえ。それじゃあ二晩来たのは幽霊だったかと思うと、ぞっと身の毛がよだつほど怖くなった」

みね「ああ、いやだよ、おふざけでないよ」

伴「今夜はよもや来やあしめえと思っているところへまた来たあ。今夜はおれが幽霊だと知っているから怖くって口もきけず、あぶら汗を流してかたまっていて、押さえつけられるように苦しかった。そうするとまだはがしておくんなさいませんねえ、どうしてもはがしておくんなさいませんと、あなたまでお恨み申しますと、おっかねえ顔をしたから、あしたはきっとはがしますと言って帰《けえ》したんだ。それだのにてめえにとやこうやきもちをやかれちゃあつまらねえよ。おれは幽霊に恨みを受ける覚えはねえが、札をはがせば萩原様が食い殺されるか取り殺されるに違えねえから、おれはここを越してしまおうと思うよ」

みね「うそをおつきよ、なんぼなんでも人をばかにする、そんなことがあるものかね」

伴「疑るならあしたの晩てめえが出てあいさつをしろ。おれはまっぴらだ、戸だなに入《へえ》って隠れていらあ」

みね「そんならほんとうかえ」

伴「ほんとうもうそもあるものか、だからてめえが出なよ」

みね「だって帰る時にはこまげたの音がしたじゃあないか」

伴「そうだが、たいそうきれいな女で、きれいほどなお怖いもんだ、あしたの晩おれといっしょに出な」

みね「ほんとうなら大変だ、わたしゃいやだよう」

伴「そのお嬢様が振袖を着て髪を島田に結い上げ、ごく人柄のいい女中がていねいに、おれのような者に両手をついて、やせっこけたなんだか寂しい顔で、伴蔵《ともぞう》さんあなた……」
みね「ああ怖い」
伴「ああびっくりした。おれはてめえの声で驚いた」
みね「伴蔵さん、ちょいといやだよう。それじゃあこうしておやりな。わたしたちが萩原様のおかげでどうやらこうやら口をすごしているのだから、あしたの晩幽霊が来たらば、おまえが一生懸命になってこうお言いな。まことにごもっともではございますが、あなたは萩原様にお恨みがございましょうとも、わたくしども夫婦は萩原様のおかげでこうやっているので、萩原様にもしものことがありましてはわたくしども夫婦の暮らしかたが立ちませんから、どうか暮らしかたのつくようにお金を百両持ってきてくださいまし。そうすればきっとはがしましょうとお言いよ、怖いだろうがおまえは酒を飲めば気丈夫になるというから、わたしが夜なべをしてお酒を五合ばかり買っておくから、酔ったまぎれにそう言ったらどうだろう」
伴「ばか言え、幽霊に金があるものか」
みね「だからいいやね、金をよこさなければお札をはがさないやね、それで金もよこさないでお札をはがさなけりゃあ取り殺すというようなわけのわからない幽霊はないよ、それにおまえには恨みのあるわけでもなしさ、こう言えば義理があるから心配はない。もしお金を持ってくればはがしてやってもいいじゃあないか」

伴「なるほど、あのくらいわけのわかる幽霊だから、そう言ったら得心して帰《けえ》るかもしれねえ。ことによると百両持ってくるものだよ」
みね「持ってきたらお札をはがしておやりな。おまえ考えてごらん、百両あればおまえとわたしは一生困りゃあしないよ」
伴「なるほど、こいつはうめえ。きっと持ってくるよ。こいつは一番やっつけよう」
と欲というものは怖しいもので、あくる日は日の暮れるのを待っていました。そうこうするうちに日も暮れましたれば、女房はわたしゃ見ないよと言いながら戸だなへはいるという騒ぎで、かれこれしているうち夜もだんだんと更け渡り、もう八つになると思うから、伴蔵は茶碗酒でぐいぐいひっかけ、酔ったまぎれで掛け合うつもりでいると、そのうち八つの鐘がボーンと不忍《しのばず》の池に響いて聞こえるに、女房は暑いのに戸だなへはいり、ぼろをかぶって小さくなっている。伴蔵は蚊帳の内に斜《しゃ》にかまえて待っているうち、清水のもとからカランコロンカランコロンとこまげたの音高く、つねに変わらず牡丹の花の燈籠をさげて、朦朧《もうろう》としていけがきの外まで来たなと思うと、伴蔵はぞっと肩から水をかけられるほど怖気《こわけ》立ち、三合飲んだ酒もむだになってしまい、ぶるぶる震えながらいると、蚊帳のそばへ来て、伴蔵さん伴蔵さんと言うから、
伴「へいへいおいでなさいまし」
女「毎晩まいりまして、御迷惑のことをお願い申してまことに恐れ入りますが、まだ今夜もお札がはがれておりませんのではいることができず、お嬢様がおむずかりあそば

し、わたくしがまことに困りますから、どうぞ二人の者をふびんとおぼしめしてあのお札をはがしてくださいまし」

伴蔵はがたがた震えながら、

伴「ごもっともさまでございますけれども、わたくしども夫婦の者は、萩原様のおかげさまでようやくその日を送っている者でございますから、萩原様のおからだにもしものことがございましては、わたくしども夫婦の者があとで暮らしかたに困りますから、どうぞあとで暮らしに困らないように百両の金を持ってきてくださいましたらばすぐにはがしましょう」

というたびに冷たい汗を流し、やっとの思いで言い切りますと、両人は顔を見合わせて、しばらく首を垂れて考えていましたが、

米「お嬢様、それごろうじませ。このおかたにお恨みはないのに御迷惑をかけてすまないではありませんか。萩原様はお心変わりがあそばしたのだから、あなたがお慕いなさるのはおむだでございます。どうぞふっつりお諦めあそばしてください」

露「米や、わたしゃどうしても諦めることはできないから、百目の金子を伴蔵さんにあげてお札をはがしていただき、どうぞ萩原様のおそばへやっておくれよう、よう」

と言いながら、振袖を顔に押しあてさめざめと泣く様子が実にものすごいありさまです。

米「あなた、そうおっしゃいますがどうしてわたくしが百目の金子を持っておろう道

理はございませんが、それほどまでに御意あそばしますから、どうか才覚をして、明晩持ってまいりましょうが、伴蔵さん、まだお札のほかに萩原様の懐に入れていらっしゃるお守りは、海音如来様というありがたいお守りですから、それがあってはやっぱりおそばへまいることができませんから、どうかそのお守りも昼のうちにあなたのご工夫でお盗みあそばして、ほかへお取り捨てを願いたいものでございますが、できましょうか」

伴「へいへいお守りも盗みましょうが、百両はどうぞきっと持ってきておくんなせえ」

米「嬢様それでは明晩までお待ちあそばせ」

露「米やまた今夜も萩原様にお目にかからないで帰るのかえ」

と泣きながらお米に手を引かれてすうーと出てゆきました。

十一

二十四日《か》は飯島様はお泊まり番で、お国はただ寝ても覚めても考えるには、どうがなして宮野辺の次男源次郎と一つになりたい、ついては来月の四日に、殿様と源次郎と中川へ釣りに行く約束があるゆえ、源次郎に殿様を川の中へ突き落とさせ、殺してしまえば、源次郎は飯島の家《うち》の養子になるまでの工夫はついたものの、この密談を孝助に立ち聞かれましたから、どうがな工夫をして孝助にいとまを出すか、殿様のお手打ちにでもさせる工夫はないかと、いろいろと考え、しまいには疲れてとろとろまどろむかと思うと、ふと目が覚めて、と見れば、二間隔っているふすまがすうーとあきます。以前は屋敷方《しきがた》にては暑中でもすだれ障子はなかったもので、縁側はやはり障子、中はふすまで立て切ってありまするのが、さらさらとあいたかと思うと、すらりすらりと忍び足で歩いてまいり、また次のお居間のふすまをすらりすらりとあけるから、お国ははてなだれかまだ起きているかと思っていると、地袋の戸がガタガタと音がしたかと思うと、錠をあける音がガチガチと聞こえましたから、はてなと思ううちすうーっトンとふすまをしめ、ピシャリピシャリと裾を引くようなあんばいで台所のほうへ出てゆきますから、はて変なことだと思い、お国は気丈な女でありますから起き上がり、ぼんぼりをつけ行ってみると、だれもいないから、地袋のほうを見ると戸があけ放してあって、お納戸縮緬の胴巻きが外のほうへ流れ出していたのに驚いて調べてみると、殿様のお手文庫の錠前をねじ切り、胴巻きの中にあった百目の金子が紛失《ふんじつ》いたしたに、さてはどろぼうかと思うとあとが怖気《こわけ》立《だ》って臆するもので、お国も一時驚いたが、たちまち一計を考え出し、この胴巻きの金子の紛失《ふんじつ》したるを幸いに、これを証拠として、孝助をどろぼうに落とし、殿様にたきつけて、お手打ちにさせるかひまを出すか、どの道かにしようと、その胴巻きを袂《たもと》に入れおき、ふしどに帰って寝てしまい、翌日になっても知らぬ顔をしており、孝助には弁当を持たせて殿様のお迎いに出してやり、そのあとへ源助という若党がほうきをさげてお庭のそうじに出てまいりました。

国「源助どん」

源「へいへいおはようございます。いつもごきげんよろしゅう。この節は日中はたいそう熱《いき》れてしのぎかねます。としのようなきびしいことはございません。どうも暑中よりきびしいようでございます」

国「源助どん、お茶がはいったから一杯飲みな」

源「へいありがとうございます。お屋敷は高台でございますから、よほど風通しもよくて、へい、へい。御門はどうもことごとく暑うございまする。へい、これはどうもありがとうございまする。わたくしは御酒をいただきませんからお茶はまことにけっこうで、ときどきお茶をいただきまするのはなによりの楽しみでございまする」

国「源助どん、おまえは八か年前御当家へ来てなかなか正直者だが、孝助は三月の五日に当家へ御奉公に来たが、孝助は殿様の御意に入りを鼻にかけて、この節は増長してわがままになったから、おまえも一つ部屋にいて、ときどきは腹の立つこともあるだろうねえ」

源「いえいえどういたしまして。あの孝助ぐらいなよくできた人間はございません。そのうえ殿様思いで、殿様のことというときちがいのようになって働きます、年はまだ二十一だそうですが、なかなか届いたものでございます。そしてまことに親切なことはわたくしも感心いたしました。さきだってわたくしの病気の時も孝助が夜っぴて寝ないで看病をしてくれまして、朝も眠がらずに早くから起きて殿様のお供をいたし、あのくらいな情合いのある男はないとわたくしは実に感心をしております」

国「それだからおまえは孝助にばかされているのだよ。孝助はおまえのことを殿様にどんなにごまをするだろう」

源「へえーごまをすりますか」

国「おまえは知らないのかえ。このあいだ孝助が殿様に言い付けるのを聞いていたら、源助はどうも意地が悪くて奉公がしにくい。一つ部屋にいるものだから、源助が新参と侮り、いろいろにいじめ、わたくしに何も教えてくれませんでしくじるようにばかりいたし、お茶がはいっておいしい物をいただいても、源助が一人で食べてしまってわたくしにはくれません。ほんとうに意地の悪い男だというものだから、殿様もお腹をお立ちあそばして、源助は年がいもない憎いやつだ、いまにいとまを出そうと思っているとおっしゃったよ」

源「へい、これはどうも、孝助はとほうもないことを言ったもので、これはどうも、わたくしは孝助にそんなことを言われる覚えはございません。おいしい物をたくさんにいただいた時は、孝助殿おまえは若いから腹が減るだろうといって、みんな孝助にやって食べさせるくらいにしているのになんたることでしょう」

国「そればかりじゃあないよ、孝助は殿様の物をくすねるから、おまえ孝助といっしょにいるといまに掛かり合いだよ」

源「へいなにか取りましたか」
国「へいたって、おまえはなにも知らないからいまに掛かり合いになるよ。たしかに殿様の物を取ったことをわたしは知っているよ。わたしはさっきから女部屋のものまであらためているくらいだから、おまえはちょっと孝助の文庫をここへ持ってきておくれ」
源「掛かり合いになっては困ります」
国「それはわたしがよいように殿様に申し上げておいたから、そっと孝助の文庫を持ってきな」
と言われて、源助はもとより人がいいからお国に悪だくみあるとは知らず、部屋へまいりて孝助の文庫を持ってまいってお国の前へ差し出だすと、お国は文庫のふたをあけ、中をあらためるふりをしてそっとかのお納戸縮緬の胴巻きを袂から取り出して中へずっと差し込んでおいて、
国「あきれたよ、殿様の大事な品がここにはいっているんだもの。いまに殿様がお帰りの上で目張《めっぱ》りこでみんなの物をあらためなければ、わたしのお預りの品がなくなったのだから、わたしがすまないよ。きっと詮議《せんぎ》をいたします」
源「へい、人は見かけによらないものでございますねえ」
国「この文庫を見たことを黙っておいでよ」
源「へいよろしゅうございます」

と文庫を持って立ち帰り、元のたなへあげておきました。すると八つ時、今の三時半ごろ殿様がお帰りになりましたから、玄関までみなみなお出迎いをいたし、殿様は奥へ通りおしとねの上におすわりなされたから、いつもならばできたてのお供えのようにお国がそばからうちわであおぎたて、ちやほや言うのだが、いつもと違ってふさいでいるゆえ、

飯「お国だいぶすまん顔をしているが、気分でも悪いのか、どうした」

国「殿様申しわけのないことができました。昨晩お留守にどろぼうがはいり、金子が百目紛失いたしました。あのお納戸縮緬の胴巻きにいれておいたのを胴巻きぐるみ紛失いたしました。なんでも昨晩の様子で見ると、台所口の障子があいたようで、ほかは締まりは厳重にしてあって、だれもおりませんから、よくあらためますと、お居間の地袋の中にあるお文庫の錠前がねじ切ってありました。それから驚いて毘沙門《びしゃもん》様に願がけをしたり、占い者に見てもらうと、これはうちうちの者が取ったに違いないと申しましたから、みんなの文庫やつづらをあらためようと思っております」

飯「そんなことをするにはおよばない。うちうちの者に、百両の金を取るほどの器量のある者は一人もいない。ほかからはいった賊であろう」

国「それでも御門の締まりは厳重につけておりますし、ただ台所口があいていたのですから、うちうちの者を一通り詮議をいたします。……あのお竹どん、お君どん、みんなこちらへ来ておくれ」

竹「とんだことでございました」
君「わたくしはお居間などにはおそうじのほかまいったことはございませんが、さぞ御心配なことでございましょう、わたくしなぞは昨晩のことはさっぱり存じませんでございます。まことに驚き入りました」
飯「てまえたちを疑るわけではないが、おれが留守で、国が預り中のことゆえ心配をいたしているものだから」
女中は「恐れ入ります。どうぞおあらためくださいまし」とめいめいつづらを縁側へ出す。
飯「竹の文庫にはどういう物がはいっているか見たいな。なるほどたまかな女だ、おととしつかわした手ぬぐいがちゃんとしてあるな。女というものは小切れの端でもちゃんと畳紙《たとう》へ入れておくくらいでなければいかん。お君や、てまえの文庫をひとつ見てやるからここへ出せ」
君「わたくしのはどうぞごめんあそばして、殿様がじかにごらんあそばさないでください」
飯「そうはいかん。竹のをあらためててまえのばかりみずにいては恨みっこになる」
君「どうぞ御勘弁、恐れ入ります」
飯「なにも隠すことはない。なるほど、ははあたいそう枕草紙《まくらぞうし》をためたな」
君「恐れ入ります。ためたのではございません。親類内から到来をいたしたので」

飯「言いわけをするな。着物が増えるというからいいわ」

国「あの男部屋の孝助と源助の文庫をあらためてみとうございます。お竹どんちょっと二人を呼んでおくれ」

竹「孝助どん、源助どん、殿様のお召しでございますよ」

源「へいへいお竹どんなんだえ」

竹「お金が百両紛失して、うちうちの者へお疑いがかかり、いまお調べのところだよ」

源「どこからはいったろう、なにしろ大変なことだ、なにしろ行ってみよう」

と両人飯島の前へ出てきて、

源「承りびっくりいたしました。百両の金子が御紛失になりましたそうでございますが、孝助とわたくしと御門を堅く守っておりましたに、どういうことでございましょう、さぞ御心配なことで」

飯「なに国が預り中で、たいそう心配をするからちょっとあらためるのだ」

国「孝助どん、源助どん、お気の毒だがおまえがた二人はどうも疑られますよ。つづらをここへ持っておいで」

源「おあらためを願います」

国「これぎりかえ」

源「一切合財一世《いっさいがっさいひとせ》帯《たい》これぎりでございます」

国「おやおやまあ、着物を袖畳みにして入れておくものではないよ。ちゃんと畳んでおおきな。これはなんだえ、なに寝間着だとえ、相変わらず無精をしてまるめておいてきたないねえ、このひもはなんだえ、虱ひもだとえ。きたないねえ。孝助どんおまえのをお出し、この文庫ぎりか」とこれからだんだんひろちゃくいたしましたが、もとより入れておいた胴巻きゆえあるに違いない。お国はこれ見よがしにうちわの柄に引っ掛けて、すっと差し上げ、

国「おい孝助どんこの胴巻きはどうしておまえの文庫の中にはいっていたのだ」

孝「おやおやおや、さっぱり存じません、どういたしたのでしょう」

国「おとぼけでないよ、百両のお金がこの胴巻きぐるみ紛失したから、おみくじの占いのと心配をしているのです、これがなくなってはどうもわたしが殿様にすまないからお金を返しておくれよ」

孝「わたくしは取った覚えはありません。どんなことがあっても覚えはありません、へいへいどういうわけでこの胴巻きがはいっていたか存じません、へえ」

国「源助どん、おまえは一番古くこのお屋敷にいるし、年かさも多いことだから、これは孝助どんばかりのしわざではなかろう、おまえと二人で心を合わせてしたことに違いない。源助どんおまえから先へ白状しておしまい」

源「これは、わたくしはどうも。これ孝助孝助、どうしたんだ、おれが迷惑を受けるだろうじゃないか、わたくしはこのお屋敷に八か年も御奉公をして、殿様から正直とい

われているのに年かさだものだから御疑念を受ける。孝助どうしたか言わねえか」
孝「わたくしは覚えはないよ」
源「覚えはないといったって、胴巻きの出たのはどうしたのだ」
孝「どうして出たかわたくしゃ知らないよ。胴巻きはひとりでに出てきたのだもの」
国「ひとりでに出たといってすむかえ。胴巻きの方から文庫の中へ駆け込むやつがあるものか。そらぞらしい。そんな優しい顔つきをしてほんとうに怖い人だよ、恩も義理も知らない犬畜生とはおまえのことだ、わたしが殿様にすまない」
と孝助のひざをぐっと突く。
孝「なにをなさいます。わたくしは覚えはございません。どんなことがあっても覚えはございませんございません」
源「孝助、おれが困る。おれが知恵でもつけたようにお疑りがかかり、困るから早く白状しろよ」
国「源助どん、おまえから先へ白状おしよ」
孝「わたくしゃ覚えはない。そんな無理なことをいってもいけないよ。ほかのことと違って、大それた、家来が御主人様のお金を百両取ったなんぞと、そんな覚えはない」
源「覚えがないとばかりいっても、それじゃあ胴巻きの出た趣意が立たねえ。おれまで御疑念がかかり困るから、早く白状して殿様の御疑念を晴らしてくれろ」
とこづかれて、孝助は泣きながら、ただ残念でございますと言っていると、お国は先夜の意趣を晴らすはこの時なり、きょうこそ孝助が殿様にお手打ちになるか追い出されるかと思えば、心地よく、わざと「孝助どん言わないか」と言いながら力に任せて孝助のひざをつねるから、孝助は身にちっとも覚えなきことなれど、証拠があれば言い解くすべもなく、くやし涙を流し、

孝「痛うございます。どんなに突かれてもつねられても、覚えのないことは言いようがありません」

国「源助どん、おまえから先へ言ってしまいな」

源「孝助言わねえか」

と言いながらどんと突き飛ばす。

孝「なにを突き飛ばすのだね」

源「いつまでも言わずにいちゃあおれが迷惑する。言いなよ」

とまた突き飛ばす。孝助は両方からつねられ突き飛ばされたりして、残念でたまらない。

孝「突き飛ばしたって覚えはない。おまえもあんまりだ。一つ部屋にいておれの気性も知っているじゃあないか。お庭のそうじをするにも草花一本も折らないように気をつけ、釘一本落ちていてもすぐに拾ってきて、おまえに見せるようにしているじゃあないか、おいらの心も知っていながら、人をどろぼうと疑るとはあんまりひどいじゃあないか。そんなにきゃあきゃあ言うと殿様までがわたくしを疑ります」

始終を聞いていた飯島は大声をあげて、

飯「黙れ孝助、主人の前もはばからず大声を発してけしからぬやつ、覚えがなければどうして胴巻きが貴様の文庫の内にあったか、それを申せ。どうして胴巻きがあった」

孝「どうしてありましたか、さっぱり存じません」

飯「ただ存ぜぬ知らんといってすむと思うかえ。ふらちなやつだ。おれがこれほど目をかけてやるにさ、その恩義を打ち忘れ、金子を盗むとはふとどきものめ、てまえばかりではよもあるまい。ほかに同類があるだろう。さあ申しわけが立たんければ手打ちにしてしまうからさよう心得ろ」

と言い放つ。源助は驚いて、

源「どうかお手打ちのところは御勘弁を願います。へい、また何者にかだまされましたかしれませんから、とくと源助が取り調べごあいさつを申し上げますまでお手打ちのところはお日延べを願いとう存じます」

飯「黙れ源助、さようなことを申すとてまえまで疑念がかかるぞ。孝助をかまいだてするとてまえも手打ちにするからさよう心得ろ」

源「これ孝助、おわびを願わないか」

孝「わたくしはなにもおわびをするようなふらちをしたことはない。殿様にお手打ちになるのはありがたいことだ。家来が殿様のお手にかかって死ぬのは当たり前のことだ、御奉公に来た時から、からだはもとより命まで殿様にさし上げている気だから、死ぬのはもとより覚悟だけれど、これまで殿様の御恩になったその御恩を孝助が忘れたとおっしゃった殿様のおことば、それればかりが冥途《よみじ》の障りだ。しかしこれも無実の難でいたしかたがない。あとでその金を盗んだやつが出て、ああ孝助が盗んだのではない、孝助は無実の罪であったということがわかるだろうから、いまお手打ちになってもかまわない。さあ殿様すっぱりとお願い申します。お手打ちになさいまし」

とすり寄ると、

飯「今は日のあるうち血を見せてはけがれる恐れがあるから、夕景になったら手打ちにするから、部屋へまいって蟄居《ちっきょ》しておれ。これ源助、孝助を取り逃がさんようにてまえに預けたぞ」

源「孝助おわびを願え」

孝「おわびすることはない。お早くお手打ちを願います」

飯「孝助よく聞け。匹夫下郎というものはおのれの悪いことをよそにして主人を恨み、惨《むご》いわからんと我を張ってみずから舌なぞをかみ切り、あるいは首を縊《くく》って死ぬ者があるが、てまえは武士の胤《たね》だということだから、よもさような死にようはいたすまいな、手打ちになるまできっと待っていろ」

と言われて孝助はくやし涙の声を震わせ、

孝「そんな死にようはいたしません、早くお手打ちになすってくださいまし」

源「これ孝助おわびを願わないか」

孝「どうしても取った覚えはない」

源「殿様は荒いことばもおかけなすったこともなかったが大枚の百両の金が紛失《ふんじつ》したので、金ずくだからごもっとものことだ。お隣の宮野辺の御次男様にお頼み申し、おわびごとを願っていただけ」

孝「隣の次男なんぞに、たとえ舌を食って死んでもわびごとなぞは頼まねえ」

源「そんなら相川様へ願え。新五兵衛様へさ」

孝「なにもしくじりのかどがないものを、なにも覚えがないのだから、あとで金の盗み手が知れるに違いない。天誠を照らすというから、その時殿様が御一言でも、ああ孝助はかわいそうなことをしたと言ってくだされば、そればっかりがわたくしへのよいたむけだ。源助どん、おまえにも長らくごやっかいになったから、相川様へ養子に行くようになったら、小づかいでもあげようと心がけていたのも、今となっては水の泡、どうぞわたしがないのちは、おまえが一人で二人前《ふたりまえ》の働きをして、殿様を大切に気をつけ、忠義を尽くしてあげてください。それればかりがお願いだ。それに源助どんおまえは病身だからからからだを大事にいとって御奉公をし、丈夫でいておくれ、わたしは身に覚えのないどろぼうにおとされたのが残念だ」

と声を放って泣き伏しましたから、源助も同じく鼻をすすり、涙を零して目をこすりながら、

源「わびごとを頼めよ頼めよ」

孝「心配おしでないよ」
と孝助はいよいよ手打ちになる時は、隣の次男源次郎とお国と姦通し、あまつさえ来月の四日中川で殿様を殺そうという巧みの一部始終を詳しく殿様の前へ並べ立て、そしてお手打ちになろうという気でありますから、少しも臆する色もなく、ふだんのとおりでいる。そのうちに明かりがちらちらつく時刻となりますと、飯島の声で「孝助庭先へ回れ」という。このあとはどうなりますか、次までお預り。

十二

伴蔵の家《うち》では、幽霊と伴蔵と物語をしているうち、女房おみねは戸だなに隠れ、暑さをこらえてぼろをかぶり、びっしょり汗をかき、虫の息を殺しているうちに、お米は飯島の娘お露の手を引いて、姿は朦朧としてかき消すごとく見えなくなりましたから、伴蔵は戸だなの戸をドンドンたたき、
伴「おみね、もう出なよ」
みね「まだいやあしないかえ」
伴「帰《けえ》ってしまった。出《で》ねえ出ねえ」
みね「どうしたえ」
伴「どうにもこうにもおれが一生懸命に掛け合ったから、飲んだ酒もさめてしまった。

おらあぜんてい酒さえ飲めば、侍でもなんでもおっかなくねえように気が強くなるのだが、幽霊がそばへ来たかと思うと、頭から水を打ちかけられるようになって、すっかり酔いもさめ、口もきけなくなった」
みね「わたしが戸だなで聞いていれば、なんだかおまえと幽霊と話をしている声がかすかに聞こえて、ほんとうに怖かったよ」
伴「おれは幽霊に百両の金を持ってきておくんなせえ、わっちども夫婦は萩原様のおかげでどうやらこうやら暮らしをつけておりますものですから、萩原様にもしものことがありましてはわたくしども夫婦は暮らしかたに困りますから、百両のお金をくださったならきっとお札をはがしましょうというと、幽霊はあしたの晩お金を持ってきますからお札をはがしてくれろ、それにまた萩原様の首に掛けていらっしゃる海音如来のお守りがあってははいることができないから、どうか工夫をしてそのお守りを盗み、外《ほか》へ取り捨ててくださいと言ったは、金無垢で丈《たけ》は四寸二分の如来様だそうだ。おれもこのあいだお開帳の時ちょっと見たが、あの時坊さんが何か言ってたよ、そもなんとかいったっけ、あれに違えねえ、なんでも大変な作物《さくもの》だそうだ、あれを盗むんだが、どうだえ」
みね「どうもうまいねえ、運が向いてきたんだよ。その如来様はどっかへ売れるだろうねえ」
伴「どうして江戸ではむずかしいから、どこか知らない田舎へ持って行って売るのだなあ。たといつぶしにしても大したものだ。百両や二百両はかたいものだ」

みね「そうかえ、まあ二百両あれば、おまえとわたしと二人ぐらいは一生楽に暮らすことができるよ。それだからねえ、おまえ一生懸命でおやりよ」
伴「やるともさ、だがしかし首にかけているのだから、容易に放すまい。どうしたらよかろうな」
みね「萩原様はこの頃《ごろ》お湯にも入《はい》らず、蚊帳をつりきりでお経を読んでばかりいらっしゃるものだから、汗臭いから行水をおつかいなさいと言って勧めてつかわせて、わたしが萩原様のからだを洗っているうちにおまえがそっとお盗みな」
伴「なるほどうめえや、だがなかなか外へは出まいよ」
みね「そんなら座敷の三畳の畳をあげて、あそこでつかわせよう」
と夫婦いろいろ相談をし、翌日湯を沸かし、伴蔵は萩原の家《うち》へ出かけてまいり、
伴「旦那え、きょうは湯を沸かしましたから行水をおつかいなせえ、旦那をお初《はつ》につかわせようと思って」
新「いやいや行水はいけないよ。少しわけがあって行水はつかえない」
みね「旦那この暑いのに行水をつかわないで毒ですよ。お寝衣《ねめし》も汗でびっしょりになっておりますから、お天気ですからようございますが、降りでもするとしかたがありません。からだのお毒になりますからおつかいなさいよ」
新「行水は日暮れ方表でつかうもので、わたくしは少しわけがあって表へ出ることのできない身分だからいけないよ」

伴「それじゃああすこの三畳の畳をあげておつけえなせえ」
新「いけないよ。裸になることだから。裸になることはできないよ」
伴「隣の占いの白翁堂先生がよく言いますぜ、なんでもきたなくしておくから病気が起こったり幽霊や魔物などがはいるのだ、清らかにしてさえおけば幽霊なぞははいられねえ、じじむさくしておくと内から病いが出る。またきたなくしておくと幽霊が入《へい》ってきますよ」
新「きたなくしておくと幽霊がはいってくるか」
伴「くるどころじゃあありません。二人で手を引いてきます」
新「それでは困る。内で行水をつかうから三畳の畳をあげてくんな」
というから、伴蔵夫婦はしめたと思い、
伴「それたらいを持ってきて、手桶へほれ湯を入れてこい」
などと手早くしたくをした。萩原は着物を脱ぎ捨て、首にかけているお守りを取りはずして伴蔵に渡し、
新「これはもったいないお守りだから、神だなへあげておいてくんな」
伴「へいへい、おみね、旦那のからだを洗ってあげな。よくていねいに。いいか」
みね「旦那様こちらのほうをお向きなすっちゃあいけませんよ。もっと襟を下のほうへ延ばして、もっとずうっとごんでいらっしゃい」
と襟を洗うふりをして伴蔵のほうを見せないようにしているひまに、伴蔵はかの胴巻

きをこき、ずるずると出してみれば、黒塗りつや消しのお厨子で、扉を開くと中はがたつくから黒い絹でくるんであり、中には丈四寸二分、金無垢《きんむく》の海音如来、そっと懐中へ抜き取り、代り物がなければいかぬと思い、かねて用心に持ってきた同じような重さのかわらの不動様を中へ押し込み、元のままにして神だなへあげおき、

伴「おみねや長いのう。あんまり長く洗っているとおのぼせなさるから、いいかげんにしなよ」

新「もうあがろう」

とからだをふき、浴衣を着、ああいい心持ちになった、と着た浴衣は経帷子《きょうかたびら》、つかった行水は湯灌《ゆかん》となることとは、神ならぬ身の萩原新三郎は、まことに心持ちよく表をしめさせ、宵の内から蚊帳をつり、その中で雨宝陀羅尼経をしきりに読んでおります。こちらは伴蔵夫婦は、持ちつけない品を持ったものだからほくほく喜び、家《うち》へ帰りて、

みね「おまえりっぱなものだねえ、なかなか高そうなものだよ」

伴「なにおらたちにはなんだかわけがわからねえが、幽霊はこいつがあると入《へい》られねえというほどな魔除《まよけ》のお守りだ」

みね「ほんとうに運が向いてきたのだねえ」

伴「だがのう、こいつがあると幽霊が今夜百両の金を持ってきても、おれのところへ入《へい》ることができめえが、これにゃあ困った」

みね「それじゃあおまえ出かけて行って、途中でお目にかかっておいでな」

伴「ばかあ言え、そんなことができるものか」

みね「どっかへ預けたらよかろう」

伴「預けなんぞして、伴蔵の持ち物には不似合いだ、どういうわけでこんなものを持っていると聞かれた日にゃあ盗んだことが露顕して、こっちがお仕置きになってしまわあ。また質に置くこともできず、といって家《うち》へ置いて、幽霊が札がはがれたから萩原様の窓から入《へい》って、萩原様を食い殺すか取り殺したあとをあらためた日にゃあ、お守りがからだにないものだから、だれか盗んだに違えねえと詮議《せんぎ》になると、疑りのかかるは白翁堂かおれだ。白翁堂は年寄りのことで正直者だから、こっちはのっけに疑られ、家捜《やさが》しでもされてこれが出ては大変だからどうしよう。これを羊羹箱かなにかへ入れて畑へ埋めておき、上へ印の竹を立てておけば、家捜しをされても大丈夫だ。そこでいったん身を隠して、半年《はんとし》か一年もたって、ほとぼりの冷めた時分帰《けえ》って来て掘り出せば大丈夫知れる気づかいはねえ」

みね「うまいことねえ、そんなら穴を深く掘って埋めておしまいよ」

と、すぐに伴蔵は羊羹箱の古いのにかの像を入れ、畑へ持ち出し土中へ深く埋めて、その上へ目印の竹を立てておき立ち帰り、さあこれから百両の金の来るのを待つばかり、前祝いに一杯やろうと夫婦差し向かいで互いに打ち解けくみかわし、もういまに八つになるころだからというので、女房は戸だなへはいり、伴蔵一人酒を飲んで待っているうちに、八つの鐘が忍が岡に響いて聞こえますと、ひときわ世間がしんといたし、水の流れも止まり、草木《くさき》も眠るというくらいで、壁にすだく蟋蟀《こおろぎ》の声もかすかに哀れを催しものすごく、清水のもとからいつものとおりこまげたの音高くカランコロンカランコロンと聞こえましたから、伴蔵は来たなと思うと身の毛もぞっと縮まるほど怖ろしく、かたまって様子を窺っていると、いけがきの元へ見えたかと思うと、いつのまにやら縁側のところへ来て、「伴蔵さん伴蔵さん」と言われると、伴蔵は口がきけない。ようようのことで、「へいへい」というと、

米「毎晩あがりまして御迷惑のことを願い、まことに恐れ入りまするが、まだ今晩も萩原様の裏窓のお札がはがれておりませんから、どうかおはがしなすってくださいまし。お嬢様が萩原様に会いたいとわたくしをお責めあそばし、おむずかってまことに困り切りまするから、どうぞあなた様、二人の者をふびんにおぼしめしお札をはがしてくださいまし」

伴「はがします、へいはがしますが、百両の金を持って来てくだすったか」

米「百目の金子たしかに持参いたしましたが、海音如来のお守りをお取り捨てになりましたろうか」

伴「へい、あれはわきへ隠しました」

米「さようなれば百目の金子お受け取りくださいませ」

とずっと差し出すを、伴蔵はよもや金ではあるまいと、手に取り上げてみれば、ずんとした小判の目方、持ったこともない百両の金を見るより伴蔵は怖いことも忘れてしま

い、震えながら庭へおりたち、「ごいっしょにおいでなせえ」と二間《けん》ばしごを持ち出し、萩原の裏窓の蔀《しとみ》へ立てかけ、震える足を踏み締めながらようよう登り、手を差し伸ばし、お札をはがそうとしても震えるものだから思うようにはがれませんから、力を入れて無理にはがそうと思い、ぐっと手を引っ張るひょうしに、はしごががくりとゆれるに驚き、足を踏みはずし、逆とんぼうをうって畑の中へ転げ落ち、起き上がる力もなく、お札を片手につかんだまま声をふるわし、ただ南無阿弥陀仏南無阿弥陀仏と言っていると、幽霊はうれしそうに両人顔を見合わせ、

米「嬢様、今晩は萩原様にお目にかかって、十分にお恨みをおっしゃいませ。さあいらっしゃい」

と手を引き伴蔵のほうを見ると、伴蔵はお札をつかんで倒れておりますものだから、袖で顔を隠しながら、裏窓からずっと内へはいりました。

十三

飯島平左衛門の家《うち》では、お国が、今夜こそかねて源次郎としめし合わせた一大事を立ち聞きしたじゃま者の孝助が、殿様のお手打ちになるのだから、しすましたりと思うところへ、飯島が奥から出てまいり、

飯「国、国、まことにとんだことをした。たとえにも七たび捜して人を疑れというと

おり、紛失《ふんじつ》した百両の金子が出たよ。金の入れ所は時々取り違えなければならないものだから、おれがほかへしまっておいて忘れていたのだ、みんなに心配をかけてまことに気の毒だ、出たからよろこんでくれろ」
国「おやまあおめでとうございます」
と口《くち》には言えど、腹の内ではちっともめでたいこともなんにもない。どうして金が出たであろうと不審が晴れないでおりますと、
飯「女《おんな》どもをみんなここへ呼んでくれ」
国「お竹どん、お君どんみんなここへおいで」
竹「ただいま承わりますればお金が出ましたそうでおめでとう存じます」
君「殿様まことにおめでとうございます」
飯「孝助も源助もここへ呼んでこい」
女「孝助どん源助どん、殿様が召しますよ」
源「へいへい、これ孝助おわびごとを願いな、おまえはまったく取らないようだが、おまえの文庫の中から胴巻きが出たのがおまえがあやまり、わびごとをしなよ」
孝「いいよ、いよいよお手打《てう》ちになるときは、殿様の前でわたくしが並べ立てることがある。それを聞くとおまえはさぞ喜ぶだろう」
源「なにうれしいことがあるものか、殿様が召すからまあ行こう」
と両人連れ立ってまいりますと、

飯「孝助、源助、こっちへ来てくれ」
源「殿様、ただいま部屋へ行ってだんだん孝助へ説得をいたしましたが、どうも全く孝助は取らないようにございます、お腹立ちの段は重々ごもっともでございますが、お手打ちの儀はなにとぞ二十三日《ち》までお日延べのほどを願いとう存じます」
飯「まあいい、孝助これへ来てくれ」
孝「はいお庭でお手打ちになりますか、ござをこれへ敷きましょうか、血がたれますから」
飯「縁側へ上がれ」
孝「へい、これはお縁側でお手打ち、これはありがたい、もったいないことで」
飯「そう言っちゃあ困るよ。さて源助孝助、まことにあいすまんことであったが、百両の金は実はおれがしまいどころを違えておいたのが、用簞笥から出たから喜んでくれ。家来だからあんなに疑《うたぐ》ってもよいが、ほかの者でもあってはおれがいいわけのしようもないくらいなわけで、まことに申しわけがない」
孝「お金が出ましたか、さようなればわたくしはどろぼうではなく、お疑《うたぐ》りは晴れましたか」
飯「そうよ、疑りはすっぱり晴れた、おれがまちがいであったのだ」
孝「ええありがとうございます。わたくしはもとよりお手打ちになるのはいといませんけれども、ただ全くわたくしが取りませんのを取ったかと思われまするのが冥路《よみじ》の障りでございましたが、御疑念が晴れましたならお手打ちはいといません。ささ、お手打ちになされまし」

飯「おれが悪かった。これが家来だからいいが、もし朋友《ほうゆう》か何かであった日にゃあ腹を切ってもすまないところ、家来だからといって、むやみに疑りをかけてはすまない、飯島が板の間へ手をついてことごとくわびる。堪忍してくれ」

孝「ああもったいない。まことにうれしゅうございました、源助どん」

源「まことにどうも」

飯「源助、てまえは孝助を疑《うたぐ》って孝助を突いたからあやまれ」

源「へいへい孝助どん、まことにすみません」

飯「竹や何かも何か少し孝助を疑《うたぐ》ったろう」

竹「なに疑りはいたしませんが、孝助どんはふだんの気性にも似合わないことだと存じまして、ちっとばかり」

飯「やはり疑ったのだからあやまれ、君もあやまれ」

竹「孝助どん、まことにおめでとう存じます。さきほどはまことにすみません」

飯「これ国、貴様は一番孝助を疑り、ひざをついたり何かしたからよけいにあやまれ。おれでさえ手をついてあやまったではないか。貴様はなおさら丁寧にわびをしろ」

と言われてお国は、今度こそ孝助がお手打ちになることと思い、心のうちでしすましたりと思っているところへ、金子が出て、孝助にあやまれというから残念でたまらない

けれども、しかたがないから、
国「孝助どんまことに重々すまないことをいたしました。どうか勘弁しておくんなさいましよ」
孝「なによろしゅうございます、お金が出たからいいが、もしお手打ちにでもなるなら、殿様の前でおためになることを並べ立てて死のうと思って……」
とせきこんで言いかけるを、飯島は、
飯「孝助何も言ってくれるな、おれにめんじて何事も言うな」
孝「恐れ入ります。金子は出ましたが、あの胴巻きはどうしてわたくしの文庫から出ましたろう」
飯「あれはほら、いつか貴様が胴巻きの古いのを一つほしいと言ったことがあったっけのう、その時おれが古いのを一つやったじゃないか」
孝「なに、さようなことは」
飯「貴様がそれほしいと言ったじゃないか」
孝「ぞうり取りの身の上で縮緬のお胴巻きをいただいたとてしかたがございません」
飯「こいつ物覚えの悪いやつだ」
孝「わたくしより殿様は百両のお金をしまい忘れるくらいですからあなたのほうが物覚えが悪い」
飯「なるほどこれはおれがわるかった。なにしろめでたいからみんなにそばでも食わせてやれ」

と飯島は孝助の忠義の志はかねて見抜いてあるから、孝助が盗み取るようなことはないと知っているゆえ、金子はまったく紛失《ふんじつ》したなれども、別に百両を封金にこしらえ、この騒動をわが粗忽《そこつ》にしてぴったりと納まりがつきました。飯島はかほどまでに孝助を愛することとゆえ、孝助も主人のためには死んでもよいと思い込んでおりました。かくてその月も過ぎて八月の三日となり、いよいよあすはお休みゆえ、殿様と隣の次男源次郎と中川へ釣りに行く約束の当日なれば、孝助は心配をいたし、今夜隣の源次郎が来て当家に泊まるに相違ないから、殿様に明日《みょうにち》の釣りをおやめなさるように御意見を申し上げ、もしどうしてもお聞き入れのないそのときは、今夜客間に寝ている源次郎めが中二階に寝ているお国のところへ廊下伝いに忍び行くに相違ないから、廊下で源次郎を槍玉にあげ、中二階へ踏み込んでお国を突き殺し、自分はその場を去らず切腹すれば、何事もなく事ずみになるにちがいない、これが殿様へ生涯の恩返し、しかしどうかして明日主人を漁にやりたくないから、一応は御意見をしてみようと、

孝「殿様明日は中川へ漁にいらっしゃいますか」

飯「ああ行くよ」

孝「たびたび申し上げるようですが、お嬢様がお亡くなりになり、まだ間もないことでございますから、お見合わせなすってはいかが」

飯「おれはほかに楽しみはなく釣りがごく好きで、番がこむから、たまには好きな釣

りぐらいはしなければならない。それをとめてくれては困るな」

孝「あなたは泳ぎをご存じがないから水辺のお遊びはよろしくございません。それともたっていらっしゃいますならば孝助お供いたしましょう。どうかてまえお供にお連れください」

飯「てまえは釣りはきらいじゃないか。供はならんよ。よく人の楽しみをとめるやつだ。とめるな」

孝「じゃあ今晩やってしまいます。ながながごやっかいになりました」

飯「なにを」

孝「え、なんでもよろしゅうございます。こちらのことです。殿様わたくしは三月二十一日に御当家へ御奉公にまいりまして、新参者のわたくしを、人がうらやましがるほどお目をかけてくださり、御恩義のほどは死んでも忘れはいたしません。死ねば幽霊になって殿様のおからだにつきまとい、凶事《きょじ》のないように守りまするが、全体あなたは御《ご》酒《しゅ》を召し上がれば前後も知らずおやすみになる、また召し上がらねば少しもおやすみになることができません。御酒もずいぶん気を散じますから少々は召し上がってもよろしゅうございますが、多分に召し上がってお酔いなすっては、たといどんなに御剣術が御名人でも、悪者がどんなことをいたしますかもしれません。わたくしはそれが案じられてなりません」

飯「さようなことは言わんでもよろしい。あちらへまいれ」

孝「へえ」

と立ち上がり、廊下を二足三足行きにかかりましたが、これがもう主人の顔の見納めかと思えば足も先に進まず、また振り返って主人の顔を見てぽろりと涙を流し、しおしおとして行きますから、振り返るを見て飯島もはてなと思い、しばし腕こまねき、小首かたげて考えておりました。孝助は玄関にまいり、欄間に懸かってある槍をはずし、手に取って鞘をはずして検《あらた》めるに、真っ赤に錆びておりましたゆえ、庭へおり、砥石《といし》を持ち来たり、槍の身をごしごし研《と》ぎはじめていると、

飯「孝助孝助」

孝「へいへい」

飯「なんだ、なにをする、どういたすのだ」

孝「これは槍でございます」

飯「槍を研いでどういたすのだえ」

孝「あんまり真っ赤に錆びておりますから、なんぼ泰平の御代とは申しながら、狼藉《ろうぜき》者《もの》でも入《い》りますと、その時のお役に立たないと思い、からだがひまでございますから研ぎはじめたのでございます」

飯「錆槍で人が突けぬようなことでは役に立たんぞ。たとえむこうに一寸幅の鉄板があろうとも、こちらの腕さえ確かならぷつりっと突き抜けるわけのものだ。錆びていようが丸刃であろうが、さようなことに頓着《とんじゃく》はいらぬから研ぐには及ばん、また憎いやつ

を突き殺すときは錆槍で突いたほうが、さきのやつが痛いからこちらがかえっていい心持ちだ」

孝「なるほどこりゃあそうですな」

とそのまま槍を元のところへ懸けておく。飯島は奥へはいり、その晩源次郎がまいり酒盛りが始まり、お国が長唄の地で春雨かなにか三味線を掻き鳴らし、当時の九時過ぎまで興を添えておりましたが、もうお引けにしましょうと客間へ蚊帳を一杯につって源次郎を寝かし、お国は中二階へ寝てしまいました。お国はだれが泊まっても中二階へ寝なければ源次郎の来たとき不都合だから、いつでもお客さえあればここへ寝ます。夜もだんだんと更け渡ると、孝助は手ぬぐいをまぶかにほおかむりをし、紺看板《こんかんばん》に梵天帯《ぼんてんおび》を締め、槍を小脇にかいこんで庭口へ忍び込み、雨戸を少々ずつ二所《ふたところ》あけておいて、花壇のうちへ身を潜め隠し縁の下へ槍を突っ込んで様子をうかがっている。そのうちに八つの鐘がボーンと鳴り響く。この鐘は目白の鐘だから少々早めです。するとさらりさらりと障子をあけ、抜き足をして廊下を忍び来る者は、寝間着姿なれば、たしかに源次郎に相違ないと、孝助は首を差し延べ様子をうかがうに、行燈《あんどう》の明りがぼんやりと障子に映るのみにて薄暗く、はっきりそれとは見分けられねど、だんだん中二階の方へ行くから、孝助はいよいよ源次郎に違いなしとやりすごし、戸のすきまから脇腹をねらって、ものをも言わず、力に任せて繰り出す槍先はあやまたず、ぷつりっと脾腹《ひばら》へかけて突き通す。突かれて男はよろめきながら左手《ゆんで》を延ばして槍先を引き抜きさまぐっと突き返す。突かれて孝助たじたじと石へつまずきしりもちをつく。男は槍の穂先をつかみ、縁側より下へひょろひょろとおり、沓脱石《くつぬぎいし》に腰をかけ、「孝助外庭へ出ろ出ろ」と言われて孝助、おや、と言って見ると、びっくりしたは源次郎と思いのほか、大恩受けたる主人の肋骨《あばら》へ槍を突き掛けたことなれば、あっとばかりにあきれはて、ただきょときょときょときょとしてのぼせあがってしまい、あっけにとられて涙も出ずにいる。

飯「孝助、こちらへ来い」

と気丈な殿様なれば袂にて傷口をしっかと押さえてはいるものの、血《のり》はあふれてぼたりぼたりと流れ出す。飯島は血《のり》に染《し》みたる槍を杖として、飛石伝いにひょろひょろと建仁寺垣の外なる花壇の脇のところへ孝助を連れてくる。孝助は腰が抜けてしまって、歩けないではってきた。

孝「へいへい、まちがいでござります」

飯「孝助、おれの上締《うわじ》めを取って傷口を縛れ、早く縛れ」

と言われても、孝助は手がぶるぶると震えて思うままに締まらないから、飯島みずから傷口をぐっと堅く締め上げ、なお手をもってその上を押さえ、根府川《ねぶかわ》の飛び石の上にぺたぺたとすわる。

孝「殿様、とんでもないことをいたしました」

とばかりに泣きいだす。

飯「静かにしろ、ほかへ漏れてはよろしくないぞ。宮野辺源次郎めを突こうとして、あやまって平左衛門を突いたか」
孝「大変なことをいたしました。実は召し使いのお国と宮野辺の次男源次郎ととくより不義をしていて、先月《あとげつ》二十一日お泊まり番の時、源次郎がお国のもとへ忍び込み、お国とひそひそ話しているところへうっかりわたくしがお庭へ出てまいり、様子を聞くと、殿様がいらっしゃってはじゃまになるゆえ、来月の四日中川にて殿様を釣り舟から突き落として殺してしまい、ていよくお頭に届けをしてしまい、源次郎を養子に直し、お国と末長く楽しもうとの悪だくみ、聞くに堪えかね、怒りに任せ、思わずうなる声を聞きつけ、お国が出てまいり、かれこれと言い合いはしたものの、源次郎のほうには殿様から釣り道具の直しを頼みたいとの手紙をもって証拠といたし、一時はわたくし言いこめられ、弓の折れにてしたたかに打たれ、いまだに残る額の傷、くやしくてたまりかね、表向きにしようとは思ったなれど、こちらは証拠のない聞いたこと、ことにむこうは次男の勢い、無理でもおさえつけられてわたくしはおいとまになるに相違ないと思いあきらめ、あのことは胸にたたんでしまっておき、いよいよ明日は釣りにおいでになるお約束日ゆえおとめ申しましたが、お聞き入れがないから、ぜひなく、今晩二人の不義者を殺し、その場を去らず切腹なし、殿様の難儀をお救い申そうと思うたことは鶍《いすか》の嘴《はし》と食い違い、とんでもないまちがいをいたしました。主人のためにあだを討とうと思ったに、かえって主人を殺すとは神も仏もないことか、なんたる因果なことであるか、殿様ごめんあそばせ」

と飛び石へ両手をつき孝助は泣きころがりました。飯島は苦痛をこらえながら、

飯「ああああ、ふつつかなるこの飯島を主人と思えばこそ、それほどまでに思うてくれる志かたじけない。なんぼ敵《かたき》同士とはいいながら現在なんじの槍先に命を果たすとは輪廻応報《りんねおうほう》、ああ実に殺生はできんものだなあ」

孝「殿様、敵同士とは情けない、なんでわたくしは敵同士でございますの」

飯「そのほうが当家へ奉公にまいったは三月二十一日、その時それがし非番にて貴様の身の上を尋ねしに、父は小出《こいで》の藩中にて名をば黒川孝蔵と呼び、今を去ること十八年前、本郷三丁目藤村屋新兵衛という刀屋の前にて、何者とも知れず人手にかかり、非業の最期をとげたゆえ、親の敵を討ちたいと、若年のころより武家奉公を心がけ、ようようの思いで当家へ奉公住みをしたから、どうか敵の討てるよう剣術を教えてくださいとてまえの物語をしたとき、びっくりしたというは、拙者がまだ平太郎と申し部屋住みのおり、かの孝蔵といささかの口論がもととなり、切り捨てたるはかくいう飯島平左衛門であるぞ」

と言われて孝助はただへいへいとばかりにあきれはて、張り詰めた気もひょろぬけて腰が抜け、ぺたぺたとしりもちをつき、あっけにとられて、飯島の顔をうちながめ、茫然《ぼうぜん》としておりましたが、しばらくして、

孝「殿様そういうわけなれば、なぜその時にそう言ってはくださいません。お情けのうございます」

飯「現在親の敵と知らず、主人にとって忠義を尽くすなんじの志、ことに孝心深きに愛《め》で、ふびんなものと心得、いつか敵と名のってなんじに討たれたいと、さまざまに心痛いたしたなれど、かりそめにもいったん主人とした者に刃向かえば主殺《しゅうごろ》しの罪はのがれがたし。さればいかにもしてなんじをば罪に落とさず、敵と名のり討たれたいと思いしおりから、相川よりなんじを養子にしたいとの所望に任せ、養子につかわし、一人前の侍となしておいて敵と名のり討たれんものと心組んだるそのところへ、国と源次郎めが密通したを怒って、二人の命を絶たんとのなんじの心底、さいぜん庭にて錆槍を研ぎしときよりさとりしゆえ、機をはずさず討たれんものと、わざと源次郎のかたちをして見違えさせ、槍で突かして孝心の無念をここに晴らさせんと、かくははからいたることなり、いまなんじが錆槍にて脾腹《ひばら》を突かれし苦痛より、先《さき》の日なんじが手を合わせ、親の敵の討てるよう剣術を教えてくだされと、頼まれたときのせつなさは百倍増してあったるぞ。さだめて敵を討ちたいだろうが、わが首を切るときはたちまち主殺《しゅうごろ》しの罪に落ちん。さればわが髻をば切り取って、これにて胸をば晴らし、そのほうはひとまずここを立ち退いて、相川新五兵衛方へ行き密々に万事相談いたせ。この刀は先つころ藤村屋新兵衛方にて買わんと思い、見ているうちにけんかとなり、なんじの父を討ったる刀、中身は天正助定なれば、これをなんじに形見としてつかわすぞ、またこの包みのうちには金子《きんす》百両と詳しくあとかたのことの頼み状、これをひらいて読み下せば、わが屋敷の始末のあらましはわかるはず、なんじいつまでなごりを惜しみてここにいるときは、なんじは主殺しの罪に落ちるのみならず、飯島の家は改易《かいえき》となるはあたりまえ。この道理を聞き分けて疾《と》くまいれ」

孝「殿様、どんなことがございましょうともこの場は退《の》きません。たとえおやじをお殺しなさりょうが、それはおやじが悪いから。かくまで情けある御主人を見捨ててわきへ立ち退けましょうか。忠義の道を欠くときはやはり孝行は立たない道理、いったん主人と頼みしおかたを、粗相とはいいながら槍先にかけたはわたくしの誤り、おわびのためにこの場にて切腹いたして相果てます」

飯「ばかなことを申すな。てまえに切腹させるくらいなら飯島はかくまで心痛はいたさぬわ。さようなことを申さず早く行け。もしこのことが人の耳に入りなば飯島の家にかかわる大事、詳しいことは書置きにあるから早く行かぬか、これ孝助、いったん主従《じゅう》の因縁を結びしことなれば、仇《あだ》は仇、恩《おん》は恩、よいか、いったん仇を討ったるあとは三世も変わらぬ主従と心得てくれ。敵同士でありながらなんじの奉公にまいりしときから、どういうことかそのほうがわが子のようにかわいくてなあ」

と言われ孝助は、おいおいと泣きながら、

孝「へいへい、これまで殿様の御丹誠を受けまして、剣術といい槍といい、生兵法に覚えたがきょうかえってあだとなり、腕が鈍くばかくまでに深くは突かぬものであったに、御勘弁なすってくださいまし」

と泣き沈む。

飯「これ早く行け。行かぬと家は潰れるぞ」

とせきたてられて、孝助はやむをえず形見の一刀腰に打ち込み、包みを片手に立ち上がり、主人の命に従って脇差抜いて主人の元結をはじき、大地へどうと泣き伏し、

孝「おさらばでございます」

と別れをつげてこそこそ門を出て、早足に水道端なる相川の屋敷にまいり、

孝「お頼ん申します。お頼ん申します」

相「善蔵やだれか門をたたくようだ、御廻状が来たのかもしらん、ちょっと出ろ、善蔵や」

善「へいへい」

相「なんだ、返事ばかりしていてはいかんよ」

善「ただいまあけます、ただいま、へい真っ暗でさっぱりわけがわからない、ただいまただいま、へいへい、どっちが出口だか忘れた」

コツリと柱で頭をぶっつけ、あいたあいたたたたとねぼけまなこをこすりながら戸を開いて表へ立ち出で、

善「外のほうがよっぽど明るいくらいだ、へいへいどなた様でございます」

孝「飯島の家来孝助でございますが、よろしくお取り次ぎを願います」

善「御苦労様でございます、ただいまあけます」

と石のつるしてある門をガッタンガッタンとあける。

孝「夜中あがりまして、おしずまりになったところを御迷惑をかけました」
善「まだ殿様はおしずまりなされぬようで、まだ御本のお声が聞こえますくらい。まずおはいり」
と内へ入れ、善蔵は奥へまいり、
善「殿様、ただいま飯島様の孝助様がいらっしゃいました」
相「それじゃあこれへ。あれ、こりゃ善蔵ねぼけてはいかん、これ蚊帳の釣り手を取ってむこうの方へやっておけ。こればか、何をねぼけているのだ、寝ろ寝ろ、仕方のない奴」
とつぶやきながら玄関まで出迎え、
相「これは孝助殿、さあさあおあがり、今では親子の仲なにも遠慮はいらない、ずっとあがれ」
と座敷へ通し、
相「さて孝助殿、夜中のお使い定めて火急の御用だろう、承りましょう、ええどういう御用か。なんだ泣いているな。男が泣くくらいではよくよくな訳だろうが、どうしたんだ」
孝「夜中あがり恐れ入りますが、不思議の御縁、御当家様の御所望に任せ、主人得心の上わたくし養子のお取決めはいたしましたが、深い子細がございまして、どうあっても遠国《えんごく》へまいらんければなりませんゆえ、この縁談は破談とあそばして、どうかほかから御養子をなされてくださいませ」

相「はい、なあ、なるほどよろしい。おまえが気に入らなければ仕方がないねえ。高は少なし、娘はふつつかなり、舅はこのとおりのそそっかしやで一つとして取りどころがない。だが娘がおまえの忠義を見抜いて思うまでに思い込んだもんだから、殿様にも話し、おまえの得心の上取りきめたことであるのを、おまえ一人《ひとり》来て破縁をしてくれろといってもそれはできないな。殿様が来てお取りきめになったのを、おまえ一人《ひとり》で破るには、なにか趣意がなければ破れまい、さようじゃござらんか。どういう訳だか次第を承わりましょう。娘が気に入らないのか、舅が悪いのか、高が不足なのか、なんだ」

孝「けっしてそういうわけではございません」

相「それじゃあおまえは飯島様をしくじりでもしたか。どうもただの顔つきではない。おまえは根が忠義の人だから、しくじってハッと思い、腹でも切ろうか、遠方へでも行こうというのだろうが、そんなことをしてはいかん。しくじったならわたくしがいっしょに行ってわびをしてやろう、もうおまえは結納まで取り交わせをしたことだから、内の者に言いつけて、孝助殿とは言わせず、孝助様と呼ばせるくらいで、いわば内のせがれを来年の二月婚礼をいたすまで、さきの主人へ預けておくのだ、少しぐらいの粗相があったってしくじらせることがあるものか、と不理屈を言えばそんなものだが、まあいっしょに行こう。行ってやろう」

孝「いえ、そういうわけではございません」

相「なんだ、それじゃあどういうわけだ」

孝「申すに申し切れないほどな深いわけがございまして」

相「ははあわかった、よろしい、そうあるべきことだろう、どうもおまえのような忠義者ゆえ、飯島様が相川へ行ってやれ、ハイと主命を背かず答えはしたものの、おまえの器量だから先に約束をした女でもあるのだろう。ところが今度のことをその女が知ってわたしが先約だからぜひとも女房にしてくれなければ主人に駆け込んでこのことを告げるとか、なんとか言いだしたもんだから、おまえはハッと思い、そのことが主人へ知れてはあいすまん、それじゃあおまえをいっしょに連れて遠国へ逃げようというのだろう。なにひとりぐらいの妾《めかけ》はあってもよろしい、お頭《かしら》へちょっと届けておけば子細はない。もっとものことだ。娘は表向きの御新造として、内々《ないない》のところはその女を御新造としておいてもいい。わたくしが取る分米《ぶんまい》をその女にやりますからよろしい。わたくしが行ってその女に会って頼みましょう。その女は何者じゃ、芸者か、なんだ」

孝「そんなことではございません」

相「それじゃあなんだよ、エイなんだ」

孝「それではお話をいたしまするが、殿様は手負いでいます」

相「なに手負いで、なぜ早く言わん、それじゃあ狼藉者《ろうぜきもの》が忍び込み、飯島がさすが手《て》者《しゃ》でも多勢に無勢、切り立てられているのを、おまえが一方を切り抜けて知らせに来たのだろう、よろしい、てまえは剣術は知らないが、若い時分に学んで槍は少々心得ておる。まいってお助太刀をいたそう」
孝「さようではございません、実は召使いの国と隣の源次郎とどうから密通をして」
相「へい、やっていますか、あきれたものだ。そういえばちらちらそんなうわさもあるが、恩人の思いものをそんなことをして憎いやつだ、人非人ですねえ、それからそれから」
孝「先月の二十一日、殿様お泊まり番の夜に、源次郎がひそかにお国のもとへ忍び込み、明日《みょうにち》中川にて殿様を舟から突き落とし殺そうとの悪だくみを、わたくしが立ち聞きをしたところから、争いとなりましたが、こちらは悲しいかなぞうり取りの身の上、むこうは次男の勢いなればけんかは負けとなったのみならず、弓の折れにて打擲《ちょうちゃく》され、額に残るこの傷もそのとき打たれた傷でございます」
相「不届き至極なやつだ、おまえなぜそのことをすぐに御主人に言わないのだ」
孝「申そうとは思いましたが、わたくしのほうは聞いたばかり、証拠にならず、むこうには殿様から、暇があったら夜にでも家《うち》へまいって釣道具の損じを直してくれとの頼みの手紙があることゆえ、表ざたにいたしますれば、主人は必ず隣へ対し、義理にもわたくしはおいとまになるにちがいはありません。さすればあとにてふたりの者が思うがままに殿様を殺しますから、どうあってもあのお屋敷は出られんときょうまで胸をさすっておりましたが、あしたはいよいよ中川へ釣りにおいでになる当日ゆえ、それとなくきょう殿様にあしたの漁をお止め申しましたが、お聞き入れがありませんから、やむをえず、こよいのうちにふたりの者を殺し、その場でわたくしが切腹すれば、殿様のお命に別条はないと思い詰め、槍をさげて庭先へ忍んで様子をうかがいました」
相「まことに感心感服、ああ恐れ入ったね、忠義なことだ、まことにどうも、それだから娘よりわしがほれたのだ、おまえの志はあっぱれなものだ、そのようなやつは突きっ放しでいいよ、腹を切らんでもいいよ。わたしがどのようにもお頭に届けを出しておくよ。それからどうした」
孝「そういたしまするとと、廊下を通る寝間着姿はたしかに源次郎と思い、繰り出す槍先あやまたず、脇腹深く突き込みましたところまちがって主人を突いたのでございます」
相「やれはや、それはなんたることか、しかし傷は浅かろうか」
孝「いいえ、深手でございます」
相「いやはやどうも、なぜ源次郎と声をかけて突かないのだ、むやみに突くからだ、困ったことをやったなあ、だが過って主人を突いたので、おまえが不忠者でない悪人でないことは御主人はご存じだろうから、まちがいだということを御主人へ話したろうね」
孝「主人はとくより得心にて、わざと源次郎の姿と見違えさせ、わたくしに突かせたのでございます」
相「これはまあ、なにゆえそんなばかなことをしたんだ」

孝「わたくしには深いことはわかりませんが、このお書置きに詳しいことがございますから」

と差し出す包みを、

相「拝見いたしましょう、どれこれかえ、大きな包みだ。前掛けがはいっている、なに婆《ばあ》やあのだ、なぜこんなところに置くのだ、そっちへ持ってゆけ、これ本の間《ま》に眼鏡があるから取ってくれ」

と眼鏡をかけ、行燈の明り掻き立て読み下して相川も、はっとばかりに溜息をついて驚きました。

十四

伴蔵は畑へころがりましたが、両人の姿が見えなくなりましたから、震えながらようよう起き上がり、泥だらけのまま家へ駆けもどり、

伴「おみねや、出なよ」

みね「あいよ、どうしたえ、まあわたしは暑かったこと、膏汗《あぶらあせ》がびっしょり流れるほど出たが、我慢をしていたよ」

伴「てめえは熱い汗をかいたろうが、おらあ冷てえ汗をかいた。幽霊が裏窓からはいっていったから、萩原様は取り殺されてしまうだろうか」

みね「わたしの考えじゃあ殺すめえと思うよ、あれはくやしくって出る幽霊ではなく、恋しい恋しいと思っていたのに、お札があってはいれなかったのだから、これが生きている人間ならば、おまえさんはあんまりな人だとかなんとか言って口説《くぜつ》でも言うところだから殺す気づかいはあるまいよ、どんなことをしているか、おまえ見ておいでよ」

伴「ばかを言うな」

みね「表から回ってそっと見ておいでよう、よう」

と言われるから、伴蔵は抜き足して萩原の裏手へ回り、しばらくして立ち帰り、

みね「たいそう長かったね、どうしたえ」

伴「おみね、なるほどてめえの言うとおり、なんだかごちゃごちゃ話し声がするようだからのぞいてみると、蚊帳《かや》がつってあってなんだかわからないから、裏手の方へ回るうちに、話し声がぱったりとやんだようだから、おおかた仲直りがあって幽霊と寝たのかもしれねえ」

みね「いやだよ、つまらないことをお言いでない」

というううちに夜もしらしらと明けはなれましたから、

伴「おみね、夜が明けたから萩原様のところへいっしょに行ってみよう」

みね「いやだよわたしゃ夜が明けても怖くっていやだよ」

というのを、「まあ行きねえよ」と打ち連れだち、

伴「おみねや、戸をあけねえ」

みね「いやだよ、なんだか怖いもの」
伴「そんなことを言ったって、てめえが毎朝戸をあけるじゃあねえか、ちょっとあけねえな」
みね「戸の間から手を入れてぐっと押すと、心張り棒が落ちるから、おまえおあけよ」
伴「てめえそんなことを言ったって、毎朝来て御膳をたいたりするじゃあねえか、それじゃあてめえ手を入れて心張りだけはずすがいい」
みね「わたしゃいやだよ」
伴「それじゃあいいや」
と言いながら心張りをはずし、戸を引きあけながら、
伴「ごめんねえ、旦那え旦那え夜が明けやしたよ、明るくなりやしたよ、旦那え、おみねや、音もさたもねえぜ」
みね「それだからいやだよ」
伴「てめえ先へ入《へい》れ、てめえはここの内《うち》の勝手をよく知っているじゃあねえか」
みね「怖いときは勝手もなにもないよ」
伴「旦那え旦那え、ごめんなせえ、夜が明けたのになに怖いことがあるものか、日の恐れがあるものを、なんで幽霊がいるものか、だがおみね世の中になにが怖いってこのくらい怖いものはあねえなあ」

だいじょうぶだ」
伴「旦那え旦那え、よく寝ていらっしゃる、まだ正体《しょうてえ》なくよく寝ていらっしゃるから
伴蔵はつぶやきながら中仕切《なかじきり》の障子をあけると、真っ暗で、
みね「ああ、いやだ」
みね「そうかえ、旦那、夜が明けましたから焚《た》きつけましょう」
伴「ごめんなせえ、わっちが戸をあけやすよ、旦那え旦那え」
と言いながら床の内をさしのぞき、伴蔵はきゃっと声をあげ、
伴「おみねや、おらあもうこのくれえな怖いもなあ見たことはねえ」
と、おみねは聞くよりあっと声をあげる。
伴「おお、てめえの声でなお怖くなった」
みね「どうなっているのだよ」
伴「どうなったのこうなったのと、実になんとも言いようのねえ怖《こえ》えことだが、
これをてめえとおれと見たばかりじゃあ掛り合《え》いにでもなっちゃあ大変《てえへん》だから、白翁堂
の爺さんを連れてきて立ち合《え》いをさせよう」
と白翁堂の宅へまいり、
伴「先生先生、伴蔵でごぜえやす、ちょっとおあけなすって」
白「そんなにたたかなくってもいい、寝ちゃあいねえんだ、とうに目が覚めている、
そんなにたたくと戸が壊れらあ、どれどれ待っていろ、ああ痛《い》たたた、戸をあけたのに

おれの頭をなぐるやつがあるものか」
伴「急いだものだから、つい、ごめんなせえ、先生ちょっと萩原様のところへ行ってくだせえ、どうかしましたよ、大変《てえへん》ですよ」
白「どうしたんだ」
伴「どうにもこうにも、わっちがいまおみねと二人で行ってみて驚いたんだから、おめえさんちょっと立ち合ってください」
と聞くより勇斎も驚いて、藜《あかざ》の杖をひき、ぽくぽくとでかけてまいり、
白「伴蔵おめえ先へはいんなよ」
伴「わっちは怖いからいやだ」
白「じゃあおみねおめえ先へはいれ」
みね「いやだよ、わたしだって怖いやねえ」
白「じゃあいい」
と言いながら中へはいったけれども、真っ暗でわけがわからない。
白「おみね、ちょっと小窓の障子をあけろ、萩原氏、どうかなすったか、おかげんでも悪いかえ」
と言いながら、床の内をさしのぞき、白翁堂はわなわなと震えながら思わずあとへさがりました。

十五

相川新五兵衛は眼鏡をかけ、飯島の書置きをば取る手おそしと読み下しまするに、孝助とはいったん主従《しゅうじゅう》の契りを結びしなれども敵同士であったること、孝助の忠実に愛《め》で、孝心の深きに感じ、主殺しの罪に落とさずしてかれが本懐をとげさせんがため、わざと宮野辺源次郎と見違えさせ討たれしこと、孝助を急ぎ門外《もんそと》にいだしやり、自身に源次郎の寝間に忍び入り、かれが刀の鬼となる覚悟、さすれば飯島の家は滅亡いたすこと、かれら両人われを討って立ち退く先は必定お国の親元なる越後の村上ならん、ついてはなんじ孝助時を移さずあと追いかけ、わが仇なる両人の生首ひっさげて立ち帰り、主《しゅう》の敵を討ちたるかどをもってわが飯島の家名再興の儀を頭に届けくれ、その時は相川様にもお心添えのほどひとえに願いたいとのこと、またなんじは相川へ養子にまいる約束を結びたれば、娘お徳殿と互いにむつましく暮らし、両人の間にできた子供は男女《なんにょ》にかかわらず、孝助の血筋をもって飯島の相続人と定めくれ、あとはこうこうしかじかと、実に細かに届く飯島の家来思いの切なる情けに、孝助は相川の書置きを読む間《ま》、息をもつかず聞いていながら、ひざの上へぽたりぽたりと大粒な熱い涙をこぼしていましたが、いきなり剣幕を変えて表の方へ飛び出そうとするを、

相「これ孝助殿、血相《きっそう》変えてどこへ行きなさる」

と言われて孝助は泣き声を震わせ、

孝「ただいまお書置きの御様子にては、主人はわたくしを急いで出し、あとで客間へ踏み込んで源次郎と闘うとのことですが、いかに源次郎が剣術を知らないでも、殿様があんな深手にてお立ち合いなされては、かれが無残の刃《やいば》の下にはかなくおなりなされるは知れたこと、みすみす敵を目の前に置きながら、恩あり義理ある御主人をかれらにむごく討たせますは実に残念でござりますから、すぐにとって返し、お助太刀をいたす所存でございます」

相「わからないことを言わっしゃるな、御主人様がこれだけの書置きをおつかわしなさるはなんのためだと思わっしゃる。そんなことをしなさると、飯島の家が潰れるから、屋敷へ行くことは明朝までお待ち。この書置きのことを心得てこれをほごにしてはならんぜ」

と亀の甲より年の功、さすが老功の親身の意見に孝助はかえすことばもありませんで、くやしがり、ただ身を震わして泣き伏しました。話かわって飯島平左衛門は孝助を門外《もんそと》に出し、急ぎ血潮したたる槍を杖とし、蟹《かに》のようになってようように縁側にはいあがり、よろめく足を踏みしめ踏みしめ、だんだんと廊下を伝い、そっと客間の障子を開き中へ入り、十二畳一杯に釣ってある蚊帳の釣り手を切り払い、あなたへはねのけ、ぐうぐうとばかり高いびきであとさきも知らず寝ている源次郎のほおのあたりを、血に染《し》みた槍の穂先にてぺたりぺたりとたたきながら、飯「起きろ起きろ」

と言われて源次郎ほおが冷やりとしたにふと目をさまし、と見れば飯島が元結はじけて散らし髪で、目は血走り、顔色は土気色になり、血のしたたる手槍をぴたりっと付け立っているありさまを見るより、源次郎は早くも推し、あああ、こりゃあさすが飯島は知恵者だけある。おれと妾のお国と不義していることをさとられたか、さなくば例の悪計を孝助めが告げ口したに相違なし、なにしろよほどの腹立ちだ、飯島は真影流の奥儀《おうぎ》を極めた剣術の名人で、旗本八万騎のその中に、肩を並ぶるものなき達人の聞こえある人に槍を付けられたことだから、源次郎はぎょっとして、枕元の一刀を手早く手元に引き付けながら、震える声を出して、

源「おじ様、なにをなさいます」

と一生懸命面色土気色に変わり、眼色血走りました。飯島も面色土気色で目が血走りているから、あいこでせえでございます。源次郎は一刀の鍔前《つばまえ》に手をかけてはいるものの、気遅れがいたし刃向かうことはできませんですくんでしまいました。

源「おじ様、わたくしをどうなさるおつもりで」

飯島は深手を負いたることとなれば、震える足を踏み止めながら、

飯「なにごととはふらちなやつだ、なんじがとくよりわが召使い国と不義姦通《いたずら》しているのみならず、明日《みょうにち》中川にて漁船よりわれを突き落とし、命を取った暁に、うまうまこの飯島の家を乗っ取らんとの悪だくみ、恩を仇なるなんじが不所存、言おうようなき人

非人、この場において槍玉にあげてくれるからさよう心得ろ」

と言い放たれて、源次郎は、剣術はからっぺたにて、放蕩《ほうとう》を働き、大塚の親類に預けられるほどな未熟不鍛錬《ふたんれん》な者なれども、飯島はこの深手にてはかれの刃《やいば》に打たれて死するに相違なし、しかし打たれて死ぬまでもこの槍にてしたたかに足を突くか手を突いて、手んぼうかびっこにでもしておかば、後日《ごにち》孝助が敵討ちをするとき幾分かの助けになることもあるだろうから、どっかを突かんとねらいつめられ、
源「おじ様わたくしはなにも槍で突かれるような覚えはございません」

飯「黙れ」

と怒りの声を振り立てながら、一足進んで繰り出す槍先鋭く突きかける。源次郎はあっと驚き身を交したが受け損じ、太ももへかけぶっつりと突き抜き、いま一本突こうとしましたが、孝助に突かれた深手に堪えかね、よろよろとするところを、源次郎は一本突かれて死に物狂いになり、一刀を抜くより早く飛び込みさま飯島めがけて切りつける。切りつけられてあっと言ってひょろめくところへ、また、太刀深く肩先へ切り込まれ、あっと叫んで倒れるところへのしかかって、まるで河岸で鮪《まぐろ》でもこなすように切ってしまいました。お国は中二階に寝ていましたが、この物音を聞きつけ、寝間着のままにはしごを下り、そっと来て様子をうかがうと、このていたらくに驚き、あわてて二階へ上がったり下へ下りたりしていると、源次郎が飯島にとどめを刺したようだから、お国はそばへ駆けつけて、

国「源様、あなたにおけがはございませんか」
源次郎は肩息をつきふうふうとばかりで返事もいたしません。
国「あなた黙っていてはわかりませんよ、おけがはありませんか」
と言われて源次郎はふうふうと言いながら、
源「けがはないよ、だれだ、お国さんか」
国「あなたのお足からたいそう血が出ますよ」
源「これは槍で突かれました。手強《てづよ》いやつと思いのほか、なあにわけはなかった、しかしここにいつまでこうしてはいられないから、二人でいっしょにいずくへなりとも落ち延びようから、早くしたくをしな」
と言われてお国はなるほどそうだと急ぎ奥へ駆けもどり、手早く身じたくをなし、用意の金子や結構な品々を持ち来たり、
国「源様この印籠をおさげなさいよ、この召し物を召せ」
と勧められ、源次郎は着物を幾枚も着て、印籠を七つさげて、大小を六本差し、帯を三本締めるなど大変な騒ぎで、ようようしたくが整ったから、お国とともに手を取って忍びいでようとするところを、仲働きの女中お竹が、さきほどより騒々しい物音を聞きつけ、来てみればこのありさまに驚いて「あれ、人殺し」というやつを、源次郎が驚いて、この声人に聞かれてはと、一刀抜くより飛び込んで、でっぷりふとっているからだを、肩口から背びらへかけて切りつける。切られてお竹はきゃっと声をあげてそのまま

息は絶えました。ほかの女どもも驚いて下流《したなが》しへはいこむやら、または薪箱《まきばこ》の中へ潜り込むやら騒いでいるうちに、源次郎お国の両人はここを忍びいで、いずくともなく落ちていく。あとで源助は奥の騒ぎを聞きつけて、いきなり自分の部屋を飛び出し、拳《こぶし》を振るって隣の塀《へい》を打ちたたき、破れるような声を出して、

源「狼藉者《ろうぜきもの》がはいりましたはいりました」

と騒ぎ立てるに、隣の宮野辺源之進はこれを聞きつけ思うよう、飯島のごとき手者《てしゃ》のところへ押し入る狼藉者だから、大勢《たいぜい》徒党したに相違ないから、なるたけ遅くなって、夜が明けて行くほうがいいと思い、まず一同を呼び起こし、蔵へまいって着込みを持ってまいれの、小手《こて》脛当《すねあて》の用意のと言っているうちに、夜はほのぼのと明け渡りたれば、もう狼藉者はいる気づかいはなかろうと、源之進は家来一、二人を召し連れ来てみればこの始末。いかがしたることならんと思うところへ、一人の女中が下流しからはいあがり、源之進の前に両手をつかえ、実は昨晩の狼藉者は、あなた様の御舎弟《おしゃてい》源次郎様とお国さんと、とうから密通しておいでになって、昨夜殿様を殺し、金子衣類を盗み取り、いずくともなく逃げました、と聞いて源之進は大いに驚き、早速に屋敷へ立ち帰り、急ぎお頭へ向け源次郎が出奔《しゅっぽん》の趣《おもむき》の届けを出す。飯島のほうへはお目付《めつけ》が御検屍《ごけんし》に到来して、だんだん死骸を検《あらた》め見るに、脇腹に槍の突き傷がありましたから、源次郎ごとき鈍き腕前にてはとても飯島を討つことはかなうまじ、されば必ず飯島の寝間に忍び入り、熟睡の油断につけいりて槍をもってだまし討ちにしたそののちに、刀をもって切り殺し

たに相違なしということで、源次郎はお尋ね者となりましたけれども、飯島の家は改易と決まり、飯島の死骸は谷中新幡随院へおくり、こっそりと野辺送りをしてしまいました。こちらは孝助、御主人がわたくしのために一命をお捨てなされたことなるかと思えば、いとど気もふさぎ、鬱々としていますと、相川はお頭から帰って、

相「婆《ばば》あや、少し孝助殿と相談があるからこちらへ来てはいかんよ、首などを出すな」

婆「なにか御用で」

相「用じゃないのだよ、そっちへ引っ込んでいろ。これこれ茶を入れてこい。それから仏様へ線香をあげな。さて孝助殿少し話したいこともあるから、まあまあこっちへこっちへ。だれにも言われんが、まずもって御主人様のお書置きどおりになるから心配するにはおよばん。おまえは親の敵は討ったから、これからは御主人は御主人として、その敵を復《かえ》し、飯島のお家再興だよ」

孝「おおせにおよばず、もとより敵討ちの覚悟でございます。この後《のち》万事につきよろしくお心添えのほどを願います」

相「この相川は年老いたれども、そのことは命にかけて飯島様のお家の立つようにはからいます。そこでおまえはいつ敵討ちに出立なさるえ」

孝「もはや一刻も猶予いたすときでございませんゆえ、明早天《そうてん》出立いたすりょうけんです」

相「あしたすぐに、さようかえ、あまり早すぎるじゃないか。よろしい、このことばかりはとめられない。もう一日一日と引きひろぐことはできないが、おまえの出立前にわしがおりいって頼みたいことがあるが、どうかかなえてはくださるまいか」

孝「どのようなことでもよろしゅうございます」

相「お前の出立前に娘お徳と婚礼の杯だけをしてください、ほかに望みはなにもない。どうか聞きすんでください」

孝「いったんお約束申したことゆえ、婚礼をいたしましてよろしいようなれど、主人よりのお約束申したは来年の二月、ことに目の前にて主人があのとおりになられましたのに、ただいま婚礼をいたしましては主人の位牌《いはい》へ対してすみません。敵討ちの本懐をとげ立ち帰り、めでたく婚礼をいたしますれば、どうぞそれまでお待ちくださるように願います」

相「それはおまえのことだから、遠からず本懐をとげて御帰宅になるだろうが、敵のゆくえが知れないときは、五年で帰るか十年でお帰りになるか、幾年かかるか知れず、それにわたしはもう取る年、あすをも知れぬ身の上なれば、この喜びを見ぬうち帰らぬ旅に赴くことがあっては冥途《よみじ》の障り、ことに娘も思うほどおまえを思っていたのだから、どうか家内だけで、杯事をすませておいて、安心させてくださいな、それにおまえも飯島の家来では真鍮《しんちゅう》巻きの木刀を差してゆかなければならん。それより相川の養子となり、その筋へ養子の届けをして、一人前《ひとりまえ》のりっぱな侍にいでたって往来すれば、途中で人足などにばかにもされずよかろうから、どうぞ家内だけの祝言を聞きすんでください」
孝「至極ごもっともなるおおせです、家内だけなれば違背はございません」
相「御承知くだすったか、千万かたじけない、ああありがたい。相川は貧乏なれども婚礼の入費の備えとして五、六十両はかかると見込んで、別にしておいたが、これはおまえの餞別にあげるから持っていっておくれ」
孝「金子《きんす》は主人からもらいましたのが百両ございますから、もういりません」
相「あれさ、いくらあってもよいのは金、ことに長旅のことなれば、じゃまでもあろうがそう言わずに持っていってください。そこでわたしが細かい金をよって、じゅばんの中へ縫い込んでおくつもりだから、肌身離さず身に着けておきなさい。道中には胡麻の蝿というやつがあるからずいぶん気をおつけなさい、それにこの矢立てを差しておいで。またこれなる一刀はかねて約束しておいた藤四郎吉光の太刀、重くもあろうが差しておくれ。これと御主人のお形見天正助定を差してゆけば、舅と主人がおまえの後ろ影に付き添っているも同様、勇ましき働きをなさいまし」
孝「ありがとうございます」
相「どうか今夜ふつつかな娘だが婚礼をしてくだされ。これ婆、あしたは孝助殿がめでたく御出立だ。そこでめでたいついでに今夜婚礼をするつもりだから、徳に髪でも取り上げさせ、お化粧でもさせておいてくれ。その前に仕事がある。この金をじゅばんへ縫い込んでくれ。善蔵や、てまえはすぐに水道町の花屋へ行って、めでたく何か頭付きの魚を三枚ばかり取ってこい、ついでに酒屋へ行って酒を二升、味醂《みりん》を一升ばかり、それから帰りに半紙を十帖ばかりに、たばこを二玉に、わらじのよいのを取ってまいれ」

と言い付け、そうこうするうちにしたくも整いましたから、酒肴《さけさかな》を座敷に取り並べ、仲人《なこうど》なり親なり兼帯にて、相川が四海浪静かにとうたい、三々九度の杯事、祝言の礼も果て、まずお開きということになる。

相「あああ婆あ、まことにめでたかった」

婆「まことにおめでとう存じます。わたくしはお嬢様のお小さい時分からおつき申して御婚礼をなさるまで御奉公いたしましたかと存じますと、まことにうれしゅうございます。あなたさぞ御安心でございましょう」

相「婆あいいかえ、頼むよ、おいらはあしたの朝早く起きるから、おまえ飯をたかして、孝助殿に尾頭付きでぽっぽっと湯気の立つ飯を食べさしてたたせてやりたいから、いいかえ、ゆるりとおやすみ。まずお開きといたしましょう。孝助殿どうか幾久しく願います。娘はまだ年もいかず、世間知らずのふつつかものだからなにぶんよろしくお頼み申す。仲人は宵のうちだから。婆あいいかえ、頼んだぜ」

婆「あなたは頼む頼むとおっしゃってなんでございます」

相「わからない婆あだな、嬢のことをさ、あすこへちょっと屏風を立て回して、恥ずかしくないように、よろしいか、それがさ、まことにあいつが恥ずかしがって、もじもじとしているだろうからうまく、それ」

婆「旦那様なんのお手つきでございますよ」
相「こいつわからぬやつだな、てまえだって亭主を持ったから子どもができたのだろう、子どもができたのち乳が出て、乳母に出たのだろう。ほれ娘は年がいかないからいいあんばいにほれ、いいか」
婆「あなたはほんとうにいつまでもお嬢様をお小さいようにおぼしめしていらっしゃいますよ、だいじょうぶでございますよ」
相「なるほどめでたい。いいかえ頼むよ」
婆「旦那様、お嬢様おやすみあそばせ」
といっても、孝助はお国源次郎のあとを追いかけ、とやこうといろいろ心配などして腕こまねき、床の上にすわりこんでいるから、お徳も寝るわけにもいかずすわっているから、
婆「さようなれば旦那様ごきげんさまよろしく、お嬢様さきほど申しましたことはよろしゅうございますか」
徳「あなた少しお静まりあそばせな」
孝「わたしは少し考え事がありますから、あなたおかまいなくお先へおやすみなすってくださいまし」
徳「婆《ばあ》やあ、ちょっと来ておくれ」
婆「はい、なんでございます」

徳「旦那様がおやすみなさらなくって」
と言いさして口ごもる。
婆「あなたお静まりあそばせ。それではお嬢様がおやすみなさることができませんよ」
孝「ただいま寝ます。どうかおかまいなく」
婆「まことにどうもお堅すぎでお気が詰まりましょう、ごきげんさまよろしゅう」
徳「あなた少しお横におなりあそばしまし」
孝「どうかお先へおやすみなさい」
徳「婆やあ」
婆「困りますねえ、あなた少しおやすみあそばせ」
徳「婆やあ」
とのべつに呼んでいるから孝助も気の毒に思い、横になって枕をつけ、玉椿八千代《たまつばきやちよ》までと思い思った夫婦仲、はじめての語らい、まことにおめでたいお話でございます。あしたになると、暗いうちから孝助はしたくをいたし、
相「これこれ婆あや、したくはできたかえ、御膳をあげたか、湯気は立ったかえ、善蔵に板橋まで送らせてやるつもりだから、荷物は玄関の敷台まで出しておきな、孝助殿御膳をあがれ」
孝「お父様《とっさま》ごきげんよろしゅう。長い旅ですからつどつど書面をあげるわけにもまい

りません。ただ心配になるのはお父様のおからだ、どうかわたくしが本懐をとげ帰宅いたすまでごじょうぶにおいであそばせよ。敵の首をさげてお目にかけ、お喜びのお顔が見とうございます」

相「おまえもずいぶんからだを大事にしてください。どうかりっぱに出立してください。いろいろと言いたいこともあるが、きょときょとして言えないからなにも言いません。娘なんで袖を引っ張るのだ」

徳「お父様、旦那様はきょうおたちになりましたら、いつごろお帰宅になるのでございますのでしょう」

相「まだわからぬことをいう。いつまでも小さい子どものような気でいちゃあいけないぜ、旦那様は御主人の敵討ちに御出立なさるので、伊勢参宮や物見遊山に行くのではない、敵を討ちとげねばお帰りにはならない、なんだ泣きっ面をして」

徳「でもたいがいいつごろお帰りになりましょうか」

相「おれにも五年かかるか十年かかるかわからない」

徳「そんなら五年も十年もお帰りあそばさないの」

と言いながらさめざめと泣きしおれる。

相「これ、なにが悲しい、主の敵を討つなどということは、侍のうちにもりっぱなことだ、かかるりっぱな亭主を持ったのはありがたいと思え。めでたい出立だ、なぜ笑い顔をしてたたせない。てまえが未練を残せば少禄の娘だから未練だ、意気地がないと孝助殿に愛想を尽かされたらどうする。孝助殿年がいかない子どものような娘だから、気にかけてくださるな。婆あなにを泣く」

婆「わたくしだっておなごりが惜しいから泣きます。あなたも泣いていらっしゃるではございませんか」

相「おれは年寄りだからよろしい」

と言いわけをしながら泣いていると、孝助は、「さようならばごきげんよろしゅう」と玄関の敷台をおりわらじをはこうとする。そのそばへお徳はすり寄り袂を控え、涙に目もとをうるましながら、「ごきげんさまよろしく」とすがりつくを孝助はなだめ、善蔵に送られ出立しました。

十六

白翁堂勇斎は萩原新三郎の寝床をまくり、実にぞっと足の方から総毛立つほど怖く思ったのも道理、萩原新三郎は虚空をつかみ、歯を食いしばり、面色土気色に変わり、よほどな苦しみをして死んだもののごとく、そのわきへ髑髏《どくろ》があって、手ともおぼしき骨が萩原の首っ玉にかじりついており、あとは足の骨などがばらばらになって、床のうちに取り散らしてあるから、勇斎は見てびっくりし、

白「伴蔵これはなんだ、おれはことし六十九になるが、こんな怖ろしいものははじめ

て見た。シナの小説なぞにはよく狐を女房にしたの、幽霊に出会ったなぞということもずいぶんあるが、かようなことにならないように、新幡随院の良石和尚に頼んで、ありがたい魔除けのお守りを借り受けて萩原の首にかけさせておいたのに、どうも因縁はのがれられないものでしかたがないが、伴蔵首にかけている守りを取ってくれ」

伴「怖いからわっちゃあいやだ」

白「おみね、ここへ来な」

みね「わたくしもいやですよ」

白「なにしろ雨戸をあけろ」

と戸をあけさせ、白翁堂がみずから立って萩原の首にかけたる白木綿の胴巻きを取りはずし、ぐっとしごいてこき出せば、黒塗りつや消しの御厨子《おずし》にて、中を開けばこはいかに、金無垢《きんむく》の海音如来と思いのほか、いつしかだれか盗んですりかえたるものとみえ、中は瓦に赤銅箔《しゃくどうはく》を置いた土の不動と化《け》してあったから、白翁堂はあっとあきれて茫然といたし、

白「伴蔵これはだれが盗んだろう」

伴「なんだかわっちにゃあさっぱりわけがわかりません」

白「これは世にも尊き海音如来の立像にて、魔界も恐れて立ち去るというほどな尊い品なれど、新幡随院の良石和尚が厚い情けの心より、萩原新三郎をふびんに思い、貸してくだされ、新三郎は肌身放さず首にかけていたものを、どうしてかようにすりかえら

れたか、まことに不思議なことだなあ」

伴「なるほどなあ、わっちどもにゃあなんだかわけがわからねえが、観音様ですか」

白「伴蔵てまえを疑《うたぐ》るわけじゃあねえが、萩原の地面内《じめんうち》にいる者はおれとてまえばかりだ。よもやてまえは盗みはしめえが、人の物を奪うときは必ずその相に現われるものだ。伴蔵ちょっとてまえの人相を見てやるから顔を出せ」

と懐中より天眼鏡を取り出され、伴蔵は大きに驚き、見られては大変と思い、

伴「旦那え、冗談言っちゃあいけねえ、わっちのようなこんな面は、どうせ出世のできねえ面だから見ねえでもいい」

と断わる様子を白翁堂は早くも推し、ははあこいつ伴蔵がおかしいなと思いましたが、なまなかのことを言い出して取り逃がしてはいかぬと思い直し、

白「おみねや、事がらのすむまでは二人でよく気をつけていて、なるたけ人に言わないようにしてくれ。おれはこれから幡随院へ行って話をしてくる」

と藜《あかざ》の杖《つえ》をひきながら幡随院へやってくると、良石和尚は浅葱木綿《あさぎもめん》の衣を着し、寂寞《じゃくまく》として座ぶとんの上にすわっているところへ勇斎入り来たり、

白「これは良石和尚いつもごきげんよろしく。とかくことしは残暑の強いことでございます」

良「やあ出てきたねえ、こっちへきなさい、まことに萩原もとんだことになって、とうとう死んだのう」

白「ええあなたはよくご存じで」
良「そばに悪いやつがついていて、また萩原ものがれられない悪因縁でしかたがない、定まるこっちゃ、いいわ心配せんでもよいわ」
白「道徳高き名僧智識は百年先の事を見破るとのことだが、あなたの御見識まことに恐れ入りました。つきましてわたくしがすまないことができました」
良「海音如来などを盗まれたというのだろうが、ありゃあ土の中に隠してあるが、あれは来年の八月にはきっと出るから心配するな、よいわ」
白「わたくしは陰陽《おんよう》をもって世を渡り、未来の禍福を占って人の志を定むることは、わたくし承知しておりますけれども、これぱかりは気がつきませなんだ」
良「どうでもよいわ、萩原の死骸はほかに菩提所もあるだろうが、飯島の娘お露とは深い因縁があることゆえ、あれの墓に並べて埋めて石塔を建ててやれ。おまえも萩原に世話になったこともあろうから施主に立ってやれ」
と言われ白翁堂は委細承知と請けをして寺をたちいで、道々もどうして和尚があのことを早くもさとったろうと不思議に思いながら帰ってきて、
白「伴蔵、貴様も萩原様には恩になっているから、野辺の送りのお供をしろ」
とあとの始末を取りかたづけ、萩原の死骸は谷中の新幡随院へ葬ってしまいました。
伴蔵はいかにもして自分の悪事を隠そうため、今の住まいを立ち退かんとは思いましたけれども、あわてたことをしたら人の疑いがかかろう、ああもしようか、こうもしよう

かとやっとのことで一策を案じいだし、自分から近所の人に、萩原様のところへ幽霊の来るのをおれがたしかに見たが、幽霊が二人でボンボンをして通り、一人は島田髷の新造で、一人は年増で牡丹の花の付いた燈籠をさげていた、あれを見る者は三日を待たず死ぬから、おれは怖くてあすこにいられないなぞと言いふらすと、聞く人々は尾に尾を付けて、萩原様のところへは幽霊が百人来るとか、根津の清水では女の泣き声がするなど、さまざまの評判が立ってちりぢり人がほかへ引っ越してしまうから、白翁堂も薄気味悪くや思いけん、ここを引き払って、神田旅籠町辺へ引っ越しました。伴蔵おみねはこれをしおに、なにぶん怖くていられぬとて、栗橋在は伴蔵の生まれ故郷のことなれば、中仙道栗橋へ引っ越しました。

十七

伴蔵は悪事の露顕を恐れ、女房おみねと栗橋へ引っ越し、幽霊からもらった百両あればまずしめたと、懇意の馬方久蔵《きゅうぞう》を頼み、このごろは諸式が安いから二十両でりっぱな家《うち》を買い取り、五十両を元手におろし荒物見世を開きまして、関口屋伴蔵と呼び、はじめのほどは夫婦とも一生懸命働いて、安く仕込んで安く売りましたから、たちまち世間の評判を取り、関口屋の代物《しろもの》は値が安くて品がいいと、方々から押し掛けて買いに来るほどゆえ、大いに繁昌を極めました。凡夫《ぼんぷ》盛《さか》んに神祟《かみたた》りなし、人盛んなる時は天に勝つ、人定まって天人に勝つとは古人の金言うべなるかな、もとよりあぶく銭のことなれば身につく道理のあるべきわけはなく、翌年の四月ごろから伴蔵は以前のことも打ち忘れ少しぜいたくがしたくなり、絽《ろ》の小紋の羽織が着たいとか、帯は献上博多を締めたいとか、雪駄がはいてみたいとか言いだして、ある日同宿の笹屋《ささや》という料理屋へ上がりこみ、一杯やっているそばに酌取り女に出た別嬪《べっぴん》は、年は二十七ぐらいだが、どうしても二十三、四ぐらいとしか見えないというすこぶる代物《しろもの》を見るより、伴蔵は心を動かし、二階を下りてこの家《や》の亭主にその女の身の上を聞けば、さるころ夫婦の旅人がこの家へ泊まりしが、亭主は元は侍で、いかなることか足の傷の痛み激しく立つことならず、一日一日との長逗留《ながとうりゅう》、ついに旅用をもつかいはたし、そういつまでも宿屋の飯を食ってもいられぬことなりとて、夫婦には土手下へ世帯を持たせ、女房はこちらへ手伝い働き女として置いて、わずかな給金で亭主をみついでいるとの話を聞いて、伴蔵は金さえあればどうにもなると、その日は幾らか金を与え、きれいに家に帰りしが、これより節々《せつせつ》と足近く笹屋に通い、金びら切ってくどきつけ、ついにかの女と怪しい仲になりました。いったいこの女は飯島平左衛門の妾お国にて、宮野辺源次郎と不義を働き、あまつさえ飯島を手にかけ、金銀衣類を奪い取り、江戸を立ち退き、越後の村上へ逃げ出しましたが、親元絶家《ぜっけ》して寄るべなきまま、だんだんと奥州路を経めぐりて下街道へ出てまいりこの栗橋にて患いつき、宿屋の亭主の情けを受けて今の始末、もとより悪性のお国ゆえたちまち思うよう、この人は一代身上俄分限《いちだいじんしょうにわかぶげん》に相違なし、この人のいうことを聞いたなら悪いこともあるまいと得心したるゆえ、伴蔵は四十を越してこのような若いきれいな別嬪にもたつかれたことなれば、有頂天界に飛び上がり、これより毎日ここにばかり通い来て寝泊まりをいたしておりますと、伴蔵の女房おみねはこみあがる悋気《りんき》の角《つの》も奉公人の手前にめんじ我慢はしていましたが、ある日のこと馬を引いて店先を通る馬子を見つけ、

みね「おや久蔵さん、素通りかえ、余りひどいね」

久「やあおかみさま、大きにぶさたをいたしやした、ちょっくり来るのだあけど今あ荷い積んで幸手《さって》まで急いでゆくだから、寄っているわけにはいきましねえが、こないだは小づかいをくださってありがとうごぜえます」

みね「まあいいじゃあないか、おまえは家《うち》の親類じゃないか、ちょっとお寄りよ、一杯あげたいから」

久「そうですかえ、それじゃあごめんなせい」

と馬を店の片端にいわいつけ、裏口から奥へ通り、

久「おらあこっちの旦那の身寄りだというので、みんなに大きにかわいがられらあ、この家《うち》の身上は去年から金持ちになったから、おらも鼻が高い」

と話のうちにおみねは幾らか紙に包み、

みね「なんぞあげたいが、あんまり少しばかりだが小づかいにでもしておいておくれよ」

久「こりゃあどうも、毎度頂《めいど》いてばかりいてすまねえよ。いつでもやっけえになりつ

づけだが、せっかくのおぼしめしだから頂戴いたしておきますべい。おや触ってみたところじゃあえらく金があるようだから単物《ひとえもの》でも買うべいか、大きにありがとうございます」
みね「なんだよそんなにお礼を言われてはかえって迷惑するよ、ちょいとおまえに聞きたいのだが、家《うち》の旦那は、四月ごろから笹屋へよくお泊まりなすって、おまえもいっしょに行って遊ぶそうだが、おまえはなぜわたしに話をおしでない」
久「おれ知んねえよ」
みね「おとぼけでないよ、ちゃんと種があがっているよ」
久「種があがるかさがるか、おらあ知んねえものを」
みね「あれさ、笹屋の女のことさ、ゆうべ家の旦那が残らず白状してしまったよ、わたしはお婆さんになってやきもちを焼くわけではないが旦那のためを思うから言うので、あのとおりな粋《いき》な人だから、すっかりと打ち明けて、わたしに話して、ゆうべは笑ってしまったのだが、おまえがあんまりしらばっくれて、素通りをするから呼んだのさ、言ったっていいじゃあないかえ」
久「旦那どんが言ったけえ、あれまあ、われさえ言わなければ知れる気づけえはねえ、われが心配《しんぺい》だというもんだから、おまえ様の前へ隠していたんだ、夫婦の情合いだから、言ったらおめえもあんまり心持ちもよくあんめえと思っただが、そうけえ旦那どんが言ったけえ、おれ困ったなあ」

みね「旦那はわたしに言ってしまったよ、おまえとときどきいっしょに行くんだろう」

久「あのあまっちょは屋敷者《やしきもの》だとよ。亭主は源次郎さんとかいって、足へ傷ができて立つことができねえで、土手下へ世帯を持っていて、女房は笹屋へ働き女をしていて、亭主をすごしているのを、旦那が聞いて気の毒に思い、かわいそうにと思って、いちばん始め金え三分くれて、二度目のとき二両あとから三両それから五両、一ぺんに二十両やったこともあった。ありゃお国さんとかいって二十七だとかいうが、おめえさんなんぞよりよっぽど綺……なにおまえさまとは違《ちげ》え、屋敷者《やしきもん》だから不意気だが、なかなかいい女だよ」

みね「なにかえ、あれは旦那が遊びはじめたのはいつだっけねえ、ゆうべ聞いたがちょいと忘れてしまった。おまえ知っているかえ」

久「四月の二日からかねえ」

みね「あきれるよほんとうに、まあ四月から今までわたしに打ち明けて話しもしないで、あきれかえった人だ。どんなにわたしが鎌をかけて家《うち》の人に聞いても何だのかだのとしらばっくれていて。ありがたいわ、それですっかりわかった」

久「それじゃあ旦那は言わねえのかえ」

みね「あたりまえさ、旦那がわたしにあらたまってそんなばかなことを言うやつがあるものかね」

久「あれ、へえ、それじゃあおらが困るべいじゃあねえか、旦那どんがおれにわれえしゃべるなよと言うたに、困ったなあ」
みね「なにおまえの名前は出さないから心配おしでないよ」
久「それじゃあわしの名前《なめえ》を出しちゃあいかねえよ。大きにありがとうございました」
と久蔵は立ち帰る。おみねはこみあがる悋気《りんき》を押さえ、夜なべをして伴蔵の帰りを待っていますと、
伴「文助や、あけてくれ」
文「お帰りあそばせ」
伴「店の者も早く寝てしまいな、奥ももう寝たかえ」
と言いながら奥へ通る。
伴「おみね、まだ寝ずか、もう夜なべはよしねえ、からだの毒だ、たいがいにしておきな。今夜は一杯飲んで、そうして寝よう、何か肴は有合いでいいや」
みね「なにもないわ」
伴「かくやでもこしらえてきてくんな」
みね「およしよ、お酒を家《うち》で飲んだってうまくもない。肴はなし、酌をする者はわたしのようなお婆さんだから、どうせ気に入る気づかいはない。それよりは笹屋へ行っておあがりよ」

伴「そりゃあ笹屋は料理屋だからなんでもあるが、寝酒を飲むんだからちょいと海苔でも焼いて持ってきねえな」

みね「肴はそれでもいいとしたところが、お酌が気に入らないだろうから、笹屋へ行ってお国さんにお酌をしておもらいよ」

伴「気障《きざ》なことを言うな。お国がどうしたんだ」

みね「おまえはなぜそう隠すんだえ、隠さなくってもいいじゃあないかえ、わたしが十九《つづ》や二十《はたち》のことならばおまえの隠すも無理ではないが、こうやってお互いに取る年だから、隠しだてをされてはわたしがまことに心持ちが悪いからお言いな」

伴「なにをよう」

みね「お国さんのことをさ、いい女だとね、年は二十七だそうだが、ちょっと見ると二十二、三にしか見えないくらいないい娘《こ》で、わたしもほれぼれするくらいだから、ありゃあほれてもいいよ」

伴「なんだかさっぱりわからねえ。きょう昼間馬方の久蔵が来やあしなかったか」

みね「いいえ来やあしないよ」

伴「おれもこの節はよんどころない用でときどき家《うち》をあけるものだから、おめえがそう疑《うたぐ》るのももっともだが、そんなことを言わないでもいいじゃあねえか」

みね「そりゃあ男の働きだからなにをしたっていいが、おまえのためだから言うのだよ。あの女の亭主は双刀《りゃんこ》さんで、その亭主のためにああやっているんだそうだから、亭主に知れると大変だから、わたしも案じられらあね、おまえは四月の二日からあの女にかかりあっていながら、これっぱかりもわたしに言わないのはひどいよ、そいっておしまいなねえ」

伴「そう知っていちゃあほんとうに困るなあ。あれはおれが悪かった、面目ねえ、堪忍してくれ、おれだっておめえになにかついでがあったら言おうと思っていたが、あらたまってさてこういう色ができたとも言いにくいものだから、つい黙っていた。おれもずいぶん道楽をした人間だから、そうだまされて金を取られるような心配はねえ。だいじょうぶだ」

みね「そうさ、はじめてのとき三分やって、その次に二両、それから三両と五両二度にやって、二十両一ぺんにやったことがあったねえ」

伴「いろんなことを知っていやあがる。昼間久蔵が来たんだろう」

みね「来やしないよ、それじゃあおまえこうおしな、むこうの女も亭主があるのにおまえにくっつくくらいだから、ほれているにちがいないが、亭主があっちゃあけんのんだから、もらいきって妾にしておまえのそばへお置きよ、そうしてわたしは別になって、わたしは関口屋の出店でございますといって、別に家業をやってみたいから、おまえはお国さんと二人でいっしょになっておかせぎよ」

伴「気障《きざ》なことを言わねえがいい、別れるもなにもねえじゃあねえか。あの女だって双刀《りゃんこ》の妾《めかけ》、主《ぬし》があるものだから、そういつまでもかかりあっている気はねえのだが、ありゃあ酔ったまぎれについつまみ食いをしたので、おれが悪かったから堪忍してくれろ。もう二度とあすこへ行きさえしなければいいだろう」

みね「行っておやりよ、あの女は亭主があってそんなことをするくらいだから、おまえにほれているんだからおいでよ」

伴「そんな気障なことばかり言ってしようがねえな……」

みね「いいからわたしゃあ別になりましょうよ」

と、くどくど言われて伴蔵はぐっとしゃくにさわり、

伴「なってえなってえ、これ四間間口《しけんまぐち》の表店《おもてだな》を張っている荒物屋の旦那だあ、一人二人の色があったってなんでえ、男の働きであたりめえだ、若えもんじゃあるめえし、やきもちを焼くなえ」

みね「それはまことにすみません、悪いことを申しました。四間間口の表店を張った旦那様だから、妾狂いをするのはあたりまえだと、たいそうもないことをお言いでないよ。今では旦那だといっていばっているが、去年まではおまえはなんだい、萩原様の奉公人同様に追い使われ小さな孫店《まごだな》を借りていて、萩原様からときどき小づかいを頂いたり、単物《ひとえもの》の古いのを頂いたりして、どうやらこうやらやっていたんじゃあないか、いまこうなったからといってそれを忘れてすむかえ」

伴「そんな大きな声で言わなくってもいいじゃあねえか、店の者に聞こえるといけねえやな」

みね「言ったっていいよ、四間間口の表店を張っている荒物屋の旦那だから、妄狂いがあたりまえだなんぞと言って、先《せん》のことを忘れたかい」
伴「やかましいやい、出ていきやあがれ」
みね「はい、出ていきますとも、出ていきますからお金を百両わたしにおくれ。これだけの身代になったのはだれのおかげだ、お互いにここまでやったのじゃあないか」
伴「恵比須講《えびすこう》の商いみたようにたいしたことを言うな、静かにしろ」
みね「言ったっていいよ、ほんとうにこれまで互いにはだしになって一生懸命に働いて、萩原様のところにいるときも、わたしは煮焚《にた》き掃除《そうじ》や針仕事《はりしごと》をし、おまえは使いはやまをして駆けずり回り、どうやらこうやらやっていたが、うまい酒も飲めないというから、わたしが内職をして、たまには買って飲ませたりなんどして、八年このかたおまえのためにはたいそう苦労をしているんだあ、それをなんだえ、荒物屋の旦那だとえ、ごたいそうらしい、わたしゃあいまこうなったっても、昔のことを忘れないために、いまでもこうやって木綿物を着て夜なべをしているくらいなんだ、それにまだおととしの暮れだっけ、おまえが鮭《しゃけ》のせんばいでお酒を飲みてえものだというから……」
伴「静かにしろ、外聞《げえぶん》がわりいや。奉公人に聞こえてもいけねえ」
みね「いいよ、わたしゃあ言うよ、言いますよ。それから貧乏世帯を張っていたことだから、わたしも一生懸命に三晩寝ないで夜なべをして、お酒を三合買って、鮭のせんばいで飲ませてやったときおまえはうれしがって、その時なんと言ったい、持つべきものは女房だと言って喜んだことを忘れたかい」
伴「大きな声をするな、それだからおれはもうあすこへ行かないというに」
みね「大きな声をしたっていいよ、おまえはお国さんのところへおいでよ、行ってもいいよ、おまえのほうであんまり大きなことを言うじゃあないか」
となおなお大きな声を出すから、伴蔵は「おや、この阿魔《あま》」
と言いながらこぶしを上げて頭を打つ。打たれておみねはたけりたち、泣き声を振り立て、
みね「なにを打《ぶ》ちやあがるんだ。さあ百両の金をおくれ。わたしゃあ出てまいりましょう。おまえはこの栗橋から出た人だから身寄りもあるだろうが、わたしは江戸生まれで、こんなところへ引っ張られてきて、身寄りたよりがないと思っていい気になって、わたしが年を取ったもんだから女狂いなんぞはじめ、今になって見放されては食い方に困るから、これだけ金をおくれ、出ていきますから」
伴「出てゆくなら出てゆくがいいが、なにも貴様に百両の金をやるという因縁がねいやあ」
みね「たいそうなことをお言いでないよ。わたしが考えついたことで、幽霊から百両の金をもらったのじゃないか」
伴「こらこら静かにしねえ」
みね「言ったっていいよ、それからその金で取りついてこうなったのじゃあないか。

そればかりじゃあねえ、萩原様を殺して海音如来のお像を盗み取って、清水の花壇の中へ埋めておいたじゃあないか」
伴「静かにしねえ、ほんとうにきちげえだなあ、人の耳へでもはいったらどうする」
みね「わたしゃあしばられて首を切られてもいいよ。そうするとおまえもそのままじゃあおかないよ。百両おくれ、わたしゃあ別になりましょう」
伴「しようがねえな、おれが悪かった。堪忍してくれ。そんならこれまでおめえといっしょになってはいたが、おれに愛想が尽きたならこの家《うち》はすっかりとおめえにやってしまわあ、というと、なにかおれがあの女でもいっしょに連れてどこかへ逃げでもすると思うだろうが、だんだん様子を聞けば、あの女はなにか筋の悪い女だそうだから、もういいかげんに切り上げるつもり。それともここの家《うち》を二百両にでも三百両にでもたたき売ってしまって、おめえをいっしょに連れて越後の新潟あたりへ身を隠し、もう一花《ひとはな》咲かせでっかくやりてえと思うんだが、おめえもう一度はだしになって苦労をしてくれる気はねえか」
みね「わたしだって無理に別れたいというわけでもなんでもありませんが、今になっておまえがわたしをじゃけんにするものだから、そうは言ったものの、八年このかた連れ添っていたものだから、おまえが見捨てないということなら、どこまでもいっしょに行こうじゃあないか」
伴「そんならなにも腹を立てることはねえのだ。これから仲直りに一杯《いっぺい》飲んで、二人でいっしょに寝よう」
と言いながらおみねの手首を取って引き寄せる。
みね「およしよ、いやだよう」
川柳に「女房の角をちんこでたたき折り」でたちまち仲も直りました。それから翌日は伴蔵がおみねに好きな着物を買ってやるからというので、幸手へまいり、呉服屋で反物を買い、ここの料理屋でも一杯やって二人連れ立ち、もう帰ろうと幸手を出て土手へさしかかると、伴蔵が土手の下へ降りにかかるから、
みね「旦那、どこへ行くの」
伴「実は江戸へ仕入れに行ったときに、あの海音如来の金無垢《きんむく》のお守りを持ってきて、ここへ埋めておいたのだから、掘り出そうと思ってきたんだ」
みね「あらまあ、おまえはそれまで隠してわたしに言わないのだよ。そんなら早く人の目つまにかからないうちに掘っておしまいよ」
伴「これは掘り出してあした古河《こが》の旦那に売るんだ。なんだか雨がぽつぽつ降ってきたようだな、向こうの渡し口のところからなんだか人が二人ばかりだんだんこっちの方へ来るようなあんべいだから、見ていてくんねえ」
みね「だれも来やあしないよ、どこへさ」
伴「むこうの方へ気をつけろ」
と言う。むこうは往来が三つまたになっておりまして、かたえは新利根大利根の流れ

にて、おりしも空はどんよりと雨もよう、かすかに見ゆる田舎家の盆燈籠の火もはや消えなんとし、行き来もとだえてものすごく、おみねは何心なくむこうの方へ目をつけている油断をうかがい、伴蔵は腰に差したる胴金造りの脇差《わきざし》を音のせぬように引っこ抜き、物をも言わずうしろから一生懸命力を入れて、おみねの肩先目がけて切り込めば、きゃっとおみねは倒れながら伴蔵の裾にしがみつき、

みね「それじゃあおまえはわたしを殺して、お国を女房に持つ気だね」

伴「知れた事よ、惚れた女を女房に持つのだ、観念しろ」

と言いさま、刀を逆手《さかて》に持ち直し、貝殻骨《かいがらぼね》のあたりから乳の下へかけしたたかに突き込んだれば、おみねは七転八倒の苦しみをなし、おのれそのままにしておこうかと、またも裾へしがみつく。伴蔵はのしかかってとどめを刺したから、おみねは息が絶えましたが、どうしてもしがみついた手を放しませんから、脇差にて一本一本指を切り落とし、ようやく刀をぬぐい、鞘に納め、あとをも見ず飛ぶがごとくにわが家に立ち帰り、あわただしくこぶしをあげて門《かど》の戸を打ちたたき、

伴「文助《ぶんすけ》、ちょっとここをあけてくれ」

文「旦那でございますか、へいお帰りあそばせ」

と表の戸を開く。伴蔵ずっと内に入り、

伴「文助や、大変だ、いま土手で五人の追いはぎが出ておれの胸ぐらをつかまえたのを、払ってようやく逃げて来たが、おみねは土手下へ降りたから、悪くするとけがをし

たかもしれない、どうも案じられる、どうかみんないっしょに行ってみてくれ」
　というので奉公人一同大いに驚き、手に手に半棒心張り棒なぞたずさえ、伴蔵を先に立て土手下へ来てみれば、無残やおみねは目も当てられぬように切り殺されていたから、伴蔵は空涙を流しながら、
　伴「ああかわいそうなことをした。いま一足《ひとあし》早かったら、こんな非業な死はとらせまいものを」
とうそをつかい、人を走《は》せてその筋へ届け、御検屍もすんで家《うち》に引き取り、何事もなく村方へ野辺の送りをしてしまいましたが、伴蔵が殺したと気がつくものはありません。だんだん日数もたって七日《なのか》目のことゆえ、伴蔵は寺参りをして帰ってくると、召使いのおますという三十一歳になる女中がにわかにがたがたと震えはじめて、ウンとうなって倒れ、なにかうわことを言って困ると番頭がいうから、伴蔵が女の寝ているところへ来て、
　伴「おめえどんなあんべいだ」
　ます「伴蔵さん、貝殻骨から乳の下へかけてずぶずぶと突き通されたときの痛かったこと」
　文「旦那様変なことを言いやす」
　伴「おます、気をたしかにしろ、かぜでも引いて熱でも出たのだろうから、ふとんをたんとかけて寝かしてしまえ」

と夜着をかけるとおますは重い夜着やかいまきを一度にはねのけて、ふとんの上にちょんとすわり、じいっと伴蔵の顔をにらむから、

文「変なあんべいですな」

伴「おます、しっかりしろ、狐にでも憑《つ》かれたのじゃあないか」

ます「伴蔵さん、こんな苦しいことはありません、貝殻骨のところから乳のところまで脇差の先が出るほどまで、ずぶずぶと突かれたときの苦しさは、なんともかとも言いようがありません」

と言われて伴蔵も薄気味悪くなり、

伴「なにを言うのだ、気でも違いはしないか」

ます「お互いにこうして八年このかた貧乏世帯を張り、やっとの思いで今はこれまでになったのを、おまえはわたしを殺してお国を女房にしようとは、まああんまりひどいじゃあないか」

伴「これは変なあんべいだ」

というものの、腹の内では大いに驚き、早く療治をして直したいと思うところへ、この節幸手に江戸から来ている名人の医者があるというから、それを呼ぼうと、人を走《は》せて呼びにやりました。

十八

伴蔵は女房が死んで七日目に寺参りから帰ったその晩より、下女のおますがおかしなうわことを言い、幽霊に頼まれて百両の金をもらい、これまでの身代に取りついたの、萩原新三郎様を殺したの、海音如来のお守りを盗み出し、根津の清水の花壇の中へうずめたなどとしゃべりたてるに、奉公人たちはなんだか様子のわからぬことゆえ、ただばかなうわことを言うと思っておりましたが、伴蔵の腹の中では、女房のおみねがおれに取りつくことのできないところから、この女に取っついておれの悪事をしゃべらせて、お上の耳に聞こえさせ、おれを召し捕り、お仕置きにさせて恨みを晴らすりょうけんに違いなし、あの下女さえいなければかようなこともあるまいから、いっそ宿元へ下げてしまおうか、いやいや待てよ、宿へ下げ、あのとおりにしゃべられては大変だ、こりゃうっかりしたことはできないと思案にくれているところへ、さきほど幸手へ使いにやりました下男の仲助《なかすけ》が、医者同道で帰ってきて、

男「旦那ただいま帰り《けえ》やした、江戸からおいでなすったおじょうずなお医者様だそうだがやっと願いやしてごいっしょに来てもらいやした」

伴「これはこれは御苦労様、てまえかたはこういう商売がら店もちらかっておりますから、まずこちらへお通りくださいまし」

と奥の間へ案内をして上座に請じ、伴蔵は慇懃《いんぎん》に両手をつかえ、

伴「はじめましてお目通りをいたします、わたくしは関口屋伴蔵と申します者、今日《こんにち》は早速のお入りでまことに御苦労様に存じまする」

医「はいはい、はじめまして。なにか急病人の御様子、ははあお熱で、変なうわことなどを言うと」

と言いながらふと伴蔵を見て、

医「おや、これはまことにしばらく、これはどうもまことにどうも。どうなすって伴蔵さん、まず一別以来相変わらず御機嫌よろしく。どうもまあはからざるところでお目にかかりました。これはきみの御新宅かえ。恐れ入ったねえ。しかしきみはかくあるべきことだろうと、きみが萩原新三郎様のところにいる時分から、あの伴蔵さんおみねさんの夫婦は、どうも機転の利き方、才智の回るところから、なかなかただの人ではない、いまにあれはえらい人になると言っていたが、十指の指さすところ鑑定《めがね》は違わず、実にきみは大した表店を張り、りっぱなことにおなりなすったなあ」

伴「いやこれは山本志丈《やまもとしじょう》さん、まことに思いがけねえところでお目にかかりやした」

志「実はわたしも人には言えねえが江戸を食い詰め、医者もしていられねえから、猫《ねこ》の額《ひたえ》のような家《うち》だが売って、その金子を路用として日光辺の知るべを頼って行く途中、幸手の宿屋で相宿の旅人が熱病で悩むとて療治を頼まれ、その脈をとれば運よく全快したが、実はぼくが治したんじゃあねえ、ひとりでに治ったんだが、運にかなってたちま

ちにあれは名人だ名医だとの評が立ち、あっちこっちから療治を頼まれ、実はいいかげんにやってはいるが、相応に薬礼をよこすから、足を留めていたものの実はおりゃあ医者はできねえのだ。もっとも傷寒論の一冊ぐらいは読んだことはあるが、いったい病人はきれえだ、あの臭い寝床のそばへ寄るのはいやだから、金さえあればつい一杯飲む気になるようなものだから、江戸を食い詰めてきたのだが、あの妻君はお達者かえ、いやさ、おみねさんには久しく拝顔を得ないがお達者かえ」

伴「あれは」

と口ごもりしが、

伴「八日前《あと》の晩土手下でどろぼうに切り殺されましたよ。それからようやく引き取って弔いを出しました」

志「やれはや、これはどうも、存外な、さぞお愁傷、おなじみだけになおさらお察し申します。あのかたはまことに御貞節ないいおかたであったが、これが仏家でいう因縁とでも申しますのか、さぞまあ残念なことでありましたろう、それでは御病人はお家内ではないね」

伴「ええ内《うち》の女ですが、なんだか熱にうかされて妙なことを言って困ります」

志「それじゃあちょっと見てあげて、あとでまたいろいろ昔の話をしながらゆるりと一杯やろうじゃあないか、知らない土地へ来てなじみの人に会うとなんだか懐かしいものだ、病人は熱ならぞうさもないからねえ」

伴「文助や、先生は甘い物は召し上がらねえが、お茶とお菓子と持ってきておけ、先生こっちへおいでなせえ。ここが女部屋で」
志「さようか、まあ暑いから羽織を脱ごうよ」
伴「おますや、お医者様がいらっしゃったからよく見ていただきな、気をしっかりしていろ、変なことを言うな」
志「どういう御様子、どんなあんばいで」
と言いながらそばへ近寄ると、病人は重いかいまきをはねのけてふとんの上にちゃんとすわり志丈の顔をじっと見つめている。
志「おまえどういうあんばいで、おおかたかぜが高じて熱となったのだろう、寒けでもするかえ」
ます「山本志丈さん、まことに久しくお目にかかりませんでした」
志「これは妙だ、ぼくの名を呼んだぜ」
伴「こいつは妙なうわことばっかり言っていますよ」
志「だってぼくの名を知っているのが妙だ。ふうん、どういう様子だえ」
ます「わたしはね、この貝殻骨から乳のところまでずぶずぶと伴蔵さんに突かれたときの」
伴「これこれ、なにをつまらねえことを言うんだ」
志「よろしいよ、心配したもうな、それからどうしたえ」

ます「あなたのご存じのとおり、わたしども夫婦は萩原新三郎様の奉公人同様に追い使われ、はだしになって駆けずり回っていましたが、萩原様が幽霊に取りつかれたものだから、幡随院の和尚から魔除けのお札を裏窓へはりつけておいて幽霊のはいれないようにしたところから、伴蔵さんが幽霊に百両の金をもらってそのお札をはがし」

伴「なにを言うんだなあ」

志「よろしいよ、ぼくだから。これは妙だ妙だ、へい、そこで」

ます「その金からとりついて今はこれだけの身代となり、それのみならず萩原様のお首にかけてる金無垢の海音如来のお守りを盗み出し、根津の清水の花壇に埋め、あまつさえ萩原様を蹴殺して、ていよく跡をとりつくろい」

伴「なにを、とんでもないことを言うのだ」

志「よろしいよ、ぼくだから。妙だ妙だ。へいそれから」

ます「そうしておまえ、そんなあぶく銭《ぜに》でこれまでになったのに、おまえは女狂いを始め、わたしをじゃまにして殺すとはあんまりひどい」

伴「どうもしようがないの、なにを言うのだ」

志「よろしいよ、妙だ、心配したもうな、これは早速宿へ下げたまえ、というと、宿でまたこんなうわことを言うとおぼしめそうが、下げればきっと言わない、この家《うち》にいるから言うのだ、ぼくも壮年のおりこういう病人を二度ほど先生の代脈で手がけたことがあるが、宿へ下げればきっと言わないから下げべし下げべし」

と言われて、伴蔵は小気味が悪いけれども、山本の勧めに任せ早速に宿を呼び寄せ引き渡し、表へ出るやいなや正気にかえった様子なれば、伴蔵も安心していると今度は番頭の文助がウンとうなって夜着をかむり、寝たかと思うと起き上がり、幽霊にもらった百両の金でこれだけの身代になりあがり、と言いだしたれば、また宿を呼んで下げてしまうと、今度は小僧がうなりだしたればまた宿へ下げてしまい、奉公人残らずを帰し、あとには伴蔵と志丈と二人ぎりになりました。

志「伴蔵さん、今度ぁなればおいらの番だが、妙だったね。だが伴蔵さん打ち明けて話をしてくんなせえ。萩原さんが幽霊にみいられ、骨といっしょに死んでいたとの評判もあり、また首にかけた大事の守りがすりかわっていたというが、その鑑定はどうもわからなかった。もっとも白翁堂という人相見のおやじが少しは気《け》どって新幡随院の和尚に話すと、和尚はとうよりさとっていて、盗んだやつが土中へ埋め隠してあると言ったそうだが、きょうはじめてこの病人の話によれば、ぼくの鑑定ではたしかにおまえと見て取ったが、もうこうなったらば隠さず言っておしまい。そうすればぼくもおまえと一つになってことをはからおうじゃないか、善悪ともに相談をしようから打ち明けたまえ。それからきみはおかみさんがじゃまになるものだから殺しておいて、どろぼうが切り殺したというのだろう。そうでしょうそうでしょう」

と言われて伴蔵もはや隠しおおせることにもいかず、

伴「実は幽霊に頼まれたというのも、萩原様のああいう怪しい姿で死んだというのも、いろいろわけがあってみんなわっちがこしらえたこと、というのはわっちが萩原様の肋《あばら》を蹴って殺しておいて、こっそりと新幡随院の墓場へ忍び、新塚を掘り起こし、骸骨《しゃりこつ》を取り出し、持ち帰って萩原の床の中へ並べておき、怪しい死にざまに見せかけて白翁堂のおやじをば一杯《いっぺい》はめこみ、また海音如来のお守りもまんまと首尾よく盗み出し、根津の清水の花壇の中へ埋めておき、それからおれがいろいろと法螺《ほら》を吹いて近所の者を怖がらせ、みなあちこちへ引っ越したをよいしおにして、おれもまたおみねを連れ、百両の金をつかんでこの土地へ引っ込んで今の身の上、ところがおれが他《わき》の女にかかりあったところから、かかあが悋気《りんき》を起こし、以前の悪事をがあがあとどなりたてられ、しかたなく、うまくだまして土手下へ連れ出して、おれが手にかけ殺しておいて、追いはぎに殺されたと空涙で人をだまかし、弔いをもすましてしまったわけなんだ」

志「よく言った。まことに感服、たいがいの者ならそう打ち明けては言えぬものだに、おれが殺したとすみやかに言うなどはこれは悪党、ああ悪党、おまえにそう打ち明けられてみれば、わたしはおしゃべりな人間だが、こればっかりは口外はしないよ、そのかわり少し好みがあるがどうかかなえておくれ、というとなにかきみの身代でもあてにするようだが、そんなわけではない」

伴「あああ、それはいいとも、どんなことでも聞きやしょうから、どうか口外はしてくださるな」

と言いながら懐中より二十五両包みを取り出し、志丈の前に差し置いて、伴「少ねえが切餅《きりもち》をたった一つ取っておいてくんねえ」
志「これは言わない賃かえ、薬礼ではないね、よろしい心得た、なんだかこう金がはいると浮気になったようだから、一杯飲みながら、ゆるりと昔語りがしてえのだが、この家《うち》あ陰気だから、これからどこかへ行って一杯やろうじゃあねえか」
伴「そいつはよかろう、そんならおいらのなじみの笹屋へ行きやしょう」
と打ち連れ立って家を立ち出で、笹屋へ上がり込み、差し向かいにて酒を酌み交わし、
伴「男ばかりじゃあうまくねえから、女を呼びにやろう」
とお国を呼び寄せる。
国「おや旦那、ごぶさたを。よくいらっしゃって。うかがいますればおかみさんは不慮のことがございましたと、定めて御愁傷なことで、わたしも旦那にちょいとお目にかかりたいと思っておりましたは、うちの人の傷もようやく治り、近々《きんきん》のうち越後へ向けていま一度《ひとたび》行きたいと言っておりますから、行った日にはあなたにはお目にかかることができないと思っているところへお使いで、あんまりうれしいから飛んできたんですよ」
伴「お国、お連れのかたになぜごあいさつをしないのだ」
国「これはあなたごめんあそばせ」
と言いながら志丈の顔を見て、
国「おやおや山本志丈さん、まことにしばらく」

志「これは妙、どうも不思議、お国さんがここにおいでとははからざることで、これは妙。内々《ないない》御様子を聞けば、思うおかたといっしょなら深山《みやま》の奥までというような意気事筋で、まことに不思議、これは希代《きたい》だ、妙々」
と言われてお国はぎっくり驚いたは、志丈はお国の身の上をば詳しく知った者ゆえ、もし伴蔵にしゃべられてはならぬと思い、
国「志丈さんちょっとごめんあそばせ」
と次の間へ立ち、
国「旦那ちょっといらっしゃい」
伴「あいよ、志丈さん、ちょいと待っておくれよ」
志「ああよろしい、ゆっくり話をしてきたまえ。ぼくはさようなことには慣れているから苦しくない、おかまいなく、ゆっくりと話をしていらっしゃい」
国「旦那どういうわけであの志丈さんを連れてきたの」
伴「あれは家《うち》に病人があったから呼んだのよ」
国「旦那あの医者の言うことをなんでもほんとうにしちゃあいけませんよ、あんなうそつきのやつはありません、あいつの言うことをほんとうにするととんでもないまちがいができますよ。人の合中《あいなか》をつっつくひどいやつですから、今夜はあの医者をどっかへやって、あなたひとりここに泊まっていてくださいな、そうすれば家《うち》の人を寝かしておいて、あなたのところへ来て、いろいろお話しもしたいことがありますから。ようござ

いますか」
伴「よしよし、それじゃあ家《うち》のほうをいいあんべいにしてきっと来ねえよ」
国「きっと来ますから待っておいでよ」
とお国は伴蔵に別れ帰り行く。
伴「やあ志丈さん、まことにお待ちどお」
志「まことにどうも、アハハあの女はもう三十に近いだろうが若いねえ、きみもなかなかお腕前《うでめえ》だね、おおかたきみはあの婦人を食っているのだろうが、これからはもうきみと善悪を一つにしようと約束をした以上は、きみのためにならねえことはぼくは言うよ。いったいきみはあの女の身の上を知って世話をするのか知らないのか」
伴「おらあ知らねえが、おめえさんは心安いのか」
志「あの婦人には男がついている。宮野辺源次郎といって旗本の次男だが、そいつが悪人で、萩原新三郎さんを恋い慕った娘の親御飯島平左衛門という旗本の奥様付きで来た女中で、奥様が亡くなったところから手がついて妾となったが今のお国で、源次郎と不義を働き、恩ある主人の飯島を切り殺し、有金二百六十両に、大小を三腰とか印籠を幾つとかを盗み取り逐電《ちくてん》した人殺しのどろぼうだ。するとあとから忠義の家来藤助とか孝助とかいう男が、主人の敵を討ちたいと追っかけて出たそうだ。わたしの思うのは、あれはきみにほれたのではなく、源次郎がかあいいからおまえの言うことを聞いたなら、亭主のためになるだろうと心得、身を任せ、相対間男《あいたいまおとこ》ではないかとぼくは鑑定するが、いま聞けば急に越後へたつと言い、ぼくをはいてきみひとり寝ているところへ源次郎が踏み込んでゆすりかけ、二百両ぐらいの手切れは取る目算《ちげ》に違えねえが、きみは承知かえ。だからきみは今夜ここに泊まっていてはいけねえから、ぼくといっしょにどっかへ女郎買いに行ってしまい、あいつら二人に素股《すまた》をくわせるとはどうだえ」

伴「むむなるほど、そうか、それじゃあそうしよう」

と連れ立ってここを立ち出で、鶴屋という女郎屋へ上がり込む。あとへお国と源次郎が笹屋へ来て様子を聞けば、さっき帰ったということに二人はしおれて立ち帰り、

源「お国、もうこうなればしかたがないから、あしたはおれが関口屋へ掛け合いに行き、もしむこうでしらを切ったその時は」

国「わたしが行ってしゃべりつけ口をあかさずたんまりとゆすってやろう」

とその晩は寝てしまいました。翌朝《よくちょう》になり伴蔵は志丈を連れてわが家へ帰り、いろいろゆうべの惚気《のろけ》など言っている店先《みせさき》へ、

源「お頼ん申すお頼ん申す」

伴「商人《あきんど》の店先へお頼ん申すと言うのはおかしいが、だれだろう」

志「おおかたゆうべ話した源次郎が来たのかもしれねえ」

伴「そんならおめえそっちへ隠れていてくれ」

志「いよいよむずかしくなったら飛び出そうか」

伴「いいから引っ込んでいなよ……へいへい、少々家《うち》に取り込みがありまして店をし

めておりますが、なにか御用ならば店をあけてから願いとうございます」
源「いや買い物ではござらん。御亭主に少々御面談いたしたくまいったのだ。ちょっとあけてください」
伴「さようでございますか。まずお上がり」
源「早朝より罷《まか》りいでまして御迷惑。あなたが御主人か」
伴「へい、関口屋伴蔵はわたくしでございます、ここは店先どうぞ奥へお通りくださいまし」
源「しからばごめんをこうむる」
と蠟色鞘茶柄《ろいろざやちゃつか》の刀を右の手にさげたままに、亭主にかまわずずっと通り上座《かみざ》に座す。
伴「どなた様でござりますか」
源「これははじめてお目にかかりました。てまえは土手下に世帯を持っている宮野辺源次郎と申す粗忽《そこつ》の浪人、家内国こと、笹屋方にて働き女をなし、わずかな給金にてようようその日を送りいるところ、旦那より深くごひいきを頂くよし、毎度国より承りおりますれど、なにぶん足痛にて歩行もなりかねますれば、存じながらごぶさた、重々御無礼をいたした」
伴「これはお初にお目通りをいたしました。伴蔵と申す不調法者幾久しく御懇意を願います。おまえ様のあんばいの悪いということは聞いていましたが、よくまあ御全快、わっちもお国さんをひいきにするというものの、ひいきの引き倒《だお》しでなんの役にも立ちません。旦那の御新造がねえ、どうも恐れ入った、もっていねえ、馬子《まご》やわっちのような者のきげん気づまを取りなさるかと思えばお気の毒だ。それがために失礼もたびたびいたしやした」

源「どういたしまして。伴蔵さんにちとおりいって願いたいことがありますが、わたくしども夫婦はもはや旅費をつかいなくし、ことには病中の入費薬礼《いりめ》やなにやかやでまったく財布の底をはたき、ようやく全快しましたれば、越後路へ出立したくもいかにも旅費が乏しく、どうしたらよかろうと思案のそばから、女房が関口屋の旦那は御親切のおかたゆえ、泣きついてお話をしたらおみつぎくださることもあろうとの勧めに任せまいりましたが、どうか路銀を少々拝借ができますればありがとう存じます」

伴「これはどうも、そうあなたのように手をさげて頼まれては面目がありませんが」

と中は幾らかしら紙に包んで源次郎の前に差し置き、

伴「ほんのわらじ銭でございますがお受け取りくだせえ」

と言われて源次郎は取り上げてみれば金千疋《きんせんびき》。

源「これは二両二分、いやさ御主人、二両二分で越後まで足弱を連れて行かれると思いなさるか、御親切ついでにもそっとお恵みが願いたい」

伴「千疋では少ないとおっしゃるなら、幾らあげたらよいのでございます」

源「どうか百金お恵みを願いたい」

伴「一本え、冗談言っちゃあいけねえ、薪《まき》かなんぞじゃああるめえし、一本の二本のと、ころがっちゃあいねえよ、旦那え、こういうこたあいってえこっちであげる心持次第《しでい》のもので、幾らかくらと限られるものじゃあねえと思いやす。百両くれろと言われちゃああげられねえ。また道中もしようできりのないもの、千両も持って出て足りずに家《うち》へ取りによこす者もあり、四百の銭で伊勢参宮をする者もあり、二分の金を持って金《こん》毘羅参《ぴらまい》りをしたという話もあるから、旅はどうともしようによるものだから、そんなことを言ったってできはしません。まことに商人なぞは遊んだ金はないもので、表店《おもてだな》をりっぱに張っていても内々《ないない》は一両の銭に困ることもあるものだ。百両くれろと言っても、そんなにわっちはおめえさんにお恵みをする縁がねえ」

源「国が別段ごひいきになっているから、とやかく面倒言わず、餞別として百金もらおうじゃあねえか、なにも言わずにさ」

伴「おめえさんはおつうおかしなことを言わっしゃる、なにかお国さんとわっちとくっついてでもいるというのか」

源「おうさ、間男の廉《かど》で手切れの百両を取りに来たんだ」

伴「むむ、わっちが不義をしたがどうした」

源「黙れ、やい不義をしたとはなんだ、捨ておきがたいやつだ」

と言いながら刀をそばへ引き寄せ、親指にて鯉口《こいぐち》をぷつりと切り、

源「この間からなにかと胡散《うさん》のこともあったれど、こらえこらえてこれまで穏便ざたにいたしおき、昨晩それとなく国を責めたところ、国の申すには、実はすまないことだ

が貧に迫ってやむをえずあの人に身を任せたと申したから、その場において手打ちにしようとは思ったれども、こういう身の上だから勘弁いたし、事穏かに話をしたに、てめえの口から不義したと口外されては捨ておきがてえ、表向きにいたさん」

　とたけりたってどなると、

伴「静かにおしなせえ、隣はないが名主《なぬし》のない村じゃあないよ、おめえさんがそうたけりたって鯉口を切り、わっちの鬢《びん》たを打ち切る剣幕《けんまく》を恐れて、はいさようならとお金を出すような人間と思うのはまちげえだ、わっちなんぞは首が三つあっても足りねえからだ、十一の時から狂いだして、脱《ぬ》け参《めえ》りから江戸へ流れ、悪いという悪いことは二《に》三《さん》の水出《みずだ》し、やらずの最中《もなか》、野天丁半《のでんちょうはん》の鼻《はな》っ張《ぱ》り、ヤアの賭場《どば》まで逐《お》ってきたのだ、今はひびあかぎれを白たびで隠し、なまぞらをつかっているものの、悪いことはおめえより上だよ。それにまた間男間男というが、あの女は飯島平左衛門様の妾で、それとおめえがくっついて殿様を殺し、大小や有り金をひっさらい高飛びをしたのだから、いわばおめえも盗みもの、それにお国もおれなんぞにほれたはれたのじゃなく、おめえがかわいいばっかりで、病気の薬代にでもするつもりでこっちにもちかけたのを幸いに、おれもそうとは知りながら、つい男のいじきたな、手を出したのはこっちの誤りだから、なにも言わずに千疋を出し、別段はなむけにしようと思い、これこのとおり二十五両をやろうと思っているところ、一本よこせと言われちゃあ、どうせ細った首だから、素っ首が飛んでも一文もやれねえ。それにおめえよく聞きねえ、江戸近《ちか》のこんなところにまごまごしていると危ねえぜ、孝助とかが主人の敵だといっておめえをねらっているから、おめえの首が先へ飛ぶよ、冗談じゃあねえ」

と言われて源次郎は途胸《とむね》を突いて大いに驚き、

源「さような御苦労人とも知らず、ただの堅気の旦那と心得、おどして金を取ろうとしたのはまことに恐縮の至り、しからばあいすみませんが、これを拝借願います」

伴「早く行きなせえ、けんのんだよ」

源「さようならおいとま申します」

伴「あとをしめて行ってくんな」

志丈は戸だなより潜り出し、

志「うまかったなあ、感服だ、実に感服、きみの二三の水出《みずだ》し、やらずの最中《もなか》とは感服、ああ、どうもそこが悪党、ああ悪党」

これより伴蔵は志丈と二人連れ立って江戸へまいり、根津の清水の花壇より海音如来の像を掘り出すところから、悪事露顕の一埒《いちらつ》はこの次までお預りにいたしましょう。

十九

引き続きまする怪談牡丹燈籠のお話は、飯島平左衛門の家来孝助は、主人の仇なる宮野辺源次郎お国の両人が、越後の村上へ逃げ去りましたとのことゆえ、あとを追って村

上へまいり、諸方を詮議いたしましたが、とんと両人のゆくえがわかりませんで、また
わが母おりゑと申す者は、内藤紀伊守の家来にて、沢田右衛門の妹《いもと》にて、十八年以前に
別れたが、今も無事でいられることか、一目お目にかかりたいことと、だんだん御城中
の様子を聞き合わせますところ、沢田右衛門夫婦は疾《と》くに相果て、今は養子の代にあ
いなっておることゆえ母のゆくえさえとんとわからず、やむをえずここに十日ばかし、
あすこに五日逗留いたし、あちこちと心当たりのところを尋ね、深く踏み込んで探って
みましたれどもさらにわからず、むなしくその年も果て、翌年にあいなって孝助は越後
路から信濃路へかけ、美濃路へかかり捜しましたがいっこうにわからず、はや主人の年
回にも当たることゆえ、一度江戸へ立ち帰らんと思い立ち、日数を経て、八月三日江戸
表へ着《ちゃく》いたし、まず谷中の三崎村なる新幡随院へまいり、主人の墓へ香花《こうげ》をたむけ水を
あげ、墓原の前に両手をつきまして、

孝「旦那様わたくしは身不肖《みふしょう》にして、まだ仇たるお国源次郎にめぐりあわず、まだ本
懐はとげませんが、ちょうど旦那様の一周忌の御年回に当たりますることゆえ、このた
び江戸表へ立ち帰り、御法事御供養をいたした上、早速また敵のゆくえを捜しにまいり
ましょう。このたびは方角を違え、ぜひとも穿鑿《せんさく》をとげまするの心得、なにとぞ草葉の
陰からお守りくださって、一時《いっとき》も早く仇のゆくえの知れまするようにお守りくだされま
し」

と生きたる主人にもの言うごとくうやうやしく拝をとげましてから、新幡随院の玄関

にかかりまして、
孝「お頼み申します、お頼み申します」
取次「どうれ、はあどちらからおいでだな」
孝「てまえは元牛込の飯島平左衛門の家来孝助と申す者でございますが、このたび主人の年回をいたしたき心得で墓参りをいたしましたが、方丈様御在寺なればお目通りを願いとう存じます」
取「さようですか、しばらくおひかえなさい」
とこれから奥へ取り次ぎますると、こちらへお通し申せということゆえ、孝助は案内に連《つ》れられ奥へ通りまするると、良石和尚は年五十五歳、道心堅固の智識にて大悟徹底いたし、寂寞《じゃくまく》と座ぶとんの上にすわっておりまするが、道力自然に表に現われ、孝助は頭がひとりでにさがるようなことで、
孝「これは方丈様にははじめてお目にかかりまする。てまえことは相川孝助と申す者でございますが、当年は旧主人飯島平左衛門の一周忌の年回に当たることゆえ、一度江戸表へ立ち帰りましたが、ここに金子五両ございまするが、これにてよろしく御法事御供養を願いとう存じます」
良「はい、はじめまして、まあこっちへ来なさい。これはまあ感心なことで……これ茶を進ぜい……おまえさんが飯島の御家来孝助殿か、りっぱなお人でよい心がけ、長旅をいたした身の上なれば定めてたくさんの施主もあるまい、一人か二人ぐらいのことで

あろうから、内の坊主どもに言いつけて何か精進物をこしらえさせ、なるたけ金のいらんように、手はかかるがみなこちらでやっておくが、一か寺の住職を頼んでおきますが、おまえなあ、あまり早く来るとこちらで困るから、昼飯《ひるはん》でも食ってからそろそろ出かけ、夕飯《ゆうはん》はこちらで食う気で来なさい。そしておまえはこれから水道端の方へ行きなさろうが、おまえを待っている人がたんとある。またおまえは喜び事か何かめでたいことがあるから早う行って顔を見せてやんなさい」

孝「へい、わたくしは水道端へまいりまするが、あなたはどうしてそれをご存じ、不思議なことでございます」

と言いながら、

孝「さようならばあした昼飯をしまいましてまた出ますから、なにぶんよろしくお願い申しまする。ごきげんよろしゅう」

と寺を出ましたが、心の内に思うよう、どうも不思議な和尚様だ、どうしてわたしが水道端へ行くことを知っているだろうか、ほんとうに占い者のような人だと言いながら、水道端なる相川新五兵衛方へまいりましたが、孝助は養子になって間もなく旅へ出立し、一年ぶりにて立ち帰りましたことゆえ、少しは遠慮いたし、台所口から、

孝「御免くださいまし、ただいま帰りましたよ、これこれ善蔵どん善蔵どん」

善「なんだよ、掃除屋《そうじや》が来たのかえ」

孝「なにわたしだよ」

善「おやこれはどうも、まことに失礼を申し上げました。いつも今時分掃除屋がまいりますものですから、粗相《そそう》を申しましたが、よくまあ早くお帰りになりました。旦那様旦那様孝助様がお帰りになりました」

相「なに孝助殿が帰られたとか、どこにおいでになる」

善「へい、お台所にいらっしゃいます」

相「どれどれ、これはまあ、なんで台所などから来るのだ。そう言えば水はくんで回すものを。善蔵これ善蔵、なにをぐるぐる回っておるのだ、これ婆あ孝助殿がお帰りだよ」

婆「若旦那がお帰りでございますか、これはまあさぞお疲れでございますだろう、まずごきげんよろしゅう」

孝「お父様《とつさま》にもごきげんよろしゅう、わたくしもつどつど書面を差し上げたき心得ではございまするが、なにぶん旅先のことゆえ思うようにはお便りもいたしがたく、お父様はどうなされたかと日々《ひび》お案じ申しまするのみでございましたが、まずはおすこやかなるおん顔を拝しましてまことに大悦に存じまする」

相「まことにおまえもめでたく御帰宅なされ、新五兵衛至極満足いたしました、はい実にねえ鳥の鳴かぬ日はあるがというたとえのとおりで、おまえのことは少しも忘れたことはない、雪の降る日はきょうあたりはどんな山を越すか、風の吹く日はどんな野原を通るかと、雨につけ風につけおまえのことばかり少しも忘れたことはござらん。ところへ思いがけなくお帰りになり、まことに喜ばしく思いまする。娘もおまえのことばかり案じ暮らし、おまえのたった当座はただ泣いてばかりおりましたから、わたしがそんなにくよくよして患いでもしてはいかないから、気を取り直せよと言い聞かせておきましたが、おまえもまあすこやかでお早くお帰りだ」

孝「わたくしはきょう江戸へ着き、すぐに谷中の幡随院へ参詣をいたしてきましたが、あしたはちょうど主人の一周忌の年回に当たりまするゆえ、法事供養をいたしたく立ち帰りました」

相「そうか、いかにもあしたは飯島様の年回に当たるからと思ったが、おまえがお留守だからわたしでも代参に行こうかと話をしていたのだ。これ婆あ、ここへ来な、孝助様がお帰りになった」

婆「あら若旦那様お帰りあそばしませ。ごきげんさまよろしゅう、あなたがお立ちになってからというものは、毎日おうわさばかりいたしておりましたが、少しもおやつれもなく、お色は少しお黒くおなりあそばしましたが、相変わらずよくまあねえ」

相「婆あ、あれを連れてきなよ」

婆「でもただいまよく寝んねしていらっしゃいますから、おめんめがさめてから、お笑い顔を御覧にいれるほうがよろしゅうございましょう」

相「うんそうだ、はじめて会うのに無理にめんめをさまさして泣き顔ではいかんから。だがたいがいにしてここへ連れて抱いてこい」

娘お徳は次の間に乳飲み子を抱いておりましたが、孝助の帰るを聞き、飛び立つばかり、うれし涙をぬぐいながら出てきて、
徳「旦那様ごきげんさまよろしゅう、よくまあお早くお帰りあそばしました、毎日毎日あなたのおうわさばかりいたしておりましたが、おやつれもありませんでおうれしゅう存じまする」
孝「はい、おまえも達者でめでたい。わたしが留守中はお父様《とっさま》のことなにかと世話になりました。旅先のことゆえつどつど便りもできず、どうなされたかと毎日案じるのみであったが、まことにみんなの達者な顔を見るというはこのようなうれしいことはない」
徳「わたしは昨晩旦那様の御出立になるところを夢に見ましたが、よく人が旅立ちの夢を見るとその人にお目にかかることができると申しますから、お近いうち旦那様にお目にかかれるかと楽しんでおりましたが、きょうお帰りとは思いませんでした」
相「おれも同じような夢を見たよ。婆あや抱いておいで、もう起きたろう」
婆は奥より乳飲み子を抱いてまいる。
相「孝助殿これをごらん、いい子だねえ」
孝「どちらのお子様で」
相「なにさ、おまえの子だあね」
孝「御冗談ばかり言っていらっしゃいます。わたくしは昨年の八月旅へ出ましたもの

で、子どもなぞはございません」

相「たった一ぺんでも子どもはできますよ。おまえは娘と一つ寝をしたろう。だからたった一度でも子はできます。たった一度で子どもができるというのはよっぽど縁の深いわけで、娘も初めのうちはくよくよしているから、わたしが懐妊をしているからそれではいかん、からだに障るからくよくよせんがよろしいと言っているうちに産み落としたから、わたしが名づけ親で、おまえの孝の字をもらって孝太郎とつけてやりましたよ。まあよく似ておることを。ごらんよ」

孝「へいまことに不思議なことで、主人平左衛門様が遺言に、そのほう養子となりて、もし子どもができたなら、男女《なんにょ》にかかわらずその子をもって家督といたし家の再興を頼むと御遺言書にありましたが、ことによると殿様の生まれ変わりかもしれません」

相「おお至極さようかもしれん、娘も子どもができてからねえ、うれしまぎれにお父《とっ》様《さま》わたしは旦那様のことはお案じ申しまするが、この子ができましてからまことによく旦那様に似ておりますから、少しはまぎれて、旦那様と一つところにおるように思われますと言うたから、わたしがまたあんまりひどく抱き締めて、坊の腕でも折るといけないなんぞと、ばかを言っているくらいなことで、善蔵や」

善「へいへい」

相「善蔵や」

善「まいっています、なんでございます」

相「なんだ、おまえも板橋まで若旦那を送って行ったっけな」
善「へい、まいりました。これは若旦那様まことにごきげんよろしゅう、あのおりは実にお別れが惜しくて、泣きながら戻ってまいりましたが、よくまあおすこやかでいらっしゃいます」
孝「あのおりは大きにお世話さまであったのう」
相「それはともかくも肝腎の仇の手掛りがしれましたか」
孝「まだ仇には巡り逢いませんが、主人の法事をしたくひとまず江戸表へ立ち帰りましたが、法事をいたしましてすぐにまた出立いたします」
相「ふう、なるほど、あす法事に行くのだねえ」
孝「さようでございます。お父様とわたくしとまいりまするつもりでございます。それに良石和尚の智識なることはかねて聞きおよんではいましたが、応験解道《おうけんげどう》窮まりなく、百年先のことを見抜くというほどだと承わっておりまするが、きょう和尚の言うことばにそのほうは水道端へまいるだろう、まいるときは必ず待っている者があり、かつ喜びごとがあると申しましたが、わたくしの考えは、かく子どものできたことまで良石和尚は知っておるに違いありません」
相「はてねえ、そんなところまで見抜きましたかえ、智識なぞという者は趺跏《ふか》量見智《りょうけんち》で、あの和尚は谷中のなんとかいう智識の弟子となり、禅学を打ち破ったということを承りおるが、えらいものだねえ。善蔵や、大急ぎで水道町の花屋へ行って、おめでたいのだから、何か尾頭付きの魚を三品ばかりに、それからよいお菓子を少し取ってくるように。道中にはあまりうまいお菓子はないから、それから鮓《すし》も道中ではよいのは食べられないから、鮓も少し取ってくるように。それから孝助殿は酒はあがらんから五合ばかりにして、味醂のごくよいのを飲むのだから二合ばかり、それからそばも道中にはあるが、醤油《したじ》が悪いからよいそばの御膳の蒸籠《せいろう》を取ってまいれ、それからお汁粉もあつらえてまいれ」

といろいろな物を取り寄せ、その晩はめでたく祝しまして床につきましたが、その夜は話も尽きやらず、長き夜もたちまち明けることになり、翌日刻限をはかり、孝助は新五兵衛と同道にて水道橋を立ち出で切支丹坂から小石川にかかり、白山から団子坂をおりて谷中の新幡随院へまいり、玄関へかかると、お寺にはとうより孝助の来るのを待っていて、

良「施主が遅くってまことに困るなあ、坊主はみんな本堂に詰めかけているから、さあさあ早く」

と急きたてられ、急ぎ本堂へ直りますると、かれこれ坊主の四、五十人も押し並び、いとねんごろなる法事供養をいたし、施餓鬼をいたしますうちに、もはや日は西山に傾くことになりましたゆえ、坊さんたちには馳走なぞして帰してしまい、あとでまた孝助、新五兵衛、良石和尚の三人へは別に膳がなおり、和尚の居間で一口飲むことになりました。

相「方丈様にははじめてお目にかかります。わたくしは相川新五兵衛と申す粗忽な者でございます。今日またごねんごろな法事供養をなしくだされ、仏もさぞかし草葉の陰から満足なことでございましょう」

良「はいおまえは孝助殿の舅御かえ。はじめまして、孝助殿は器量といい人柄といいりっぱな正しい人じゃ。なかなか正直な人間でよほどりこうじゃが、おまえはそそっかしそうな人じゃ」

相「方丈様はよくご存じ。気味の悪いようなおかただ」

良「ついては、孝助殿は旅へ行かれることを承ったが、まだ急にはたちはせまいのう。わたしが少し思うことがあるから、あす昼飯《ひるめし》を食って、それから八つ前後に神田の旅籠町へ行きなさい。そこに白翁堂勇斎という人相を見るおやじがいるが、ことしはもう七十だが達者な老人でなあ、人相はよほど名人だよ。これに頼めばおまえの望みのことはわかろうから行ってみなさい」

孝「はい、ありがとう存じます。神田の旅籠町でございますか、かしこまりました」

良「おまえ旅へ行くなればわたしが餞別をしんぜよう。おまえがせっかくくれた布施《ふせ》はこちらへもらっておくが、またわたしが五両餞別にしんぜよう。それからこの線香はほかからもらってあるから一箱しんぜよう。仏壇へ線香や花の絶えんように上げておきなさい。これだけはわたしが志じゃ」

相「方丈様恐れ入りまする。どうも御出家様からお線香など頂いてはまことにあべこべなことで」
良「そんなことを言わずに取っておきなさい」
孝「まことにありがとう存じます」
良「孝助殿気の毒だが、おまえはどうも危ない身の上でなあ、剣《つるぎ》の上を渡るようなれども、それを恐れてあとへさがるようなことではまさかの時の役には立たん、なんでも進むよりほかはない。進むに利あり退くに利あらずというところだから、なんでも臆《おく》してはならん、ずっと精神を凝らして、たとえむこうに鉄門があろうとも、それを突っ切って通り越す心がなければなりませんぞ」
孝「ありがとうございまする」
良「お舅御さん、これはねえ精進物だが、いったい内でこしらえるというたはうそだが、仕出屋へ頼んだのじゃ。うもうもあるまいがこの重箱へ詰めておいたから、二重とも土産《みやげ》に持って帰り、内の奉公人にでも食わしてやってください」
相「これはまたお土産まで頂き、実になんともお礼の申そうようはございません」
良「孝助殿、おまえ帰りがけにきっと剣難が見えるが、どうものがれがたいからそのつもりで行きなさい」
相「だれに剣難がございますと」
良「孝助殿はどうものがれがたい剣難じゃ、なに軽くて薄手、それですめばよろしいが、どうも深手じゃろう。間が悪いと切り殺されるというわけじゃ。どうもこれはのがれられん因縁じゃ」

相「わたくしはもはや五十五歳になりまするから、どうなってもよろしいが、あなた孝助は大事な身の上、ことに大事をかかえておりまするゆえ、どうかひとつあなたお助けくだいませんか」

良「お助け申すといっても、これはどうも助けるわけにはいかんなあ、因縁じゃからどうしてものがるることはない」

相「さようならば、どうか孝助だけを御当寺へお留め置きくだされ。てまいだけ帰りましょうか」

良「そんな弱いことではどうもこうもならんわえ。武士の一大事なものは剣術であろう。その剣術の極意というものには、頭の上へきらめく鋼《はがね》があっても、稲妻のごとく切り込んできたときはどうしてこれを受けるということは知っているだろう。仏説にも利剣頭面に触るる時如何《ときいかん》ということがあってその時が大切のことじゃ、そのくらいな心得はあるだろう。たとえ火の中でも水の中でも突っ切ってゆきなさい。そのかわりこれを突っ切ればあとはまことに楽になるから、さっさと行きなさい。そのようなことで気遅れがするようなことではいかん。ずっずっと突っ切ってゆくようでなければいかん、それを恐れるようなことではなりませんぞ。火に入《い》って焼けず水に入《い》って溺れず、精神を極めて進んでゆきなさい」

相「さようなればこのお重箱は置いてまいりましょう」

良「いやせっかくだからまあ持ってゆきなさい」
相「どちらへか逃げ道はございませんか」
良「そんなことを言わずずんずんと行きなさい」
相「さようならば提灯を拝借してまいりとうございます」
良「提灯を持たんほうがかえってよろしい」
と言われて相川は意地の悪い和尚だとつぶやきながら、あいさつもそわそわ孝助とともに幡随院の門を立ち出でました。

二十

孝助は新幡随院にて主人の法事をしまい、その帰り道にのがれがたき剣難あり、浅手か深手か、運悪ければ切り殺されるほどの剣難ありと、新幡随院の良石和尚という名僧智識の教えに相川新五兵衛も大いに驚き、孝助はまだようやく二十二歳、ことにかわい娘の養子といい、御主《おしゅう》の敵を討つまでは大事な身の上と、いろいろ心配をしながら打ち連れ立ちて帰る。孝助はたとえいかなる災いがあっても、それを恐れて一歩でも退くようでは大事をしとげることはできぬと思い、刀に反を打ち、目釘を湿し、鯉口を切り、用心堅固に身を固め、四方に心を配りてまいり、相川は重箱をさげて、孝助殿気をつけてゆけと言いながらまいりますると、むこうより薄《すすき》だたみを押し分けて、血刀をさげ飛び出して、ものをも言わず孝助に切りかけました。この者は栗橋無宿の伴蔵にて、栗橋の世帯を代物付きにて売り払い、多分の金をもって山本志丈と二人にて江戸へたちのき、神田佐久間町の医師何某《なにがし》は志丈の懇意ですから、二人はここに身を寄せて二、三日逗留し、八月三日の夜二人は更けるを待ちまして忍び来たり、根津の清水に埋めておいた金無垢の海音如来の尊像を掘り出し、伴蔵は手ばやく懐中へ入れましたが、伴蔵の思うには、わが悪事を知ったは志丈ばかり。このままに生けおかばのちの恐れと、伴蔵は差したる刀抜くより早く飛びかかって、だしぬけに力に任して志丈に切りつけますれば、あっと倒れるところをのしかかり、一刀逆手《さかて》に持ち直し、肋《あばら》へ突き込みこじりまわせば、山本志丈はそのままにウンと言って身を震わせて、たちまち息は絶えましたが、この志丈も伴蔵にくみし、悪事をした天罰のがれがたくかかる非業をとげました。死骸を見て伴蔵はあとへさがり、逃げ出さんとするところ、御用と声かけ、八方より取り巻かれたに、伴蔵もあわてふためき必死となり、捕方へ手向かいなし、死物狂いに切り回り、ようやく一方を切り抜けて薄だたみへ飛び込んで、往来の広いところへ飛び出す出会いがしら、伴蔵は目もくらみ、これも同じ捕方と思いましたゆえ、ふいに孝助に切りかけましたが、たいがいの者なれば真っ二つにもなるべきところなれども、さすがは飯島平左衛門の仕込みで真影流に達した腕前、ことに用意をしたことゆえ、それと見るより孝助は一足退きしが、抜き合わす間もなきことゆえ、刀の鍔元《つばもと》にてバチリと受け流し、身を引くとたんに伴蔵がずるりと前へのめるところを、腕を取って逆にねじ倒し、孝「やいやい曲者《くせもの》なんといたす」
曲「へいまっぴらごめんくださえまし」
相「そら出たかえ、孝助けがはないか」
孝「へい、けがはございません。こりゃ狼藉者め、なんらの遺恨でわれに切りつけたか、次第を申せ」
曲「へいへい、まったく人違いでござえやす」
と小声にて、
曲「いまこの先で友だちとまちがいをしたところが、みんな徒党をして、大勢《おおぜい》でわっちを打ち殺すといって追っかけたものだから、一生懸命にここまでは逃げてはきたが、目がくらんでいますから、殿様とも心づきませんで、とんだそそうをいたしました。どうかお見逃しを願います。そいつらに見つけられると殺されますから、早くお逃しなすってくだされませ」
孝「まったくそれに違いないか」
曲「へい、まったく違《ちげ》えござえやせん」
相「ああ驚いた。これ人違いにもことによるぞ。切ってしまってから人違いですむか、べらぼうめ、実に驚いた。良石和尚のお告げは不思議だなあ。おや今の騒ぎで重箱をどこかへ落としてしまった」
とあたりを見回しているところへ、依田豊前守の組下にて石子《いしこ》伴作《ばんさく》、金谷《かなや》藤太郎《とうたろう》とい

う両人の御用聞きが駆けてきて、孝助に向かい慇懃に、
捕「へい申し殿様、まことにありがとう存じます。この者はお尋ね者にて、旧悪のある重罪なやつでござります。わたくしどもはあすこに待ち受けていまして、つい取り逃がそうとしたところを、旦那様のおかげでようやくお取り押さえなされ、ありがとうございます。どうかお引き渡しを願いとう存じます」
相「そうかえ、あれは賊かい」
捕「大どろぼうでござります」
孝「お父様《とっさま》あきれたやつでございます。このふらち者め」
相「なんだ、人違いだなぞとうそをついて、うそをつく者はどろぼうの始まり、なに、とうにどろぼうにもうなっているのだからしかたがない。すぐに縄をかけてお引きなさい」
捕「殿様のおかげでようやく取り押さえ、まことにありがとう存じます。どうかお名前を承りとう存じます」
相「不浄人を取り押さえたとて姓名なぞを申すにはおよばん。これこれこれ重箱を落としたから捜してくれ。ああこれだこれだ、危なかったのう」
孝「しかしお父様、なにぶん悪人とは申しながら、主人の法事の帰るさに縄をかけて引き渡すはどうもしのびないことでございます」
相「なれどもそう申してはいられない、渡してしまいなさい。早く引きなされ」

捕方は伴蔵を受け取り、縄打って引き立てゆき、その筋にて吟味の末、相当の刑に行なわれましたことはあとにてわかります。さて相川は孝助を連れてわが屋敷に帰り、互いに無事を喜び、その夜は過ぎて翌日の朝、孝助は旅じたくの用意のため、小網町辺へ行っていろいろ買い物をしようと家を立ち出で、神田旅籠町へさしかかる。むこうに白き幟《のぼり》に人相墨色《にんそうすみいろ》白翁堂勇斎とあるを見て、孝助は「ははあこれが、きのう良石和尚が教えたにはきょうの八つごろには必ず会いたいものに会うことができるとおおせあった占い者だな、敵の手がかりがわかり、源次郎お国に巡り逢うこともやあろうか、なにしろ判断してもらおう」と思い、勇斎の門べに立って見ると、名人のようではございません。竹の打付窓にすすだらけの障子をたて、わきに欅《けやき》の板に人相墨色白翁堂勇斎と記してありますが、家の前などはそうじなどしたことはないとみえ、ごみだらけゆえ、孝助は足をつまだてながら内《うち》に入り、

孝「お頼み申しますお頼み申します」

白「なんだな、だれだ、あけておはいり。はきものをそこへ置くと盗まれるといけないから持ってお上がり」

孝「はい、ごめんくださいまし」

と言いながら障子をあけて内へ通ると、六畳ばかりの狭いところに、真っ黒になった今戸焼の火鉢の上に口の欠けた土瓶をかけ、茶碗がころがっている。わきのほうに小さい机を前に置き、その上に易書を五、六冊積み上げ、かたえの筆立てには短き筮竹《ぜいちく》を立

て、その前に丸い小さな硯を置き、勇斎はぼんやりと机の前に座しましたさまは、名人かは知らないが、少しも山も飾りもない。じじむさくしているゆえ、名人らしいことはさらになけれども、孝助はかねて良石和尚の教えもあればと思って両手をつき、

孝「白翁堂勇斎先生はあなた様でございますか」

白「はい、はじめましてお目にかかります。勇斎はわたしだよ。としはもう七十だ」

孝「それはまことに御壮健なことで」

白「まあまあ達者でございます。おまえは見てもらいにでも来たのか」

孝「へいてまえは谷中新幡随院の良石和尚よりのおさしずでまいりましたものでございますが、先生に身の上の判断をしていただきとうございます」

白「ははあ、おまえは良石和尚と心安いか、あれは名僧だよ、智識だよ、実に生仏だ、茶はそこにあるから一人で勝手に汲んでおあがり。ははあ、おまえは侍さんだね、幾つだえ」

孝「へい、二十二歳でございます」

白「はあ、顔をお出し」と天眼鏡を取り出し、しばらくのあいだ相を見ておりましたが、大道の易者のように高慢は言わず、

白「ははあ、おまえさんはまあまあ家柄の人だ。してこれまで目上に縁なくしてまことにどうもいちいち苦労ばかり重なってくるようなわけになったの」

孝「はい、仰せのとおりどうも目上に縁がございません」

白「そこでどうもこれまでの身の上では、薄氷を踏むがごとく、剣《つるぎ》の上を渡るような境涯で、大いに千辛万苦をしたことが現われているが、そうだろうの」

孝「まことに不思議、実によく当たりました。わたくしの身の上には危ういことばかりでございました」

白「それでおまえには望みがあるであろう」

孝「へい、ございますが、その望みは本意がとげられましょうかいかがでございましょう」

白「望み事は近くとげられるが、そこのところがちと危ないことで、これという場に向いたなら、水の中でも火の中でもむこうへ突っ切る勢いがなければ、必ず大望はとげられぬが、まず退くに利あらず進むに利あり、こういうところで、悪くすると切り殺されるよ。どうも剣難が見えるが、うまく火の中水の中を突っ切ってしまえば、広々としたところへ出て、何事もおまえの思うようになるが、それはむずかしいから気をつけなけりゃいけない。もうこれきり見ることはないからお帰りお帰り」

孝「へい、それにつきまして、わたくしとうより尋ねる者がございますが、これはどうしても会えないこととは存じておりますが、その者の生死《しょうし》はいかがでございましょう。御覧くださいませ」

白「ははあ、見せなさい」

とまた相して、
白「むむ、これは目上だね」
孝「はい、さようでございます」
白「これは会っているぜ」
孝「いいえ、会いません」
白「いや会っています」
孝「もっとも今年《こんねん》より十九年以前に別れましたるゆえ、途中で会っても顔もわからぬくらいでありまするから、いっしょにおりましても互いに知らずにおりましたかな」
白「いやいや、なんでも会っています」
孝「小さい時分に別れましたから、ことによったら往来ですれちがったこともございましょうが、会ったことはございません」
白「いやいやそうじゃない。たしかに会っている」
孝「それは小さい時分のことゆえ」
白「ああうるさい。いや会っているというのに。ほかにはなにも言うことはない。人相に出ているからしかたがない。きっと会っている」
孝「それはまちがいでございましょう」
白「まちがいではない。極《き》めたところを言ったのだ。それよりほかに見るところはない。昼寝をするんだから帰っておくれ」

と素気《そっけ》なく言われ、孝助はあとを細かく聞きたいからもじもじしていると、また門口より入り来るは女連れの二人にて、

女「はいごめんくださいませ」

白「ああまた来たか、昼寝ができねえ。おお二人か、なに一人は供だと。そんならそこに待たしてこっちへお上がり」

女「はいごめんくだされませ、先生のお名を承りましてまいりました。どうか当用の身の上を御覧を願います」

白「はい、こっちへおいで」

とまたこの女の相をよくよく見て、

白「これは悪い相だなあ、おまえは幾つだえ」

女「はい四十四歳でございます」

白「これはいかん、もう見るがものはない、ひどい相だ。一体おまえは目の下にごく縁のない相だ。それに近々のうちきっと死ぬよ。死ぬのだから外になんにも見ることはない」

と言われて驚きしばらく思案をいたしまして、

女「命数は限りのあるもので、長い短いはいたしかたがございませんが、わたくしは一人尋ねる者がございますが、その者に会われないで死にますことでございましょうか」

白「ふうむ、これは会っているわけだ」
女「いえ会いません。もっとも幼年のおりに別れましたから、先でもわたくしの顔を知らず、わたくしも忘れたくらいなことで、すれちがったくらいでは知れません」
白「なんでも会っています。もうそれでほかに見るところもなにもない」
女「その者は男の子で、四つの時に別れた者でございますが」
と言うそばから、孝助はもしやそれかとかの女《おんな》のそばにひざをすりよせ、
孝「もし、おかみさんへ少々伺いますが、いずれのかたかは存じませんが、ただいま四つの時に別れたとおっしゃいます、その人は本郷丸山あたりで別れたのではございませんか、そしてあなたは越後村上の内藤紀伊守様の御家来沢田右衛門様のお妹御《いもとご》ではございませんか」
女「おやまあ、よく知っておいでです。誠に、はいはい」
孝「そしてあなたのお名前はおりゑ様とおっしゃって、小出信濃守様の御家来黒川孝蔵様へおかたづきになり、その後御離縁になったおかたではございませんか」
女「おやまあ、あなたはわたくしの名前までお当てなすって、たいそうお上手様《じょうずさま》、これは先生のお弟子でございますか」
と言うに、孝助は思わずそばにより、
孝「おお、お母様《かかさま》お見忘れでございましょうが、十九年以前、てまえ四歳のおりお別れ申したせがれの孝助めでございます」

りゑ「おやまあどうもまあ、おまえがあの、せがれの孝助かえ」
白「それだからさっきから会っている会っているというのだ」
おりゑはうれし涙をぬぐい、
りゑ「どうもまあ思いがけない。まことに夢のようなことでございます。そうしてたいそうりっぱにおなりだ。こういう姿になっているのだものを、表で会ったって知れることじゃあありません」
孝「まことに神の引き合わせでございます。お母様《かかさま》おなつかしゅうございました。わたくしは昨年越後の村上へまいり、だんだん御様子をうかがいますれば、沢田右衛門様の代も替わり、お母様《かかさま》のいらっしゃいますところも知れませんから、どうがなしてお目にかかりたいと存じていましたに、はからずここでお目にかかり、まずおすこやかでいらっしゃいまして、こんなうれしいことはございません」
りゑ「よくまあ。さぞおまえはわたしを恨んでおいでだろう」
白「そんな話をここでしては困るわな。しかし十九年ぶりで親子の対面、さぞ話があろうが、いらざることだが、供に知れてもよくないこともあろうから、どこか待合かなにかへ行ってするがいい」
孝「はいはい、先生おかげさまでまことにありがとうございました。良石様のおことばといい、あなた様の人相のお名人と申し、実に驚きいりました」
白「人相が名人というわけでもあるまいが、みなこうなっている因縁だから見料はいらねえから帰りな、なにちっとばかり置いていくか。それもよかろう」
りゑ「いろいろお世話さま、ありがとう存じました。孝助やいろいろ話もしたいことがあるからこうしよう。わたしはいま馬喰町三丁目下野屋《しもつけや》という宿屋に泊まっているから、おまえより一足《ひとあし》先へ帰り、供を買い物に出すから、そのあとへ供に知れないように上がっておいで」
白「さぞうれしかろうのう」
孝「さようならば、これからすぐ見え隠れにお母様《かかさま》のおあとについてまいりましょう、それはそうと」
と言いつつも懐中よりなにほどか紙に包んで見料を置き、厚く礼を述べ白翁堂の家を立ち出で、見え隠れにあとをつけ、馬喰町へまいり、下野屋の門べにたたずみ待っておるうちに、供の者が買い物に出て行きましたから、孝助は宿屋にはいり、下女《おんな》に案内を頼んで奥へ通る。
りゑ「さあさあここへ来な、ほんとうにまあどうもねえ」
と言いながら孝助をつくづく見て、
りゑ「見忘れはしませぬ幼な顔、おまえの親御孝蔵殿によく似ておいでだよ、そうしてたいそうりっぱにおなりだねえ、おまえがお父様《とっさま》の跡を継いで、今でもお父様はお存生《ぞんしょう》でいらっしゃるかえ」
孝「はい、お母様この両隣の座敷にはだれもおりはいたしませんか」

りゑ「いいえ、わたしも来て間もないことだが、昼のうちはみんな買い物や見物に出かけてしまうからだれもいないよ、日暮れがたは大勢帰ってくるが、今は留守居が昼寝でもしているくらいだろうよ」

孝「ふう、さようなら申し上げますが、お母様《かかさま》はわたくしの四《よっ》つの時の二月にお離縁になりましたのも、お父様があのとおりの酒乱からで、それからお父様はその年の四月十一日、本郷三丁目の藤村屋新兵衛と申す刀屋の前で切り殺され、無残な死をおとげなされました」

りゑ「おやまあやっぱり御酒ゆえで。それだからわたしあもうおまえのお父《とっ》さんではほんとうに苦労をしぬいたよ。あの時もおまえというかわいい子があることだから、別れたいのではないが、兄が物堅い気性だから、あんな者へつけてはおかれん、酒ゆえに主家をお暇《いとま》になるような者には添わせておかんと、無理無体に離縁を取ったが、おゆくえのことはこの年月忘れたことはありませぬ。そうしてお父様が亡くなっては、あとでだれもおまえの世話をする者がなかったろう」

孝「さあお父様の店受《たなうけ》弥兵衛と申しまする者が育ててくれ、わたくしが十一の時に、おまえのお父《とっ》さんはこれこれで死んだと話してくれましたゆえ、わたくしもたとえ今は町人になってはいますものの、元は武家の子ですから、成人ののちは必ずお父様の仇を報いたいと思い詰め、屋敷奉公をして剣術を覚えたいと思っていましたに、縁あって昨年の三月五日、牛込軽子坂に住む飯島平左衛門とおっしゃる、お広敷番《ひろしきばん》の頭《かしら》をお勤めになる旗本屋敷に奉公住みをいたしたところ、その主人がわたくしをばわが子のようにかわいがってくれましたゆえ、わたくしも身の上を明かし、親の敵が討ちたいから、どうか剣術を教えてくださいと頼みましたれば、殿様は御番疲れのお厭《いと》いもなく、夜《よ》までかけて御剣術を仕込んでくだされましたゆえ、思いがけなく免許を取るまでになりました」

りゑ「おやそう、ふうん」

孝「するとその家《うち》にお国と申す召使いがありました。これは水道端の三宅のお嬢様が殿様へ御縁組みになるときに、奥様に付いてきた女でございますが、その後奥様がおかくれになりましたものですから、このお国にお手がつき、お妾となりましたところ、隣の旗本の次男宮野辺源次郎と不義を働き、内々主人を殺そうと謀《たく》みましたが、主人はもとより手者《てしゃ》のことゆえ、容易に殺すことはできないから、中川へ網船に誘い出し、船の上から突き落として殺そうということをわたくしが立ち聞きしましたゆえ、源次郎お国をひそかに殺し、自分は割腹してもどうか恩ある御主人を助けたいと思い、昨年の八月三日の晩にわたくしが槍を持って庭先へ忍び込み、源次郎と心得突っかけたはまちがいで、主人平左衛門の肋を深く突きました」

りゑ「おやまあとんだことをおしだねえ」

孝「さあわたくしも驚いて気が狂うばかりになりますと、主人は庭へおりてきて、ひそひそとわたくしへの懺悔話《ざんげばなし》に、今より十八年前のこと、貴様のおやじを手にかけたはこの平左衛門がまだ部屋住みにて、平太郎と申した昔の事、どうかそのほうの親の敵と名のり、貴様の手にかかりて討たれたいとは思えども、主殺《しゅうごろ》しの罪に落とすをふびんに思い、きょうまでは打ち過ぎたが、きょうこそよいおりからなれば、かくわざと源次郎のなりをして貴様の手にかかり、なお委細のことはこの書置きに認めおいたれば、あとの始末は養父相川新五兵衛とともに相談せよ、貴様はこれにて恨みを晴らしてくれ、しかる上は仇は仇恩は恩、三世も変わらぬ主従《しゅうじゅう》と心得、飯島の家を再興してくれろ、急いで行けとせきたてられ、養家先なる水道端の相川新五兵衛の宅へまいり、舅とともに書置きを開いて見れば、主人はわたくしを出したあとにてすぐに客の間へ忍び入り源次郎と槍試合をして、源次郎の手にかかり、最後をすると認めてありました書置きのとおりに、ついに主人はその晩はかなくおなりなされました。また源次郎お国は必ず越後の村上へ立ち越すべしとの遺書にありますから、主の仇を報わんため、養父相川とも申し合わせ、あとを追いかけて出立いたし、越後へまいり、諸方を尋ねましたがいっこうに見当たらず、またあなたのこともお尋ね申しましたが、これもわかりませんゆえ、余儀なくこのたび主人の年回をせんために当地へ帰りましたところ、ふときょう御面会をいたしますとは不思議なことでございます」

と聞いて驚き小声になり、

りゑ「おやまあ不思議なことじゃあないか、あの源次郎とお国はわたしの家《うち》にかくまってありますよ。どうもまあなんたる悪縁だろう、不思議だねえ、わたしが二十六の時黒川の家《うち》を離縁になって国へ帰り、村上にいると、兄がしきりに再縁しろと勧め、不思議な縁でお出入りの町人で荒物の御用をたす樋口屋五兵衛《ひのくちやごへえ》というもののところへ縁づくと、そこに十三になる五郎三郎《ごろさぶろう》という男の子と、八つになるお国という女の子がありまして、そのお国は年はいかぬが意地の悪いとも性の悪いやつで、夫婦の合中《あいなか》を突っついてしようがないから、十一の年江戸の屋敷奉公にやった先は、水道端の三宅という旗本でな、その後奥様付きで牛込の方へ行ったとばかりであとは手紙一本もよこさぬくらい、実にひどいやつで、夫五兵衛が亡くなったときも知らせを出したに帰りもせず、返事もよこさぬ不孝者、兄の五郎三郎もたいそうに腹を立っていましたが、その後わたしどもは子細あって越後を引き払い、宇都宮の杉原町に来て、五郎三郎の名前で荒物屋の店を開いて、もはや七年いますが、ついせんだってお国が源次郎という人を連れてきて言うのには、わたしが牛込のあるお屋敷へ奥様付きで行ったところが、若気のいたりに源次郎様と不義私通《いたずら》ゆえにこのおかたは御勘当となり、わたしゆえに今は路頭に迷う身の上だから、まことにすまないことだがかくまってくれろと言って、そんな人を殺したことなんぞはなんとも言わないから、源次郎への義理に今は宇都宮のわたしの家《うち》にいるよ、わたしはこのあいだ五郎三郎から小づかいをもらい、江戸見物に出かけてきて、まだこちらへ着いて間《ま》もなくおまえに巡り会って、このことが知れるとはなんたらことだねえ」

孝「ではお国源次郎は宇都宮におりますか、つい鼻の先にいることも知らないで、越後の方から能登へかけ尋ねあぐんで帰ったとは、まことに残念なことでございますから、どうぞお母様《かかさま》がお手引きをしてくだすって、仇を討ち、主人の家の立ちゆくようにいたしたいものでございます」

りゑ「それは手引きをしてあげようともさ、そんならわたしはすぐにこれから宇都宮へ帰るから、おまえはいっしょにおいで。だがここに一つ困った事があるというものは、あの供がいるから、これを聞きつけしゃべられると、お国源次郎を取り逃がすようなことになろうもしれぬから、こうと……」

思案して、

りゑ「わたしはあすの朝供を連れて出立するから、きょうのようにおまえが見え隠れにあとを追ってきて、休む所も泊まる所も一つ所にして、互いに口をきかず、知らない者のようにしておいて、宇都宮の杉原町へいったら供を先へやっておいて、そうして両人で合図をしめし合わしたらよかろうね」

孝「お母様ありがとう存じます。それではどうかそういう手はずに願いとう存じます。わたくしはこれよりすぐに宅へ帰って、舅へこのことを聞かせたならどのように喜びましょう、さようなら明朝早くまいって、この家《うち》の門口に立っておりましょう。それからお母様先刻つい申し上げ残しましたが、わたくしは相川新五兵衛と申す者のかたへ主人のなかだちで養子にまいり、男の子ができました、あなた様には初孫《はつまご》のことゆえお見せ申したいが、このたびはお取り急ぎでございますから、いずれ本懐をとげたあとのことにいたしましょう」
りゑ「おやそうかえ、それはなんにしてもめでたいことです。わたしも早く初孫の顔が見たいよ、それについても、どうか首尾よくお国と源次郎をおまえに討たせたいものだのう、これから宇都宮へ行けばわたしがよき手引きをして、きっと両人を討たせるから」
と互いにことばを誓い孝助はいとまを告げて急いで水道端へ立ち帰りました。
相「おや孝助殿、たいそう早くお帰りだ。いろいろお買い物があったろうね」
孝「いえ何も買いません」
相「なんのことだ、何も買わずに来た。そんなら何か用でもできたかえ」
孝「お父様どうも不思議なことがありました」
相「ハハずいぶん世間には不思議なこともあるものでねえ、なにか両国の川の上に黒気《こっき》でも立ったのか」
孝「さようではございませんが、昨日良石和尚が教えてくださいました人相見のところへまいりました」
相「なるほど行ったかえ、そうかえ、名人だとなあ、おまえの身の上の判断はうまく当たったかえ当たったかえ」
孝「へい、良石和尚が申したとおり、わたくしの身の上は剣《つるぎ》の上を渡るようなもので、進むに利あり退くに利あらずと申しまして、良石和尚のことばと些《いささ》か違いはございません」

相「違いませんか、なるほど智識と同じことだ。それから、へえ、それから何《なん》のことを見てもらったか」

孝「それからわたくしが本意をとげられましょうかと聞くと、本意をとげるは遠からぬうちだが、のがれがたい剣難があると申しました」

相「へえ剣難があると言いましたか。それはごく心配になる。また昨日のようなことがあると大変だからねえ。その剣難はどうかして逃れるような御祈禱でもしてやると言ったか」

孝「いえさようなことは申しませんが、あなたもご存じのとおりわたくしが四歳の時別れました母に会えましょうか、会えますまいかと聞くと、白翁堂は会っていると申しますから、幼年の時に別れたるゆえ、途中で会っても知れないくらいだと申しても、なんでも会っていると申しついに争いになりました」

相「はあ、そこのところは少しへたくそだ。しかし当るも八卦当たらぬも八卦、そう身の上もなにもかも当たりはしまいが、強情を張ってごまかそうと思ったのだろうが、そこのところはへたくそだ。なんとか言ってやりましたか、へたくそとかなんとか」

孝「するとあとから一人四十三、四の女がまいりまして、これも尋ねる者に会えるか会えないかと尋ねると、白翁堂は同じく会っていると言うものだから、その女はなに会いませんと言えば、きっと会っているとまた争いになりました」

相「ああ、こりゃからっぺた、まことにへただが、そう当たるわけのものではない。それには白翁堂も恥をかいたろう。おまえとその女と二人で取っておさえてやったか。それからどうした」

孝「さああまり不思議なことで、わたしも心にそれと思い当たることもありますから、その女にはおりゑ様とおっしゃいませんかと尋ねましたところが、それがまったくわたくしの母でございまして、先でも驚きました」

相「ははあ、その占いは名人だね、驚いたねえ、なるほど、ふむ」

これより孝助はお国源次郎両人の手がかりが知れたことから、母としめし合わせた一部始終を物語りまするると、相川も驚きもいたし、また喜び、まことに天から授かったことなれば、すみやかにあすの朝遅れぬように出立して、めでたく本懐をとげてまいれということになりました。翌朝早天に仇討ちに出立をいたし、これより仇討ちは次に申し上げます。

二十一

孝助ははからずも十九年ぶりにて実母おりゑに巡り会いまして、馬喰町の下野屋と申す宿屋へまいり、互いに過ぎし身の上の物語をいたしてみると、思いがけなきことにて、母方にお国源次郎がかくまわれてあることを知り、まことにふしぎの思いをなしましたところ、母が手引きをして仇を討たせてやろうとのことばに、孝助は飛び立つばかり急ぎ立ち帰り、右の次第を養父相川新五兵衛に話しまして、六日の早天水道端を出立し、馬喰町なる下野屋方へまいり様子を見ておりますると、母もかねて約したることなれば、身じたくを整え、下男を供に連れ立ち出でましたれば、孝助は見え隠れにあとをつけてまいりましたが、女の足のはかどらず、幸手、栗橋、古河《こが》、真間田、雀の宮をあとになし、宇都宮へ着きましたは、ちょうど九日の日の暮れ暮れにあいなりましたが、宇都宮の杉原町の手前までまいりますと、母おりゑはまず下男を先へ帰し、五郎三郎にわが帰りしことを知らせてくれろと言いつけやり、孝助を近く招ぎ寄せまして小声になり、
母「孝助や、わたしの家《うち》はむこうに見える紺ののれんに越後屋と書き、山形に五の字を印したのがわたしの家《うち》だよ。あの先に板塀《いたべい》があり、ついて曲ると細い新道のような横町があるから、それへ曲り三、四軒行くと左側の板塀に三尺の開きがついてあるが、それからはいれば庭伝い、右の方の四畳半の小座敷にお国源次郎が隠れいることゆえ、今晩わたしが開きの栓をあけておくから、九つの鐘を合図に忍び込めば、袋の中《うち》の鼠同様。さとられぬよういたすがよい」

孝「はいまことにありがとう存じまする。はからずも母様《ははさま》のおかげにて本懐をとげ、江戸へ立ち帰り、主家再興の上わたくしは相川の家を相続いたしますれば、お母様をお引き取り申して、必ず孝行を尽くす心得、さすれば忠孝の道もまっとうすることができ、まことにうれしゅう存じます。さようなればわたくしはどちらへまいって待ちうけてい

ましょう」
母「そうさ、池上町の角屋《すみや》は堅いという評判だから、あれへまいり宿を取っておいで、九つの鐘を忘れまいぞ」
孝「けっして忘れません。さようならば」
と孝助は母に別れて角屋へまいり、九つの鐘の鳴るのを待ちうけていました。母は孝助に別れ、越後屋五郎三郎方へ帰りますと、五郎三郎は大きに驚き、
五「たいそうお早くお帰りになりました。まだめったにはお帰りにはならないと思っていましたのに、存じのほかにお早うござりました。それではとても御見物はできませんでございましたろう」
母「はい、わたしは少し思うことがあって、急に国へ帰ることになりましたから、奉公人どもへの土産物も取っている暇もないくらいで」
五「あれさ、なにさよう御心配がいるものでございましょう。お母《つか》さまは芝居でも御見物なすってお帰りになることだろうから、なかなか一月《ひと》や二月《ふた》は故郷忘じがたしで、あっちこっちをお回りなさるから、急にはお帰りになるまいと存じましたに」
母「さあおまえにもらった旅用の残りだから、むやみにつかってはすまないが、どうかみんなにやっておくれよ」
と奉公人めいめいに包んでつかわしまして、そのほか着古しの小袖半纏《こそではんてん》なども取り分け、

五「そんなにやらなくってもよろしゅうございます」

と申すに、

母「はて、これはわたしの少々心あってのことで、つまらん物だが着古しの半纏は、女中にもいろいろ世話になりますからやっておくれ。してお国や源次郎さんはやはり奥の四畳半におりますか」

五「まことにあれはお母様《かかさま》に対しても置かれた義理ではございません。憎いやつでございますが、しいてすがりついてまいり、わたしゆえにお隣屋敷の源次郎さんが勘当をされたと申しますから、義理でよんどころなく置きましたものの、さぞあなたはおいやでございましょう」

母「わたしはお国に会ってゆっくり話がしたいから、用もあるだろうが、いつもより少々店を早く引けにして、寝かしておくれ。わたしは四畳半へ行って国や源さんに話があるのだが、これでお酒やお肴《さかな》を」

五「およしあそばせ」

母「いや、そうでない。何も買ってこないからぜひあげておくれよ」

五「はいはい」

と気の毒そうに承知して、五郎三郎は母の言いつけなれば酒肴をあつらえ、四畳半の小間へ入れ、店の奉公人も早く寝かしてしまい、母は四畳半の小座敷に来たりて内《うち》にはいれば、国「おや、お母様《ははさま》、たいそう早くお帰りあそばしました。わたくしはまだめったにお帰りにはなりますまいと思い、きっと一月《ひとつき》ぐらいはだいじょうぶお帰りにはならないとおうわさばかりしておりました」

源「ただいまはお土産として御酒肴をたくさんにありがとう存じます」

母「いえいえ、なんぞ買ってこようと思いましたが、まことに急ぎましたゆえ何も取っている暇《ひま》もありませんでした。だれもほかに聞いている人もないようだから、うちとけて話をしなければならないことがあるが、お国やおまえが江戸のお屋敷を出たときの始末を隠さずに言っておくんなさい」

国「まことにお恥ずかしいことでございますが、若気のあやまり、この源様となれそめたところから、源様は御勘当になりまして、行き所のないようにしたはみんなわたしゆえと思い、悪いこととは知りながらお屋敷を逃げ出し、源様と手を取り合い、日ごろぶさたをいたした兄のところに頼り、今ではこうやってやっかいになっております」

母「不義淫奔《いたずら》は若いうちにはずいぶんありがちのことだが、お国おまえは飯島様のお屋敷へ奥様付きになって来たが、奥様がおかくれになってから、殿様のお召使いになっているうちに、お隣の御次男源次郎様と、隣りずからの心安さにおりおりおいでになるところから、おまえはこの源様と不義密通《いたずら》を働いた末、おまえがたが申し合わせ、殿様を殺し、有金大小衣類を盗み取り、お屋敷を逃げておいでだろうがな」

と言われて二人は顔色《かおいろ》変え、

国「おやまあびっくりします。お母様なにをおっしゃいます。だれがそのような事を言いましたか。少しも身に覚えのないことを言いかけられ、ほんとうにびっくりいたしますわ」

母「いえいえ、いくら隠してもいけないよ。わたしの方にはちゃんと証拠があることだから、隠さずに言ってしまい」

国「そんなことをだれが申しましたろうねえ源様」

と言えば、源次郎落ち着きながら、

源「まことにけしからんことです。お母様、もし、ほかのこととは違います。てまえも宮野辺源次郎、なにゆえお隣のおじを殺し、有金衣類を盗みしなどと何者がさようなことを申しました。毛頭覚えはございません」

母「いやいやそうおっしゃいますが、わたしは江戸へまいり、不思議と久し振りで会いました者があって、その者から承りました」

源「ふう、して何者でございますか」

母「はい、飯島様のお屋敷でおぞうり取りを勤めておりました、孝助と申す者でなあ」

源「むむ孝助、あいつはふとどき至極なやつで」

国「あら、あいつはまあ憎いやつで、御主人様のお金を百両盗みましたくらいな者ですから、どんなこしらえごとをしたか知れません。あんな者の言うことをあなた取り上げてはいけません。どうしてぞうり取りが奥のことを知っているわけはございません」

母「いえいえお国や、その孝助はわたしのためには実のせがれでございます」

と言われて二人は驚き顔して、あとへもじもじとさがり、

母「さあ、わたしがこの家《や》へ縁付いてきたのは、ことしでちょうど十七年前のこと、もとわたしの連れ合いは小出様の御家来で、お馬回り役を勤め、百五十石頂戴いたした黒川孝蔵という者でありましたが、乱酒ゆえに屋敷は追放、本郷丸山の本妙寺長屋へ浪人していましたところ、わたくしの兄沢田右衛門が物堅い気質で、さような酒癖あしき者に連れ添うているよりは、離縁を取って国へ帰れと押して迫られ、兄の言うにぜひもなく、その時四つになるせがれをあとに残し、離縁を取って越後の村上へ引き込み、二年ほど過ぎてこの家に再縁してまいりましたが、このたび江戸ではからずも十九年ぶりにてせがれの孝助に会いましたが、実の親子でありますゆえ、だんだん様子を聞いてみると、おまえたちは飯島様を殺した上、有金大小衣類まで盗み取り、お屋敷を逐電したと聞き、わたくしはびっくりしましたよ。それがため飯島様のお家は改易になりましたから、せがれの孝助が主人の敵のおまえがたを討たなければ、飯島の家名を興すことができないから、敵を捜す身の上と、涙ながらの物語に、わたしも十九年ぶりで実の子に会いましたうれしまぎれに、敵のお国源次郎はわたしの家にかくまってあるから、手引きをして敵を討たせてやろうと、さ、うっかり言ったはわたしのあやまり、孝助は血を分けた実子なれども、いったん離縁を取ったれば黒川の家の子、この家に再縁する上か

らは、今はおまえはわたしのためになおさら義理ある大事の娘なりゃ、縁の切れたせがれの情けに引かされて、手引きをしておまえたちを討たせては、亡くなられたおまえの親御樋口屋五兵衛殿の御位牌へ対して、どうも義理が立ちませんから、悪いことを言うた、どうしたらよかろうかと道々も考えてきましたが、孝助は後《あと》になり先《さき》になりわたしにつきてこっちにまいり、実は今晩九つ時の鐘を合図に庭口からここに忍んでくる約束、討たせてはすまないから、おまえたちも隠さず実はこれこれと言いさえすれば、五郎三郎から小づかいにもらった三十両のうち、少しつかってまだ二十六、七両は残ってありますから、これをおまえたちに路銀として餞別にあげようから、少しも早く逃げのびなさい。立ち退く道は宇都宮の明神様の後ろ山を越え、慈光寺の門前からついて曲り、八《や》幡山《わたやま》を抜けてなだれにおりると日光街道、それより鹿沼道へ一里半行けば、十郎ケ峰という所、それよりまた一里半あまり行けば鹿沼へ出ます。それより先は田沼道奈良村へ出る間道、人の目つまにかからぬ抜け道、少しも早く逃げのびて、いずこの果てなりとも身を隠し、悪いことをしたと気がつきましたら、髪を剃《そ》って二人とも袈裟《けさ》と衣《ころも》に身をやつし、殺した御主人飯島様の追善供養いたしたなら、命の助かることもあろうが、ただふびんなのはせがれの孝助、敵のゆくえの知れぬときは一生旅寝の艱難《かんなん》困苦、お主《しゅう》のお家も立ちません。気の毒なことと気がついたら心を入れかえ善人になっておくれよ。さあさあ早く」

と路銀まで出しまして、義理を立てぬく母の真心、さすがの二人も面目なく目と目を

見合わせ、

国「はいはいまことにどうも、さようとは存じませんでお隠し申したのはすみませんし」

源「実に御信実なおことば、恐れ入りました。拙者も飯島を殺す気ではござらんが、不義があらわれ平左衛門が手槍にて突いてかかるゆえ、やむをえずかくのごときのしあわせでございます。おおせに従い早々逃げのび、改心いたして再びお礼にまいりまするでございます。これお国や、お餞別として路銀まで、あだに心得てはすみませんよ」

国「お母様《ははさま》、どうぞ堪忍してくださいましよ」

母「さあさあ早く行かぬか、かれこれ最早《もはや》九つになります」

と言われて二人はしたくをしていると、後ろの障子を開けてはいりましたはお国の兄五郎三郎にて、いきなりお国のそばへより、

五「お母様《ははさま》少しお待ちなすってください。これ国これへ出ろこれへ出ろ、ほんとうにまああきれはててものが言われねえやつだ、家《うち》へたずねてきたときなんと言った。お隣の次男と不義をしたゆえ、源さんは御勘当になり、身の置き所がないようにしたもわたしゆえ、お気の毒でならねえからいっしょに連れてきましたなどと、生嘘《なまぞら》を使ってわれをだましたな、家《うち》にこうやっておくやつじゃあねえぞ。お父様《とっさま》が御死去になったとき、幾たび手紙を出しても一通の返事もよこさぬくらいな人でなし、たった一人の妹《いもと》だが死んだと思ってな、あきらめていたのだ。それにのめのめとたずねてきやあがって、置い

てくれろというから、よもや人を殺し、どろぼうをしてきたとは思わねえから置いてやれば、いま聞けば実にあきれてものが言われねえやつだ、お母様まことにありがとうございまするが、あなたがおやじへ義理を立てて、こいつを逃がしてくださいましても天命はのがれられませんから、とても助かる気づかいはございませんから、いっそ黙っておいでなすって、孝助様に切られてしまうほうがよろしゅうございますのに。やいお国、お母様は義理堅いおかたゆえ、おやじの位牌へ対して路銀までくだすって、その上逃げ道まで教えてくださるというはな実にありがたいことではないか。なんとも申そうようはございません。これお国、この罰当たりめえ、お母様《かかさま》がこの家へ嫁にいらっしゃったときは、てめえがな十一のときだが、意地が悪くてお父様とお母様《かかさま》とおれとの合中《あいなか》をつき、なにぶん家がもめて困るから、おれがおやじさんに勧めて他人の中を見せなければいけませんが、近いところだと駆け出して帰ってきますから、いっそ江戸へ奉公に出したほうがよかろうと言って、江戸の屋敷奉公に出したところが、いい事は覚えねえで、色男をこしらえてお屋敷を逃げ出すのみならず、御主人様を殺し、金を盗みしというはあきれ果ててものが言われぬ。お母様《かかさま》が並の人ならば、知らぬふりをしておいでなすったら、今夜孝助様に切り殺されるのも心がら、天罰でてめえたちはあたりまえだが、坊主が憎けりゃ袈裟までのたとえで、こいつも敵の片割れとおれまでも殺されることをしでかすというは、不孝不義の犬畜生め、たった一人の兄妹なり、ことにゃあ女のことだから、この兄の死に水もてまえが取るのがあたりまえだのに、なんの因果でこんな悪党ができたろう、おやじ様も正直なおかた、わたしもこれまでさのみ悪いことをした覚えはないのに、このような悪人ができるとは実に情けないことでございます。この畜生め畜生め、さっさと早く出てゆけ」

と言われて、二人ともほうほうの体《てい》にて荷ごしらえをなし、いとまごいもそこそこに越後屋方を逃げ出しましたが、宇都宮明神の後ろ道にかかりますと、昼さえ暗き八幡山、まして真夜中のことでございますから、二人は気味わる気味わる路の半ばまでまいると、一むら茂る杉林の陰より出てまいる者を透かして見れば、面部を包みたる二人の男《おのこ》、いきなり源次郎の前へ立ちふさがり、

○「やい、神妙《しんびょう》にしろ、身ぐるみ脱いで置いていけ。てめえたちは大方宇都宮の女郎を連れ出した駆け落ち者だろう」

×「やい金を出さないか」

と言われ源次郎は忍び姿のことなれば、大小を落とし差しにしておりましたが、この様子にはっと驚き、親指にて鯉口を切り、震え声を振り立って、

源「てまえたちはなんだ、狼藉者」

と言いながら、透かして九日の夜の月影に見れば、一人は田中の仲間喧嘩の亀蔵、見まがうかたなき面部の古傷、一人は元召使いの相助なれば、源次郎は二度びっくり、

源「これ、相助ではないか」

相「これは御次男様、まことにしばらく」

源「まあ安心した。ほんとうにびっくりした」
国「わたしもびっくりして腰が抜けたようだったが、相助どんかえ」
相「まことにへい面目ありません」
源「てまえはまだかような悪いことをしているか」
相「実はお屋敷をおいとまになって、藤田の時蔵と田中の亀蔵とわたしと三人そろって出やしたが、どこへも行くところはなし、どうしたらよかろうかと考えながら、ぶらぶらと宇都宮へまいりやして、雲助になり、どうやらこうやらやっているうち、時蔵は傷寒を患って死んでしまい、金はなくなってきたところから、ついふらふらと出来心でどろぼうをやったがやみつきとなり、この間道はよく宇都宮の女郎を連れて、鹿沼の方へ駆け落ちするものがときどきあるので、ここに待ち伏せして、さあ出せと一言言えば、わたしは剣術を知らねえでも、怖がってじきに置いていくような弱いやつばっかりですから、きょうもうっかり源様と知らず掛かりましたが、あなたに抜かれりゃあおっ切られてしまうところ、まことになんともはや」
源「これ亀蔵、てまえもどろぼうをするのか」
亀「へい、雲助をしていやしたが、ろくな酒も飲めねえから太く短くやっつけろと、今ではこんなことをしておりやす」
と言われ、源次郎はしばし小首をかたげておりましたが、
源「いい所でてまえたちに会うた。てまえたちも飯島の孝助には遺恨があろうな」

亀「ええ、あるどころじゃあありやせん。川の中へ放り込まれ、石で頭を打《ぶ》っ裂き、相助と二人ながら大曲《おおまが》りではひどい目にあい、ほうほうの体で逃げ帰ったところが、こっちはおいとま、孝助はぬくぬくと奉公しているというのだ。今でもくやしくってたまりませんが、あいつはどうしました」

源「たれもほかに聞いている者はなかろうな」

相「へい、たれがいるものですか」

源「この国の兄の宅は杉原町の越後屋五郎三郎だから、しばらくそこにかくまわれていたところ、母というのは義理ある後妻だが、不思議なことでそれが孝助の実母であるとよ。このあいだ母が江戸見物に行ったとき孝助に巡り会い、詳しい様子を孝助から残らず母が聞き取り、手引きをしてわれを討たせんと宇都宮へ連れては来たが、義理堅い女だから、亡父五兵衛の位牌へ対してお国を討たしてはすまないというところで、路銀までもらい、こうやって立たせてはくれたものの、そこは血肉を分けた親子の間、ことによるとあとから追いかけさせ、やって来《き》まいものでもないが、どうしてかてめえらが加勢して孝助を殺してくれれば、多分の礼はできないが、二十金やろうじゃないか」

亀「よろしゅうございやす。ずいぶんやっつけましょう」

相「亀蔵安受け合いするなよ。あいつと大曲りでけんかしたとき、大溝《おおどぶ》の中へ放り込まれ、水をくらってようよう逃げ帰ったくらい、あいつあとほうもなく剣術がうまいから、うっかりたたき合うとかなやあしない」

亀「それはまたくふうがある。鉄砲じゃあしようがあるめえ、十郎ヶ峰あたりへ待ち受け、源様は清水流れの石橋の下へ隠れていて、おらたちゃあ林の間に身を隠しているところへ、孝助がやってくりゃあ、橋を渡り切ったところで、おれが鉄砲を鼻っ先へ突きつけるのだ。孝助が驚いてあとへさがれば、源様が飛び出して切りつけりゃあはさみ撃ち、わきあねえ、にげるも引くもできあしねえ」

源「じゃあどうかくふうをしてくれろ。なにぶん頼む」

とこれから亀蔵はどこからか三挺《さんちょう》の鉄砲を持ってまいり、みなみな連れ立ち十郎ヶ峰に孝助の来るを待ち受けました。

二十一の下

さて相川孝助は宇都宮池上町の角屋へ泊まり、その晩九つの鐘の鳴るのを待ちかけましたところ、もう今にも九つだろうと思うから、刀の下緒《さげお》を取りましてたすきといたし、裏と表の目釘を湿し、養父相川新五兵衛から譲り受けた藤四郎吉光の刀を差し、主人飯島平左衛門より形見に譲られた天正助定を差し添えといたしまして、橋を渡りて板塀の横へ忍んではいりますと、三尺の開き戸があいていますから、はは あこれは母があけておいてくれたのだなと忍んで行きますと、母の言うとおり四畳半の小座敷がありますから、雨戸のわきへ立ち寄り、耳を寄せて内の様子をうかがいますと、家内はいったいに寝静まったとみえ、奉公人のいびきの声のみしんといたしまして、池上町と杉原町の境に橋がありまして、その下を流れます水の音のみいたしております。孝助はもう家内が寝たかと耳を寄せて聞きますと、内では小声で念仏を唱えている声がいたしますから、はてだれか念仏を唱えているものがあるそうだなと思いながら、雨戸へ手をかけて細目にあけると、母のおりゑが念珠《ねんじゅ》をつまぐりまして念仏を唱えているから、孝助は不審に思い小声になり、

孝「お母様《つかさま》、これはお母様のお寝間でございますか。ひょっと場所を取り違えましたか」

母「はい、源次郎お国はわたしが手引きをいたしましてとくに逃がしましたよ」

と言われて孝助はびっくりし、

孝「ええ、お逃がしあそばしましたと」

母「はい十九年ぶりでおまえに会い、懐かしさのあまり、源次郎お国はわたしの家《うち》へかくまってあるから手引きをして、わたしが討たせると言ったのは女のあさはか、おまえと道々来ながらも、おまえに手引きをして両人を討たしては、わたしが再縁した樋口屋五兵衛殿にすまないと考えながら来ました。今ここの家《うち》の主人五郎三郎は十三のときお国が十一のときから世話になりましたから実の子も同じこと、おまえは離縁をして黒川の家へ置いてきた縁のない孝助だから、二人を手引きをして逃がしました。それはまったくわたしがしたに違いないから、おまえは敵の縁につながるわたしを殺し、お国源

次郎のあとを追いかけてかってに敵をお討ちなさい」
と言われ孝助はあきれて、
孝「ええお母様《つかさま》、それはなにゆえ縁が切れたとおっしゃいます。なるほど親は乱酒でございますから、あなたも愛想《あいそ》が尽きて、わたしの四つの時に置いてお出になったくらいですから、よくよくのことで、お恨み申しませんが、わたくしは縁は切れても血筋は切れない実のお母様、わたくしは物心がつきましてお母様はお達者か、御無事でおいでかと案じてばかりおりましたところ、今度はからずお目にかかりましたのは日ごろ神信心をしたおかげだ、ことにあなたがお手引きをなすって、お国源次郎を討たせてくださるとおっしゃったから、この上もないありがたいことと喜んでおりました。それを今晩になっておまえには縁がない、越後屋に縁がある、赤の他人に手引きをする縁がないとおっしゃるはお情けない、さようなお心なら、江戸表にいるうちになぜこれこれと明かしてはくださいません。わたくしも敵のゆくえを知らなければ知らないなりに、またほかほかを捜し、たとえ草を分けてもお国源次郎を討たずにはおきません。それをお逃がしあそばしては、たとえ今からあとを追いかけていきましても、二人は姿を変えて逃げますから、わたくしには討てませんから、主人の家を立てることはできません、縁は切れても血筋は切れません、縁が切れても血筋が切れてもよろしゅうございますが、あまりのことでございます」
と恨みつ泣きつくどきたて、思わず母のひざの上に手をついてゆすぶりました。母は

なかなか落ち着き者ですから、
母「なるほどおまえは屋敷奉公をしただけに理屈を言う。縁が切れても血筋は切れない。それをわたしが手引きをして敵を討たなければ、おまえは主人飯島様の家を立てることができないから、その言いわけはこうしてする」
とひざの下にある懐剣を抜くより早く、のどへガバリッと突き立てましたから、孝助はびっくりし、あわてて縋りつき、
孝「お母様《つかさま》なにゆえ御自害なさいました、お母様あ、お母様お母様」
と力に任せて叫びます。気丈な母ですから、懐剣を抜いてあふれ落ちる血をぬぐって、ホッホッとつく息も絶え絶えになり、面色土気色に変じ、息を絶つばかり、
母「孝助孝助、縁は切れても、ホッホッ血筋は切れんという道理に迫り、もとよりわたしは二人を逃がせば死ぬ覚悟、ホッホッ江戸で白翁堂に見てもらったとき、おまえは死相が出たから死ぬと言われたが、実に人相の名人という先生の言われたことがいま思い当たりました。ホッホッ再縁した家の娘がおまえの主人を殺すというは実になんたる悪縁か、さあ死んでゆく身、いま息をとめればこの世にない体、ホッホッ幽霊が言うと思えば五郎三郎に義理はありますまい、お国源次郎の逃げていった道だけを教えてやるからよく聞けよ」
と言いながら孝助の手を取ってひざに引き寄せる。孝助は思わずも大声を出して「情けない」と言う声が聞こえたから五郎三郎はなにごとかと来て障子をあけてみればこの

始末。五郎三郎はもとより正直者だから母のそばにすがりつき、

五「お母様《つかさま》お母様、それだからわたしが申さないことではありません、孝助様あとでごあいさつをいたします。わたしはお国の兄で、十三の時から御恩になり、のれんを分けていただいたもお母様のおかげ、悪人のお国に義理を立て、なぜ御自害をなさいました」

と言う声が耳に通じたか、母は五郎三郎の顔をじっと見詰め、苦しい息をつきながら、

母「五郎三郎、おまえは小さいときから正当《しょうとう》な人で、おまえには似合わないあのお国なれども、義理に対しお位牌に対し、わたしが逃がしました。また孝助へ義理の立たんというは、血筋の者が恩義を受けた主人の家が立たないという義理を思い自害をいたしたので、どうかお国源次郎の逃げ道を教えてやりたいが、ハッハッ必ずおまえ恨んでおくれでないよ」

五「いいえ、恨むどころではありません。あなたおせつないからわたしが申しましょう、孝助様お聞きくださいさい、宇都宮の宿はずれに慈光寺という寺がありますから、その寺を抜けて右へ行くと八幡山、それから十郎ケ峰から鹿沼へ出ますから、あなたお早くおいでなさい、なあに女の足ですからたくさんは行きますまいから、早くお国と源次郎の首を二つ取って、お母様のお目の見えるうちに御覧においれなさい、早く早く」

と言うから孝助は泣きながら、

孝「はいはいお母様、五郎三郎さんがお国と源次郎の逃げた道を教えてくれましたか

ら、遠く逃げんうちにあと追っかけ、二人の首を討ってお目にかけます」
と言う声ようやく耳に通じ、
母「ホッホッ勇ましいそのことば、どうか早く敵を討って御主人様のお家を立てて、りっぱな人になってくれホッホッ、五郎三郎殿この孝助はほかに兄弟もない身の上、また五郎三郎殿も一粒種だから、これで敵は敵として、これからはどうか実の兄弟と思い、互いに力になり合ってわたしの菩提《ぼだい》を頼みますよう、よう」
と言いながら、孝助と五郎三郎の手を取って引き寄せますから、二人は泣く泣く介抱するうちに次第次第に声も細り、苦しき声で、
母「ホッホッ早く行かんか、行かんか」
と言って血のある懐剣を引き抜いて、さあ源次郎お国はこの懐剣でとどめを刺せ、と言いたいがもう言えない。孝助は懐剣を受け取り、血をぬぐい、敵を討って立ち帰り、お母様に御覧にいれたいが、このぶんではこれがお顔の見おさめだろうと、心の中《うち》で念仏を唱え、
孝「五郎三郎さん、どうかなにぶん願います」
と出かけてはみたが、いま母上が最後のきわだから行き切れないで、また帰ってきますと、気丈な母ですから血だらけではい出しながら、虫の息で、
母「早く行かんか、行かんか」
と言うから、孝助は「へい行きます」とあとに心は残りますが、敵を逃がしては一大

事と思い、あとを追ってゆきました。先刻からこれを立ち聞きしていた亀蔵はそりゃこそと思い、孝助より先へ駆け抜けて、とっとと駆けてゆきまして、

亀「源様、わっちがいま立ち聞きをしていたら、孝助のおふくろがのどを突いて、おまえさんがたの逃げた道を孝助に教《おせ》えたから、ここへ追っかけてくるに違えねえから、おめえさんはこの石橋の下へ抜き身のなりで隠れて、孝助が石橋を一つ渡ったところで、わたしどもが孝助に鉄砲を向けますから、そうするとあとへさがるところをあとからだしぬけに切っておしまいなさい」

源「うむよろしい、ぬかっちゃあいけないよ」

と源次郎は石橋の下へ忍び、抜き身を持って待ちかまえ、ほかの者は十郎ケ峰のむこうの雑木山へ登って、鉄砲を持って待っているところへ、かくとは知らず孝助は、息をもつかず追っかけてきて、石橋まで来て渡りかけると、「待て孝助」というから、孝助が見ると鉄砲を持っているようだから、「火縄《ひなわ》を持って何者だ」とむこうを見ますと喧嘩の亀蔵が、

亀「やい孝助おれを忘れたか、牛込にいた亀蔵だ、よくおれをひどい目にあわせたな、てめえが源様のあとを追っかけてきたら殺そうと思って待っているのだ」

相「いえー孝助てめえのおかげで屋敷を追い出されてどろぼうをするようになった、いまここで鉄砲で打ち殺すんだからそう思え」

と言えばお国も鉄砲を向けて、

国「孝助、さあとても逃げられねえから打たれて死んでしまやあがれ」
孝助はあとへさがって刀を引き抜きながら声張り上げて、
孝「卑怯だ、源次郎、下人や女をここへ出して雑木山に隠れているか、てめえもりっぱな侍じゃあないか、卑怯だ」
という声が真夜中だからビーンと響きます。源次郎は孝助の後ろから逃げたら討とうと思っていますから、孝助は進めば鉄砲で打たれる、退けば源次郎がいて進退ここにきわまりて、一生懸命になったから、額と総身から油汗が出ます。このとき孝助がはからず胸に浮かんだのは、かねて良石和尚も言われたが、退くに利あらず進むに利あり、たとえ火の中水の中でも突っ切って行かなければ本望をとげることはできない、臆してあとへさがるときは討たれるというのはこのときなり、たとえ一発二発の鉄砲丸《だま》に当たってもなにほどのことあるべき、踏み込んで敵を討たずにおくべきやと、ふいに切り込み、卑怯だと言いながら、喧嘩亀蔵の腕を切り落としました。亀蔵は孝助が鉄砲に恐れてあとへさがるように、わざと鼻の先へ出していたところへ、ふいに切り込まれたのだから、あっと言ってあとへさがったが間に合わない、手を切って落とすと鉄砲もドッサリと切り落としてしまいました。昔からずいぶん腕のきいた者は瓶《かめ》を切り、妙珍鍛えの兜《かぶと》を切ったためしもありますが、孝助はそれほど腕がきいておりませんが、鉄砲を切り落とせるわけで、あのへんは芋畑がたくさんあるから、その芋茎《ずいき》へ火縄を巻きつけて、それを持って追いはぎがよく旅人をおどして金を取るということを、かねて亀蔵が聞いて知ってるから、そいつを持って孝助をおどかした。芋茎だからだれにでも切れます。これなら円朝にでも切れます。亀蔵が「あっ」と言って倒れたから、相助は驚いて逃げ出すところを、後ろから切りかけるのを見て、お国は「あれ人殺し」と言いながら鉄砲を放り出して雑木山へ逃げ込んだが、木の中だから帯が木の枝にからまってよろけるところを一太刀浴びせると、「あっ」と言って倒れる。源次郎はこのありさまを見て、おのれお国を切った憎《にっく》いやつと孝助を切ろうとしたが、雑木山で木がじゃまになって切れないところを、孝助は後ろから来るやつがあると思って、いきなり振り返りながら源次郎の肋《あばら》へかけて切りましたが、殺しませんでお国と源次郎の髻《もとどり》を取って栗の根株に突き付けまして、「やい悪人わりゃあ恩義を忘却して、昨年七月二十一日に主人飯島平左衛門の留守をうかがい、奥庭へ忍び込んでお国と密通しているところへ、この孝助がまいっててまえと争ったところが、てまえは主人の手紙を出し、それを証拠だと言って、よくも孝助を弓の折れでぶったな、それのみならず主人を殺し、二人乗り込んで飯島の家を自儘《じまま》にしようという人非人、今こそ思い知ったか」と言いながら栗の根株へ二人の顔をすりつけますから、二人とも泣きながら、許せえ、勘忍しておくんなさいよう、というのを耳にもかけず、「これお国、てまえはお母様《つか》が義理をもって逃がしてくだすったのは、樋口屋の位牌へ対してすまんと道まで教えてくだすったなれども、自害をなすったもてまえゆえだ、たった一人の母親をよくも殺しおったな、主人の敵親の敵、なぶり殺しにするからさよう心得ろ」と、これから差し添えを抜きまして、「てまえのような悪人に旦那様がだまされておいでなすったかと思うと」と言いながら顔を縦横ずたずたに切りまして、また源次郎に向かい、「やい源次郎、この口で悪口を言ったか」とこれも同じくずたずたに切りまして、また母の懐剣でとどめを刺して、二人の首を切り髻《たぶさ》を持ったが、首という物は重いもので、孝助は敵を討って、もうこれでよいと思うと心にゆるみが出てしりもちをついて、「あああありがたい、日ごろ信心する八幡築土明神のおかげをもちまして、首尾よく敵を討ちおおせました」と拝みをして、どれ行こうと立ち上がると、「人殺し人殺し」という声がするからふりむくと、亀蔵と相助の二人が眼がくらんでるから、知らずに孝助の方へ逃げてくるから、こいつも敵の片われと二人とも切り殺して二つの首をさげて、ひょろひょろと宇都宮へ帰ってきますと、行き来の者は驚きました。生首を二つ持って通るのだから驚きます。中には殿様へ訴える者もありました。孝助はすぐに五郎三郎のところへ行って敵を討った次第を述べ、ことに「母がまだ目が見えますか」と言われ、五郎三郎は妹《いもと》の首を見て胸ふさがり、ものも言えない。母上様《おっかさま》はさきほど息が切れましたというから、このままではおけないというので、御領主様へ届けると、敵討ちのことだからというので、孝助は人をつけて江戸表へ送り届ける。孝助は相川のところへ帰り、首尾よく敵を討った始末を述べ、それよりお頭小林へ届ける。小林からその筋へ申し立て、孝助が主人の敵を討ったかどをもって飯島平左衛門の遺言に任せ、孝助の一子孝太郎をもって飯島の家を立てまして、孝助は後見となり、めでたく本領安堵いたしますと、その翌日伴蔵がお仕置きになり、その捨て札を読んでみますと、不思議なことで、飯島のお嬢様と萩原新三郎とくっついたところから、伴蔵の悪事を働いたということがわかりましたから、孝助は主人のため娘のため、萩原新三郎のために、濡れ仏を建立《こんりゅう》いたしたという。これ新幡随院濡れ仏の縁起で、この物語も少しは勧善懲悪の道を助くることもやと、かくながながとお聞きにいれました。

（若林玵蔵筆記による）

怪談乳房榎

一

さて、今回より引き続きまして御機嫌《ごきげん》を伺います怪談乳房榎《ちぶさえのき》と申しますお話は、江戸名所図会《ずえ》にも出ておりますが、高田砂利場《じゃりば》村の、大鏡山南蔵院《だいきょうざんなんぞういん》という真言宗《しんごんしゅう》のお寺の天井へ、雌竜雄竜《めりゅうおりゅう》を墨絵でかきました菱川重信《ひしかわしげのぶ》という人のお話で、この重信は雄竜だけをかの天井へかきまして、非業《ひごう》な最期を遂げてついに望みを果たしませんから、死にましてから幽霊が、かきかけました雌竜をまたかいたと申すことで、末には赤塚村の乳房榎の前で、七つになります重信の忘れ形見真与太郎《まよたろう》が、父の敵を討ちますというすごいお話でございますが、何家業でも、人に名人だ上手だと言われますほどな人はそのいたしますことにも魂、精神がはいると申すことで、取り分けまして絵師などは、かいたものに魂がはいったということは、まま聞きますところで、古法眼元信《こほうげんもとのぶ》の描きました馬は、夜《よ》な夜な抜け出しまして萩《はぎ》を食べたの、だれが精神をこめてかいた竜は、水を飲みに出かけたなどと、古来から言い伝えますが、そのうちでも円山《まるやまは》派という一派を広めました円山応挙《まるやまおうきょ》などという人は、名人でございますが、この応挙先生が、ふだん飲みにおいでなさる京都のあるところに料理屋がございましたが、この家《うち》は老人夫婦に娘が一人あるという、ごくまじめに、うまいものばかりを食わせる、ずいぶん流行《はやり》店でございましたが、ものには盛衰があるもので、近ごろはさっぱりと客がない。応挙先生は大人《たいじん》でございますから、流行《はや》り流行《はや》らないなどにはとんじゃくなさいませんで、「きょうは、なにかうまいものがあるかの、一杯つけてくれろ」なんかとおいでになります。寂《さび》れましたもんですから、家《うち》の普請《ふしん》や繕いもろくろくにいたしませんから、根太《ねだ》が腐って、家《うち》へ総体曲がりが出て、襖《ふすま》や障子の開けたてが思うようでない。畳はというと、おとしの七月裏返したっきりで、真っ黒になって、ところどころへ未練に薬袋紙《やくたいし》なんぞを、桜の花の形に切ってはりつけて、破れをごまかしてある。先生は娘に酌をさせて、御酒《ごしゅ》を召し上がっておいでで、下から上がってまいりました主人《あるじ》は手をつきまして、

亭「先生様、毎度ごひいきにおいでくださいましてありがとうございます。こんなむさい所へ」

応「いよ……だれかと思えば内の御亭主か、今の造り身はいつも手際じゃ、一つ飲まんか」

などとものにとんじゃくなさらぬ応挙先生、主人の老人は杯を受けまして、店の寂れましたことを話しまして、

亭「どうか先生様、元のように繁盛いたしまするごくふうはございませぬか」

と水っぱなと涙を交ぜまして申しますと、

応「それは気の毒じゃ……が案じぬがよいぞ。おれがこんど来るときに、元のとおり店が繁盛するように、なにかしたためて持ってきてつかわすぞ」

亭「それはまあ、ありがとうございます」

応「こんどまいるときにきっと持ってくるぞ」

とその日はお帰りになったが、四、五日おきまして、先生はふろしきへ包んだ物を御持参でおいでになった。

応「さあ約束じゃからしたためて持ってきた。定めし表装いたすのも迷惑であろうと思うて、床《とこ》へ掛けるばかりにして持ってきたぞよ」

とすぐにその掛け物を床へ掛けさせまして、その日も相変わらず御酒を飲んでお帰りになった。後で主人《あるじ》夫婦は喜びまして、どんなものをかいてくだすったかと、件《くだん》の軸の絵を見ますと、幅の広い絹地へ、二十歳《はたち》か十九ばかりな美人が病みあげくとみえまして、髪が乱れてこう……顔へ懸かって立て膝《ひざ》をして、右の手で抜けた髪の毛をつかみまして、左の手でこう……その毛を思わず絞っておりますと、その手へ血が滴《したた》っておりまして、そばにぼんやりした薄っ暗い角行燈《かくあんどう》があるという、このそばに座っておるのが美しいから、いかにもすごい。とんと四谷怪談のお岩《いわ》が髪梳《す》き場の形で、よくは出来ておりますが、つぶれかかってきょうは店をしまおうか、あすは戸を締めようかと思っておりますところへ、忌《い》まわしい絵でございますから、主人《あるじ》のじいさんは、ええ縁起《えんぎ》が悪い、こんなものを、と目をむきだして、いや怒るまいことか、たいそう怒りました。

二

主人《あるじ》夫婦は恐ろしく怒っておりますところへ、応挙先生がいつものとおりやっておいでなさいました。

応「どうだな、きょうは珍しいものがあるかな、一杯飲ましてくりゃ」

とトントン二階へお上がりになると、きのうの軸が床《とこ》に掛けてある。日ごろひいきにしてくださる大切なお客だから、いつもはばあさんと娘が飛び出してきて世辞をいうのだが、きょうはどうしたのか無愛想で付《つ》きが悪い。やがて主人《あるじ》のじいさんが二階へやってまいりまして、
亭「旦那さま、昨日はありがとうございます」

と礼を言います。

応「いや、これは御亭主、きのうの掛け物を早速《さっそく》かけてくれて喜ばしい。なんとようできたろうな」

と少し自慢げでおっしゃると、主人は変なあんばいで、
亭「へい、ですが先生様、昨日くださいましたお掛け物の絵がどうもはや少し」

といったん腹はたちましたが、さすがに面《めん》と向かっては言われませんで口籠っておりますのを、早くも見てとった先生。

応「ああ、そうか、なにか……すごいところをかいてつかわしたから絵柄が悪いと申すのじゃな」

亭「へい、なんでございますからなんで、実は、あの、御存じのとおり商売が暇で、

こんなに寂れましたもんだから絵を願いましたので、それにあんな女の病人なんぞの縁起の悪い寂しい絵では、いよいよお客さまが来なくなりますから、あれはまずまっぴらごめんくださいまし」

と額へ汗をたらして手ぬぐいでふきながら申します。先生はお笑いなすって、

応「ハハハハ、いかにも亭主、てまえが気にかけるのはもっともじゃよ。はあ無理ではない。おれが今まいったときに、いつもと違っていらっしゃいともなんとも申さないから、いかがいたした儀かと存じおったところじゃ。これ、拙者が申すことをよく承るがよいぞ。酒を持ってまいれ。これ、そうまじめでいてはいかんな。困るよ。あれはこういうわけじゃ。陰《いん》は陽に帰るといっての、なにごとも極度までまいればまた元へ戻るのがものの道理で、そちの家《うち》もそうじゃ。かように寂れ果てて今日《こんにち》にもよそうやめようとまで決心いたすのは、これすなわち陰の極度までまいったので、この上は元の陽に帰するより道はない。おれがきのうしたためてつかわした絵もそのとおりじゃ。女が病に苦しんで死になんなんといたしおる忌まわしい図じゃが、これ陰の極度で、もうここまでまいっては、これからそろそろ陽気に帰るよりしかたがないもので、そちの商売とてもこう寂れて陰気になったから、これからは昔の陽気に赴くのが順道じゃ。陰気の絵ではあろうが、おれも身不肖ながら円山応挙じゃ。心に思うところがあってしたためたあの軸、外さずに掛けておけ。陰も陽にかえる時節があるぞ」

といつものとおり御酒を召し上がって先生はお帰りになりました。後でじいさんやば

あさんは、額を集めまして相談をいたしましたが、まあごひいきの先生があれほどおっしゃったこと、ちょうど掛け物はみんな売ってしまってないところですから、そのまま掛けっ放しにいたしておきました。そういたしますとたちまちこの評判が京都じゅうへ広まりまして、

「おまえあすこの幽霊の絵を見なはれたか。応挙はえらい者《もん》じゃな。あの女がこう……やっている髪の毛から、血がたらたら滴っておるすごさ。わしなんぞは夜さり寝たら夢に見てうなされました」

「いや、わしまだ見に行かん。二朱ばかり遣《つこ》うて飲みにいってその軸を見てきましょう」

「ほんに見てきやしゃれ、えらいもんじゃさかい」

とわいわいと市中でうわさをいたします。さあ繁盛をいたしましたのはこの料理屋で、一年ばかりの間に、この掛け物の絵を見たいといって来る客で、思いがけなく商いがあって、二年目の春には壊れかかっておりました普請までいたし、元のとおりりっぱな店になったという。また応挙先生のお腕前の優れたところも諸人《しょにん》が知りまして、高名の上にまた高名な先生におなりあそばして、諸大名より幽霊のごくすごいところを絹地へ書いてくれ、またこっちからは、「唐紙《とうし》半切《はんせつ》でいいから、ちょっと小粋《こいき》な幽的を」なんぞと山のように御注文があって、ただいまもって応挙の幽霊の絵と申しますと高価なものだそうにございます。この応挙先生の幽霊の絵は、あながち魂がはいって動き出したと

いうわけではございませんが、名人上手となりますと、ずいぶん不思議なことがありますもので、高田砂利場村の大鏡山南蔵院の天井へ雌竜雄竜を墨絵でかかれました菱川重信という絵師の先生は、このお方は元秋元越中守《あきもとえっちゅうのかみ》様の御家中《ごかちゅう》で、二百五十石お取んなすった間与島伊惣次《まよじまいそうじ》というお人でございましたが、生得《しょうとく》絵がお好きで、土佐狩野《とさかのう》はいうに及ばず、応挙、光琳《こうりん》の風《ふう》をよくのみ込んで、ちょっと浮世絵のほうでは又平から師宣《もろのぶ》、宮川長春《みやがわちょうしゅん》などというところを見破って、その上へ一蝶《いっちょう》の艶《つや》のあるところをよく味わって、いかにもお筆先が器用で、ちょっとかく絵が生きているようだという高名を慕いまして、絵をかいてくださいと頼み手がたいそうあります。家中ではしきりにこのことのうわさが高くなりまして、間与島は絵をよくかくそうだ、絵の礼ばかりでも楽に暮らされる、うらやましいなどとやっかむやからがたくさんあります。そのころは世が開けませんから、少し利口だとか学者だとかいいますと、じきに公儀からお糺《ただ》しがあり、ただいまなら探偵がありますから、間与島は自然とお上《かみ》のお首尾が悪くなりまして、なにもこれという落ち度はござりませんが、ついに永のおいとまになりまして、柳島のある大あきんどがおりました寮を求めまして、これへ引き移りましたが、二百五十石も取っておいでのお人だから、なに不自由なく、お好きな絵を書いてお暮らしなさいましたが、お年は三十七というので、よい男ではないが、元がお武家だからなんとなくりっぱで、品《ひん》のよいお人にて、このまた御家内のおきせ様というのがすこぶる美婦でいらっしゃる。年は二十四でございますが、器量がいいせいか二十歳《はたち》ぐらいにしか見えませんで、役者の瀬川路考《せがわろこう》にどこやら面影が似ているからというので、だれいうとなく柳島路考、柳島路考と申します。

三

間与島伊惣次様の御家内おきせ様は、前《ぜん》もって申し上げますとおり、柳島路考というわさをされるほどなすこぶるな美婦でありますが、かえってこれがその身に災いを及ぼす種と、後に思い当たりますが、御夫婦仲はいたっておむつましいが、満つれば欠くるとやらでお子さんがない。よく譬《たと》えに金のあるお方を禄人《ろくじん》といい、子のある人のことを福人《ふくじん》とか申しますが、この重信先生にはお子がないゆえ、どうか一人ほしいものだと、神へ願《がん》込《ご》めなどをいたしておりましたが、人の一心は貫くもので、おきせ様が懐妊におなりなすって酸っぱいものが食べたいという。重信先生は大喜びで、なんともなさらないが、お医者にかけて薬を飲ませる、高いところなどへは必ず手を上げてはならんぞ、と大事になされます。十月満《とつき》ちまして、宝暦二年の正月元日に出産がございました。しかもお生まれになったのは男の子だというので、重信先生はころころ喜ばれまして、名を真与太郎《まよたろう》と名づけまして、蝶よ花よと慈しんで育てられ、成人をするのを待ち兼ねておいでなさる。ちょうどその年の三月のことで、向島の桜が真っ盛りで、取りわけ、きょうは十五日ゆえ梅若でございますから、花見がてら参詣《さんけい》しようと、おきせ様は丸髷《まるまげ》に結いまして、まだ半元服で、下女と五十一になります正介《しょうすけ》というおやじを供に連れて、重信先生は細身の大小に黒の羽織、浅黄博多《はかた》の帯、雪駄《せった》ばきで、真与太郎を下女におぶせまして、ぞろぞろ人込みの中を梅若へお参りなすって、お帰りにお寄りになりましたのは、小梅の茶屋でございましたが、この茶店のばあさんは柳島近所のものでなじみでございますから、重信先生は門口から、

重「どうした、ばあさんいそがしいかの」

と声をかけ、

婆「おやまあ、どなたさまかと存じましたら、柳島の先生様、御新造《ごしんぞ》様、おや坊ちゃんをお連れなさいまして……お花見でございますか、それはまあよくおいでで……おや、これは正介さん、お花どんもお供で御苦労様。きょうは梅若様の涙雨って、昔からいいまして、雨が降るもんでございますが、まあ降りませんでよい御都合で。もうお子様方をお連れあそばして、道でお降られなすってごらんあそばせ、それこそたいへんでございます。おやまあ、まだお礼を申しませんで、せんだってはまことにけっこうなお菓子をたくさんくださいましてありがとうございます。内のあなたじじいなんぞは生まれてから、あんなけっこうなお菓子は見たことはないと申して喜びましてさ、あなた、ありがとうございました。さあお茶を一つ、もういけない渋茶でございます」

と一人でしゃべっております。重信先生を初めみな床几《しょうぎ》へ腰をおかけなさって、真与太郎に小便などをやっておられましたが、重信先生は、隅《すみ》のほうに腰をかけて、うしろ

向きになって弁当をつかっておりますニ十ばかりの色の黒い男に声をかけまして、
重「おいおい、そこにいるのは竹六《たけろく》じゃあないか」
この竹六と申します人は浅草田原町におりまする地紙《じがみ》折りでござりますが、ただいまはそんなものはございませんが、このころは、地紙折りと申して、扇の地紙と骨を箱へ入れて包んでしょいましては、花見なんぞの場所へ商いに持ってまいりますので、これはよく人が即席に絵や書《しょ》、詩歌《しいか》などを扇へ書きますことがはやりましたから、それをすぐにその座で折りまして骨をさして出すという、それは手際なものだそうにござります。
竹六は重信でございますから、
竹「いよ、これは、どなたかと存じましたら、柳島のお先生様、御新造様、坊ちゃんをお連れあそばしてお花見、どうもまことにおきれいで。いえ存外御無沙汰《ごぶさた》をいたしました。いよこれは正介さん、お花さんいつもお美しいね。今日《こんにち》は御新造様のお供で、白粉《おしろい》をおつけなさるとふだんとは違うよ、器量がずっと上がるからおかしい……ええ御無沙汰をいたしましたのは、この三、四月ごろはあなた、書画会が多うございますので、なにか席上へまいって欲張り筋で、そばから地紙が売れますもんですから、ついつい御無沙汰に相成りましてどうも恐れ入ります。正介どんあの節はどうも申しわけがない、たいそう酔いましたもんだから、さっぱり道を忘れて、とうとうおまえさんに送り出されるなんて、それをわたしはちっとも知らないんだから、酔っぱらいぐらいのんきなものはない」

などと如才ないから下女下男にまで世辞を振りまいております。

重「いや、そんなことはよいが、あれぎり来んから、どうしたかと思っておったよ。少々頼みたいことがあるからちょっと来てくれんか」

竹「へい早速上がります。ええ明後日《みょうごにち》はきっと上がります」

重「おまえが来るというのは当てにならんが、また待ちぼうけはいかんよ」

竹「いえ、どういたして、こんどは大丈夫で、なに大丈夫でございます……ええそれに先日願いおきました、あの絹地の細物は、まだええおしたためくださいませんかな」

重「おおあれか、あれはまだしたためんよ」

竹「おおかたまだとは存じましたが、先方でも急にはできんが、その代わりできれば、先生様のだからたいしたことだと申しておりました。どうもいつも御新造様のお美しいこと、この砂っぽこりの中をお歩きなすっても、ちっとも汚れないくらいなものはない。ええ坊ちゃん、ええわたくしでございます、竹六で。たけ六じいやあさ。ええ先生によく似ていらっしゃるって、瓜《うり》を二つで。一つお笑いなさいまし」

と真与太郎をあやしております。

重「それじゃあ竹六、明後日はきっとであろうな。よいか待っておるよ。これ大きに世話であった」

と茶代を幾らか遣わしまして重信主従は出てゆきました。

竹「へえ、きっと明後日上がります。御新造様お気をつけていらっしゃいまし。それ、石がありますから、危ねえ。お花どんそそっかしいからいけねえ。坊ちゃんをおんぶだから気をつけなくっちゃあいけません。へえお静かに」

と重信の影の見えなくなるまで見送っております。

婆「竹六さん、あの御新造はいつ見てもお美しいね」

竹「美しいなんかんて、あの御新造なんぞは美しいを通り越えたのだね」

とほめておりましたが、最前からうしろのほうに腰をかけて休んでおりました浪人体《てい》のりっぱな人が、こちらへ出てまいりまして、「ええちょっと承りたい」

四

出しぬけに言葉をかけられましたから、竹六はびっくりいたし、
竹「へえ、これはどなたさまで。少しもうしろにおいでなさいますのを存じませんもんだから、失礼をいたしました。なにか粗相いたしましたらごめんくださいまし」
となんで言葉をかけられたのだか知りませんから、しきりに謝っております。かの侍は八丈のひもを解いて、かぶっておった深い笠《かさ》を取りました。年のころは二十八、九ぐらいで鼻筋《ぶさかやき》の通った、色の浅黒い、やせぎすなお人で、このころはやりましたとか申します五分月代《なんどけんじょう》というやつで、小髷《こまげ》に結って少し刷毛《はけ》を反らしたという、斜子《ななこ》かなどの紋付に、お納戸献上の帯、短い大小をさしまして、

侍「おまえに承りたいと申したのは、今あそこへ行かれたお方はなんと申す絵かきの先生じゃな」

竹「へえさようで、へえなに、あれは菱川重信先生とおっしゃるお方で、ほんのお内職同様になさるので、お気に向かなければお書きなさいません。それというも御内福でいらっしゃるからで、柳島にりっぱなお住まいで、絵はまず探幽をお習いなすったのですが、土佐もよい、浮世絵もよい、と諸流にお渡りなすったから、一派の風《ふう》で、師宣をお慕いなさるもんですから、御自分で菱川重信とおつけなさいましたが、ずいぶん御名人でいらっしゃいます」

侍「はあ、さようであったか。実はてまえいたって絵を好むゆえ、よき師をとって習いたいと存じおるが、どうもいわゆる長し短しで、まだ師匠と頼むお人を見当たらぬのじゃが、ただいまの重信先生とやらは、いずれかの御浪人とみえて、威あって猛《たけ》からず、なかなか御分別がありそうなお人に見受けた。わが師と頼むは重信殿じゃと最前から御様子を伺っておった。どうか、てまえあのお方の弟子になりたいものじゃが、どうであろうな」

竹六は、人品のよい人で第一金銭に困りそうもないりっぱな侍ですから、世話をしておいたら始終よかろうと思いますから、如才なくすぐに承知しまして、

竹「へえ、それじゃあ、あなたは絵がお好きで、重信様へ御門入《ごもんにゅう》がなさりたいって、それはよいお心がけで、なに、わたくしが御昨今でこんなことを申しては変でございりま

すが、あのお方を師匠にお取んなさろうなんぞはすごいよ。あなたはお目が強いよ。毎度重信先生も、どうか片腕になるような弟子をほしいものだとおっしゃってで、それに御都合はよし、御新造はお美しいし、あなた御門入なさい。先生もきっとお喜びでしょう」

とよけいなことをしゃべります。

竹「しかし、お内弟子ではどうでしょうか」

侍「いやいや内弟子にまいるのではない、てまえ通《かよ》って習いたいのじゃ、どうかお世話くださるまいかな」

竹「それはお安いことで造作《ぞうさ》ございません。訳《わけ》なしでございますね」

侍「それは早速の御承知でかたじけない。今これにて承ったには、明後日《みょうごにち》は貴公が先生方へおいでのよしじゃが、相なるべくはその節に身どもを御同道くださるまいか」

と、かの侍は懐中から紙入れを出しまして、金入れの中からぞろぞろと幾らか小粒を出しまして紙に包み、

侍「これははなはだ些少《さしょう》じゃがお礼の印じゃ」

竹「いえ、これは恐れ入りましたね。これはどうも痛み入りました訳合いで。まだお世話をしない前からお礼を頂くとは。いや、せっかくのおぼしめしですからへへへへちょうだいいたしておきます」

侍「どうか納めてくだされば、てまえも重畳《ちょうじょう》じゃ」

竹六は喜びまして金の包みを懐《ふところ》へもじもじやってしまいまして、
竹「してあなた様のお宅はどちらですか、てまえが明後日まいる出がけにちょっとお寄り申してすぐに柳島へお供を」
侍「いやいや必ずおいでには及ばん。てまえが尊公のお宅へ伺うからよい。てまえが家《うち》はここに手札がござるから差し上げておこう」
と手札を出しますから、竹六は、
竹「へえ、これは、お手札を。ええ、なるほど、本所撞木橋《しゅもくばし》磯貝浪江様《いそがいなみえさま》、よろしゅうござります。磯貝浪江さま、へへへよろしゅうござります。これでわかりますて、きっと明後日は御同道いたしましょう」
浪「それではなにぶんお頼み申す。世話であったな」
と茶代をおきまして、浪江は立ち出でこの日は互いに別れました。竹六は心のうちでまずこの人を世話をしておけば、地紙は売れる、稽古《けいこ》のためだといって礬水《どうさ》引きの美濃紙《みのがみ》のほかに画帖《がちょう》が売れるし、書画会などにも一人でも絵かきの殖えたほうが商いがあっていい、とかく氏子繁盛だと、これから約束をいたしましたその日にこの浪江を同道しまして弟子入りをいたしましたところが、重信もことのほか喜びまして、早速絵手本を与えなどしましたが、浪江は少しは下地がありますから、ちょっと器用な質《たち》で、この日より毎日通います。くどくどしいところは省きまして申し上げますが、この浪江は、以前は谷出羽守様《たにでわのかみさま》の藩中で百五十石をちょうだいした侍の果てで、当時子細あって浪人はしておりますが、身形《みなり》を崩しませんで、前《ぜん》申し上げましたとおり年は二十九で、ちょっと苦み走った男で、諸事如才なく立ち回りまして、まず師匠を大事にするのは不思議です。それに真与太郎をしきりとかわいがりまして、かの川柳にも「子ぼんのう親ぼんのうの下心」などと申してたれもわが子の愛にはおぼれますもので、自然とこのおきせもああ浪江さんは親切な人だと思っております。それに下女のお花なんぞへも、おりおり簪《かんざし》や前垂れなぞを買ってやりますから、いや浪江をほめますこと、「御新造様ほんとうに浪江様のようなよいお方はございません」などと評判がよろしゅうございます。この年も三月四月と暮れましてちょうど五月五日のことで、御存じのとおり端午の節句というので、方々へ吹き流しの鯉《こい》などが上がっております。玄関へ二人づれでやってきた男は、小石川原町の万屋新兵衛《よろずやしんべえ》という人で、いま一人は手織縞《じま》の単物《ひとえもの》に小倉《こくら》の一本独鈷《どっこ》の帯を猫《ねこ》じゃらしのように締めまして、それで伊勢の壺屋《つぼや》の紙煙草《たばこ》入れをさしておりますが、ひもが緩んでおりますから、歩くたんびに取れかかった金物がばくばくいって、煙草の粉が出るというごく質朴《しっぼく》の人で、玄関へ来まして、

新兵衛「へえ、お頼み申します、たのもう」

五

「どうれ」と下女のお花が取り次ぎに出まして、敷台のところへ手をつきまして、

花「どちらからおいでなさいました」

新兵衛「へい、わたくしは小石川原町の万屋新兵衛と申します者で、どうか先生様へちとお願い申したいことがあってまいりましたが、御在宿でござりますならお目にかかりたいとお取り次ぎなすってくださいまし」

とていねいに申します。お花は、

「はい新兵衛様とおっしゃいますか、しばらくお待ちくださいまし」

と奥へはいりまして重信の前へまいり、これこれだと申します。重信はまだ聞いたことはない名前だが、おおかた絵のことで来た人と思いますから、

重「こちらへお通し申せ。そうしてきれいな煙草盆を持ってこいよ」

花「はい」

と玄関へまいりましてこの由を二人へ申しますから、

新「さようならごめんください」

と敷台のところで雪駄《せった》を脱ぎ挨《ほこり》など払いまして、お花の案内につれまして重信の居間へ通りました。重信は敷いておりましたアンペラと唐更紗《とうざらさ》と片々ずつはぎ合わせた座布団を取りのけながら、

重「いよ、これはおいでで。ただいまちと急ぎものをしたためておるので、取り散らしてごめんなさい。ああ危ない、絵の具皿《ざら》をあちらへ片づけて、え、なにそれでよい。アンペラの敷物を上げろ。むさい所で。さあここへお出でなさい。それでは御挨拶 がで

きません」
新「いえもうそのままで、決してお構いくださいますな」
重「いえ、なにもお構い申さぬ。さて、これはお初《はつ》うに。はいわたくしが重信で、小石川からだって、御遠方からおいでではさぞ途中がお暑かったろう、はい」
新「これは初めてお目にかかりました。わたくしことは小石川原町で酒を商いおりまする万屋新兵衛と申すもので、またこれにおりまするは、高田砂利場村のお百姓で」
茂左衛門「へえ、わたくしは茂左衛門《もざえもん》と申しまする者で」
重「さようでござったか。わたくしが重信で……なんぞ御用でおいでになったかね」
新「へえ、早速ながら申し上げますが、先生様の御高名をお慕い申しまして願いたいと申しまするは、てまえが檀那寺で高田砂利場村の大鏡山南蔵院といいます真言宗の寺がございまするが、こんど本堂から庫裏《くり》は申すに及びませんが、薬師堂まで普請出来《ふしんしゅったい》になりましたが、てまえどもはみな世話人でございますし……いえお構いくださいますな……へいこれはけっこうなお茶で、へいこれは……その天井やまたは杉戸襖《すぎどふすま》などへ絵をかいていただきたいと、それを願いに両人の者がそろいまして願いに出ましてございます。もし茂左衛門さん、よくおまえさんからも先生へお願い申したらよかろう」
茂「ああ、ええわしの方からも願うだあ、へいこれは先生様、こんど普請がたまげてりっぱにできたにつきいまして、なんでもはあ杉戸や襖へ絵えかいておもらえ申しましてえ。なるたけ絵はにぎやかなものがええって、わしい思うには、桜が一面に咲いているところへ虎《とら》が威勢よく飛んでいるところを、彩色でこうりっぱにかいてくだせえな」
重信はこれを聞きまして変なことをいう人だと思いますから、
重「桜が花盛りのところへ虎が飛んでいるとはおもしろい取り合わせで。桜なら駒とか、いや、それはまあよいが、お頼みのことは承知しました。寺の格天井《ごうてんじょう》などへはてまえとうよりかいてみたいと常から心がけておいたものもあるが、たいていの絵師は墨画で飛竜《ひりゅう》だとかまたは一匹の竜《りょう》とか、えてしたたむるもんじゃが、拙者《ぼくが》は雌竜雄竜《めりゅうおりゅう》と二匹を墨画でかいてみたいと思っているところじゃから、その雌雄《めすおす》の竜をかいてみたいものである」
新「なるほど。よく堂宮《どうみや》の天井には、八方にらみとかいいます竜がお定《さだ》まりでかいてございますが、先生のは、雌竜雄竜を二匹かいてくださるとはそれはお珍しい」
茂「なにイかくって」
新「なにさ雌竜雄竜を墨画《すみえ》でかいてやろうとおっしゃるのさ」
茂「たまげたねそりゃあ。お角力《すもう》取の名けえ」
新「わからない、角力のことじゃあない、竜のことだよ」
茂「なに竜のことじゃって、わしイ考えじゃあ、襖などへは墨画じゃあ寂しいから、なんでも彩色して、こちらへ両国橋をかいて、そっちには船がたいそう出て、それで花火がポンポンと上がっているとこの絵がよかんべえ」
とまたおかしいことをいいますから、

重「ハハハ、まさか寺方《てらかた》なんぞの襖へさようなものはかかれんが、まあよろしい、また何か趣向もござろうからお請合い申そう。早速明後日あたりから取りかかるといたそう」
新「それでは早速お取りかかりくださいますか……いえ、それにつきまして先生へお願いが……ええそれ高田からこの柳島まで、襖や杉戸などはともかくも、天井を持ってまいるというわけにも参《さん》じませんから、はなはだ恐れ入りますが、どうかできあがりますまで、本堂もいたって広うございますから、お泊まりがけにいらっしゃっておしたためくださいますまいかな」
重「なるほど、ごもっともじゃ。いえ、よろしゅうござる。かえって宅より気が散らんでよい。それでは下男を一人連れて、泊まっていてかいて進ぜましょうかな」
新「それははやお聞き済みでありがとうございます」
と、新兵衛は懐《ふところ》の胴巻より、紙に包んである二十両出しまして、
新「これはお手付というわけではござりませぬが、ほんの世話人から預かりました二十金、どうかお預かりくださいまし」
重「いや、これは金子《きんす》で、なに二十金とえ。なに、こんな御心配には及ばん、後でよろしいに。しかしせっかくだからお預かり申しておきましょう」
新「さようならば明後日《あさって》はお待ち受け申しておりまする」
茂「先生様、また明後日出会いますべい」

重「まあよいではないか、ただいまなにか……、冷麦をそう申しつけたと申すから、まあよい……では、ちょっと泡盛《あわもり》でも……、到来いたしたものがあるから」

新「いえ道が遠うございますから、お暇《いとま》を」

と新兵衛と茂左衛門は、暇を告げて高田へ帰り、また重信先生は、かねて寺などの天井か杉戸へ、丹精《たんせい》をこめた絵をかいて、後世へ残したいという了見ゆえ、内々《ないない》喜びまして、翌日より支度をいたしまして、正介《しょうすけ》という家来に、絵具箱と着替えの衣類などを包みにいたし、これをしょわせまして、五月七日の朝柳島の宅を立ち出で、高田の南蔵院へ赴きました。この留守中に、大変が出来《しゅったい》いたすという小口になりますお話で、ちょっと一息つきましてまた申し上げましょう。

六

さて、菱川重信は下男の正介を連れまして、高田の南蔵院へ赴きました後は、おきせと子どもの真与太郎とお花という下女ばかりでございますから、ここぞと思いまして、お寂しかろうというので、磯貝浪江が毎日欠かさず留守を見舞います。それに地紙折りの竹六もまいりましては、いろいろに機嫌《きげん》をとりまして、わうわと言っては、おきせやお花を笑わせますから、昼のうちはずいぶんにぎやかですが、みな夕方には「また明日《みょうにち》伺います。坊ちゃん、明日《あした》はよい物《もの》をお土産《みや》に上げます。さようなら、お花どんお気をおつけよ」と言っては帰りますので、夜《よ》に入《い》ってはひっそりといたします。ことに柳島あたりでございますから、田畑が多くただいまのように家並《いえな》みにはなりませんから寂しゅうございます。とある日のことでございましたが、いつものとおり、浪江と竹六が来まして、暑気払いだと泡盛などを出しましたが、果ては御酒が出まして、飲む口だから竹六はずぶろくに酔《え》いました。そのうち日が暮れかかりまして、灯《ひ》ともしごろ浪江は帰ろうといたしまして、

浪江「こう竹六、きょうはだいぶ酔ったね。明かりがつくよ。もうよかろう。おいとまにいたそうではないか。これさ危ない、そう酔っちゃあ困るの」

竹「へい帰ります。これからずうっと御帰宅といたしましょう、だがどうも、きょうはたいそうちょうだいしたもんだから大酩酊《おおめいてい》……これはひどい……ああこれはえらい。どうも名代の本所《ほんじょ》だけひどい蚊だ。これは厳《きび》しい、さっきから方々食われました。御新造様が竹六羽織を脱げ脱げとおっしゃってくださるが、わたくしアわざと脱ぎません。脱がぬのはこうこれを足へかぶせておくと、少しは足へ蚊がとまらぬ。即席に足だけの蚊帳をこしらえるというは、えらい竹六は知恵者《しゃ》だ。こんなひどい蚊の中へ、このお美しい御新造を残して、旦那様は高田へいらっしゃるなんて、おかわいそうだよ……、わたくしアこの中へお一人お置き申すのはおかわいそうでなりません」

浪「なんでもよいから、おいとまをいたそう。竹六もう明かりがつくよ。先生がおいでならよいが、お留守のことなり、あまり貴公のようにものがくどいと、御新造がおい

やがりあそばす。さあいっしょに帰ろう」
と言えば、
おきせ「いえ浪江様、まあよろしゅうございます。ほんとうにいつもおもしろい竹六さんでございますねえ」
浪「いえ、それでもあんまり遅うなりましては済みません。さあ竹六いっしょに出かけよう」
とせきたてますが、酒飲みの常でなかなか立ちませんで落ち着きくさっており、
竹「なに、いっしょにわたくしと帰るからって、いえ、ごいっしょに帰るとおっしゃったって、あなたは撞木橋《しゅもくばし》、わたくしは浅草田原町だから道が違います。わたくしア押上《おしあげ》の土手をまっすぐに行きます……エエイ……のだからごめんをこうむります。さようならおいとま、お花どん大きにお世話……どっこいしょ……になりましたハハハハ」
とよい機嫌でひょろひょろと立ち上がり、内玄関《ないげんかん》のところから雪駄《せった》を突っかけまして、
竹「さようなら、また明日《みょうにち》伺います。御機嫌よう」
きせ「あれ危ない、花や、そこまで見ておあげ申しな」
浪「いえ、お構いなさいますな。打ち捨ててお置きあそばせ。構うときりがございませぬ」
竹「ああ真っ暗になった。エエイ」
と一杯機嫌ゆえ急いでまいります。浪江は少し後へ残りまして、

浪「いや困った奴でござります。御酒を頂くと、平生とはガラリと変わりまして、しつこくなりますから、まことに。いえ、わたくしもおいとまをいたしましょう」
きせ「まあ、あなたよいではございませんか。お帰りになりますと、後は女ばかりでございますから、まことに寂しゅうござりまして」
浪「お寂しゅうはござりましょうが、その代わり真与太郎様がいらっしゃるからおにぎやかで」
きせ「なに坊にむずかられますと、まことににぎやか過ぎて困ります。オホホホホ」
と愛敬《あいきょう》がこぼれるようだ。
浪「なんにいたせ、おいとまいたしましょう。お花どん跡をよく締まりをなさいよ。さようなれば御機嫌よう」
きせ「まことに今日《こんにち》は失礼を。花や、そのお手燭《てしょく》を。いえ、なければ籠雪洞《かごぼんぼり》でもよいよ。お送り申して」
浪「いえお構いくださいますな」
と浪江は礼儀正しく立ち出でましたが、門を出たかと思うところ、
浪「あいたたた」
おきせは籠雪洞を上げまして、
きせ「あなた、どうかなさいましたか」
浪「あいたたたた、ひどく差し込みが」

と横腹を押さえたなり小戻りをいたしまして、うんと言って玄関の敷台のところへ顔の色を変えて倒れました。おきせもお花もびっくりいたして、

花「浪江様どうなされました」

きせ「あなた、お癪《しゃく》でも」

浪「むむ苦しい、わ、わたくしは、お、折り節かようなことが。てまえの薬入れの中に熊胆《ゆうたん》が、いえ熊《くま》の胆《い》がござりますから、どうぞお湯を一つちょうだい、お早くお早く、く、くください」

と男の癪とみえて、見る間に顔の色が青くなり、歯を食いしめまして苦しみ、うんと言って反りますから、

花「浪江様しっかりなさい」

きせ「あなた、しっかりあそばせ。ただいまお湯を上げますから」

花「わたくしが押してあげましょう」

とでくでくと太った下女のお花、力が三人力もあるという真っ赤な手を出しまして、

「わたしが押してあげましょう。ここでございますか」

浪「ありがとう。これは憚《はばか》り、そこで」

花「もうちっと下で」

浪「よろしい。ああこれは苦しい、うんむー」

本所に蚊がなくなれば大晦日《おおみそか》、という川柳がございますが、五月というのだから、ひ

どうございます。うんうんと蚊が群がりますから、
きせ「ああこれはひどい蚊で、あんまり端近《はしぢか》だし、ここでは蚊が食うから奥へお連れ申しな」
浪「いえ、これでよろしゅうございます。けっして御心配を。今じきに治まりますから、これでよろしゅう」
花「いえあなた御遠慮あそばしますなよ。こういうときはしかたがありません」

七

浪江は脂汗をかいてよほど苦しい様子でございますから、おきせとお花が気の毒でなりません。
花「さあ、あなたお奥へおいであそばせよ」
浪江「いえ、これでよろしゅうございます。ああ苦しい、どうも痛い……いえ先生がおいでならこちらへ一泊願いたいとは存じますが、お留守ゆえ、やっぱりこれで。今すぐに、暫時落ち着きますまで、お置きください」
きせ「あれお物堅い。そんな御遠慮はいりませんよ、あなた」
花「ほんとうでございますよ。お差し込みなんぞのときはたまらないもので。ああこれはひどい蚊でございます」

きせ「それでは、こうあそばせ。ここでは冷えますといけませんから、花や客間へお連れ申して、あの蚊帳を釣っておあげ申しな、あなた少しお横になってゆっくりあそばせ」
浪「いえけっして……あいた……お構いあそばすな。やはりここでお花どんに押しておもらい申すとよほどこらえようございます」
花「あれまだ、そんなことをおっしゃいますよ、御新造様があんなにおっしゃりますから、あなた、いらっしゃいよ」
きせ「さあ、せめてあなた客間へ」
浪「それではどうも心が済みませんが」
花「さあいらっしゃい。さあわたくしにしっかりおつかまりあそばせ」
ふだん鼻薬が飼ってあるからその親切なことは、おきせも共に介抱いたしまして辞退をいたす浪江を奥の客間へようよう連れてまいり、お花はまめまめしく蚊帳を出しまして釣り、ちょっと郡内縞《ぐんないじま》かなぞの小掻巻《こがいま》きを出して、枕《まくら》元へは煙草盆に盆へ白湯《さゆ》をくんで持ってゆく。よくお手当が行き届きます。この客間というのは八畳で花月床《かげつどこ》というやつで、ここから四尺ほどの栂《つが》の柾《まさ》で張りました廊下を隔てまして、おきせが寝ておりますす六畳の座敷で、やはりお花は浪江の胸を摩《さす》っております。浪江は暫時苦しんでおりましたが大きに落ち着いたとみえて、癪の癖で少し落ち着くとすやすや眠るもので、お花は摩《さす》っておりましたが、浪江が寝た様子でございますから、花「あの御新造様、落ち着きましたようで、すやすやお眠りなさいましたよ」

と小声でいいます。

きせ「それはまあよかった。そっとしてお置き、またお目が覚めでもして差し込むといけない。おまえそっと蚊帳を出て表を締めておまえもお寝。御病人がいらっしゃるからいつものように寝坊をしては困るよ。どうぞ目敏《ざと》くしておくれ」

花「なにあなた、今晩はほんとうに寝はいたしません」

と目の覚めぬようにそっと蚊帳から出ました。これから方々の戸締まりをいたして、

花「さようならお休みあそばせ。御用があったらすぐにお起こしあそばして」

とお花は一間《ま》隔てましたおのれが部屋へまいりました。おきせも先へ寝かしました真与太郎が今夜はおとなしゅうございますから、これも起こすまいと蚊帳の中へそっとはいり、「さあ坊や、ほんとうに寝んねをおし」と真与太郎を抱いてすやすやと眠りにつきました。下女は一日立ち働いて疲れておりますから、床《とこ》へはいるがいなや、ぐうぐうと高いびきをかいて寝てしまいます。松井町の鐘は空へ雨気《あまけ》をもっているせいか、十間《じっけん》川《がわ》の流れへ響いてボーン……、押上堤の、露の含んでおります千草《ちぐさ》のなかでは、いろいろな虫が鳴きつれまして、なんとなくもの寂しい……、かの浪江は時分をはかりましてか、むっくりと起き上がりましたが、癪の差し込むと申したのももとより作病《さくびょう》で、日ごろからほれ切っております師匠重信の妻のおきせをどうか口説き落とそうと思うので、先生は留守なり、今夜こそはと枕元に置きました脇差《わきざし》を一本差しまして、そっと蚊帳を

這《は》い出しまして、おきせの寝ている蚊帳の内をのぞいてみますと、有明の行燈《あんどう》の明かりが薄くさして、真与太郎を抱きまして添え乳をしながら眠りましたとみえて、真っ白な、こう乳のところが見えまして、たいていどんなよい女でも口を開けて寝るとか、歯ぎしりをするとかなんとかきずのあるもので、寝顔というものはあんまりよくないもので、ずいぶん首ったけほれておりましても、寝た顔を見てから愛想《あいそ》の尽きることがあるものだが、このおきせは三十二相そろっております美人で、別して寝顔がいいそうでございます。柳島路考と言わるるほどな器量よしだから、蚊帳越しに見ましたかの浪江、しばらく見とれておりましたが、今夜こそはこの女を抱いて寝ようと思うと、さすがにぶるぶる体が震えましたが、根が大胆な浪江でございますから、そっと蚊帳をまくり、のこのこ中へはいりまして、おきせの寝ております脇《わき》のほうから、そっと枕と肩の間のところへ男のほうからぐっと手を入れましたから、おきせはハッと驚いて目を覚まし、飛び起きましてちゃんとかしこまりまして少し声を震わせ、

きせ「あらまあ、びっくりいたしましたよ。あきれかえった。あなた、なんでここへ」

浪「ああこれ、大きな声だ。静かになさい」

きせ「いえ静かには申されません、なんであなた、わたくしのところへ」

浪「これ静かになさい……まことに面目《めんぼく》次第もござらんが、わたくしの申すことを」

きせ「いいえ、あなたなぜ、わたくしの」

浪「これさ静かになさい。まことに男子たる者が恥じ入ったわけで…これさ、まあ静かにして……ござるが実はこの三月十五日、忘れもいたさぬ梅若の縁日、小梅の茶店《さてん》に重信殿とごいっしょにおいでなすったところをば、わたくしが床几にかかっておって初めてあなたを見たとき、ああ美しい、きれいだ、と思いましたがこの身の因果で、命をかけてほれましたこの浪江、どうか不便《ふびん》とおぼしめして、たった一度でよろしゅうござるから望みをかなえてください」

きせ「ほんとうにあなた、まあ、あきれてものが言えない、どうぞ帰ってください。花やあ」

浪「これさ静かになさい、しいしい」

八

浪江はわざと落ち着きまして、

浪江「これ静かになさい。なるほど、藪《やぶ》から棒にかようなことを申しては、定めしお驚きでござろうが、ここのところをよくお聞き分けください。実は最前持病の癪だと申したのはみな作病で、元より道ならぬ不義とは万々承知の上のこと。かくまで男子が思い詰めたこと、これおきせどの、どうかかなえて、これ、うんとおっしゃってもよいではござらぬか」

きせ「おだまんなさい。あなたも元は谷出羽守様の御家来、侍の禄《ろく》を食《は》んだお身の上ではございませんか。ことに夫重信は御昨今でもあなたのためには仮にも師匠」
浪「それは知れておる」
きせ「その妻に恋慕なさるとは、まああなたは見下げ果てたお人だ。そんなお方を弟子にしたのは夫のあやまり。ああ浪江様は親切なお方と心をゆるしましたはわたしの見違え。もうもうあなたの顔を見るのもいやでございます。さあすぐにお帰んなさい。どうぞ帰ってください、これ花や」
浪「また声をおたてなさる、静かになさい」
きせ「いえ静かにはいたしておられません」
浪「静かにできんならいたし方もござらんが、それは師匠の御新造に不義をしては済まんことも存じておるが、それそこがこの身の因果で、恥を捨てて願うのだから」
きせ「いえ、いやでございます、花や」
浪「また大きな声をなさるよ」
きせ「いえ大きな声をいたさずにはおられません」
浪「さようなら、これほどにことを分けて申しても聞き入れられんか」
きせ「聞かれますか、あなたよくものを積もってごろうじませ、もうわたしはと立とうといたしますから、浪江はその袂《たもと》をしっかりとらえまして、
浪「それでは、なんでもおいやだとおっしゃるか」

きせ「知れたことでございます」
と袂を振り払います。
浪「そんならよろしゅうござる。かなえんければてまえも存じ寄りがござる」
とおどして思いを遂げようと思いますから、持ってまいった脇差をひねくります。
きせ「あなた脇差を持ってわたくしを斬る気でございますか」
浪「え、なに、それは知れたこと、いやだと言って恥をかかされては、このままにうっちゃってはおかん。おまえを刺し殺してともどもこの場を去らず切腹いたして相果てる。それでもうんとおっしゃらぬか」
とわざと鯉口《こいぐち》をくつろげて膝《ひざ》を進ませて申しますと、こちらも体を突きつけまして、
きせ「さあお斬りなさい。たとえわたくしの身があなたのお手にかかり殺されましても、操は破られません」
浪「それではよいか、殺すと命がござらぬぞ、よいか」
きせ「さあ、お斬んなさい」
浪「よろしゅうござるか、ただいま真っ二つに」
きせ「さあ早く殺してください」
浪「よろしいか」
と刀を抜きかけても、わるびれませんから困った。
浪「だがな、わたくしあなたを殺すのはどうも惜しいよ。どうもかわいいから殺すの

はやめにいたすが、これさ、まあよくお聞きなさい。そんな詰まらぬことをいたすよりか、なんと……それよりは一度おかなえください、師匠は留守なり、たとえなんしたとて、あなたの口からなにもおっしゃるわけはなし、またてまえとても師の妻をなんしたなどと、仮にもいう気づかいはござらん……黙っておってはわからん、え……それともどうあってもおかなえくださらんければよろしい。切腹、切腹をいたし相果てます……から座敷をお貸しください、切腹いたす」

きせ「はい、どうとも勝手になさい。切腹でもなんでもなさいまし。だが、ここで切られては迷惑しますから、押上の土手へおいでなすってお死になさい」

浪「それじゃああなたは身《み》どもに切られて死んでも、操は破れないとおっしゃるな」

きせ「あなた、それは知れたことでございます」

浪「そういうことならもうよろしい。そう強情をおっしゃるなら、こういたす」

とそばにすやすや寝ておりますす真与太郎の胸のあたりへ手をかけまして、すらりと抜いた刀を差しつけましたから、おきせは驚きまして、

きせ「ああお待ちなさい。あなた、なんで、この子をどうなさるので」

浪「どういたすものか、あなたは殺さぬが、このかわいい子を刺し殺して後で切腹いたす所存でござるが、これもてまえ相果てた後、頼みをかなえぬばかりに、たった一人のかわいい子を殺さしたと後で思い出すようにこの子を殺すのだ」

とぴかぴか光る白刃《しらは》を胸のところへさしつけますから、

きせ「まあお待ちなさい」
浪「しからばおかなえくださるか」
きせ「まああなた、なに頑是《がんぜ》ない子を」
浪「かわいそうだとおぼしめすなら、いうことをお聞きくださるか」
なんと大胆にも、浪江は今かわいらしい正月生まれの真与太郎へ刃《やいば》をさしつけて、さあ願いをかなえんければ、この子を刺し殺して後にて切腹して相果てる、と言われたときは、さすがのおきせも当惑するばかりでございました。みなさんに御相談でございますが、かわいいわが子を刺し殺そうとされました心持ちはどんなでございましょうか。女というものは男と違いまして、気の優しいもので、こういうときにはいうことを聞きましょうか、それとも聞きませんものでしょうか。いよいよというおきせの返事は明日《みょうにち》申し上げましょう。

九

さあどうだ、とわが子の胸へ刃を差しつけられたおきせは、しばし言葉もありませんでしたが、男と違いまして女は胸の狭いもんで、心に変な考えをつけたものか、
きせ「それじゃあ、たった一度ですよ」
浪「え、それでは得心なさるか。それは不思議、いえ、それはよい御分別じゃ」

と色よい返事を聞きました浪江はぞっこんほれておるおきせが得心したから、すぐに首っ玉へでもかじりつきたく思いましたからそばへ寄りますのを、

きせ「まああなた、お待ちなさい。きっとあなた、たった一度で」

浪「よろしい。得心さえしてくだされば、拙者も武士の端くれ、二度とは申さぬ」

きせ「それでは花でも聞くと悪うございますから、お待ちあそばせ」

と前をかき合わせまして、おきせは立ち上がりまして、有明の行燈の灯を暗くいたしまして、そっと葭戸《よしど》を開けて廊下へ出ますから、逃げられてはならぬと思いまして、裾のところをしっかり押えております。

きせ「花はよく寝ておりますから、これでわたくしも安心いたしました。あなた、きっと一度で」

浪「よろしいと申したら」

きせ「ほんとうにもう一度であきらめてくださいまし」

といやではございますが、かわいい子どものためとついに枕を交わしましたはあさましいことで、まことにこれが生涯《しょうがい》を誤ります初めで。さあこういう仲になりますと深くなるのがこの道で、浪江はなおなおおきせが恋しいから先生のお見舞、または、つい御近所までまいったからお訪ね申したの、なんかと用にかこつけましてはまいりまして、いろいろごまかして、一泊を願うなどと泊まり込みましては口説きます。おきせは、またいやだといったら、このあいだのように真与太郎を刺し殺すなどと言いはせぬかと思

いますから、一度が二度、二度が三度とたび重なります。さて、こうなりますと、おかしなもので、初めのうちはいやでいやでならなかった浪江が少しかわいくなってまいるのがいわゆる悪縁で、このごろではおきせもまんざら浪江が憎くなくなりました。なるほど浪江だってまんざらな男ぶりではございません。色こそ少し浅黒いが、鼻筋の通った、目のぱっちりした、苦味ばしった、ただいまの役者ならとんと左団次《さだんじ》のようで、しまいには、
きせ「あなた明晩もきっといらっしゃいよ、そのつもりでお花をよそへ使いに遣わしますから」
などとおきせのほうからいうようになる。浪江は心中に思いますには、おきせとこういうわけになったものの、師匠が高田から絵をかき上げて帰ってくれば、それっきり会うことができぬ。どうか帰ってこぬようにしたいものだと考えましたが、もとより大胆の浪江でございますから、ふと悪心が起こりまして、これはいっそ重信を亡きものにして、おきせと天下晴れて楽しもうというので、五月も過ぎまして六月になりましたある日のことでございましたが、浪江は黒の紗《しゃ》の五所紋《いつところもん》の羽織に、なにか縮《ちぢみ》の帷子《かたびら》を着まして、細身の大小、菓子折りをふろしきへ包んで提げまして、暑いなかを高田の砂利場村の大鏡山南蔵院へやってまいりました。あの寺は御案内のとおり八門寺《やつもんでら》と申しまして、上様《うえさま》がお鷹野《たかの》にお成りのござりましたとき、お拳《こぶし》の鷹がそれてこの寺内《じない》へはいったという、名高い旧幕様のころにはやかましい寺でございましたが、浪江は折《お》りを提げて玄関

へまいりまして、
浪「お頼み申す、たのむー」
と案内をいたしますと、奥から十二、三になります小坊主が取り次ぎに出まして、
「へいどちらからおいでで」
浪「てまえはせんだってより御当山へおいでになっておる、菱川重信の門人磯貝浪江と申すもので、師匠の見舞にまいったので、どうかお取り次ぎを願いたい」
と慇懃《いんぎん》に述べます。小坊主は「はい」と言って奥へはいりましたが、引き違えて出てまいったのは重信のところの下男で正介と申す当年五十一になる正直もので、
正「やあ、こりゃあたれかと思ったら浪江様、まあよく訪ねてござらしゃった。さあこちらへ」
浪「いや正介どのか、まことに御無沙汰を、疾《と》うにも伺わんければならぬのじゃが、ついなにやかや繁多で存外御疎遠をいたした。先生はお変わりはないかな。まことにきょうも暑いな」
正「いや途中はさぞお暑かったろう。この寺なんどはだだっ広いから風はえらくはいるが、それでせえ暑っくるしい。まあよく訪ねておいでなすっただ、さあこちらへ。今しがたも先生様がおめえさまのうわさアしておいでだった」
浪「それではごめん」
と玄関の脇《わき》のほうから上がりました浪江、天地金の平骨《ひらぼね》の扇へなにか絵がかいてある

のを取り出しまして、暑いからあおいでいる。
正「さアずっとこちらへ、奥のほうが涼しい、あっちへおいでなさい」
浪「それではごめんをこうむって奥へ」
と件《くだん》の包みを持ちまして座敷へ通ります。
正「旦那様、浪江様がおいでなさいました」
と、立ち出でました重信、
重「よーう、これは珍しい。よくまあ、この暑さに、え歩行でおいでで……それはよくお訪ねくだされた」
浪「これは先生、まことにはや御無沙汰を、疾《と》くにも伺わんければ相成りませんが、つい、この暑さで、いえ暑いと申してはすみませんが、まことにはや」
と菓子の折りを包みました包みを出しまして、
浪「正介どん、これはまことに軽少だが、先生へ」
正「へえ、これはなんでございますか」
と解きまして中から折りを出します。
浪「いえ、召し上がるような品ではございませんが、先生は下戸《げこ》でいらっしゃるから、金玉糖を詰めて腐らんようにいたして持ってまいりました。どうか召し上がって」
と折りを出しました。

重信は喜びまして、

重「これはまことにかたじけない。わたしは下戸だから菓子を食べたいと思うても、ここらは辺鄙《へんぴ》ゆえ菓子といっては毎朝本堂へ上がった落雁《らくがん》などのとんと甲子《きのえね》の七色《なないろ》菓子のような物《もの》ばかり茶受けに出るので実は弱っておったところじゃ。そこへ金玉糖とはかたじけない。早速ちょうだいいたそう」

正「浪江様、茶をあがれ。まだ少しぬるい、今じきに熱いのを入れてあげべい」

浪「いえもう、お構いなさるな」

正「だがね浪江さま、まことに先生さまあ長の間だが、こんどは御自分が好いた仕事だって、この暑いのに夜なべへかけて絵をかいておるで、お家《うち》へもえんつう不通だから、おれちょっとお家《うち》へ参《めえ》って、御新造様や坊ちゃんのう安否を聞いてこべいこべいといってても、なにうっちゃっておけ、沙汰アねえのが変わりがねえのだって、いや絵にかかっちゃあかわいい坊ちゃまのことせえ忘れてござる。だが、おめえさまがお家《うち》へたびたび見舞ってくださるって、ありがとうごぜえやす。先生さまも浪江が見舞わってくれべいから安心だって」

浪「いえ先生のお留守へは折り節伺いまして……しかしあまりお気をお詰めあそばし

ては、かえってお身のお毒にはなりませぬか。ちと御精が出過ぎはいたしませぬかな」
重「ハハハハ、いやもうわしも凝り性でいけんが、かねて生涯に一度は何かと思うておったところゆえ、この寺などの天井などは後世に残る物だから精神を入れてかかんければならぬが、それに杉戸や襖へも、これここにあるような花鳥か、または四季の耕作なぞをかくつもりじゃ。これはみな彩色をしなければならぬから、先へと存じて墨書きに取りかかると、世話人だのなんのと申す百姓衆が来ては、いや先生それより両国の花火のところがよいの、やれ役者の似顔がええなどとくだらぬことを申すのでうるさくってならぬから、彩色ものはみんな後回しにいたして、まずこれはと思う天井に取りかかったのじゃ。おおこれは茶か、よいよいまず浪江殿に」
浪「いえどういたして、まずまずお先へ」
重「いや、これはなかなか上製、久しぶりで味を覚えました……いや、天井の絵はたいていどの絵師がかいても、丸竜《がんりゅう》とかただし一匹の竜をしたためるのが通例じゃが、めんどうでもわしは雄竜雌竜の二匹のかきわけをいたそうと、いや拙《つたな》い腕でとんだ望みを起こして、まあようようのことで雄竜だけは出来《しゅったい》いたしたが、ただいまは雌竜の右の手をかいておるところじゃて、まあおまえ見てください」
と重信も一生懸命に腕をみがいてかきましたから少し自慢気で見せます。
浪「いえ、これはなるほど生きておりますようで」
重「ところが聞いてください、昼のうちは講中《こうじゅう》が見ておっていかぬから、気の散らぬように二、三日後から、夜分暑いが、本堂の広い、こう広いところへ障子や屏風《びょうぶ》なぞを立て回して夜なべにやっておるのさ。まあこれをかきあげれば、すぐに彩色ものに取りかかるつもりだから、おまえもちっとそのときは来て、どうか絵の具でも解いておくれか」

浪「いえもう修行のためでございますから、そのときはぜひお手伝いに参じますつもりで。しかし、どうもたいした御精の出ましたことで……わたくしも先生のおそばで拝見をいたしても、いくらか稽古《けいこ》のたそくになりますから、とうより上がりましてお手伝いをと存じておりますが、なにがはや繁多ゆえ御無沙汰を……それに今日《こんにち》は少々よんどころない用事もございますればおいとまいたし、また近日お邪魔でもお手伝いにまかり出まするでございましょう」

と天井の絵を見まして、悪人の浪江でございますが、よくできたのは存じておりますから、

浪「この雄竜のこうやった意気込《ぐ》みはどうもすごいようで実に恐れ入りましたな」

重「これはまあ、できんながらも精神を入れてかいたつもりで」

と重信は傍らにございます厨子《ずし》へはいっておりますす仏像へ指をさしまして、

重「浪江さん、この薬師如来《にょらい》の御像を御覧よ。なんかこれは聖徳太子《しょうとくたいし》のお作だともいい、また役《えん》の小角《しょうかく》の作だともいうが生きておいでなさるようで、実に霊験《れいげん》あらたかの薬師仏でね。わたしもこのおそばに朝夕《ちょうせき》おるのもなにかの因縁と思えば、信仰いたしてお

るよ」

浪「いかさま、なある、これはありがたい。実にお顔の容体《ようだい》御柔和で、南無薬師瑠璃《なむやくしるり》光如来南無《こうにょらいなむ》……」

などと、横着《おうちゃく》ものめ、殊勝らしく拝みなどいたしておりましたが、急に身支度をいたしまして、

浪「先生、さようならば今日は少々早稲田《わせだ》の親族のところへ寄りますます約束もございますからこれでおいとまを」

重「まあよい」

浪「いえ遠方でございますからこれでおいとまを、いや先生へお願い申しますが、正介どのへちと上げたいものがございますから、ちょっとお借り申してもよろしゅうございましょうか」

重「よいどころではない、連れていってもよろしいが、しかし一泊いたしてはどうだね」

浪「へえ願いたいのは山々でございますが、今日はただいまのわけゆえ、ひとまずおいとまを、また出直しまして」

重「ああそうかえ。それでは是非がない、御随意に。これ正介や」

正「へえ、なんの御用で」

重「これ、なにか浪江殿がそちに上げたいものがあると言わるるから、ごいっしょに

まいるがよいぞ」
正「え浪江さま、わしイ上げべえ物があるって」
浪「それゆえただいま願ったから、どうかいっしょに」
正「へえ、どこまでも行くべい」
重「なんのことじゃ行くべえなどと、困ったおやじじゃ」
浪「さようならば、いずれまた近日に」
と浪江はいとまを告げまして、正介を連れまして南蔵院を立ち出で、馬場下町の花屋という料理屋へはいりました。

十一

「いらっしゃいましお二階」というので両人は二階へ上がりました。
正「浪江さま、ここは煮売《にう》り酒屋だあね」
浪「煮売り酒屋というがあるものか。ここはこの辺では名代の、これでも料理屋で」
正「料理屋だって、魚なんかあ煮て客へ出して、そうして酒売るから煮売り酒屋だんべい」
浪「そういえばそんなものだが、そう理屈詰めにしてはいかん」
正「だがええ二階だ」

浪「正介どん、おまえをここへ連れてきたのはほかでもないが、田舎同様なところにしばらく泊まっておいであそばすから、さだめしお魚などに御不自由で、ことにお寺ではあり、先生へどうかお魚を上げたいから、なにか焼き魚か照り焼きにして腐らないようにいたし、折りへ詰めて持っていってもらおうと思って、それでおまえをお借り申してきたが、それにおまえも飲める口だから、きょうはゆっくり一杯やっておいでよ」
正「え先生へお魚ア上げたいって、それえ御奇特なことだ。また、わしに一杯飲ますって、そいつはありがてえ」
浪「それだから遠慮せずになんでもよいものをそう言って……」
正「ええありがてえ。長え間わたしも先生も魚ア食いませぬ。わしなんぞはそりゃあ食っても構わねえが、たまさか鰯《いわし》っ子の五匹も買って食うべいと思うと、坊様たちがうらやましいもんだから魚ア焼くなら村の講中の家《うち》へいって焼いてきてくれろなぞというので、久しく魚ア食いましねえのさ」
浪「それはそうであろう。お寺方では内証はともあれ、表向きは精進《しょうじん》じゃから、それは当然のことで。さだめしお魚を上がるまいと思うから、先生へ上げたいと申すので。それねえさんや、ああ、なにか吸い物に刺身、後は塩焼きか照り焼きなぞがよかろう。それは折りへ詰めてちょっと付け合わせ物もなりたけ腐らぬものを、よいか、それはお土産だよ」
下女「へいかしこまりました」

浪「おいおい、それからここへも後で飯の菜になりそうなものを見立てて、よいか。おお、それにちょっと話があるから、用があれば呼ぶから座敷へ来ずにおいでよ」

と内々の話がありますから、来ないようと女に言いつけます。正介はこんなことにいっこう気がつきませんで、

正「だが浪江様、おめえさまはまだ年ィ若いが親切なお人だって、浪江様みたような親切な人はねえって、毎度先生が言うだ。わし、馳走《ちそう》になるからってほめるじゃアねえよ」

浪「いえそれはな、おまえが世辞を申すとは聞かない。だが師匠となり弟子となれば、それが通例でなにも感心をするところはない、あたりまえなことじゃ」

正「まだまだ先生が、それに柳島の家《うち》へもときどき見回ってくれるということだから安心だって、わしィ柳島のお宅へもちょくちょく行って安否聞きてえのだが、先生一人置いてゆくわけにもなんねえから、つい無沙汰になったが、御新造、坊ちゃまにはお変わりはねえか」

浪「ないよ、お変わりはないお達者じゃ」

正「はあ達者だって、それはええ。だが浪江様、おらが先生のような妙な人はねえ。絵師というものはなんでもかくものに精神こめねえじゃあなんねえから、こっちへ来ているうちになにごとも忘れていねえければなんねえって、それだから留守にどんな災難があってもそれまでよ、家のことには念慮とかがあってはいかねえといって、こっちへ

来てからまだ手紙一本出さねえのさ」
浪「はあ、そうか。さあこんなまずいものだがお上がりよ、さあ一つ頂くから」
と猪口《ちょく》をさします。
正「いや、まずおめえさまから」
浪「まあ、きょうはおまえが上客だから、まず……それでは各杯《かくはい》にいたそう」
正「え、各杯とはなんだ」
浪「なるほど、各杯なんどはお知りでなかろう。まあそんなことはよいから一つ重ねて」
正「やあ、これは刺身だ」
浪「ここらのものは河岸《かし》が遠いから、どういたしても魚が古いからおいしくない」
正「いや、おいしくないどころか……めっぽううまい。ああ久しぶりのせいかうまい」
浪「これさ、よく久しぶり久しぶりというが、なにか魚を食わんようで、人に聞かれるとみっともない」
正「はあ、久しぶりと言っては悪いか、はい食います」
とほどよく酔わせておいて言い出そうと思いますから、浪江が酌をいたしましては正介に飲ませる。
浪「いや正介どんや、いろいろお世話になるから、疾《と》うよりおまえになにかお礼をしたいと思っておったが、これはな、あまり少しだが単物《ひとえもの》でも買っておくれな」
と紙入れのうちから金入れを出しまして、額《がく》を紙へ包みまして出しますから、
正「ええ飛んだこった。ええどうして、きょうは御馳走になったばかりでたくさんなのに、この上そんな物をもらっては罰《ばち》イ当たるだ」
浪「まあ、そんなことを言わないでもよい。ほんの少しだよ、たった五両だよ」
正「え、なに五両、なんてえまあ、たまげたあ。大概《てえげえ》一分《ぶ》ももらやあたくさんでがんすに五両ってえ。それにおらが先生様物堅い変屈だあから、人様からゆえなく物をもろうては済まねえぞなんかと小言をいわれるから、これはよしにさっせいまし」
浪「いえ、これはよい。わしが上げるのだから、そんなことを言わないで納めてお置き」
正「いえ、いけねえ。おめえさまにもらったというと、じきに先生にしかられるだ」
浪「いえ、そんならわたしにもらったと言わなければよい」
正「いいや、それはじきに感づくから」
浪「これは困ったね」
と少し考えておりましたが、
浪「ああ、それじゃあね、こういたそう」
正「どうしべい……」
浪「このお金をおまえに上げたいというわけを話そうからよかろう」

正「そんならくれるわけを」
浪「話したらよかろう」
とあたりを見ましたが、ちょっと一間《ひとま》を隔てました座敷だから安心しまして。

十二

浪「正介どん、実はきょうわざわざ、おまえをここに招いたのは、ちと話があることさ」
正「え、わしに話があるって、それでこんなに馳走をさっしゃるのだって。おめえさま、よしなさればええに、今大《だい》めえの金もらったあげくに、刺身に煮肴《にざかな》のと、おまえ様《さま》もってえねえわな」
浪「いえ折り入って頼みたいこともあるし、まあよい、遠慮せずにもっと飲みな。どれお酌をしよう」
正「おっと、おっと零《こぼ》れます零れます。ああもってえねえ。一粒《いちりゅう》万倍だ、零れたものは再び元へは帰らねえって……」
浪「だがの正介どん、きょうここへおまえを招待《しょうだい》したもほかじゃあないよ。どうもおまえは正直な人で、おりおり御主人様の先生へさえまちがったことだとつけつけ小言をいう、おもしろい気前で、どうもあれはできんよ。おまえのような物堅い人とこうやって一杯も快く飲み合うというのも、こりゃなにかの縁で、それだからわたしはおまえのような人と縁を組みたいと思ってここへ呼んできたが、なんとここでわたしと伯父甥《おじおい》の杯《さかずき》をして、親類になってはくれんか、どうだね」

正「なに、おめえさま、わしがような百姓とあんたと伯父甥の杯するとね。それはまあほんとうかね」

浪「なんのうそはいわぬ。けっしてそんな空言ではない。なにを隠そう、この浪江は谷出羽守の家来で少々は禄《ろく》も頂いておった者じゃが、生得《しょうとく》わがままもので、どうも窮屈な武家の勤めがきらいでならんから、いとまをもらい浪人いたして、おまえも知ってのとおり撞木橋に独身で住まっておるが、それは少々は金子《きんす》の蓄えもあるし、なにも齷齪《あくせく》するにも及ばぬから遊んでおるについては、画道でもたしなんで世の中を気楽に送りたいつもりでおるが、さて、親戚《しんせき》身寄りのないのはなにかにつけて心細いものでならんから、この後はおまえを伯父と頼み、どうか相談相手になってもらいたいのじゃが」

正「え、わし、おめえさまの親類になれって。そりゃあおめえさま嬲《なぶ》っちゃあいけません」

浪「なに、そんな、嬲るなどということは申さぬ」

正「いえ、いけねえよ。正介爺にきょう馳走して酒え飲ませ、伯父になれって言ったら、爺はほんまに受けて、なるべいと言ったなんぞとおめえさま笑おうと思ってか」

浪「いえ、それはおまえの当て推量というもので、けっしてさようなわけではない」

正「それだっておめえさま、土百姓のおれなどを、浪人なすったってりっぱだ、やっぱり武士だ、そのお武家様が伯父にしたってなんにもならねえからうそだ」

浪「なるほど、かりそめにも武士の片端のわたしが、百姓のおまえを親類にしても、話が合わぬというところへ気がついたなどは感心だよ。ただ、藪から棒に、なっておくれと申したのはわたしが悪い、届かなかったよ」

正「え、それじゃあ、それにもわけがあるのかね」

浪「さあ、わけというのは、今も申したとおり、少々金子の蓄えもあるから、座して食らえば山をも空《むな》しで、ことしはいい来年はいいとべんべん遊んで遣いなくしてはつまらんから、今のうちその蓄えの金子で田地を買って、その利得でこう気楽にいたしたいと思うのだが、弓馬槍剣《そうけん》の道と違って田地のことは知らんゆえ、それでおまえを伯父に頼み相談相手になってもらいたいのじゃよ」

正「ふむ……それじゃあ蓄えの金で田舎へ田地を買って引き込みてえといわっしゃるかな」

浪「そうさ。田地をおまえに任しておいてもよいが、そこは親類にならんければ、互いに心に隔てがあっていけんもので、それゆえ伯父となり甥となり、行く行くわたしに悪いことがあったら腹蔵なく意見をしてもらいたいからさ。まただいまお頼み申したことを叶《かな》えてくだされば、おまえの死に水はわたしが取ってあげるつもり。なんとわたしのような届かん者でもよいと思うなら、どうぞ縁を組んでもらいたいと、それで先生へ暫時のおいとまを願って、ここまでおいでを願ったのだ。どうか正介どん伯父甥の義を結んでくださいな」

と柔らかに言いますから、正介は感心しまして、

正「いやえれえ、おめえさまえれえ、たまげたな。今の若《わけ》え者はえれえところへ……田舎へ田地を買うというところへ気づくというのはえれえよ。おめえさまのいうことがほんとうなら、ええ、わしイ骨折ってやるべい。はばかりながら剣術だの柔術だのと言っては知んねえが、田地田畑のことなら、そりゃあ目利《めき》きだ。草深《ぶけ》えところでギャッと生まれて、五十一になるまで鋤鍬《すきくわ》かついで、泥ぼっけになって功つんだおれだ。そりゃあ、ここの田地ははあ年貢は安いが、出水《でみず》のときはこの川からこう水が来てぶん流すから、ここは地位《じぐらい》は高《たけ》えがその割りにゆかねえ。またここの田地は早稲《わせ》がいいとか、晩稲《おくて》がいいとか中手がいいとか、そんな見分けなら造作《ぞうさ》ねえ。人にゃあ負けねえつもりだ。やるべい、ほんとうなら、わしィ引き受けてきっとやるべい。ようござえます」

浪「なるほど、田地の目利きなら人に負けまい。そこを思うから伯父になってくれと頼んだのじゃ」

正「ええよ。おれもおめえさまのような気がつく甥を持てば安心だよ。ええやるべいやるべい」

十三

そばで浪江が酒を勧めますから、正介はだんだん酔いが回って少し呂律《ろれつ》が怪しくなり、変に調子を張ってまいりまして、

正「まあ浪江様安心なせえ、わし今のことなら引き受けるよ。だが、わしも練馬の赤塚の生まれだが、親類身寄りはみんな死に絶えてしまって、今じゃあ木から落ちた犬、なに犬じゃあなかった猿《さる》だが、その仏様のことしの秋は年回《ねんかい》にちょうど当たるだから、どうか檀那寺へ付け届けえして法事をしようと思ったところだ。ありがてえ。おめえさまがくれたこの金で法事して村の人をよんで御馳走をしてもまだ余るから、残りでまた単物ぐらいは着られますよ。ありがてえ。わしまだ内の先生様が秋元様の御藩中で二百五十石とって間与島伊惣次といった時から奉公してことしでちょうど九年勤めるだ。先生は風流が好きでお屋敷を出てから柳島へ引っ込み、絵えかいてござるが、あれでもまだお年は三十七だよ。あのんええ人はねえ。まことに優しげな先生で、汝《われ》は身寄りもなんにもねえが、縁あっておれがようなもんでも主人家来になったのは深《ふけ》え縁だ、おれがところに長く九年もおったから生涯内へ飼い殺しにしてやるって、てめえが患ったらおれが看病して死に水は取ってやると、なんと浪江様、ありがてえではねえか。それに目のよるところへは玉で、あの御新造様がええお人だ。年は先生からみるとよっぽどお若《わけ》

えが気イつくのなんのって、あんたも弟子になったが、毎度先生が、浪江さんぐらい気のつく弟子はねえ。あれは弟子に取り当てたって、あんたをほめています。だが浪江様、ほんとうに伯父甥となれば、あんたに悪いことがあれば、わし小言をいうだが、そのとき腹ア立てっこなしだよ」
浪江「それはだいじょうぶじゃ。なんで腹を立つものかよ。それではいよいよ頼みを聞いてくれるか」
と浪江は前にありました猪口を杯洗でゆすぎまして、
浪「さあ、これが改めて伯父甥の固めだ」
と正介へ差しますから、
正「ありがてえだ、頂くべい。おっと、また零《こぼ》れるようについではいけねえ」
と正介は快く飲み干しますから、浪江は得たりと思いまして、
浪「いや早速の承知でかたじけない。こう親類になれば、なにもかも互いに物を隠しだてをいたしてはいけんから、正介どん、わしは腹蔵なくなにもかも言うよ」
正「ああそれがいい。言わっしゃい、なんでも言わっしゃい、おれ聞くよ」
浪「だが、こんなことを申すのは面目ないの……」
正「なに面目ねえって、なにがさ」
浪「いやなんでもないが……面目ない。実はな、先生のお留守のうちにな、面目ないが柳島のお宅の御新造にてまえくっついたで」

正「え、内の御新造にくっついたって、何がくっついただ」
浪「わからん奴じゃ。実は面目ないが、先生の目を忍んで御新造おきせ殿に密通いたしたよ」
正「え、密通とはどうしただ」
浪「これはわからん奴じゃ……間男をいたしたのじゃ」
正「ええ内の御新造とあんたと間男をしたとえ。浪江様笑わしちゃあいけねえ。うそをあんた言ってはいけねえ。あの御新造があんたにくっつくなんて、そんなことはしねえ。そりゃあわしが九年も勤めたから御新造の気質もよく知っていらあ。おめえさまのような南瓜《かぼちゃ》に、なにあの、おめえさまのような色の黒い人はきらいだよ。そんなことをいっておれにたまげさせようって、それはおれ知っているから駄目《だめ》だよ」
浪「いや、それはてまえがいうとおり、御新造がてまえにほれたのではない」
正「そうだろうよ。おめえさまのような青っ髭はきらいだ、なにこっちのこった」
浪「いや先方ではなかなか承知する気色《けしき》はなかったが、てまえどういう悪縁かぞっこん惚れたゆえ、命にかけて迫ってついに口説き落としたのじゃ」
正「え、それじゃあ、おめえさまほんとうにくっついたか……たまげたな。まあ、えれえことをした」
と正介も驚きました。根が正直な正介でございますから、膝《ひざ》を進めまして、
正「まあ浪江様、おめえさま、えれえことをやっつけたな。間男をするなんて、わし、

たまげたよ。だがしてしまったら、もう取り返しができねえだ。ここが伯父甥の仲だからいうが、悪いことは言わねえ。けっして後《あと》ねだりイなどしねえで、たった一度でよせよ」

浪「それはてまえが言わないでも、悪いこととは存じておるが、命にかけてもと思ったおきせどの、たった一度では心が済まぬゆえ、またまいっては口説き、泊まっては迫ったので、一度が二度三度と相成り、だんだん枕を交わすほど深く相成るのがこの道で、この節では御新造も、こんなものでもかわいいと申されて……ついては南蔵院の天井の絵をかいてしまえば帰宅さるる先生、その先生が帰っては、互いに楽しむこともできないと、おきせどのも心配しておるのだが、正介頼みというはここだ」

正「どこだな」

浪「いやさ頼みというはほかではないが、先生をきょう連れ出して、この浪江が人知れず殺すから、なんとその手引きをしてはくれまいか」

と聞きました正介、いや驚くまいことか、酒の酔いも覚めまして、ブルブル震え出しました。いよいよ正介を無理往生にかたらいまして、重信を落合の蛍《ほたる》狩りに連れ出すという。ちょっと一息つきまして申し上げます。

十四

思いがけなく浪江に心腹を明かされました正介は、歯の根も合いませせぬほどで、飲んだ酒も覚めまして体じゅうがぞくぞくしてまいりましたが、逃げますわけにもいきませんから、ただ恐ろしい人だと浪江の顔を見つめております。浪江は平気で酒を飲み、杯《さかずき》を下へ置きまして、

浪「今話したわけだから、きょうわしはここからすぐに帰ったつもりにしておいて、実は隠れておって待ち伏せをしておるから、おまえはここから南蔵院へ帰り、このごろは落合の田んぼの蛍がたいそうよいそうでございますから、見物にいらしってはどうでございます。幸い浪江さまからお土産にくだすったお肴《さかな》もあれば、瓢簞《ひょうたん》へ御酒《ごしゅ》を入れてぶらぶらお出かけなさい、とよいあんばいに勧めて連れ出してくれ。そうすればわしは道に待っておって、出し抜けに切ってかかるから、てまえもうしろから助太刀《すけだち》をして、木刀で先生の頭をむやみにぶってくれれば、たちまち落命は知れたことじゃ。よいか、どうか亡いものにしてはくれまいか、どうじゃな」

正介「浪江さま、おまえさまはおっかない人だ、恐い人だ。もらった金けえします」

浪「こりゃこりゃ、なにもいったん遣わした……なにか前にあげた物を返すとは失礼ではないか」

正「いやおれ金もらいますまい……まあ浪江様、よくものをつもってごらんなせえ。大恩のある、九年も御奉公した旦那様を殺すなんてえ恐ろしいことが、もったいなくってできべいか。ああ、こんなおまえさまの心意気なら御馳走にならなきゃあよかった。

おれここで物を食ったり、酒ェ飲んだりしたが、一生の誤りだあ。ああ情けねえ」
　とべそべそ泣き出しました。浪江は弱身を見せまいと思いますから、
浪「これ正介、てまえにばかり一大事を明かさせて、そんなことはできませんなどとは不埒《ふらち》千万じゃぞ。よい、一大事を口外いたさせて、聞き入れんければ是非がない。そちを刺し殺しておいて、てまえその場を去らず切腹いたして相果てる。よいか、覚悟をいたせ」
　と刀を引き寄せますから、
正「ああおめえさま待ちなさえ。べらぼうに気の短い人だ」
浪「さようなら得心いたしてくれるか」
正「だってもってえねえ、そんなことが」
浪「やはり、得心いたさねば刺し殺すぶんのこと、よいな」
正「ああ待ちなせえ」
浪「しからば承知か」
正「だって、みすみす御主人様を」
浪「それでは頼まぬ。かほどの一大事を明かしたのは拙者の見込み違い。よい、それへ出い」
　と刀の鯉口をくつろげますから、
正「待てよ、待てと言ったら待たっしゃい」

浪「さようなら得心するか」
正「ああ、いやだと言えば殺すって言うし、うんと言えば、御主人様を殺さなければならぬ。ああ情けねえこんだ」
浪「その代わりこれをしとげてくれれば、骨は盗まぬ。たくさん礼は遣わすからやってくりゃれ」
正「しかたがねえ。やるべい、やりますよ」
浪「しからばよいか」
正「ようごぜえますというに。わししかたがねえ、やるよ。だが、浪江様、先生はすばらしい剣術の名人だよ」
浪「いや剣道に優れておるということは、おきせ殿から聞いておるからよい。たとえ名人でも、またこっちには計略がある。これ、ちょっと耳を貸せ」
正「え、なんだって。ああくすぐってえ」
浪「よいか」
となにかしばらくささやきまして、
正「そんなら、わしィ供をして行くのか」
浪「わたしはな、落合の田島橋のなだれに小坂がある。その左手は一面の薄《すすき》で、榛《はん》の木がところどころにある小高い丘だから、その生い茂った薄の中に隠れておって、先生をやり過ごして竹槍《やり》でただ一突きにいたす。さよういたしたら貴様もうしろから真鍮《しんちゆう》巻きの木刀で力に任せて頭を殴れ。そうすればいくら手利きだといっても、不意を討たれては、遅れをとるものじゃ。よいか、その代わりにただいまも申したとおりに、褒美として、二十両そのほうに遣わすぞ」
正「なに、金いりましねえ。五両もらって人を殺せというもの二十両べいもらおうもんなら何殺せというか知んねえ」
浪「たわけたことを申すな。金子を遣わしたって、先生のほかにだれを殺すものか」
正「なに、いいがね。だがまちがえて、おめえさまわしイ竹槍で突いてはいかねえ。提灯《ちょうちん》を持てばわしイ旦那より先だから」
浪「いやいや蛍を見物に行くのに、提灯を持ってまいるものがあるものか」
正「はあ、それじゃあ暗やみかね」
浪「今夜はおぼろ月であろうと思うからあつらえ向きだ」
正「よい、しかたがねえ。いやだといやあ殺すというからしかたがねえ、もってえねえがやっつけべい」
浪「しかし、てまえこの場は請け合って、寺へ帰ってから裏帰りをいたして、万一手違いにでもなるときはいたし方がないから、もはや悪事も露顕いたせば、本堂へ踏み込んで貴様をはじめ切って切って切り死にをいたすからそう思え」
正「ええまた切り殺すって、よいよ。案じねえがいい、だいじょうぶだ。おれ九年も奉公して忠義を尽くしたのも無駄にして、やるべいと請け合うからは案じねえがええ」

浪「そういう心なら安心じゃ。さあ、もうそれでよいから一杯飲まんか」
正「もうもう酒ものどへは通らねえ。それじゃあこの五両はもらっておくよ」
と脅《おど》されました正介は金子を懐中して、土産の折り詰をもらいまして、そんならこうこう、こういう計略だと示し合わせましてこの花屋を立ち出で、南蔵院へ帰ってまいりました。

十五

人間はあまり不正直過ぎましてもいけませんが、輪をかけた正直でも困りますもので、悪者の浪江に腹の中まで見透かされました下男の正介は、請け合いは請け合ったが、心に進みがありません。がいやと言ったら切られようかと命の惜しいのが先に立ちますから、済まないことは思いますが、落合へ主人重信を連れだす一件をこうこうせよと悪知恵を教えられて、土産の折り詰を提げまして南蔵院へ帰ってきました。

正介「先生様、今帰りました」

重信はあまり暑さが厳しいから、奈良団扇《ならうちわ》をもって縁端《えんばな》に涼んでおりましたが、こちらへまいりまして、
重信「おお正介か、浪江はいかがいたしたな」

正「へい、あの浪江様は、あの急に御用ができて帰りますから、この肴《さかな》を先生へ土産

だといってあげてくれって、急いで帰《けえ》られました。うそじゃあねえよ。帰《けえ》ったふりして道に待ち伏せ」

重「なんじゃと」

正「いえ、よろしくと言って帰《けえ》らっしゃいました」

重「おおさようであったか、なにかこれは御馳走じゃな。これは気の毒千万な、はあ馬場下町の花屋か、貴様も馳走になったとみえる」

正「はあ、わしイもたいそう馳走になりましただ」

重「それにいたしてはさっぱり酔わんな」

正「酔いましねえ、どうして酔われるものか」

重「いつもてまえは一合も飲むと、だいぶ元気が出るのに、なぜきょうは酔わん」

正「酔ったけれど覚めて、いえ、おれきょうは心持ちが変痴気で、いつものように酔いましねえ」

重「それはいかんな。あの浪江ぐらいな気のつく男はないの。わしが菓子が好きゆえ、なにか口に合うようなものと言って先刻金玉糖をたくさんくれたが、また魚が不自由であろうと思って何か焼き魚に付け合わせ、どうも親切な男だのう正介」

正「へえ、まことに親切でごぜえます。……あの先生、浪江様がそう申したっけが、あんまり先生が凝って夜なべまでなすっては却《けえ》ってお体の毒になりますだから、たまには保養をなせえって、おれになんでも先生様ア連れ出せって申しました」

重「なに、それではあまり凝って絵をかいては毒だから、ちとぶらぶら歩行でもいたせと申したのか」

正「そうさ。それだからおれに連れ出せ、なにさ、先生様今夜あたりはめっぽう暑くって蒸しますから、どうだろう、落合へ蛍を見物においでなすってはどうでございます。おれお供しべい」

と浪江に教わったとおりに言いますから、

重「いかさま、とんと失念いたしておった。かねがね落合の蛍狩りがよいと申すことは、朋友《ほうゆう》からも聞き及んでおるが、それはよほどみごとだそうじゃ。他の蛍と違って大粒にして、その飛び交うさまは明星《みょうじょう》の空を乱れ飛ぶかと思うばかり、また地に伏すところはきらきらとして草葉の露と怪しまれ、おそらく江戸近在にはかような蛍狩りはないとか申すことじゃ。三つ子に浅瀬を聞いたと同じことじゃ。貴様に言われたので思い出したよ。もう日暮れに間もないから、幸い浪江からもらった折りを先へまいって開くとして、宅から持ってきておる瓢《ひさご》へ少々酒を入れて出かけよう。正介支度をしてくりゃ」

と重信は着物など着替えまして身支度をいたします。正介は腹の中で情けないことだと思いますが、弁当なんぞをこしらえまして内《ない》玄関へ雪駄を回し、自分は折り詰と弁当箱を振り分け荷物のようにいたしまして肩へかけ、半畳敷ばかりの鍋島段通《なべしまだんつう》を用意して瓢をもち、木刀を差しまして、「さあ先生様参《めえ》りましょう」重信は黒紗《くろしゃ》の紋付の羽織に玉子色の越後縮《えちごちぢみ》の帷子《かたびら》、浅黄献上《あさぎけんじょう》の帯を締めまして、少し長い脇差一本で、鼠小倉《ねずみこくら》の鼻緒の雪駄を履いて、正介を供に連れて日暮れより出かけました。御案内のとおり、落合と申しますのは、井の頭の弁財天の池から流れます神田上水と玉川上水の分水とが、ここにて互いに落ち合い一つになりますからの名でございまして、ずいぶん広い村でござります。ちょうど、宝暦二年六月六日のことでございますから、宵やみだ。空は雨気《あまけ》をもっており、昼のうちから蒸し暑いから、今に雨でもかかりそうな空合いで、雲行きが少し荒うござります。重信は話には聞いておりますが、まいったのは初めてで、なるほど蛍の大粒なのがあちらこちらへ飛び交うさまは実にみごとで、

重「正介、よい景色《けしき》じゃな。あの大粒な蛍が、あれあれ飛び交うありさまは絵にはかけぬの」

正「ほんとうにそうでごぜえます。ああ南無阿弥陀《なむあみだ》」

重「これ、なぜ念仏を唱えるのだよ」

正「へえ、わしィ蛍が人魂《ひとだま》のように見えてなんねえ」

重「馬鹿《ばか》を申すな。とかくそちは浮かんな。よほどあんばいが悪いとみえるな」

正「はあ、あんばいが悪いって、おまえさまとは、この重信はどこも悪うはない」

重「なに、てまえよりおまえさまとは、おれよりおめえさまが」

正「今悪くなくっても、今に悪くなるべい」

重「ええなにを申すか、おかしな奴じゃ、ここいらへ段通を敷け、ちょうどよいところじゃ」

と下戸ではございますが、重信はしきりと瓢の酒を飲んでおります。

十六

重信「浪江からくれた肴はなかなか新しいな。どうじゃ正介、貴様はいつも飲める口じゃあないか、一つ相手をいたしてくれ」と出しますが、正介は今にも浪江が出て殺すだろうと思いますと、なかなか酒を飲むどころではございませんから、

正「ありがとうごぜえますが、なんだか今夜胸が苦しゅうごぜえますから、よしにしべい。あんたもうたくさんあがれ、もうあがりじまいだから。なにさ先生様、わしイ長い間あんたの所エ奉公《とけ》ぶって、ことしで九年になるだあ。まことにこれまで御恩になって、やれ正介、それ正介とやれこれいってくだすったことを考えると、わしイ涙がこぼれてなんねえ」

重「これこれ、なにを感じてさようなことを申すのじゃか知らんが、そんなことはよい。申さずとよい」

正「それでも、おめえさまが息のある、なにさ、いきますべい寺へ」

重「おお帰れと申すのか。なるほど、きょうは昼間からむしむしいたして暑かったのは、空へ雨を持っておるからであろう」

と空を見上げまして、

重「おだいぶ空合いが悪くなってまいった。降らぬうちに帰宅いたそうかな」

正「帰《けえ》らっしゃるがええ。雨が降ると、ここらは滑って歩けねえから早く行きましょう。南無阿弥陀仏、南無阿弥陀仏、南無阿弥陀仏」

重「ええ、また念仏を唱えるよ、変な奴じゃな」

と支度をいたします。正介は食い散らしました折りなどのふたをいたして持ってゆくつもりとみえますから、

重「こりゃこりゃ折りなどはそこへ捨ててまいってもよい。もう中にはなにも有りはしない。段通をはたいて、泥が付きはいたさぬか。ああ雲もだいぶ途切れて、おお月が顔を出したな。これでは降らんかも知れぬ」

重信はあまりふだんは酒を飲まぬお人でございますが、正介が相手をしませんから、手酌でやって思いのほか酔いましたから、一歩は高く、一歩は低く、ひょろひょろしながら、

重「ああよい心持ちじゃ、エエイ」

と田島橋を渡りまして、なだれにまいると小坂がございます。この傍らは一面の藪で薄がところどころに交じっておりますが、まだ時候が早いから穂が出ませんで、櫟林《くのぎばやし》が片側で、夏草が茂っており、いろいろな虫が鳴きつれてものすごうございます。正介はかの浪江がここらに隠れているかと思うと足が進みません。「南無阿弥陀仏、南無阿弥

陀仏、南無阿弥陀仏」と口のうちで念仏を唱えております。
重「これ正介早く来んか。ええい、とかくそちは遅れるの」
正「へい足が痛《いて》えから歩けましねえ。旦那様、あんたは先だ、正介は供だから後だ。まちがえちゃあなんねえよ」
重「なにをつまらんことを申す」
正「先生は先で正介は後だよ」
重「あれまたさようなことを。変な奴じゃ、今夜はどうかいたしておる様子じゃ」
と行き過ぎます。かねて藪の茂みに忍んでおった磯貝浪江は、やり過ごした重信を目がけ竹槍をもって突っかけました。重信は太股を突かれましたが、さすがは神影《しんかげ》流の名人でございますから、うんと言いざま尻餅《しりもち》をつきながらに腰の脇差をすらりと抜きまして、
重「おのれ狼藉《ろうぜき》、何者じゃ。姓名も名乗らずに卑怯《ひきょう》な奴め」
と正眼《せいがん》にぴたりとつけました。こちらは手早く竹槍を捨てまして、一刀を引き抜き、振り上げは振り上げましたが、正眼に付けられたので、打ち込むべきすきがございませんから、あっとうろうろいたし、ためろうております。重信は手負いながら、
重「正介、正介はどこにおる、助太刀をいたさぬか」
浪「こりゃ正介、手伝え手伝え」
と息を切らして申します。困ったのは正介で、

正「へい……」
重「狼藉者じゃ、正介助太刀いたせ」
浪「正介、約束じゃ、手伝え」
と困りましたが、浪江は手ぬぐいをもって面体《めんてい》を隠しておりますが、正介のほうを正面に向いておりますから、にらみつけておりました。重信はうしろ向きでございますから見えません。正介は浪江がにらんでいますから、もし手伝わなかったら、後でどんな目に会うか知れないと思いますから、正直者ゆえ、大恩受けた御主人で済まないが、しかたがないと観念いたしまして、目をふさいで木刀を振り上げ、うしろから重信の頭を一生懸命に、
正「ごめんなせえ、許してくだせえ」
とむやみ殴りというやつに打ちましたから、重信はうしろに敵がないと思ったところを不意に打たれましたゆえ、「おのれは正介か、うん、おのれは」と振り向くところを浪江は重信の足《そく》を払いました。あっとよろめく重信を乗っかかって横手なぐりに肋骨《あばら》から腰の番《つがい》にかけまして深く切り込みましたので、うんとうつ伏せに倒れ、虚空《こくう》をつかんで、うむ……。
浪「貴様は早く逃げて帰れ。かねて申し含めたとおりにいたせ」
正「浪江さま、やらしったね」
とぶるぶる震えております。

浪「もうこれでよい、早く早く早く」

とせきたてられました正介は、これで年《ねん》が明けたと思いますから、弁当箱も瓢箪もそこらへ落としまして、足に任して逃げたの逃げないのではございません。とうとう南蔵院の一町半ばかり先まで逃げて行きましたが、心づいたから、また後へ帰り、締まっております門を破るほどにたたきました。

十七

壊れるように門をたたきますから、なにごとかと思いまして、所化《しょけ》と小坊主が目をこすりこすりかんぬきを外しましてくぐりのところの扉《とびら》を開けて、

所「たれだえ」

正介「わしだよ、正介でごぜえます」

所「なに、正介さんか」

と正介は飛び込むように内へはいりまして息を切って、

正「随連様か、たいへんだよ、たいへんだよ」

所「これ正介どん、たいへんとはなにごとだえ」

小坊主「正介どん、おまえ草履を手に持って、それ方々が泥だらけだ」

正「いや泥だらけなんぞは構いましねえ。たいへん……たた、たいへん、先生様が道

で狼藉に出会って、こ……」
　と口が利けませんほど息を切りました。
正「もし水を一ぺえくだせえ」
所「今あげるが、何だ、先生が道で狼藉者に出会ったって」
小坊「さあ水をおあがり」
正「ええ、ありがてえ。狼藉者が道に出会って殺された先生を」
所「なにをそんなにせき込んで……冗談をいうのだよ」
正「冗談どころか、先生様が殺されたあ」
所「それが冗談だ。まあ気を落ちつけていなさい。ふだん先生がよくおっしゃったっけが、正介は正直者で陰日向《ひなた》なく働いてよいが、あいつその代わりに酒を飲むと、主人も家来も見境《みさかい》のなくなるには困るとおっしゃったが、おまえ、たいそう今夜は酔っているね」
小「酔っぱらっているとみえて、正介どん、おまえの顔が青くなっているよ」
所「おまえ喧嘩《けんか》でもしてきたのかえ」
正「いや、おれじゃあねえ、先生と狼藉者と……斬り合って、落合の田島橋のなだれで」
所「それがさっぱりわからない。先生はもうとうにお帰りになって、本堂で夜なべをしておいでだ」

正「え……先生様が帰ったって、そんなうそを言っちゃあいかねえ」
所「なにうそをいうものか。それだからおまえのいうことが変なのだ」
正「ええ、たまげたね、先生様がほんとうに」
所「疑《うたぐ》るなら本堂へ行ってみなさい」
正「え、それじゃあ、ほんとうに、早《はえ》えな、もう化けてきたか。ああ南無阿弥陀仏、南無阿弥陀仏、南無阿弥陀仏、南無阿弥陀仏」
と手を合わせまして念仏を唱えております。所化も変なあんばいでございますから、正介を伴いまして、
所「まあ、ここから見なさい」
と言われました正介はぞっといたしましたが、もしや、おれが目をねぶって先生のうしろから夢中でぶったから、まちがえて浪江様をぶって、あの場でぶち殺しでもしたか知らん、そうならばありがたいが、どうぞ先生が助かってござればよいが。しかし浪江様がわたしへこれこれ頼みました、とわけをお話し申したらすぐにおいとまになるだろう、どっちにしても、ああ飛んだことをやらかした、と所化の随連が見ろと申しますから、こわごわながら入《い》り側《かわ》のところから本堂のほうをのぞきますと、重信はいつものように障子屛風を立て回しまして蠟燭《ろうそく》をかんかんと照らし中腰《ちゅうごし》になって筆を持ち、なにかかいております影が映りますから、ええ、正介は驚いた。歯の根も合わず、びっくりいたしたから声も出ません。

所「あれ屏風へ影が映るではないか。先生はいつものように昼は気が散っていかん、精神をこめるには夜がよいとおっしゃって、あのとおり。それを道で狼藉者に出会って殺されたなんかと……詰まらないことを言ってはいかん。人を馬鹿にした」

正介はあまり不思議でなりませんから、ぶるぶる震えながら、いわゆる恐い物見たさで、障子屏風へ指の先へ唾《つば》をつけて穴を開けまして……中をのぞいてみますと、今菱川重信という落款をかき終わりまして、筆を傍らへ置き、印をうんと力を入れて押した様子。正介は重信の姿を見ますとどことなくやせ枯れてものすごいから、がたがた震えて……重信は印を右の手に持ちながら、こっちを振り向きまして、「正介、なにをのぞく」といったときの一声《ひとこえ》はなんとなく響き渡って、正介がはらわたへしみわたりますから、「あっ」と言ってそこへどさり倒れました。このとたんにかんかんいたしておった蠟燭の明かりは、一陣の風につれまして、ふっと消え真っ暗がりになり、正介が倒れましたから、所化の随連も小坊主もびっくりしましてわれ知らず大声をあげたので、なにごとが始まったかと和尚様《おしようさま》も寺男も飛んでまいってみますと、正介はぶっ倒れておる様子で、所化も小坊主もあっけにとられておりますから、まず正介を抱き起こして介抱し、どうしたのだと聞きますので、正介は重信が落合の田島橋で狼藉者のために非業《ひごう》の最期を遂げたことを言葉短く告げましたから、和尚様をはじめ聞きおった人たちはびっくりいたしましたが、重信は本堂にさっき帰ってきて夜なべをしておると聞いておりますから、なにしろ早く本堂へ行ってみるがよいと、手燭雪洞《てしよくぼんぼり》などを持って行ってみますと、今までありあり姿の見えました重信が形は消えておるが、きのうまでかき残してできずにおった雌竜の右の手がみごとにかきあがって、しかも落款まで据わって、まだまだ生々《なまなま》といたして印の朱肉も乾かず竜の絵も隈取《くまど》りの墨が手につくように濡《ぬ》れておりますのは、まさしく今かいたのにちがいありませんから、お住持をはじめ一同驚きまして、しばし言葉も途切れますほどで、みなみなため息をついておりました。

十八

正介が委細の話を聞きましてお住持は驚きまして、すぐに村方の世話人へ知らせます。提灯をつけろ、六尺棒を持ってこいなどと、喧嘩過ぎての棒ちぎりとやらで、上を下へと騒ぎまして、正介を案内にして六、七人弓張提灯をともして落合へ行ってみますと、無惨や正介が申したとおり、重信は朱《あけ》に染まって倒れております。お住持はそこは商売柄だけすぐにオンアボギャアをやらかします。正介は主人の死骸《しがい》を見るにつけても、おのれが手伝ったと思いますから震えながら口のうちで念仏を唱えております。

世話人「まあ飛んだことだった。かわいそうに、えいお人だった。お年は三十八だ、なに七だって、やれやれ。だがさすが武士、お武家様だから死んでも刀へ手をかけて放さねえのは感心だよ。なに頭にぶたれたあとがあるって、ああえらくなにかでぶったか、憎い奴だ」

などと言われますたびに、正介は胸へ釘《くぎ》を打たるる思いで、まあなにしろ死骸を用意してまいった棺桶へ収めまして、南蔵院へ一時引き取りましたが、旧幕様のころでございますから、この由を書面に認《したた》めまして、お奉行所《ぶぎょうしょ》へ訴え御検視を受けるという手数《てかず》で、柳島へは四、五人でこの由を知らせますと、例のおきせはびっくりいたしたのなんのと、自分が夫の留守に悪いことをいたしておりますから、いわゆる疵《きず》持つ足で、いろいろな取越し苦労をいたして涙に暮れております。そのうち御検視も済みましたので、重信の死骸を高田砂利場村より柳島へ引き取りましたが、六月六日という、土用の入りから三日目だという暑さでございますから長くは置けません。おきせは泣きの涙でまず菩提所《ぼだいしょ》へ野辺送りをいたしましたが、もとより夫を殺したのはたれが仕業ともかいくれわかりません。浪江もおのれが重信を殺したとは言い兼ねますから、口を拭いて、早速人がまいったから駆けつけまして、空涙《そらなみだ》を零《こぼ》しまして、「いずれわたくしが師匠の敵《かたき》は草を分けても尋ねて真与太郎さんに討たせます。わたくしがお助太刀をいたす」などとごまかして、共に葬式の世話をしておりましたが、待たぬ日は来ますもので、日柄も立ちまして早くも三十五日も済み、ある日のことでございましたが、撞木橋の磯貝浪江の宅へかの地紙折りの竹六を招きまして、馳走などいたして、

浪「さて、竹六さん、きょうおまえをお呼びたて申したは、別のことではないが、わたしもおまえの世話で、いったん師匠といたした重信先生も、こんど不慮なことで横死を遂げられ、申しようもないわけじゃが、おまえも知ってのとおりまだ御新造が二十四

でいらっしゃるから、今から後家を立てるの、尼になって夫の菩提を弔《とむら》うなどとおっしゃっても、世間でそれは許さぬ。わたしが思うには、どうか、あの先生の忘れ子の真与太郎さんをかわいがるような気の優しい人を入夫《にゅうふ》にして、間与島の家名を相続させたいと思うが、おまえはまあ、どう後のことを思っておいでか、腹蔵なく聞きたいのだが、まあ竹六さんどう思うえ」

と横着者の浪江でございますから、竹六におまえさんがいいと言わせようという計略、

竹「なるほど、こんどの一件ではわたくしも肝をつぶしましたが、あの先生がああいう非業な死にようなんぞをなさるとは、わたくしア天道《てんとう》様が聞こえないとわたくしア思います。だが、おっしゃるとおり御新造がまだお若いし、いい御器量ときているから、どうせお独りでいようとおぼしめしたってそうはいかない。もし御馳走になって……いえ、これまでわたくしアあなたにはいろいろちょうだいした物もあり、別段に御懇命を頂いた、それで言うのじゃあけっしてございませんが、いっそ他から御入夫をお入れなさるならわたくしアあなたがいい」

浪「冗談を言っては相談にならないよ」

竹「え、冗談、なんで竹六冗談を申しましょう。御酒《ごしゅ》をちょうだいいたしたって、まだこれで二銚子《ふたちょうし》、まだ酔うというところへはいきません。素面《しらふ》でございますよ。こう申すとおかしいが、御新造様だって、あなたを常不断《じょうふだん》おほめだ。あなたならお二つ返事」

浪「いや、わたしのような届かない者を、うそにもそう言っておくれのはうれしいが、

それはわたしがいっそ見ず知らずで、門弟でなければよい。わたしが真与太郎さんがせめて十五になるまで後見をいたして成人を待って引き下がるが、どうも弟子師匠の間柄ではなんだかそこが変でな」
竹「なに変て、そりゃあ、あなたお気がとがめるというのだね。あなたが坊ちゃんをおかわいがんなさるから、御新造大喜び。またあなたが先生のお跡目をお継ぎなさればこの竹六も大喜び、たいへんに都合がよい」
浪「いや、それはよしな」
竹「いいえ、よしません。わたくしがこのことは引き受けていたします。人のことは人がお世話をしないではいけません。まあ、わたくしに黙って……お任せなさい」
とこちらから頼まないでも、竹六がしきりと世話をしようという様子を見まして、心中に占めたと思いました。

十九

竹六が請け合いましたから、仕済《しす》ましたりと心中に浪江は笑みを含み、
浪江「それではおまえに任せるが、まあ師匠の跡を弟子のわたしが継げば、冥加《みょうが》にかなったことだから、首尾よくこれが整えば礼をいたすよ」
竹六「なにお礼などはけっしてちょうだいしません。平生御恩になるこちらさまのこ

と、なに造作《ぞうさ》もないことで」
浪「いえいえ、それはそれ、これはこれだから、少しだが十両進ぜるよ。それにそれふだんおまえがほめておいでの羽織ね」
竹「へ、あの糸織のですか」
浪「糸織の万筋《まんすじ》のほう」
竹「え、あれをくださるって」
浪「あれをお礼にあげるつもりさ」
竹「ちょうだいしてはすまないが、くださる物なら夏も小袖《こそで》、くださるならそれに越したことはございません」
浪「それではどうか頼むよ」
竹「よろしい、よろしゅうございます。細工は流々仕上げを御覧なさい」
と請け合いまして竹六はいとまを告げ、すぐに柳島のおきせのところへやってきました。
竹「へいごめんあそばせ、わたくしで、へい、竹六で、御機嫌よう」
と内《ない》玄関から上がりまして、葭戸《よしど》を開けましてはいります。おきせは真与太郎を今寝かしつけておりましたが、竹六がまいったと聞きましたから起き返りまして、
きせ「おお竹六さん、ようおいでなさいました」
竹「へえ御新造、次第にお寂しゅういらっしゃいましょう。先日はお門《かど》多い中を、わ

たくしへまでお志の蒸物をちょうだいいたしまして、なんともはやお礼の申し上げようもない」

きせ「いえ、まことに粗末な物で、もう手がないものですから、なにかと行き届かないで。それにおまえさんには葬式から引き続いて、いろいろまあお使いたて申して、ろくろくお礼もいたさないで」

竹「いえいえどういたしまして、お礼どころではございません。毎度お手伝いに上がるのはよいが、後で頂くとぼろを出して、いつでもお花どんの御厄介、いえ頂いてはいけません。御酒《ごしゅ》を頂く者は人間の屑《くず》で」

きせ「まあ、そこは敷居越しですから、まあこちらへ、まあずっとおはいりなさい」

竹「いえお構いくださいますな。へえこれはお茶を」

きせ「悪いので、ただいまいれますよ」

竹「いえもう、これでよろしゅう。坊《ぼっ》ちゃまはお寝んねでおとなしい。実に坊ちゃまのお顔を見ますと思い出しますよ、先生様のことを……」

きせ「もうこれがせめて五つぐらいでおったら、少しはお父様《とっさま》のお顔を覚えておろうかと存じますが、まだ当年生まれましたばかり、親の顔も存じないかと思いますと、つい胸がいっぱいに……」

竹「いや、これは飛んだことを申してお思い出させ申しました。いえ、これはみな約束事で、どうしてあなた、まだまだ、これよりひどい泣きをいたす人がございますよ。

まああお諦《あきら》めが肝心で、お嘆きあそばすとかえって仏様のおためによろしくありません」

　とおきせが涙を浮かめましたから、こいつは飛んだことを言ったと、これから世間話をおもしろく、ちょっと幇間《ほうかん》もやるという竹六でございますから、ようようおきせが元気回復いたした。

竹「え御新造、わたくしが今日《こんにち》出ましたのは、実はちと御相談がありまして」

きせ「わたしへ御相談とはなんのことで」

竹「いいえ、ほかではございませんが、こう申すとしかられますか知れません。まだ日柄もたたないのにそんなことをと、しかられたらそれまで。いえなにこちらさまのお跡目のことで。え、あなたさまだってまだお若くいらっしゃるし、ことに坊ちゃまという御心棒がお残りで、田地や旦那様が御丹精あそばしたお家作などもございますから、月々のお世話を焼く男の手がなくっては、そりゃあお困りなさるよ。しかし、それは人をお頼みなさるとしたところが、他人という奴はちょっとはいいが、不実が多いもので、それよりわたくしはあなたのお話し相手、いえお後添えをおもらいあそばすのが、へえ、いちばんお家《いえ》のおためによいかと思います。そこでこれをあなたさまへお勧め申しに上がったので、ねえあなた」

　とそろそろと勧めかけました。おきせは涙をぬぐいまして、

きせ「まことにおまえさん御親切にそうおっしゃってくだすって」

竹「へ、なに御親切とおっしゃっては痛み入るわけで」

きせ「いえもう、ほんとうならばそういたすのが、順当かも知れませんが、旦那もあいう非業な御最期をあそばしましたし、後へわたくし独り残りましたなら、そういたしてもよいが、やせても枯れても男の子の真与太郎が一人《にん》ございますから、これを大きくいたして成人を待ちまして嫁でも取りまして、この間与島の跡目を継がせますわたくしは了見で、わたくしはもう生涯後家を立てまして旦那の菩提を弔いますのが望みで」

と後は涙に声を潤ませて何か口の内で言うが、わかりません。

竹「なな、なるほど、それは御貞女で、竹六大《おお》感心。そうなくってはなりませんわけで。だが失礼ながらお利口でいらっしゃっても、またそこが御婦人でお心がお狭い。え、なぜだといって御覧《ごろう》じませ。坊ちゃまがお嫁をおとりあそばすように御成人なさるのは、そらことしが御当歳で、それからお二つ三つ四つ……お十七、八におなりあそばしても、まだあなたはお四十ですよ。その長いうちには男でなくってはいけない御心配があるもので」

きせ「いえ、それは承知しております」

二十

竹六「そりゃあ御承知でしょう。御承知でいらっしゃいましょうが、そんな御苦労あそばさなくってもよいので。竹六けっしてお悪いことはお勧め申しません。三十でもお越しあそばしたらまだしも、お二十四ぐらいで後家をお立てなさるのは無駄だ、無駄と申してはすみませんが、かえってよろしくない。わたくしは一本槍《いっぽんやり》にお後へお入れあそばして、お家のおためというのは浪江様だね。あのお方ぐらい万事にお気のつく御発明なお方はないね。それに坊ちゃまをだいいちおかわいがんなさるから、これがなによりで。だがお弟子だからどうも」

おきせ「ほんとうに浪江様なら……それでもまさかあのお人を……」

竹「へ、なに浪江様をえ、あなた……まさかあのお人……へえなに、少しはおぼしめしが。いえなに、わたくしがお勧め申すくらいですから、まずこう見渡したところでは、あのお方様ならお互いにお心もお知り合いなすっていらっしゃるから、出ず入《い》らずで、それに元が谷出羽守様の御家来で百五十石も取ったお方で」

としきりに浪江のことをほめそやしまして勧めます。如才ない悪党の浪江でございますから、おきせともかねて話ができておることで、互いに相談ずくでは他人の口もめんどうゆえ、竹六から勧めさせて、人が寄ってたかって入夫にさせるようにしかけますのだから、おきせも、ともかくも正介に相談してお返事をしましょう、と十のものなら八、九分まで承知しそうなあんばいですから、竹六は糸織の羽織と十両占めたと思い、喜びましてその日は帰りました。おきせはこのことを正介に相談しますと、かねて落合で自分の主人まで手伝って殺したことのある正介でございますから、それは悪いとは言えない。「それはしごくよい。旦那様もそうなすったら、草葉の陰でさぞお喜びでござりましょう」と生返事をいたしますから、ほかに親類縁者のないことで、たちまちこれに話がまとまりまして、重信が四十九日が済みますと、じきに人減らしだというので、長くおった下女のお花をいとまをやりまして、竹六が仲人なり、橋渡しなりで、婚礼などという儀式をしませんで、いわゆるずるずるべったりに、とうとう浪江が乗り込みまして、おきせの後添いになり、撞木橋の家《うち》から荷物を柳島へ運びなどいたして、重信が蓄えておりましたけっこうな道具から田地までを、手もぬらさずにわが物にいたしたとはなかなかな悪者で、おきせもまた、現在本夫《おっと》を殺した敵《かたき》とは知らずに入夫にいたしましたのも、これがいわゆる因果同士で。ただ心持ちのよくないのは正介でございまして、おきせと浪江がむつまじいのを見ますたびに、心のうちで念仏を唱えて、ポロリポロリ涙をこぼしておりますが、最初悪事に加担をいたしたから、暇をくれと言っても、そんならやろうとは言うまい、と言ってむこうからは世間へ行ってしゃべりでもいたされては身の上ですから、なおいとまにはしない、一生飼い殺しにされるかと思うと、針の莚《むしろ》に座します心地で、おもしろくなくその年も暮れまして、宝暦の三年となりました。なにごともない。ちょうど七月の初旬から、おきせが酸い物がほしいと言いまして懐妊の様子だ。九月ごろには乳が上がってしまいましたから、まだ二歳の真与太郎が母の乳が出ませんから、むずかりまして夜などもろくろく寝ませんで、ピイピイ泣き続けでござりますから、浪江はうるさくってたまりません。ある日のことで、浪江は正介を連れまして、亀井戸《かめいど》の巴屋《ともえや》という料理茶屋へまいりました。ふだんちょくちょくまいります家《うち》ですから、奥の離れがよいよ、あすこへ御案内を申しな、などと取り扱いがよろしい。浪江はあつらえものをいたし、猪口を取り上げまして正介に差し、

浪「正介、まだなかなか残暑が強いの」

正「へえまだ暑うごぜえます」

浪「暑いときは酒を飲むとなお暑くなるだろうなどと下戸の人は言うがの、それはそうよ。酒を飲むと腹内へ燃えるものがはいるのだから、あったかくなる道理で、ずいぶん熱しるが、しかし、よい心持ちに酔っておるうちは、ただ暑さを忘れるのは不思議だ。さあ、きょうは一つ飲むがよい。なにそんなに堅苦しくかしこまっておるには及ばん。よいから膝《ひざ》を崩せ。なに暑い、暑ければうしろの唐紙を取って、さあ胡坐《あぐら》をかけかけ、だが正介」

正「へえ」

浪「一年たつのは早いものだな。去年の六月六日の夜《よ》、それ落合の田島橋で、師匠の重信を貴様が助太刀で、なに大きな声だ、なによい、だれもまいりはせん、首尾よく殺して、ただいまではこうして間与島の跡を継いでおるが、てまえも知ってのとおり、とうとうわが胤《たね》を宿しておきせが懐妊いたした。それにつけててまえに折り入って頼みがある」

正「ええ、あんだ」

二十一

浪「なんでもああいう餓鬼が成人いたすと、きっと、おれを親の敵だなどとねらうにちがいない。どうもにらみ目がひととおりでない。おれは気になってならぬから、真与太郎を人知れず、てまえ殺してはくれまいか」

正「ええまたかい……いえ浪江様、そりゃあ、おめえさまいけましねえ。よくものをつもって御覧《ごろう》じませ。まだ二つやそこらのお子で、乳ィ飲む小せえ坊ちゃまが、おめえさまの顔をにらむの、怖《こわ》え顔をして見るのということがあるものですか。親の敵ィ討つべいなどという念があるもんじゃあねえ。そりゃあ、おめえさまが気イとがめるのだ。よさっせい、かわいそうに」

浪「そりゃあな、ああいうことをしたから、こっちの気でそう思うのかも知れんが、栴檀《せんだん》は二葉《ふたば》より芳《かんば》しとやらで、あの餓鬼はなかなか利発で二歳や三歳の常の子どもとは違うよ。二葉のうちに刈らずんば斧《おの》を入るるの悔いあり。あれを今のうち亡きものにせんければ、おれが枕を高く寝られんよ」

正「なに千段巻きの槍でやれって」

浪「いや、ただいま申したのは、ありゃあ引き事を申したのじゃが、どうかうまく餓鬼をやってくれ、頼むよ」

正「いや、いけましねえ。堪忍してくだせえまし。あのかわいらしい坊ちゃまが、おまえさま、どうしてそんなことができますものか」

浪「それではどういたしてもいやだと申すか」

と見相《けんそう》を変えますから、

正「あれ浪江様、またお怒んなさるかえ」

浪「怒りはいたさぬが、それではなんじゃな、真与太郎が成人いたしたら、その方は親の敵はこの浪江じゃと申しておれを敵とねらわせ、助太刀をいたして討たせでもする心か」

正「あれ駄目だよ、なんでおれ、そんなことをしますべえ」

浪「いや汝《おのれ》は正直者だから、去年落合の一件に余儀なく加担はいたしたが、心は元の主人へ忠義を尽くすつもりで、この浪江を敵とねらうに相違ない。よしまたそれでなくっても、一度ならず再度まで、かかる大事を明かさせておいて、得心いたさねば、必ず後日他へ口外いたすにちがいない。さすればわが身は安穏にはおられぬ。不便《ふびん》じゃが」

と傍《かたえ》にあります差し料の刀を引き寄せまして、鯉口《はえ》をくつろげますから、

正「ああこれさ、待ってくらっしゃい。ああ気の早えお方で、おめえ様は恐《こわ》え」

浪「いったん悪事に加担いたしたその方ゆえ、なにも殺したくはないが、申すことを聞かねば是非がない……」

正「あれさ、まあ待ちなさい、気い短けえ人だ」

浪「しからば真与太郎を殺してくれるか」
正「ええ情けねえ。おれ頼まれべえ、やりますよ」
浪「それではやってくれる気か」
正「おれやるよ」
と泣き声を出します。浪江は得たりと思いますから、刀を元のところへ置き言葉を和らげまして、
浪「それでは聞き入れてくれるか」
正「いやだといやあ命い取るというから、しかたがねえ、やりますべえ。だが坊ちゃまをどうして殺すだあ」
浪「それはこうじゃ……てまえも知っておるとおり、おきせがせんだってからわが胤《たね》を宿して懐妊いたしたゆえ、乳が出なくなったので、餓鬼めがピイピイ昼夜とも泣いていけぬ。どうか乳母を置いてくれというから、それはいけない、気心の知れぬ者を置いては、真与太郎がかわいそうだ、いっそ確かなところへ里にやるのがよい、とおれがそばで申すから、てまえ、それはちょうどよい御新造、坊ちゃまをお里におやりなさるなら、いいところがあります。田舎へおやんなさい、田舎は江戸と違ってのんきだから、達者にお育ちなさる、そりゃ半年もたちゃあ、くりくり太って大丈夫《でえじょうぶ》におなんなさる、とそばで勧めるのじゃ」
正「はあ、それから」

浪「てまえをふだんから正直者と思っておるから、ほんとうのことに思う。ところでその先はわたくしの妹《いもと》の縁づいておる先の親類とかなんとか申して、じき近在で鳩ヶ谷《はとがや》という所で大尽でございます、田地の二百石もあって馬の十四もある、なかなか金持ちで、そこの嫁さんがこのあいだ初産《ういざん》をしたところが、男の子であったが虫が出て死んだ。乳はたくさんあるし奉公人の二、三十人も使っておりますから、坊ちゃまはお仕合わせだと、てまえがほんとうのように申すと、おきせは喜んで承知いたすにちがいない」

正「はあ、それからどうします」

浪「もっとも、おきせは真与太郎を手放す心は心底《しんそこ》なかろうが、そこはおれへ義理があるから、よんどころなくそれでは正介頼むよときっと申す。そういたすとおれが、善は急げだ、すぐに連れてまいるほうが真与太郎のためだと申すから、あれが着替えの衣類からおしめまで付けててまえに渡す。よろしゅうございます、鳩ヶ谷と申すのは三里半ばかりしかござえませんから、これから行きます、とすぐに宅を出て観音様の奥山へでもまいって、日の暮れかかるを待ち合わして、それから四谷角筈村《つのはずむら》の十二社《じゅうにそう》へ行くのじゃ」

正「はあ、それから」

浪「ここの大滝はなかなかものすごいほどな高い所《とこ》から落ちるが、谷の下は深い滝つぼで、ここへ真与太郎を放り込んで殺してしまうのじゃ」

二十二

正「滝つぼへ坊ちゃまを放り込めって、そりゃあ駄目だ」
浪「なぜいけぬ」
正「それだって、いくら深《ふけ》え滝つぼだって、水だから坊ちゃまを打ち込めば死骸《しげえ》が浮くだあ。そうなった日にゃあ大事《おおごと》だ。すぐにおれが業《わざ》だということが知れて、おれ、お仕置きになるだあ。おお怖《こわ》え、こりゃあ浪江様やめなせえ」
浪「いやいや、そんな心配はいたさいでよい。何丈という上から落ちる幅の四間《けん》もある滝だ。ことに滝つぼの下はみな岩だから、あすこへ打ち込めば死骸が底まで行かぬうちに、微塵《みじん》に砕けて散乱して、どんどん水に流れてしまうのは請け合いだ。それを首尾よくてまえがやってくれれば金を二十両遣わす。まだそのほかにてまえが得分《とくぶん》になるのが、真与太郎の衣類、また月々いくらずつか渡さねばならぬ里扶持《さとぶち》、これも先へやるところがないゆえ、てまえが途中で懐《ふところ》へ入れて知らん顔でおれば、それはおれが承知だからよい。うまく彼を殺して、澄まして宅へ帰って口をふいておればよいのだよ。うまくやってくれ」
正「へえ」
浪「へえではいけん。生返事をいたすのは不承知か。不承知ならよろしい、大事を明かさせて、それでいやだと申せば是非に及ばぬ。てまえを切り殺して、おれも後で割腹いたして相果てる。覚悟いたせ」

とまた刀を引き寄せますから、

正「まあお待ちなせえ。ええ気の短けえお人だ。まだいやだと、わしい言い切りゃあしねえだあ」

浪「それでは承知してくれるつもりか」

正「しかたがねえなあ……やりますよ、やっつけべえ」

浪「承知してくれれば重畳《ちょうじょう》だ。さあ、それでよいから一杯やって飯を食え」

などと申しますが、正介は情けないことだと思いますからどうして酒どころではない。ここの勘定もほどよく済ませまして、浪江は正介と連れだちまして宅へ帰りました。

浪「今帰ったよ」

おきせは真与太郎が乳が足りないので泣いていけませんから寝かしつけております。

浪「え、また泣くのか。いかねえの、そうピイピイ泣かしてはのぼせるよ……あれ静かにさせないかな、決まりだよ。なに乳がないから。それだから里にやるがよい、なあ正介、てまえが頼まれた口とかは、あれはしごくよいな」

きせ「まあお帰りあそばしませ。ようよう寝ました。もうほんとうにおやかましゅういらっしゃいましょう。これと申すもわたくしが乳が上がりましたので、もう少ないものですからむずかりまして」

浪「どうも子どもは乳がないといかんもので、これまでちっとも泣かなかったものがにわかにピイピイ、それだから里にやるのがいちばんだよ、のう正介」
正「へえ」
浪「へえではない、てまえがとうから頼まれておる所などはよいではないか」
正「ええ、ようごぜえます」
浪「田舎はどこだな」
正「へえここだよ」
浪「なにを申す、これたしか鳩ケ谷とか申したな。おきせ、よく聞いてみるがよい。正介が頼まれた所というのは、鳩ケ谷という田舎でここから三里、なに三里半もある、ううむ大尽だそうだ」
正「はあ馬の二百石もある、田地の二十四もある」
浪「なんじゃ田地が二百石、馬が二十四、それはなかなかの富限《ぶげん》だな。その嫁というのはてまえが妹《いもと》の姪《めい》で、え、それはちょうどよいな」
正「坊ちゃまを田舎へやって御覧《ごろう》じろ。そりゃあ、くりくりと太って乳が漏《も》るほどたくさんあるからええよ」
浪「名は、ええ喜左衛門《きざえもん》とか言ったな。おきせ、正介が口入れだから案じることはない。真与太郎がてまえの乳を探って出ぬから、怪訝《けげん》な顔をして泣き出すのは、実に見ておってもいじらしいよ。あれがためだから早いがよい。きょう正介に頼んで連れて行ってもらうがいい」

　と少しは話のございましたことですが、こう急なこととも思いませんから、あっけにとられましたが、根がすなおのおきせゆえ、

きせ「それでは正介おまえが先を請け合うのかえ」

正「へえ、わしい請け合うよ。先は田地の二百石もあって馬が二十匹もあるたいそうな富限だよ」

　きせ「おまえの親類だとお言いだから坊をやっても安心だ」

と浪江がそばでせきたてますから、これも義理ずくとせっかく泣きやんで寝ております真与太郎を起こしまして、着物などを着せ替えまして、箪笥《たんす》から出しました着物、これはふだん着、これは余所《よそ》行きと重ねてふろしきへ包み、おしめまでを一つにいたしたが、そばで見ておりますす正介は、心のうちで情けないことだと涙を飲み込んでおります。おきせは真与太郎を抱き上げまして、まずしばらく会えぬから、これが当分乳の飲ませ納めだと、出ないわが乳をふくませます。おきせはこれがまったくわが子の顔の見納めと後《のち》に思い当たりましょうが、神ならぬ身だから存じませんで、

　きせ「正介や、おまえに頼んでおくがね、この子は虫を起こしてときどきひきつけることがあるから、そのときには救命丸を一粒か二粒飲ますとじきに開きがつくからと、先のおっかさんへそう申しておくれ」

　正「ええ、ようごぜえます。案じねえがええよ」

きせ「なにけっして案じはしない。ただあんまり早急《さっきゅう》だから、なんだか手の内のものを取られるようで」
正「もっともだよ、手の内のものを取られるのだからね」
きせ「あの途中で泣いたら頼むよ」
正「ようごぜえます。このごろはわしになじんでござるから、もし泣いたら爺《じい》が落雁《らくがん》を嚙《か》んであげやす。それでじきに泣きやむだあ」

二十三

正介「さあ坊ちゃま、爺が懐へ。え、なに、汚《きたね》えって、なにまだ寒くねえから抱いて行くだよ。御新造案じねえがええ」
とは申しますが、これが母子の別れかと思いますと、胸がいっぱいになります。
浪「これ正介、早く行ってくれ。なんぼ日が長くっても三里余もある所だ。え、なんだか手放すのがかわいそう、馬鹿なことを、死に別れでもしやあしまいし、また泣くのか不吉だよ」
正「そんなにがみがみおっしゃったって、これが泣かずに」
浪「ええてまえまでがそんなことを申すからいかん。困ったな、女というものは愚痴が先へ立つから」

きせ「いえ、この子が乳の多い所へまいりますのでございますから、けっして泣きますのなんのと申すことはございませんが、ふだん虫持ちでございますから」
浪「いえ、それは案じないがよいよ。先方は田舎でこそあれ富限だ。医者様などは二、三人は屋敷内へ抱えてある。てまえがたなんどはなかなかかないはせん。あんばいが悪ければすぐに手当てが届くそうだ、なあ正介」
正「へえ、そのとおりでごぜえましょう」
浪「案じることはないの」
正「へえ」
といくら嘆いてもむだな事と思いますから、目の中へいっぱい涙をためまして、衣類の包んである包みを背負《しょ》いまして、
正「それでは行って参《めえ》ります」
浪「それでは頼むよ、道を気をつけて」
きせ「おまえ御飯《ごぜん》を食べておいでならよい」
正「いや飯なんどはのどへ通らねえ」
きせ「なにのどへ通らない」
正「なにまだ食いたくねえから出かけますべえ」
きせ「どうぞね坊を」
浪「そんなにしつこく言わんでもよい。正介承知しておる」

と別れを惜しみますのを、「頼むよ正介」と隔ての襖を立てきり、「こっちへ来なよ、情《じょう》が強《こわ》いの。どうも死に別れでもするようで、人が笑うからたいがいにしな」と鬼のような浪江、おきせはワッと泣き伏しました。正介は真与太郎を抱きまして、柳島の土手を日陰をよりましてぶらぶら。あれから吾妻《あづま》橋を渡りまして、雷門の前から田原町門跡《たわらまちもんぜき》前、下谷通りへ出まして、上野山下を突っきり、湯島切通《きりどお》しを上がって本郷へ出て、菊坂を下りまして、小石川とだんだんまいりますが、秋の末でもなかなか日がまだ永いから、道で休み休み市谷通りから四谷へかかりましたころはもう日が暮れました。そのころは新宿がまだ繁盛な時分で、両側は万灯《まんどう》のように明るく、ちりからかっぽで芸者をあげて騒いでおりますが、こんなことは耳にはいらぬ正介は真与太郎を抱きましてあちらこちらと道草をくいまして、角筈村の十二社へ来ましたころはようよう四つでございます。御案内のとおり新宿の追分から左へ切れて右へ右へとまいりますので、ここらは新宿のにぎやかに引きかえまして、角筈はもう家もまばらで畑が多うございます。十二社の入り口は大樹の杉が何本となくありまして、遠くから滝の音が聞こえます。この角筈村の十二社権現《そうごんげん》の滝と申しますのは、江戸名所図会《ずえ》にも出ておりますから、詳しく申し上げませんでもよろしゅうございますが、これは紀州藤代《ふじしろ》に鈴木《すずき》九郎《くろう》と申した人がござりましたが、このお人が浪人をいたして関東へ下《くだ》り、ただいまの中野に住居いたしましたが、あの熊野《くまの》権現はわが産神《うぶすながみ》でございますから信仰いたしまして、宅のほとりへ祠《ほこら》をしつらえまして勧請《かんじょう》したので、これは応永《おうえい》のころのことで、熊野十二社《そう》権現を祀《まつ》りましたゆえ、後に十二社《しゃ》を十二社《そう》十二社と誤って申しましたのが、ただいまではほんとうの名のようになりまして、だれでも十二社《そう》の滝へ行こうなどとおっしゃいます。十二社《しゃ》の滝へ行こうとおっしゃると、やあおかしい、十二社《そう》のことをこいつア十二社《しゃ》だって言やあがる、なんかとよく争いがございますが、こんな訛《なま》り方言が後々《のちのち》へ伝えまして、本名《ほんみょう》のようになりましたためしはままございますそうで、滝つぼはただいまでは崩れまして二段に落ちておりますが、その以前は三丈も高い所から落ちましたそうで、先年東京府《とうけいふ》からお役人が御出張になりまして測量なさいましたそうですが、ただいまでは滝の幅も狭く高さもいたって低くなりましたとやらで、上水《じょうすい》の流れでございますから、人が懸かるの浴びるのというわけには相成りませんとやらに聞きました。もっともこのほかに滝が二筋もありまして、ここへはたれでも懸かられますから、夏のころはずいぶん群集《ぐんじゅ》いたしますそうで、ころしも宝暦《ほうれき》の三年九月二十日のことで、二十日の月は木の間《こま》へ冴え渡りまして、滝の音は木霊《こだま》に響き、梟《ふくろう》の鳴きます声はギャア、ギャア、ギャアとなんとなくものすごい。正介は真与太郎を抱きまして、大滝のこなたへまいりましたが、下を見ますと、なるほど浪江の申したとおり、ドウドウと落ちます滝の音、岩に砕けてパッと散りますのは白く見えて、木の間を漏れし月に映じましてきらきらと、さながら硝子《びーどろ》を石かなにかへぶっつけますようで、正介はしばし真与太郎を抱きまして、ただぼんやりと滝つぼをながめておりました。

二十四

正介は今大滝の下《もと》へまいりまして、谷から下をのぞきましたが、ゴウゴウと水音がしていかにもものすごく、ああ、この滝つぼへこの坊様をぶち込むのかと思いますと、身の毛もよだちまして恐ろしく、

正介「坊ちゃま、おめえさまはまだ二つだから、なにを言ったって頑是《がんぜ》ねえからわかりますめえが、まあ聞きなさい。この正介爺《じい》はおめえさまのお父様《とっさま》には九年も奉公ぶって大恩受けただが、あの悪人の浪江さんがお弟子になって、おめえさまのお母様《つかさま》と懇《ねんごろ》して、忘れもしねえ去年の夏、あの浪江にだまされて、もってえねえが旦那さまをおれが手伝って殺しただ。そのときおれも加担しまえと思ったが、あんな奴だから、いやだといったら、おればかりなら構わねえが、旦那や御新造をどんな目にか会わせやあしねえかと、それが怖《こわ》えからつい頼まれてやっつけただが、それがおれの一生の誤りで、まだなんにも知らねえおめえさままでこの滝つぼへ放り込んでおっ殺せって、おれ情けなくってなんねえから、こればっかりゃあよせよ、おれ堪忍してもらうといったら、一大事のことを口外していやだと申すのは、おおかた真与太郎が成人を待って助太刀イして、てめえ、おれを親の敵だといって討たせるのだろう。ええもう頼まねえ、われえ殺しておれ割腹して相果てるだって刀をひねくるだあ。おお泣いちゃあいかねえよ。乳ねえも

んだからもっともだあが、かかさまだって乳が出ねえから、それ落雁を、え、そら……噛み砕いてあげる。おっとおっと、ついでに襁褓《しめし》を取り替えてあげべえ……や、おめえさま、もうぐっつり抜いたね、湿っぽいよ。そらそら、これでさっぱりしたかえ。おおいいよいいよ。坊ちゃま、おれはまことにすまねえと思うだが、あの邪険《じゃけん》な浪江が殺せというからあきらめて死んでくだせえよ。実に御新造へすまねえ、堪忍してくだせえ」

と真与太郎を抱き上げまして谷をのぞきますと、滝の音はすさまじく、岩に水が当って飛び散るさまは恐ろしい……。

正「ああすばらしい水音だ。下は地獄だよ、坊さま堪忍してくだせえ。おめえさまを殺すのはみんなあの浪江だよ……ああ、どうも頑是ねえお子だと思うと打《ぶ》ち込めねえ。あれ今殺そうって打ち込もうというのに、なんにも知らねえもんだから、にこにこ笑ってござらあ。かわいいものだな。ああこれを見てはもうもうよしだ、やめだ。坊ちゃま、落雁でだまされて泣きやんだか、おう笑うかえ……」

と我れを忘れてあやしておりましたが……。

正「いやいや、どうもかわいくって殺すなんてえことはできねえが、もし殺さずに帰ったら、浪江めが眼《まなこ》をむき出して怒るべえ。その上にまた生かしてはおかねえなんて刃物三昧《ざんまい》しかねえ。ああかわいそうだが、やっぱりここから打ち込もうか。坊ちゃま、すまねえ。おめえさまのお父様《とつさま》を殺したのはあの浪江、この正介爺はほんの少しばかり手伝ったのだよ。また、おめえさまあ殺すのも浪江が仕業堪忍してくだせえ」

と殺さずに家《うち》へ帰ったらどんな目に会うか知れないと臆病《おくびょう》で馬鹿正直な正介、目を眠《ねぶ》りまして、堪忍してくだせえ坊様、と岩の角へ片足踏みかけ、南無阿弥陀仏、南無阿弥陀仏と念仏をとなえながら、無惨や真与太郎を滝つぼへ打ちこみました。岩の間から雑草が生い茂っておりますから、その中を真与太郎はガサガサと音がいたし、オギャア、オギャア、オギャアと泣く声がいたすが、打ち込みましたとき水音がしませんで、どうやら中途へでものぞきます正介、

正「坊ちゃま」

「オギャア、オギャア、オギャア」

正「おお、お泣きなさるね。ああ蔦葛《つたかつら》へでも引きかかって、それでお泣きかえ、坊ちゃま。ああ情けねえ。ひと思いと思ったに、ああ途中へ引きかかったか、坊さま」

「オギャア、オギャア、オギャア……」

正「困ったなあ」

と月明かりに透かして谷をのぞき、坊さま坊さまとあちらへ行ったり、こちらへ行ったり、正介はうろうろいたし、ああどうしたのだえ、と今谷をのぞきますと、今まで泣いておった真与太郎の声はぱたりとやみましたが、樹《こ》の間《ま》を漏れた月のいつか曇りまして、一天は青空であったやつがにわかに真っ暗になりまして、四方から霧が立ち昇ったとみえてあたりは朦朧《もうろう》といたし、正介は、

正「坊ちゃま、どうなせえました。南無阿弥陀仏、南無阿弥陀仏、南無阿弥陀仏、真

与太郎さま」

と滝つぼをのぞきますと、あら怪しや、ドウドウとみなぎり落ちます滝の中に、真与太郎を抱き上げましてわが主人の菱川重信が朦朧と形をあらわし、だんだん上へあがってまいる様子。正介は、坊ちゃまとのぞき込みましたその目先へ、ぬっくと重信が真与太郎を抱きまして姿をあらわしましたからアッと言って正介は後じさりをいたし、

正「や先生さまか、ああ旦那さまか、堪忍なせえ」

と身を震わして驚きましたが、これより真与太郎の命が助かりますか、どうなりますか、ちょっと一息つきまして、また申し上げましょう。

二十五

驚きました正介は怖々ながら重信の顔を見ますと、去年六月六日の夜《よ》、落合橋で殺された時のままで、浅黄縮の五つ所紋帷子に献上博多の帯で、こう……肩先から乳の下へかけて、生々《なまなま》とした血が付いて、総髪をふり乱し、真与太郎を抱きまして忽然《こつぜん》と霧とともに形をあらわし、正介の方をにらみまして、憤怒《ふんぬ》の相《そう》は身の毛もよだつばかりで、正介はああと言って頭を両袖で隠し、つっ伏してしまいました。重信は大声《たいせい》で、

重「正介正介、汝《おのれ》は性来正路《しょうろ》潔白なるがゆえに悪人磯貝浪江に強迫せられ、去年六月落合にてよくも大恩あるこの重信の頭上を打って、重悪人の助けをしたな。また妻おき

せことも犬畜生に劣ったやつ。今にかやつらはわが怨恨《えんこん》その身に付きまとい、苦痛をさせたうえ身は八つ裂きにしてくれんが、汝《なんじ》とてもそのとおり、かりそめにも主《しゅう》を殺せし大悪人、骨を砕いても飽き足らんやつ。この所で殺すのは安けれど、今汝を殺しては、この真与太郎を養育してわが敵を討って鬱憤《うっぷん》を晴らすものなければ、命を取ることは許し遣わす。その代わり汝今より悪心を翻し、このせがれをいずくの地へなりと連れまいり、成人さしたうえで敵浪江を討たして、わが修羅《しゅら》の妄執《もうしゅう》を晴らさせくれよ。だが汝浪江に謀《たば》かられたとは言いながら、大恩ある主人を殺害《せつがい》いたす助力をなして頭上を打ったな。思えば思えば憎き奴」

と、眼《まなこ》血走り、髪を逆だてて、いきなり正介の髻《たぶさ》をつかんで、こう……草原へ引きずり頭をこすりますから、正介はただ「ごめんなさい、ごめんなさい」

重信「よいか、今申したことを忘るるな。われ即座に汝が一命を取るぞよ」

正「ああ許してくだせえ許してくだせえ」

と正介は総身《そうしん》へ脂汗を流し、言いわけをして謝ろうと思いましても、口が利けませんから、ただ口の内で南無阿弥陀仏、南無阿弥陀仏、南無阿弥陀仏と唱えております。

重「よいか、改心いたしたか。改心いたしたら真与太郎の力となり、敵を討たせ無念を晴らさせよ、よいか」

正「はああ……ようございます。南無阿弥陀仏、南無阿弥陀仏、南無阿弥陀仏」

と一生懸命に念仏を唱えるそのうち、不思議や、必ず必ず忘るるな、と重信が大きな声でいった一声《こえ》が耳に残ったばかりで、さっと吹き来る風もろともに重信の姿はいずれへか消えました。正介は汗でびっしょりになり、

正「旦那様、ごめんなせえ。南無阿弥陀……」

と怖々頭《こわごわつむり》を上げて見ますと、いつか滝つぼへ打ち込んだと思った真与太郎はわが膝《ひざ》の上におりますから、またびっくりいたし、

正「や、ぶっ込んだ坊ちゃまは、ここにおいでだ。ああ、それでは旦那様の幽霊……ああ……」

ぞっといたして、

正「ああ情けねえ。まあ旦那さまがわが子の真与太郎さんに引かされてか、ああごめんなせえ」

と夢か現《うつつ》かわかりませんから、茫然《ぼうぜん》とあたりをながめておりましたが、耳へ残りましたのは、必ず必ず忘れるなという重信が声と、ドウドウという滝の音のみ。ころしも九月の二十日の月はいったん雲に隠れましたが、また出まして樹《こ》の間を漏れてぼんやりとあたりは明るい……正介はすやすや真与太郎が寝ておる様子ですから、塵《ちり》を払って立ち上がり、

正「ああ悪い事はできねえもんだ。去年浪江さんに欺《だま》されて、金を五両もらったが一生のおれの誤りで、いやだといえばおれエ切って切腹するというから、余儀なくすまねえと知りながら、大恩受けた方《かた》の頭をくらわし、もってえねえ旦那を殺した手伝いをし

て、それからまた坊ちゃまをこの滝つぼへ打《ぶ》っ込めって、ああそう思っても身の毛がよだつだ。ああ旦那様よく意見してくらしった。おのれきょうのきょうという気イついたよ。けっしておめえさまがいったことは忘れねえよ。これから坊様を育てて助太刀をして悪党の浪江を殺しておめえさまの鬱憤はらさせます。坊様をすんでのことにこの滝つぼへ、ああ、この谷からのぞいてもぞっとする。ああ……寒くなった。まだおれいいことにゃあ、浪江からもらった二十両ここにあるから、これから練馬在の赤塚がおれの故郷ゆえ、そこへ坊ちゃまをお連れ申して行って、ともかくもしておれが成人させて、敵イ討たせ、旦那の幽霊さまへ詫《わ》びするが専一だ」

と根が正直一途《いちず》の正介でございますから、真与太郎を懐へ入れまして十二社を立ち出《い》で、後へ戻りまして追分から新宿へ出ましたころは、まだちょうど九つ過ぎで、盛り場のことですから往来はにぎやかだ。ここのうちがりっぱだからここへ泊まろうと、扇屋《おうぎ》と申します宿屋へはいります。

「いらっしゃい、お一人様で」

正「いえ独りじゃあねえ、坊ちゃまと二人づれだ」

「おやお子様をお連れなすって。奥の六畳へお連れ申しな」

と遅うござりますから六畳へ連れてまいりましたが、正介は真与太郎が昼っから乳を飲みませんから、さぞ、ひもじかろうとわが膳《ぜん》につきませんうちに、「この子に乳を一杯もらいてえが」と頼みましたが、亭主が出てまいって、あいにく宿には乳飲みがないので余所《よそ》からもらいますのですから、なにぶん今夜は遅いゆえ明日《みようにち》にしてください、というので、正介は余儀なくまた落雁を噛み砕いて食べさせまして、床《とこ》につきましたのは九つ半か八つごろでございました。

二十六

正「これさ泣いたってだめだよ。それ落雁の粉だ。黙らっせえ、ええ子だ、ええ坊ちゃまだあよ。そら行燈《あんどう》に灯々《ふうふう》がついているよ、泣かずに寝んねなせえ。昨夜《ゆうべ》までおっかさまの乳イしゃぶって寝たものが、にわかにこの正介爺と寝るのだからもっともだあよ。これもおめえさまは頑是ねえけれども因果だとあきらめていなせえ。おとなになさると、あしたアたくさん乳ィ飲ませます」

とだましつ、すかしつ、いたしますが、いたわしや真与太郎はただヒイヒイと泣くばかりで、少しも眠りません。正介を泊めました扇屋では夜っぴて赤子が泣きますから、耳について寝られません。女房はたまらなくなったから起きまして、正介の寝ております座敷へやってきました。

女「ごめんくださいまし」

正「なんだえ、用でもあるかね」

女「いえ別段用事ではございませんが、たいそうお子さまがおむずかりなさいますが、どうかなすったのでございますか、お虫のせいで」
正「いや虫でもねえのさ。宵に泊まったときに、乳の出る女アねえかえと聞いたはこのことだ。坊様がおめえ乳ねえもんだから、それでむずかるのだ。おれ、いくらだましても泣きが止まらねえで実に困ってしまったが」
女「それはまあ、お困りでいらっしゃいましょう。あいにくわたくしが乳が出ませんでいけません」
正「実に困っただよ。泣き子と地頭にゃ勝たれねえとって、当惑しただが、おかみさんどうかして、たった一杯乳ィ飲ませるくふうがつくまいか」
女「もうわたくしもどうかと存じて、いろいろ考えておりますのでございますが、なにを申すのも夜中《やちゅう》でございますから困ります。さあ少しわたくしが、どれどれおお坊ちゃん、よいお子で」
などと女房も騒々しいと思いますから抱いてやります。ところへ廊下を通りましたのは四十前後の商人風《あきんどふう》のおかみさんで、この家《うち》へ泊り合せました客で、そこは子持ちというものは人情の深いものでござりまして、今真与太郎がヒイヒイと泣いておりますのを見て正介の座敷へはいってまいりました。
客「おやまあ、どうなさいましたの。わたくしはただいま下へ手水《ちょうず》にまいったら、たいそうお小さいのがお泣きなさるから、こちらのお子さんかと下でお尋ね申したら、まあお客さまのだって、おやおや、おかわいそうに。さあちょっとおよこしなさい、ちょうど張っておりますから一杯飲ましてあげましょう」

と宿屋の女房の抱いておりました真与太郎を受け取りまして、自分の乳を飲ませてくれますから、正介大喜びで、

正「まあ御親切さまに、ありがたえってこんなうれしいことはねえ。もう泣き出しては止まらねえから手こずったところだ。これはありがたえ」

客「いえさぞあなたお困りでしょう。え、このお子はあなたのではない、え御主人の、そうでございますか」

二十七

客「まことに子ども持ちますと御同然に」

と世辞を言いながら乳を飲ませますと、子どもは罪のないもので、しばらく乳をしゃぶっておりましたが、腹がくちくなったから、すやすやと眠ります。

正「はあ、まことに坊さまが、あれ……腹アくちくなったとみえて現金だよ、そら眠っただ」

女「ほんとうに、まああきれたものですね。あれ御覧なさい、すやすやといびきをかいてさ」

客「子ども衆《しゅ》はお乳がなによりかいちばんでございます。寝んねなさいましたらごめ

んなさい」
と泊まり合わせました女房はわが座敷へ帰ってゆきましたが、正介は人に人鬼はないと喜んで、真与太郎を抱きましてその夜は眠りにつきました。その翌朝のことで、正介は自分も手水に行き、また真与太郎にも小便をさせようと下へ降りてまいりますと、便所のそばの流しに、お定まりの塩笊《しおざる》が片っぽにありまして、もう九月でございますから、銅壺《どうこ》のある風呂《ふろ》へ湯が沸いてあるという、小さな金盥《かなだらい》が三つばかりありまして、顔を洗っておりました五十近い男が、正介が今真与太郎に小便《ちょうず》をやりながら、しい……そら出た、たいそうしょぐりなすったなどと言っておりますす顔を見まして、
男「もし、そこにおいでのは間与島さんの正介さんじゃあないかえ」
と名を呼ばれましたから、疵《きず》持つ足の正介びっくりいたしました。
正「だれだえ名を呼ばるのは」
男「わしだよ」
正「だれだえ」
男「正介さん、まあ変な所で会ったね、高田の南蔵院でお心安くした原町の新兵衛《しんべえ》、万屋《よろずや》新兵衛だよ」
正「え、新兵衛さまだえ」
新「あい、新兵衛だが、見れば乳飲み子を連れて、昨夜《ゆうべ》ここへ泊まんなすったのかえ」

正「ああ新兵衛様か、おれ、だれだと思ってびっくりしただ」
新「まあここで互いに会おうとは思わなんだ。そうしておまえどこへ行きなすって」
正「わしイ十二社へ、いえ滝へ、なに滝浴びに行っただ」
新「なに滝を浴びにおいでだって」
正「なにそうじゃあねえ、十二、十三」
新「相変わらずおもしろい人だ。ともかくもちょっと、わたしの座敷へおいで。そのお子は……ああ昨夜《ゆうべ》うちのが夜中《よなか》に乳を飲ましてあげたと言ったお子はおまえのお連れのそのお子だろう。どうも不思議な」
正「はあ、それでは夜中《よなか》に乳イ飲ましてくらしゃったおかみさんはあなたの所《とこ》だって、それは不思議、おおかた旦那様の幽霊……」
新「なんだとえ」
正「なに南無阿弥陀仏、南無阿弥陀仏」
と念仏を唱え、両人はわが座敷へまいりました。

二十八

図らずも正介は小石川原町の万屋新兵衛に会いましたから、「去年じゅうはいろいろ主人重信が御厄介になりありがとうございました」と礼を述べますと、新兵衛も、

「まことにあの節は毎日失礼ばかり言いましたが、さて先生もとんだ御災難でああいうわけになり、その後承ればお弟子の浪江さまとやら、あの先生が落合でああいうことのあった昼おいでなすった方で、色の浅黒い苦味ばしった、あのお方が後へおなおりなすったって、御新造がお美しいから浪江さまはお仕合わせだ……そうしておまえ、どこへおいでで」

正「へえ、わしイ今言ったとおり、十二社へ滝を浴びに」

新「滝を浴びには少し変だが、わたしも滝に縁のある高尾山へ参詣《さんけい》に。これか、なにわしのうちのやつで、昨夜《ゆうべ》おまえのお連れのお子へ乳をあげた、お秀《ひで》といいます。どうぞお心安く。へい、なにわたしも昨夜無理をすれば帰られますが、やっぱり子どもがあるのでここへ遅く泊まったので」

正「はあおかみさんでございますか。いやおまえさまのおかげで坊ちゃまが泣きやんだだ」

新「なにかえ、それではそのお子は」

正「へい、このお子は御主人のお子で」

新「重信先生の。なるほど、どこか争われないもので似ておいでなさるよ……このお子さんとたった二人はおかしいね。御新造やなにかはお先かえ」

正「いいや、たった二人で」

とあらわには言えぬことでございますからもじもじいたし、

正「新兵衛様、こうして坊さまをお連れ申してお家《うち》を出たのは、いろいろこみ入ったわけのあることで、いずれ後でわかりますが、今は言われねえ大事な一件で、おめえさま、ここでわしに会ったことは人に言わねえようにしてください」
と真実面《おもて》に現われまして頼む様子に新兵衛も承知しまして、
新「それではなにかわけのあることゆえ、おまえに会ったことは他人に言ってくれるな。よいよ、お案じでない。けっして他言をせぬから」
正「あんたが他言してくださると一件が出るよ」
新「なに一件とは」
正「こわえ顔をして」
新「なんだか変だね……」
と新兵衛は変な正介が素振りでございますから、これにはなにかわけのあることと思いまして、
新「けっして人に出会ったことは言わぬから安心しなさい。お秀お別れにもう一杯このお子へあげて、それでお別れをしよう」
秀「さあ、こっちへおいでなさい」
と真与太郎にお秀は乳を飲ましてくれます。そのうちに新兵衛も正介も勘定を済ませまして、それではくれぐれもわしに会ったことは言わねえで、と互いにここで別れましたのはその翌朝のことで。これから正介は真与太郎をおぶいまして、わが生まれ故郷だ

からと、練馬在の赤塚という所へまいりましたが、ここには一人の姪がございまして、亭主はやはり百姓で文吉と申してごく堅い人でございますから、まずここを頼り、わが身の上を話しまして、ともかくも主人の忘れ形見を養育しなければならん、とこの赤塚に落ち着きましたが、相変わらず乳に困りますから、姪が抱きましては隣り村あたりをもらって歩きますことで、正介はもしや浪江がおれを探してはいぬかと思いますから、一月二月《ひとつきふたつき》ばかりは外へとては少しも出ませんで内にばかり引っこんでおります。悪才に長《た》けておりますす磯貝浪江でございますから、さては正介めは真与太郎を連れて駆け落ちをいたしたな、なんでもあいつは真与太郎に成人させて、おれを敵だと言って討たせるつもりであろうと、すぐにも気がつきそうなものでございますが、それは世に亡き重信が導きますところか天命とでも申しましょうか、浪江は正介がまったく二十両金を遣わしたところから、後難を恐れこの上またも難題を言われては困ると、あいつ滝つぼへ真与太郎をぶち込んだまま、どこへか逃げてしまったのだろう、師匠を殺す時にも手伝わした正介、あんな馬鹿正直なやつだからよいけれど、あれでもおれが悪事を知っておるかと思うと、どうも寝覚めが悪かったが、先から身を引いたのは願ってもないことだ、あいつが訴人でもすれば罪は逃れぬ、同罪だから訴える気遣いはない、なにしろ正介が、急に家《うち》にいなくなったのは、もっけの幸いだと、浪江はかえって喜びまして、おきせには正介がよくないやつだと、いろいろな作り事をいいまして、なにもかも罪を負わせ、これで枕が高く寝られると、いなくなりましたのを苦にいたさないのが、後で考えますとまったく浪江が大悪無道《だいあくぶどう》を天の許さぬところでござりましょうか。これから貧苦のうちに真与太郎を育てまして、ついに親の敵を討たせますという、赤塚村乳房榎《ちぶさえのき》の由来のお話になりますが、ちょっと一息つきまして。

二十九

さて、間与島の下男の正介は再び浪江にだまかされまして、すでに重信の忘れ形見真与太郎を、角筈の十二社の滝つぼへぶち込もうといたしたところへ、朦朧と重信の霊が現われまして、親の敵を討たしてくれとの頼み、自分の身に悪事がございますから、その罪滅ぼしに一命にかけても、あの浪江を坊様に討たせますと請け合い、一人の姪が赤塚におりますので、これを頼って真与太郎を連れてまいりましたことで、田舎の人というものは大都会に住みますお人よりいくらか質朴《しつぼく》で、まあ悪く申せば世事に暗いほうでございますだけに正直で、なにごとによらず親切にいたしますから、姪の亭主の文吉《ぶんきち》が叔父さん叔父さんと言って正介を大事にいたします。正介も厄介になっておりますのだから、骨惜しみをしませんで、朝早くから野良へ出て精を出し、また人に雇われなどして、そのわずかの賃銭をば食い雑用《ぞうよう》に入れます。文吉は「叔父様よしなさいよ。おれ水飲み百姓だって、おめえさま一人ぐらえ麦飯食わするに不足はねえから、それじゃあ他人行儀だ」と入れました銭を返し、「おめえさまの小遣《こづけ》えにさっしゃい」とくれます。

憂《う》きが中にも、正介は姪と文吉がよく世話をしてくれますので安心をいたし、真与太郎の成人を待っておりますが、その年も暮れまして宝暦四年となり、ことしはもう真与太郎は三歳《みっつ》になりますから、おいおい間食《あいだぐ》いをしますので乳々と申しません。いつでも大きな笊《ざる》の中なんぞへ入れて家《うち》へ置き去りにして家じゅう畑へ出てしまいます。そこは田舎はのんきなものでございますよ。正介はまた浪江からもらいました二十両へはそっくり手をつけずにもっておりますので、まあこうやって姪の夫婦が親切に世話はしてくれるが、まだおれも足腰の達者のうちだから、そうそう厄介になっても気の毒、二つには真与太郎さんが成人して敵でも討つというとき、人の家《うち》にいれば、必ず迷惑をかけねばならないから、この金のあるうちに別になるのが双方の上分別だと、これから別家を心がけておりますと、ついこの村に松月院《しょうげついん》という寺がありまして、この門番に去年の霜月までじじいとばばあがおりましたが、子細あって夫婦とも回国に出てしまったというので、空き家でありますから、これを正介は求めました。家《うち》と申しますとたいそうでございますが、損じております。瓦屋根の朱塗りといけば強気《ごうぎ》だが、紅殻《べにがら》か丹《たん》で塗りました剝《は》げた門がございまして、この潜りの所にやはり瓦屋根ではございますが、一間《けん》四方ばかりな門番がございます。これもやはり屋根が損じて、土が出ておりまして、瓦が落ちかかっています。臆病《おくびょう》なものには怖《こわ》くって下は通れないというけんのんな門で、この門番から、茅葺《かやぶ》きで太い竹柱にいたし、間口二間《けん》に奥行きが九尺という建て足しがございまして、根太《ねだ》の張ってございます所はほんの三畳ばかりで、ここに囲炉裏が切ってある。

後はみんな土間で、北のほうはひしぎ竹の下見へ裏から邪険に泥が塗ってある壁……まあまあ壁で、これから西のほうへかけて干葉《ひば》が縄《なわ》につけて干してある。こいつが風が吹くたびにガサガサいうという田舎家のお約束でございます。これを正介は五両といくらかで求めまして、真与太郎と二人引き移りましたが、ここに正介の運のよいことには、正介が門番になりますとじきに、この寺にございます榎《えのき》が、乳の出ないものが信心すると利益《りやく》があるというのではやり出し、この榎のうろのようなところに、とんと乳の下がったような瘤《こぶ》がいくつもありますが、この先から乳のような甘い露が垂れるが、これを竹の筒に入れて持って帰りまして乳の先へ付けますと、きっと出ない乳が出るという。これは露ではありません、木のやにでございましょうが、このはやり始めましたというのも一つの不思議で、これは去年新宿で出会いました、かの小石川原町の万屋新兵衛の女房が、あれから後に乳へちょっとしたできものができましたが、たいそう痛みまして医者にかかってもはかばかしく治りません。なんでも信心をするよりしかたがないと、白山《はくさん》様をしきりと信仰いたしますと、ある夜の夢に白山権現が現われまして、汝《なんじ》赤塚の榎の下にあるわれを信仰いたせばたちまち利益《りやく》を与える、その榎から垂れるところの乳を痛み所《しょ》へつけよ、たちどころに平癒《へいゆ》すべしとお告げがありましたから、新兵衛夫婦は信心肝に銘じまして、早速その翌日赤塚の白山権現といって尋ねましたがいっこう知れません。知れませんはずで、白山権現が別にあるのではないから尋ねあぐみまして、新兵衛夫婦が松月院の門番へ立ち寄り、図らず正介に出会いますというお話。まことに一、二回のところはほんの敵討ちの端緒《こぐち》を並べますのみゆえ、さだめしおもしろくございますまいが、いま三、四回で読み切りますすゆえ御辛抱のほどを願い上げまする。

三十

新兵衛は夢のお告げに喜びまして、赤塚へまいり尋ねあぐみましたから、松月院の門前へくたびれて立ち寄り休みますと、そこにおりましたのは正介でございますから、互いにまた巡り会いましたのを不思議に思い、まあなんでこの辺をお歩きなさると聞きますと、「実は女房がこれこれの次第で、その願掛けに榎を尋ねたところ、どこにあるのかいっこうわからず、もう根《こん》が尽きてならんから、思い切って帰ろうかと思います」と話を聞いた正介は、「それは不思議なこんだが、その榎の下に白山様があるっていうのは、おおかたこの門のうちの榎だんべい。わしも近ごろここへ来て間もねえから、よくは知らねえが、榎の下にあるお札箱のような小《ち》せっぺえ宮が、白山大権現様だと聞いただ。まああすこへ行ってみなさい」といいますから新兵衛も喜び、これから正介が案内をいたしまして榎の下へ行ってみますと、いかにも古びたお宮がありまして、額《がく》もなければなにも神号を書いたものはありませんが、白山さまにはお約束の房楊枝《ふさようじ》が五、六本煤《すす》だらけに真っ黒になってあがっております。これは村の者が口中の患いでもして、この神へ願込《がんご》めをして治ったから納めたものでござりましょう。それに榎を見ますとなるほど、乳房のような瘤がいくつもあって、その先から垂れるほどやにが出ておりますから、いよいよこれだと新兵衛はまずうがい手水をつかいまして信心《しんじん》をいたし、この榎の乳から垂れます水を竹筒に受けまして、正介にいとまを告げ帰りましたことで。正介はこれまでこの白山様にこんな利益《りやく》があろうとは知りませんでしたが、新兵衛が霊夢に感じて遠々《とおどお》からわざわざ探してくるのは奇妙だ、幸い真与太郎さんも乳がなくって、ときどき思い出すと泣いていけないから榎の露を飲ませべい、とこれから真与太郎にも竹筒にうけては飲ませ、しきりと信心をいたし、毎朝毎朝焚《た》きますれば麦飯だけれども御膳《ごぜん》を上げる、または落雁や駄菓子《だがし》なんどを上げておりましたが、その後三、七、二十一日目に新兵衛は夫婦づれで礼参りにやってきまして、願《がん》ほどきに小さな幟《のぼり》と、こう女が座って乳を絞っておりますと、こちらのほうに雲があって御幣が立っておるという額を納めまして、正介へも、おまえがここにおいでばっかりで尋ねあぐんだ白山様も知れたのだから、となにか礼に二朱包んでくれまして、御利益《ごりやく》で乳癌《にゅうがん》にでもなりそうなできものが治ったから、お礼には百人の者へ広めろという最初のお告げだから、これから人にこちらの榎のことを話して信心をさせます、と松月院へもお経料を納めましてその日は帰りましたが、そのころはただいまのような開化の時と違いまして、とかくに変なものを信心をいたしますのがはやりますからたまらない。わずか三月《つき》ばかりのうちに赤塚の榎のうろの乳から乳が出るが、人間の乳と少しも違わねえで、乳のねえ子なんぞにはそれを飲ましておけば無病でずんずん育つそうだ、それに親の出ねえ乳まで七日《なぬか》のうちにきっと出てくるのは不思議だ、奇妙だ、とうわさをいたしますから、いよいよ評判が高くなりまして、赤塚の乳房榎乳房榎と、たれいうとなく申します。仕合わせなのは正介で、ちらほらと参詣《さんけい》がございますから、しまいには乳をもらって帰ります竹筒《たけづ》っぽうを何本もこしらえて売るようになり、また休んでゆく人もありますから繁盛で、正介は間がな隙《すき》がな、この白山権現を祈りまして、なにとぞ主人のせがれ真与太郎を成人させまして、父の敵磯貝浪江を首尾よく討たせてください、と一心に願います。少々お話が前後いたしたようでございますが、この赤塚という村のことが江戸名所図会《ずえ》に出ておりますからちょっと申し上げますが、赤塚と申します地名は昔高位のお人の墓があった所ゆえ、あらはかと申しましたとも、また赤塚右近《うこん》、同蔵人《おなじくくらんど》などという大名が住んでおりました所ゆえ赤塚と申すとか、榎のうろから乳の出ましたことも昔のことで、この乳をもって、みなしごを育てたということが出ておりますそうでございますが、榎《えのき》のございます寺は万吉山松月院《まんきちざん》と申して、禅宗でただいまもって歴然と残りおりますが、こんなことは申し上げずとよろしいが、名所図会にありますからちょっと申し上げおきますので。さて、その年も暮れまして翌年になり、その年はなにごとなく暮れまして、光陰は矢のごとくとか申しまして、ことしは真与太郎も五歳になります。いたって健やかで育ちますが、その代わり、まるで田舎の子どもになってしまいましたから、色が真っ黒になって目ばかり光って、言葉まで在郷言葉で正介をまことの親と心得ておりますから、爺《ちゃん》や爺やと慕いますのを聞いては、正介が情けねえと涙を浮かべまして水っぽなといっしょにかんでおります。ころもちょうど夏の末で、土用がまだ入《い》ったばかりという、恐ろしい暑い日でございましたが、むこうからやってきました男は、四十格好で、鼠《ねずみ》と紺の細かい微塵の越後の洗いざらした帷子に、紺博多の帯、素足《すあし》へ白足袋を履き、麻裏草履で、菅《すげ》の小深い笠《かさ》をかぶって、小さな包みをしょいまして、暑いとみえて笠を取りまして腕まくりをして、天地金《てんちきん》で親骨がとれかかっております扇でしきりにあおぎながら汗をふきふき、「ああ暑い、爺《じい》さん水を盥《たらい》へくんでおくれ」とはいってまいりました。

三十一

正「へい、今冷てえのを上げます。今日《こんにち》はてえそう暑い日で、それに原ばっかりで日陰のねえ所《ところ》だからたまらねえ」

とはねつるべから盥へ水をくみまして持ってまいり、

正「さあお遣いなせえ。ずいぶん、この水は冷てえほうでは自慢でごす」

男「そいつはすてきすてき。ああ冷てえ、これは手が切れそうだ。掘り井戸かえ」

正「へえ、ここらはじき三尺も掘ればじき出ます」

男「ああいい水だ」

と手ぬぐいを絞りまして、背中などぬぐうておりました男は思わず正介と顔を見合わせました。

竹「や、おまえは間与島さんの正介どんだ。先生のおうちの……いや正介さんに違《ちげ》えねえ」
正「え、なんだえおめえ、なあるほど、おまえさま竹六さまだな」
竹「どうも不思議な所で、どうも夢だね。夢のようだよ」
正「おれも夢だよ」
竹「実にこんな所でおまえに会おうとは思わなんだ。そうしてどういうわけでここに」
と聞かれまして、正介は疵《きず》持つ足でございますから、ただもじもじしております。
竹「おまえが柳島のお家《うち》を真与太郎さんを抱いてお使いに出たぎりで帰らないということは聞いたよ。浪江、なにさ今の旦那からお聞き申したが、ここはおまえの在所とでもいうので、ここへ引っ込んだのかえ」
正「いえおめえさま、このわけは話せば長いこんで、一様や二様のことじゃあねえだが、そうしてまあ、おまえさまがここへ来さしったのはどういうわけだえ」
竹「いや、これにはいろいろわけあり。まあともかくものどが渇くから茶を一杯《ぺい》、いえ砂糖を入れて水を、今の冷たいのなら豪気《ごうぎ》だ、なにあいにく砂糖が黒い、なにいいとも、どうせここらには白いのはない。おっと、こぼれるこぼれる」
と腰をかけまして水を飲みなどいたし、
竹「いや少しのうちに変わるもので、世の中は三日見ぬ間に桜かなで、もう足かけ五年前《あと》になるね。先生が落合で殺され、浪江さまが跡へお直りなすって、まだおまえも知ってだっけ、あれから御新造がお産があったよ。しかもお生まれなすったのは男のお子でね。よいお子だけれど、御新造も真与太郎さんを連れておまえが行き方《がた》知れずになったということをお聞きなすって、旦那には義理のあるお子のことだから、あらわには気がもめねえ。自然と心を痛めたもんだから、お乳が少しも、相変わらずさ、出ない。さあ旦那が気をもんで、あるとあらゆるお医者は申すに及ばず、乳もみにまでかかったが出ない。その中に赤さんは乳がないからやせ衰えて、とうとうおかわいそうさ、亡くなった。そのおまえ取り片づけをしてちょうど七日《なぬか》だ。七日目に御新造の乳の上のところへおできがぽっつりとできたが、その痛むこと恐ろしい。昼夜御新造はころころ転がって、ヒイヒイといって痛がっておいでなさるので、聞けばこのごろ赤塚の乳房榎の下の白山様へ願《がん》をかければ乳いっさいの病ならじきに治ると、とうとう竹六そのお役に当たって、早く行ってお乳とかを頂いてきてくれと、それ例の気短かで、それというとそれだから、この炎天をやってきたのだが、おまえはまたどうして柳島を出なすったのだね」

と不審を打たれまして正介、はや先だちますのは涙で、声を曇らせまして、

正「竹六さん、これにはだんだんわけのうあるこんだが、おれ先《せん》の旦那にゃあ大恩受けたから、なんでもその恩返しするつもりで、あのとき坊ちゃまを連れて走っただよ」

竹「え、それでは坊様はあのとき一緒で、今でもお達者で」

正「まああありがてえこんには、おれ一心届いて余所《よそ》で乳イもらったり、落雁嚙んで食べさせたりして、丹精してようようのこんで成人させただ」
竹「え、それではなにかえ、坊様はあのお達者で」
正「おれいろいろ心配《しんぺえ》して、ことしは五つだあ、これ真与太郎さん、どこにいるよ。また裏の池へかかってかな。おとついもおめえ、はまったじゃあねえか、危ねえよ」
真「なに池へかかりゃあんしねえ。竹藪《たけやぶ》の烏瓜《からすうり》イとるだあ」
正「烏瓜イとるって、だめだ、よせよ。烏瓜イは食われねえから、ここへ来て、そら竹六じいやアにおとなしくお辞儀するだあよ」
真「おらあ、お辞儀なんてえこと知んねえよ」
正「知んねえじゃあねえ、困ったよ。竹六さん見てくだせい、これが坊ちゃまだよ」
竹「え、この色の黒い餓鬼が、いえなに、このお子がかえ」
と肝をつぶすはずで、田舎《さん》で育ったから、日に焼けて色は真っ黒だし、頭はと申すと赤い毛でもじゃもじゃと散ばら髪でございまして、手織縞の単物《ひとえもの》というとたいそう豪気《ごうぎ》ですが、方々に色紙《しきし》が当たって継《つ》ぎだらけで、膝《ひざ》の下は五分ばかりしか丈がないという、どう踏み倒しの古着屋に見せても、三百にしかは買うまいと思うほど。竹六はしばらく真与太郎の顔を見つめておりましたが、
竹「おお坊さまかえ、たいそうりっぱにおなんなすった、どこかお父《とっ》さんに面差しが似ておいでのはうれしい」

真「おいらア爺《ちゃん》はここにいるのが爺《ちゃん》だ。ほかにお父《とっ》さんはねえ」

三十二

見違えるようになったから竹六も驚きましたが、
竹「へい、あなたが坊ちゃんかえ。まあ大きく」
真「ええ坊ちゃんという名じゃあねえよ」
正「これ、おとなしくなせえ」
真「それでも、お坊ちゃんじゃあねえもの」
竹「ねえとおっしゃって、争われないよ、口もとが先生に似ておいでだからね」
正「もうへい足かけ三年ばかりというものは、こんな草深え所《とこ》で育っただから、まるで在郷者《ぜえごうもの》で。あれまた、そこらへさ、小便しちゃあだめだ。よさっせえ」
竹「いえ、あのおまえにあまえ、おかわいそうだよ。先生が御繁盛ならね、それこそ絹布《けんぷ》ぐるめで、もし坊ちゃま」
真「また、おれ坊ちゃまだって、おれそんな名は知らねえ、馬鹿やい」
と竹っ切れかなんどを持ちまして、田んぼのほうへすたすた逃げて行ってしまいました。
竹「どうもさっぱりしておいでていい。だが正介さん、おめえ、ここにおいでのはど

に思いまして、と虚実を交《ま》ぜまして、これまでの家出をいたしたことを話しますから、竹六も気の毒
ういうわけで」
正「さあおれが身の上を話せばやっぱり長《なげ》えだ。実はこれこれのわけで」
と虚実を交《ま》ぜまして、これまでの家出をいたしたことを話しますから、竹六も気の毒に思いまして、
竹「そうかえ、それでおまえが男の手一つで坊さまを養育したというわけ。なかなかそれはできない。お亡くなりなすった旦那がさぞ草葉の陰でお喜びだろう。おまえは感心だ、恐れ入った。竹六感服……」
正「おめえさま、今話したこと包まずにいうのだから、もし浪江さまが聞くと癇癪持ちだから、あの爺《じじい》め、ふてえやつだ、と斬りかねねえから、どうか、きょう会ったことは黙っていて……それもおれが命なんぞ一つや二ついらねえけれど、せっかく成人さしたあのお子を不憫《ふびん》だと思わば、のう竹六さん、おめえさまも先《せん》の旦那には恩になっただ。それを忘れずば、どうかここでわしに会ったことは、一切《せつ》他言してくれるな。浪江さんへは言ってくれるな」
と頼みましたことで、竹六も真与太郎が今の姿を見まして、かわいそうだ、お気の毒だということが、肝に感じましたところでございますから、
竹「なに、そんなことは案じねえがいい。けっして言わない。竹六請け合ったうえは、石を抱いても他言をしないから不思議だよ、それは。ああ、べらぼうに暑い日だ。ああ着物の汗でびっしょり、こいつは気味がわるい。ごめんなせえ、ついでにちょっと帯を

締めなおして、なに足は汚れたが足袋を履いているから汚れないのはまた不思議だね」と着物を着直しますつもりで、紙入れの中の金入れにはいっておりました金を残らず鼻紙の上へあけまして、こちらへまわりまして、「正介どん」

正「あんだ、水でももう一杯《ぺい》上げようか」

竹「なに水はよいが、これはね、失礼だよ、失礼だが、ここにたった二分《ぶ》二朱ある。これだけがきょうの持ち合わせ、と言うと、いつもはもっとたくさんあるようだが、ないのも不思議さ。はなはだ少ない、恥ずかしいがわたしの志。ああしてなに御不自由もない菱川先生の坊さまがあんな形《なり》、いえそんなことをいっては失礼だが、まことにおいたわしい。そこでこれはわたしが坊さまのことを思い出して、涙をこぼしたからその涙賃、いえどうかこれで、七月も近いから単物の一枚も買ってあげてください」

正「いや、それはおめえさま、よしなさい」

竹「いいえ、そう物堅く出られると困るよ。まことに少し、たった二分二朱、竹六先《せん》の旦那さまへ御恩返し。またおまえの忠義は実に不思議、それだから納めておいておくれ」

正「いや、おめえさま、金なんぞもらってはすまねえ」

竹「まあまあ、取っておきなさい。それでは人の親切を無にするのだ」

と辞退をいたしますから、二分二朱無理におっつけました。

竹「もう片陰《かたかげ》がだいぶできたから、それでは肝心の榎のお乳をおもらい申すのだ」

と、うがいなどをつかいまして、榎の下へいってみますと、はやるとは申しますが、かかる辺土のことでございますから、お宮といったって小さなもので、杉かなどでこしらえたお札箱のようなお宮で、扉《とびら》のうちになにかお札のような物があって前に御幣が一本立っております。これ御神体で……竹六は柏手《かしわで》を打ちまして、

竹「南無白山大権現はらいたまえ清め、いやここは寺の境内《けいだい》だから、神道《しんとう》じゃあるめえ。正介どん、このお寺は何宗旨だえ。え、なに、浄土宗、そんなら、オンガボキャアベエロシャナア南無白山大権現様、南無白山大権現様、南無白山大権現様、間与島の御新造の腫物《しゅもつ》たちどころに平癒《へいゆ》いたしますように、天下泰平国土安穏商売繁盛息災延命家内安全、災難を逃れ福をなにとぞ授かりますように、オンガボキャア」

なんどと一心に拝みまして、例の竹の筒へ榎の乳を受けまして、正介にいとまを告げ、赤塚を出ましたのは八つごろでもござりましょうが、急いでやってきましたから、ちょうど灯ともしごろに、柳島へ帰ってまいりました。

竹「へい、竹六ただいま帰りました」

三十三

浪江は竹六の帰りますのを待っておりましたから、

浪「おお竹六か、御苦労御苦労。さぞ暑かったろう。さあさあ、まあ肌《はだ》でも脱いで涼

んで、それから向うの話を聞こう」
竹「いえ道で日が暮れましたから、思いのほか涼しゅうございました。昼は恐ろしい暑い所で、なんだといって大根畑ばっかりあって、木というものがございません所ですから、ちっとも陰なし、実に汗びっしょりの衣類《べべ》ぬらし、……いやそんなことはよいが、御新造様はいかが、少しはお痛みが去ったほうでいらっしゃいますか」
浪「さようさ、きょうはまず大できのほうでよかったが、日暮れからまた痛むといって、あのとおりうなっておるよ。そうして乳はもらってきておくれかえ」
竹「へい大もらい、これでございます。この竹筒のほうへ入れてまいりました。御新造さま早く召し上がれ、じきにお治りで、不思議だそうでございます。へい、ずいぶん大きな榎の木でその前に棚《たな》が釣ってありまして、その上に治った人がお礼に上げたという、やっぱり竹づっぽうへ入れた乳が名前が書いて上がっておりますが、江戸からわざわざ願がけに行くものがあるそうで、名前を読んでみると小網町だの橘町《たちばなちょう》だのというのがたくさんあります。ほかに土器《かわらけ》へ絞って上げる人もございますそうで、その土器はじき門の脇《わき》の茶屋で売っておりますが、そこにあなた、あの正介が……いえ、なに、正直《しょうじき》そうなおやじが」
とつい口走りましたから、「さあ御新造お早くお頂きなさい」などとごまかしましたが、日ごろから心にかかる正介のことゆえ、浪江はハッと胸へ当たりまして気になります。

浪「いや流行神《はやりがみ》というものは効く効かないにかかわらず、おのずと人気がそこへ寄るものだから、鰯《いわし》の頭も信心柄とやらで、こっちの心さえ通じればそれはきっと利益《りやく》のあるもので。え早く頂くがよい。なに気味が悪い、なにそんなことはない、竹六」

竹「へい」

浪「今、おまえが正と言いかけたが、おとし駆け落ちをいたした下男の正介は元は練馬在の生まれで、たしか赤塚とか申したが、彼が故郷ゆえ、もしや正介がそこにおって会いでもいたしはしないか」

竹「え、なに正介殿《どん》に、なに会いはしません」

浪「会わなければそれでよいが、あいつが故郷はたしか赤塚と聞いておったから、よい会わなければ」

竹「なに会いませばなにもお隠し申しはしません。だが御新造、さあ、お乳を上がれ、じきに験《しるし》が見えます。わたくしがそれに一生懸命にお願い申してきましたから、御願《ごがん》が効きますことは竹六お請合い、その代りにすっぱりよくおなんなすってお礼参りというときは、わたくしはぜひ御案内かたがたお供でござりましょうね。その節は御褒美《ごほうび》に、それ、いつかほしいと申し上げたお帷子でも御帯《おみおび》でもどちらかちょうだい。こう両天秤《てんびん》を引っかけておけばだいじょうぶ、ハハハハ。旦那さまお大事に、さようなら、また明日《みょうにち》、お休み遊ばせ」

と飛んだことを口走ったと思いますから、よけいな世辞をいって、竹六は口を押えて浅草田原町のわが家へ帰りました。後で浪江は疵《きず》持つ足でございますから、今竹六が正介と言いかけてよしたのは、なんでも、あいつ正介に会ったにちがいない。わが悪事の片腕をいたしたおやじ、あいつを生かしておいては枕を高くは寝られぬ。どうかいたして根を断ち葉を枯らして安堵《あんど》したいものだと思いましたが、佞奸《ねいかん》の浪江少しも色には出しませんで、おきせの枕元へまいり、

浪「どうだな。できものがそう痛むのは、それは吹っ切るから、それで痛みが激しいのであろう。せっかく竹六が親切にもらってきてくれたのだから、この乳を、なるほど、飲むは気味が悪かろう。もっともだ。それじゃあ筆の先かなにかで痛むところへつけるがよい」

きせ「はい、ありがとう存じますが、まことに夕方から別段に痛みが激しいようで、実にこらえにくいほどでございます。それではその乳を」

浪「おれがつけてやろう。絵筆が柔らかくてよいから」

と浪江は件《くだん》のもらってまいった乳を絵筆の先へ付《つ》けまして、

浪「いや、これは痛そうだ。真っ赤になった。しかしこれはもうじきにふっきりそうだ。総別頭のない腫物《しゅもつ》は悪い物としてあるからなかなか苦しいものだそうだが、辛抱も今夜ぐらいなもんで、膿《のう》さえ出ればけろけろとよいから我慢をしな」

と乳をつけてその晩は浪江も眠りにつきましたが、おきせも乳をつけましたせいかして、宵にはすやすや眠りますあんばいだから、夜伽《よとぎ》などをいたします下女や雇い女など

は喜びまして、次の間《ま》へ来てみんな寝てしまいました。……これより重信の祟《たた》りでおきせがいよいよ苦しみまして、ついに浪江の手にかかり非業《ひごう》な死を遂げますという、雀《すずめ》の怪談のお話は明日《みょうにち》のことにいたしましょう。

三十四

さて、毎度連中《れんじゅう》が怪談怪談と申しますお話をよく申し上げますが、昔と違いまして、ただいまは小学校へお通いなさいますお六つかお七つぐらいのお子様方でさえ、怪談だの幽霊だのということはない、噺家《はなしか》はうそばっかりつくとおっしゃるそうでございますが、けっして幽霊がないという限った訳もないとやら。これらはすべて理外の理とか申して学問上の議論で押しつけるばかりにもゆかぬ。これはよけいなことで、早速本文《ほんもん》にかかりますが、おきせは、かの竹六が赤塚からもらってまいりました乳を痛み所《しょ》へつけましたので、鰯の頭も信心柄とやらで、ああありがたいと思ったから神経が納まったとみえましてすやすやと眠りますので、浪江をはじめ夜伽をいたします者も喜びまして、みな枕につきましたが、夜明け方からまた痛み出してきたとみえまして、おきせはウンウンと申して傍らに寝ておりました浪江を揺り起こしまして、

きせ「あなた、ちょっとお起きあそばしてください。もしあなた、お目を覚ましてくださ い。まことに痛んでなりませんからよ……あなた」

といいます声も息苦しく揺り起こしますから、
浪「あいよ今起きるよ。うるさい、おれだといって少しは眠らなければ体がつづかないよ」
きせ「それでもたいそう痛んでまいりますから、心細くってなりません。どうぞ目を覚ましてくださいまし」
浪「そう揺すぶってはいけんよ。今起きるよと言ったら、静かにせんか」
としかたがないから床《とこ》の上へ起き返りました。
浪「また痛んでまいったのか」
きせ「はい、誠に宵の口は、あの乳をつけたせいでしたか痛みが薄らぎまして、疲れておりますから、うとうとといたしましたが、もう怖《こわ》い恐ろしい夢を見ましてからまた大層痛んで。あなた、どうぞその手ぬぐいを取ってくださいまし」
浪「手ぬぐい……おおこれか、これは少しぬれておるよ」
きせ「いえ、それはわたくしの汗で、これ御覧《ごろう》じませ、こんなにびっしょり汗をかきまして……」
浪「おおこれは恐ろしい汗だ。お久《ひさ》を呼んで単物を着替えるがよい。お久お久」
と下女を呼びますから、おきせは、
きせ「あなた、お待ちなさい。幸いたれもそばにおりませんから、ただいま見ました夢を」

浪「なんだえ、今見た夢を。いけんよ、そんな夢なんぞを気にしてはかえって病に障るから決して気にかけぬがよい」

きせ「いえいえ気にかけずにはおられません。ただいまばかりではございません、毎晩痛みが激しくなって熱が出てまいりますと、枕元へ先《せん》の夫重信が」

浪「しいっ、これさ静かに言いな」

と浪江は辺りへ心を配りますことで。

浪「重信先生がどういたした」

きせ「もうそれは恐ろしい顔をして、わたくしを恨めしそうににらめまして」

浪「いけんよ。それはおまえが始終先《せん》の御亭主のことを思って心に忘れぬから夢に見るのだ。もはやただいまとなり、なんと申したとて帰らぬ旅へ赴かれた先生、とって返しができないからあきらめるがよい」

きせ「いえ、それはあきらめておりますが、あなた、わたくしがこんなに苦しみますのも、今考えてみますと、五年前に夫が留守中に、あなたがわたくしへなんなさいましたとき、ああいうわけになり、間もなく落合とやらで非業な死を遂げ、まだ百か日も済みませんうちにあなたと夫婦になりましたのは一生の誤り。せめて一周忌でもたちましてからにいたせばよかったと思います。わたくしがこんな業病《ごうびょう》を患いますのも、みな夫重信の祟りではございませんかと、夢を見ますにつけて、どうもそう思われてなりません」

浪「また始まったよ。つまらんことは言いっこなしさ。なにも先生をわたしと二人でも邪魔になるから殺して、そうして夫婦になったというわけじゃあなし。ちゃんと竹六に、それはないしょはともかくも表向きちゃんと、まじめで師匠の跡へ直ったのだから、先生が喜ぶとも恨む気遣いなしだ」

きせ「それでもあなた、ただいまなんぞは夫重信が血だらけになりまして」

浪「え、血……どうも女というものは愚痴で困るよ。それは人手にかかって切られて死んだから、血だらけにもなろうじゃあないか」

きせ「まあ、あなたお聞きなさいまし。そうして青い顔をいたして、目の中が血走って、もうもうなんとも申されない顔をいたして、わたくしの髻《たぶさ》をとって引き倒しまして、この犬畜生め、よくもおれを落合の堤で殺したな。汝《おのれ》にも思い入れ苦痛をさせねばならん、といっては打擲《ちょうちゃく》をいたしますが、その恐ろしさ、いつでも夢が覚めますと汗をびっしょりかきまして、それにこのできものの中にこうなにかおりますようで、わたくしの思いますには雀でもおってお腹《なか》の臓腑《ぞうふ》をくちばしで突っつきますようで、その痛いことはなんとも申されません。ああ痛い、これはあなた、痛んでまいりました。あれあれ、たいそう雀が来まして」

浪「なに雀がどこへまいった」

三十五

きせ「あれ雀がたいそう来ました。ああ、できものを突っついてどうも痛んで、あれああ……」

浪「これ雀がどこへまいった。なに家《うち》の中へ雀がなんでまいるものか。馬鹿を言ってはいかんよ。そんなうわごとをいうのは熱が強いからのせいで、気を落ち着けて少し我慢をしているがいい」

きせ「いえいえ熱のせいではございません。ほんとうに雀がチュウチュウ申してできものをくちばしで突っつきます」

浪「いやいや、なにかで突つかれるように思うが、それは今ふっきろうといたすので、それでうずくのだろう。雀などではない。馬鹿を言わずに夜《よ》がもうじきに明けるから、それまで辛抱しな。これ、そうせつせつと申したって治りはいたさん。かえってはっはっと思うとよけいに痛みが増すものだ」

と浪江《なみえ》はおきせをうしろからしっかり抱いて、看病をいたしておりますが、おきせは、

きせ「いえいえこう苦しみますのも、夫重信の百か日も済まないうちに、あなたと夫婦になった罰《ばち》でございましょう。とろとろといたすと夫の姿がどうも目についておりまして」

浪「いえ、それは気のせいだ。たとえ師匠が人手にかかって非業な死をお遂げなすったとて、どうかいたしてその敵を捜しいだして、敵討ちをいたしたいと思う念は、これまで一日も忘れたことはない。おれだってそのくらいに思うものを、なんで先生がお恨みなさるはずがないわ。よいか、それだから夢にだって恨みをおっしゃるのでないぞ。それは礼に、なにてまえが病気見舞にな……おいでなすったのじゃ」

などとごまかして力をつけますが、ますます痛みが激しいとみえまして、

きせ「ああ痛、どうも苦しくって、あなた、どうもこの腫《は》れておる所が痒くってなりません。ちょっと見てください」

浪「よいよい見てやろう。どれどれ」

と浪江はおきせが痛がっております乳の下を見ますと、三寸ばかり、こう座取《ざど》って、硝子《びーどろ》のように腫れ上がっておりますから、

浪「ああ、これは痛そうだ。だがこれは、かゆいかゆいとさっきから申すから、中がまるで腐っておるのだ。これはいっそ膿《うみ》を出したら痛みが去るかも知れん」

きせ「わたくしもそう存じます」

浪「だが医者のまいるまでもう少しの辛抱じゃから待つがよい。めったなことを素人了見でいたして、もしものことがあっては後で取り返しがつかんから」

きせ「いえお医者様のおいでまで待たれません。どうぞあなた小刀かなんかで突っついてくださいまし」

浪「どうも困るな、そんな荒療治はできん。わがままをいっては困るよ」
きせ「いえ、このとおりブクいっておりますのですから、切ればすぐに膿が出て痛みが去りましょう。あなた早く早く」
とせきたてます。
浪「よい、それではおれが切ってやろう。だが少しは痛かろう、我慢をいたせ」
と枕元にありますす脇差《わきざし》を取りまして、小柄《こづか》を抜き、左の手でおきせをしっかり押えまして、小柄の先をもって、かのできものを突こうといたしましたが、どういう手先の狂いであったか、左の乳へかけまして五、六寸も深く切り込みました。おきせは「あっ」といって反り返りましたが、不思議や、その疵口《きずぐち》から血交じりの膿がほとばしり、それといっしょに白緑色《はくりょくいろ》の異形《いぎょう》な鳥が現われましたから、浪江は現在女房の乳の下深く手が狂って突っ込んだのでびっくりいたしたところへ、またもや疵口から鳥が飛び出したので、はっと思い、あっけにとられて、しばしの間、呆然《ぼうぜん》といたして見ておりますうちに、小さい鳥と思いましたのが、見る間にたちまち鳶《とんび》ぐらいな鳥になりまして、浪江の頭上を目がけ、くちばしをとがらして突っつくありさまに、浪江は「畜生、畜生、畜生」と有り合わせました棕櫚箒《しゅろぼうき》をとって追い散らしましたが、件《くだん》の鳥は風のごとくふわりふわりと手ごたえがいたしませんから、浪江は箒をもって縦横《じゅうおう》へ振り回し、鳥を追い回しますが、形は目に見えても手ごたえがないから、ただ畜生、畜生と申して箒を振り回しますばかりで、これを余所目で見ましたら箒を持って独りで踊っておりますようで、さぞおかしいことでございましょう。浪江はあまり箒を振り回しましたので、がっかりいたし、疲れてそこへどっと倒れまして、「たれかいないか、たれかいないか、水を一杯くれ。ああ苦しいたれかたれか」とどなりますので、勝手に寝ておりました看病人はじめ下女も目を覚ましまして、そこへ駆けつけてみますと、こはいかに、おきせは乳の下より膿が出て、うんと反り返りまして、虚空《こくう》をつかんで歯をくいしばり、舌を噛んだとみえまして口から血を流して死んでおります。浪江は箒を持ったまま疲れ切って倒れておるというので、駆けつけました看病人と下女は驚いたの驚かないのといって、「旦那様に御新造が、た、倒れてどうしたらよかろう」と、うろうろいたしておるという、ついにおきせは重信の祟りで落命いたしましたが、これより浪江がふらふらと逆上をいたして赤塚へまいり、おのれと死地に入《い》るという、五歳の真与太郎が親の敵を討ちます一段は、いま一回でいよいよ読み切りと相成ります。

三十六

おきせが死んだと聞きまして、扇折りの竹六は飛んでまいりまして、「へい竹六でござい。さて旦那様申し上げようもない次第で、御新造様が御急変でいらっしゃったって、実に驚き入りました。御愁傷なんぞということは通り越して、ほんとうに夢でございます。昨日《さくじつ》赤塚からもらってまいった乳をわたくしが上げたとき、竹六や御苦労だったね、さぞ途中が暑かったろうね、とおっしゃったお声が、まだ半分ばかり耳に残っております」などと悔やみを申しておりましたが、浪江は悪人でも首ったけほれておりますおきせが死んだので、少し取りのぼせたとみえまして、かの正介のことを竹六が口走ったのが、気になってなりませんから、早速おきせの死骸を棺へ納めまして、温気《うんき》の時分だからといって、すぐに菩提所へその夕方に埋葬をいたして家《うち》へ帰ってまいり、その晩はわざと竹六を家へ泊まらせまして、翌朝竹六を自分の居間へ呼びました。

竹「へい旦那、さぞお疲れでいらっしゃいましょう。しかし御葬式も御都合よく済みまして御安心さまで」

浪「大きにおまえお骨折りで。いや、おまえとは久しいなじみだが、先生の葬式から引き続いて坊の死んだとき、また、こんどの不幸にもいろいろ厄介をかけるというのもこれはなにかの縁で。時におととい赤塚からおまえが帰ったとき、正介に会ったと言いかけたがあれはほんとうに会ったのかえ」

竹「へえなに正介には」

浪「いやいや隠してくれては、かえっておまえのためにはならない。先生の忘れ形見の真与太郎をさらって逐電《ちくてん》いたした不忠者、居所《いどころ》が知れては打ち捨ておかれぬやつ、会ったら会ったと有り体《てい》に言っておくれ。もし隠しだてをするなら、おまえも正介と同類ゆえ、よんどころなくこういたすから」

と刀をひねくりますから、「いえ申します申します」と竹六も浪江の目の色が変わっておりますからけんのんゆえ、実はこれこれしかじかと、赤塚で正介に会ったことを申しましたから、それでは片時《へんし》も捨てておかれぬ、と自分の悪事の現われ小口でございますから、すぐに竹六を案内に連れて浪江は赤塚へ赴きました。お話は二つに分かれまして、赤塚の正介はきょうは七月十二日で、お精霊《しょうりょう》さまのおいでの日だというので、お迎い火というやつを焚いております。「さあ坊さま、おまえもことしは五つだから、少しは物心もつく時分だが、こうやってお迎い火イ焚くも、おめえさまのお父《とっ》さまがお精霊様になってきなさるから、さあ、お念仏を言わっしゃい」と仏壇から線香の煙《けぶ》でくすぶった白木《しらき》の位牌《いはい》を持ってきまして、「坊ちゃま、これがおめえの父《とっ》さまだよ」

真「なに、おれの爺《とっ》さまあ、おめえだあ」

正「もってえねえ、おれは草履取りだあ」

真「草履取りだ、草履取りたあなんのことだあ」

正「草履取りたあ履き物を取るこったあ」

真「それじゃあ坊の草履を取るかの」

正「まあそんなものだが、これ、よく聞かっしゃいよ。おめえさまの父《とっ》さまは浪人こそなすったが、元は二百五十石取ったりっぱなお侍で、絵ェお好きなばかりで朋輩《ほうばい》の嫉《そね》みイ受けて、菱川重信といってついに絵かきになられたが、器量よしの御新造持ったのが身を滅ぼす瑞相《ずいそう》で、五年前《あと》の六月六日の晩に落合で磯貝浪江という悪人のために殺されただ。そのときアおれ余儀なく悪人の加担してすまねえから、おめえさまあ殺せと言いつかったのを幸《さえわ》えに、この赤塚へ隠れておめえさま成人させ、どうかして親の敵ィ討たせてえと、おめえが背丈伸びるのを待っていただ。ええか、今にもその浪江というやつに出っくわしたら、この刀で横っ腹えぐって父《とっ》さまの仇《あだ》ア討たんければなんねえ、ええか。この刀アおめえさまを角筈の十二社の滝つぼへぶち込めっていったとき、犬脅《おど》しに差してきた生《なま》くらで、こんなに錆《さ》びているだが、こっちが一生懸命なら、これだって恨みは返《けえ》せる。おれが助太刀するから親の敵をええか、南無阿弥陀仏、南無阿弥陀仏」と麻幹《おがら》をくべて今念仏を唱えております。こなたの窓からのぞきました磯貝浪江はずかずかとはいってまいったから、正介はびっくりいたしたが、一方口《ぐち》のことゆえ逃げる所がない。浪江は上がり框《がまち》に片足踏みかけ刀の柄《つか》へ手をかけまして、「珍しや正介、おのれが悪事を隠さんために、この浪江を敵とねらうなどとは片腹痛し。いで小児もろとも真っ二つにいたしくれん」と居合腰に体《たい》を縮めて刀をすらりと抜き、汝《おのれ》っ、とまっこうに振り上げましたが、葺き下ろしの茅葺き屋根ゆえ内法《うちのり》が低いから、切《き》っ先を鴨居《かもい》へ一寸ばかり切り込んでがちり。正介は逃げ場を失いましたから一生懸命、「坊ちゃま、そら敵だっ」と仏壇にあった瀬戸物の香炉を取って浪江へぶっつけましたから、灰は左右へ散乱して浪江が両眼へはいったゆえ、アッといって思わず目をふさぐ。刀は鴨居へ切り込んであるから体《たい》をかがめて取ろうといたせど、あたりは灰神楽《はいかぐら》で少しも見えませんから、さすがの浪江も少しあわてて脇差を抜こうというところへは気がつきません。こなたの正介はここぞと思いまして有り合わした樫《かし》の木の心張り棒でめった打ちに腰の番《つがい》のところを三つ四つ食らわした。不思議やこの時まだ五歳の真与太郎でございますが、さながらうしろでたれかが手を持ち添えてくれますように、例の錆刀《さびがたな》を持ちまして、「お父《とっ》さんの敵思い知れ」と高らかに呼ばわりまして、浪江が横っ腹へ突き込み、ひとえぐりえぐったから、何かはもってたまるべき、浪江はアッと苦しみ立《た》ちすくみというやつで、ああ、とそれへばったり倒れたから、正介は南無阿弥陀仏、南無阿弥陀仏、南無阿弥陀仏と念仏を唱えながら、めった打ちに伸《の》しかかってぶちましたから、ついに浪江の死骸は顔も何もわからぬようになったとやら申します。ちょうどこれは宝暦の六年七月十二日の暮合《くれあい》のことで、早速この辺はお代官支配でございますから、手付衆の御検視がまいって浪江の死骸を改め、ひととおりお尋ねがあって正介真与太郎は名主預けになり、法のごとくおとがめを受けましたが、正介はのちに髪をそりまして回国に出て亡き人々の回向《えこう》をいたし、真与太郎は五歳で親の敵を討ったのは珍しいと、旧主秋元家へ十五歳になったら帰参させようと御奉書を賜わり、遠縁の者が引き取りまして世話をいたすことになり、このお話はまず今日《こんにち》で千秋楽と相成りました。永らくの間お目を拝借いたしてお退屈でございましたろう。

（松永魁南筆記による）

N
団子坂
谷中霊園
谷中の三崎・新幡随院
明王院
全生庵(円朝の墓所)
瑞輪寺
白山神社
大円寺
一乗寺
白山
大林寺
臨江寺
玉林寺
白山
南北線
根津神社
小石川植物園
根津清水谷
東大前
根津
上野動物園
都営三田線
言問通り
不忍通り
白山通り
上野恩賜公園
伝通院
東京大学
大曲り
赤門
講安寺
丸山本妙寺
不忍池
春日
長泉寺
湯島天神
後楽園
麟祥寺
本郷三丁目
上野広小路
隆慶橋
都営大江戸線
湯島
本郷三丁目
丸ノ内線
小石川後楽園
東京ドーム
千代田線
神田明神
水道橋
末広町
飯田橋
水道橋
神田川
中央本線
湯島聖堂
御茶ノ水
軽子坂

『怪談牡丹燈籠』関連地図

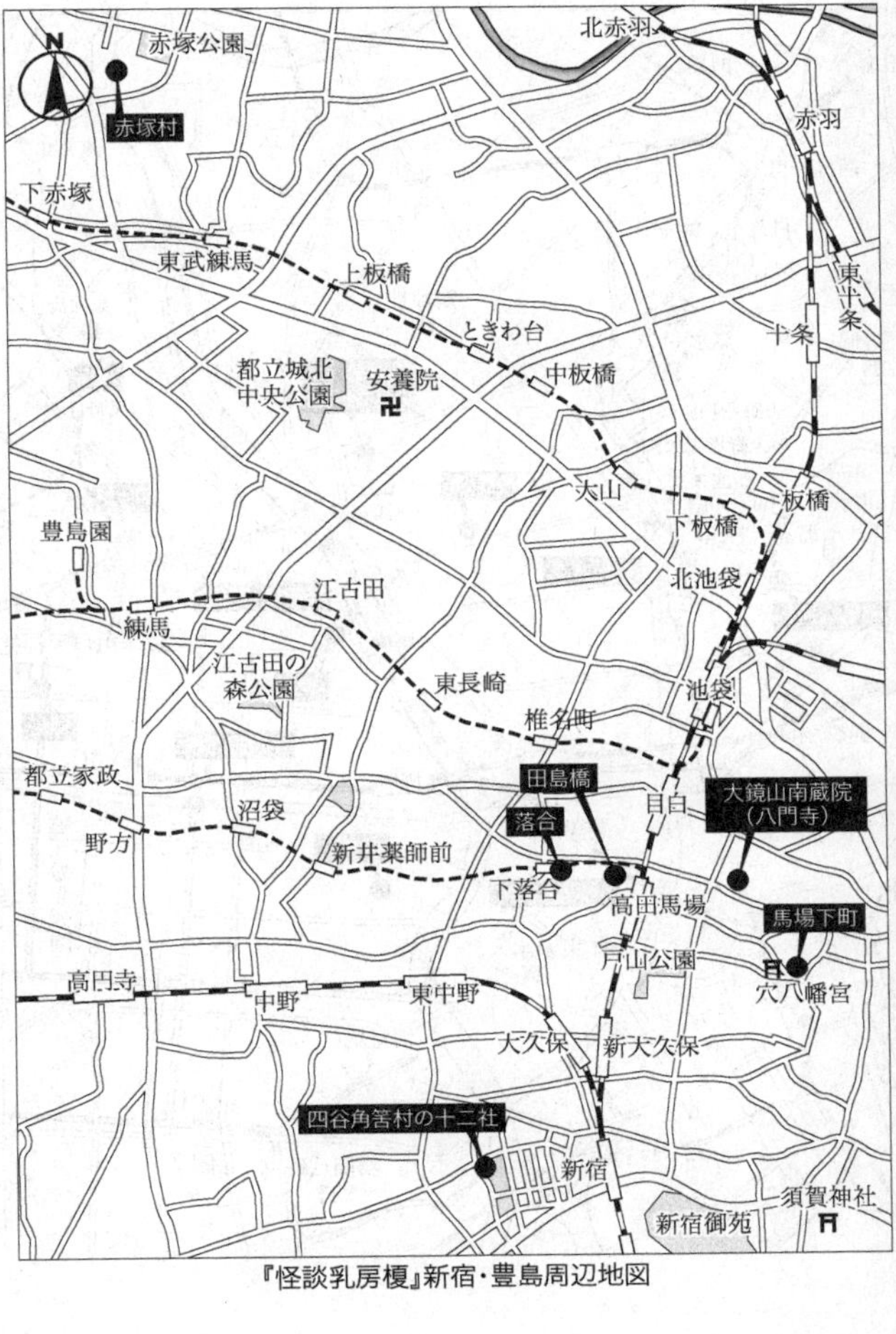

『怪談乳房榎』新宿・豊島周辺地図

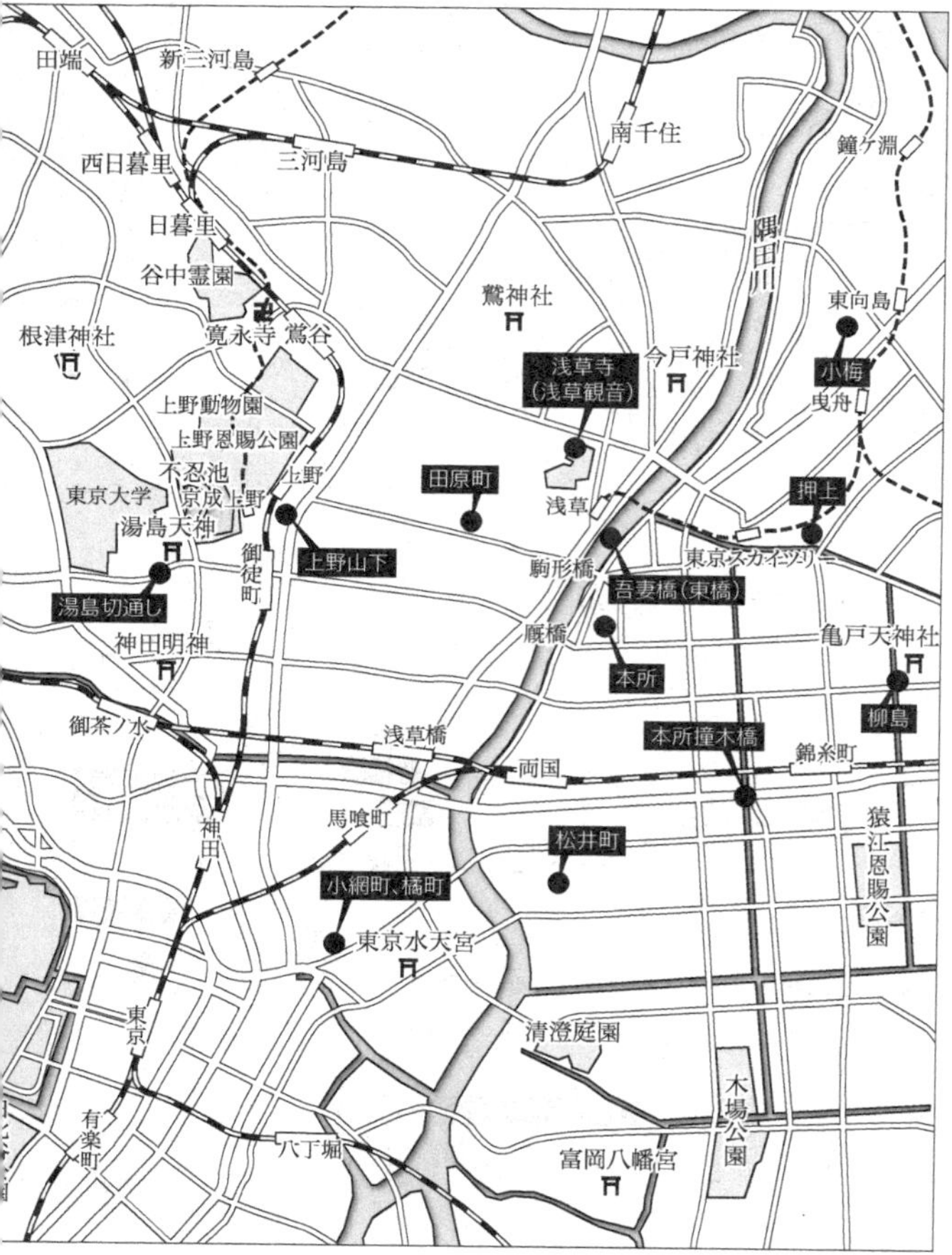

田端
新三河島
南千住
鐘ケ淵
西日暮里
三河島
日暮里
隅田川
谷中霊園
鷲神社
東向島
根津神社
寛永寺
鶯谷
浅草寺(浅草観音)
今戸神社
小梅
曳舟
上野動物園
上野恩賜公園
不忍池
上野
田原町
押上
東京大学
京成上野
浅草
湯島天神
上野山下
御徒町
駒形橋
東京スカイツリー
吾妻橋(東橋)
湯島切通し
厩橋
亀戸天神社
神田明神
本所
柳島
御茶ノ水
浅草橋
本所撞木橋
両国
錦糸町
馬喰町
猿江恩賜公園
神田
松井町
小網町、橘町
東京水天宮
東京
清澄庭園
木場公園
有楽町
八丁堀
富岡八幡宮

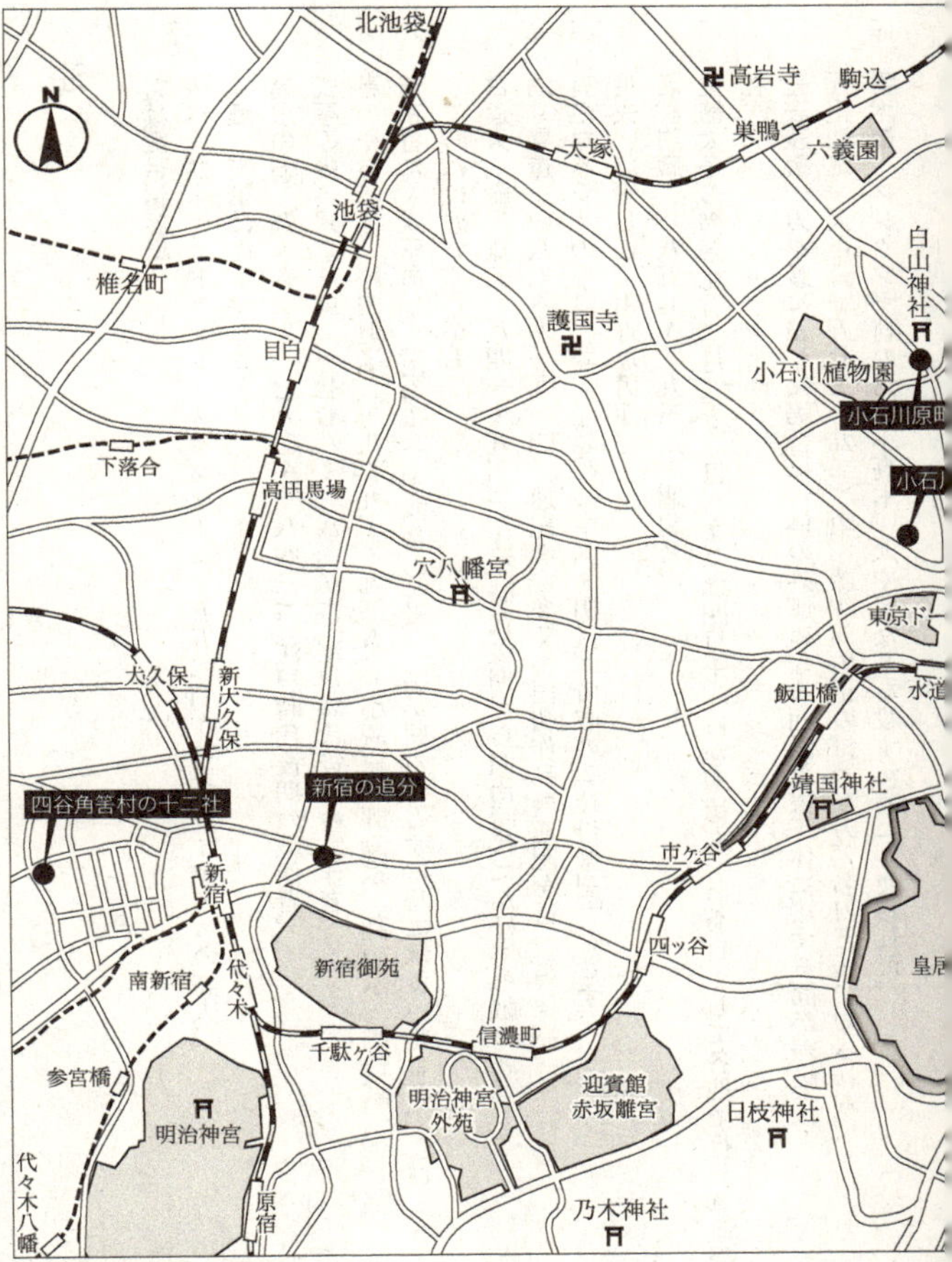
北池袋
高岩寺
駒込
巣鴨
大塚
六義園
池袋
椎名町
白山神社
護国寺
目白
小石川植物園
小石川原町
下落合
高田馬場
穴八幡宮
東京ドー
大久保
新大久保
飯田橋
水道
四谷角筈村の十二社
新宿の追分
靖国神社
市ヶ谷
新宿
四ッ谷
南新宿
代々木
新宿御苑
皇居
千駄ヶ谷
信濃町
参宮橋
明治神宮外苑
迎賓館赤坂離宮
日枝神社
明治神宮
代々木八幡
原宿
乃木神社

『怪談乳房榎』関連地図

注

【怪談牡丹燈籠】

（頁）

六　スペンサー　エドマンド・スペンサー（一五五二頃〜九九）。イギリスの詩人。

操觚　文筆に従事すること。

為永の翁　為永春水（一七九〇〜一八四三）。江戸時代後期の戯作者。

式亭の叟　式亭三馬（一七七六〜一八二二）。江戸時代後期の戯作者。

七　春のやおぼろ　坪内逍遙（一八五九〜一九三五）。小説家、評論家、翻訳家、劇作家。

八　国家将に〜妖孽あり　『中庸』二十四章の言葉。国が興ろうとする時には良い兆しが、亡びようとする時には悪い兆しがある。

古道人　総《ふ》生寛《そうかん》（一八四一〜九四）。江戸時代後期から明治時代にかけての戯作者。

九　酒井昇造　一八五六〜一九一四。速記者。多くの円朝作品の速記を行った。

一〇　有名なるシナの小説　『剪燈新話』（中国・明代）所収の「牡丹燈記」をさす。

傖夫　いやしい、粗野な男性。

若林玵蔵　一八五七〜一九三八。速記者。

一一　聖徳太子の御祭礼　二月二十二日、または四月十一日を聖徳太子の命日として各地で行われる祭礼。

一二　差表差裏　刀を腰に差した場合に、体の外側になる面が差表、体に接する面が差裏。

天正助定　天正（一五七三〜九二）頃、藤四郎佑正の打った刀。名刀として知られる。

一四　番木鼈　フジウツギ科の常緑小高木。犬や鼠などを殺すためにも使われた。

二五　白井権八　歌舞伎や浄瑠璃に登場する、犬がらみの事件に巻き込まれる人物。

一六　丸山本妙寺　現・東京都豊島区巣鴨にある。寺地を転々としたが、寛永十三年（一六三六）に本郷丸山へ移った。

二〇　たなぞこの玉　掌《たなごころ》の玉。大切なもの、の意。最愛の子供や妻のたとえ。
ひまゆく月日に関守りなく　「隙ゆく駒」と「月日に関守りなし」を合わせた表現。ともに、時を止めることはできない、の意。
すれすれになり　摩擦が多く、仲が悪くなって。
古方家　漢方医学の一派。

二　百眼　玩具の一種。厚紙で作るお面。

三　亀井戸の臥竜梅　臥龍梅は梅の一種。亀戸の梅屋敷にあった臥龍梅は著名。
梅見ればほうずがない　「上見れば方図がない」（上を見ればきりがない）の地口。梅を見ているときりがない。

六　お草々さま　お礼に対して謙遜していう挨拶。もてなしが十分でなく、失礼しました。

三　店受けの安兵衛　店受は、借家の保証人。二二一頁では「店受弥兵衛」。

三　十八年以前　『曾我物語』をふまえた設定。曾我兄弟の仇討ちは、父の死後十八年め。

三五　坊主首　坊主頭。江戸時代の医師は、坊主頭か総髪が普通。

四〇　船べりで～落っこちて　落語「岸柳島《がんりゅうじま》（巌流島）」に、侍が船縁で煙管を叩いて、雁首を川の中に落としてしまう場面がある。

四五　紙帳　紙を貼り合わせて作った蚊帳。

五〇　重籐の弓　籐などを巻いた弓。

五五　だいなしの家　ひどく傷んだ家。茅屋《ぼうおく》。

五六　漆のごとく膠のごとく　漆や膠のように、離れ難い。男女の仲が親密なことのたとえ。
　　　比翼ござ　二枚のござを縫い合わせた、並んで座ったり、寝ることのできるござ。
六〇　一合取っても武士の娘　「一合取っても武士は武士」をふまえた表現。少ない禄でも武士には武士の誇りがある。
　　　紺看板　主人の紋所や屋号などを染め抜いた紺地のはっぴ。中間や雇い人などが着た。
六三　金打　太刀や小刀などの刃や鍔などを互いに打ち合わせる、口頭で誓約する際の作法。
六八　使い早間　あちらこちらを走り回って使いをする人。
七三　新幡随院　普賢山法住寺。現在は足立区にある。浄土宗。『江戸名所図会』巻五に「谷《や》中三崎《なかさんさき》にあり。浄土宗《しやうとしう》にして、本尊に阿弥陀《あみた》如来《によらい》を安置《あんち》す。開山《かいさん》は幡随意《はんずいい》院《ゐん》了碩《れうせき》和尚《おしやう》なり。（後略）」とあり、了碩は「良石」（七四頁）のモデル。
七五　雨宝陀羅尼経　不空訳『仏説雨宝陀羅尼経』。その由来は、本文にある通り。
七六　上野の夜の八つの鐘　午前二時頃の時の鐘。上野・寛永寺の鐘の音。
七九　茶人　一風変わった物事を好む者。もの好き。
八〇　デロレン　デロレン祭文《さいもん》。門付けの説教祭文の一種。
八七　藤四郎吉光　鎌倉時代の刀鍛冶。

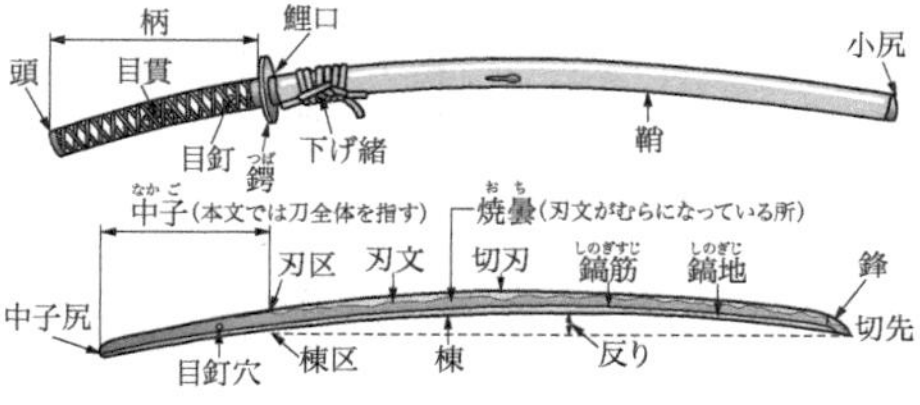

日本刀の名称

九一　前袋　褌《ふんどし》の前面の縦の部分。
九二　さかとんぼう　逆蜻蛉。頭を下にして、足が上になった状態。
九三　供前を妨ぐる・供先を妨げ　武士の連れた供の行く手を妨げることで、非礼な行為。
九四　観世縒　こより。細く切った紙をよって紐状にしたもの。
九九　口をすごしている　生計を立てている。
一〇〇　斜にかまえて　ここでは、しっかりと身構えて、の意。
一〇三　地袋　床の間にしつらえられた、違い棚の下などにつけた小さな袋戸棚。
一〇六　目張りこ　目を見張って。
一〇八　たまか　倹約でつましい。
一一〇　虱ひも　虱除けの薬を塗った紐。
枕草紙　枕絵や春画本。
一一三　ひろちゃく　広着。広げてみること。
一一八　すだく　たくさん集まって鳴く。
一二一　番がこむ　仕事の当番が続いて、忙しい。
一三三　長唄の地で　長唄の素養があって。
春雨　端唄の曲名。
一三四　鶍の嘴と食い違い　鶍の嘴が食い違うことから、食い違って合わないこと。
一四一　三月二十一日　六七頁には「三月五日に御奉公にまいりましたが」とある。
一四八　胸をさすって　怒りの気持ちを抑えて。
一五〇　かれが刀の鬼となる　鬼は、死者の意。彼に斬られて死ぬ。
あいこでせえ　じゃんけんの「あいこでしょ」に同じ。差がないこと。

一五六　胡麻の蝿　旅人を脅したり騙したりして、金品を奪う者。胡麻（護摩）の灰とも。

一五七　たばこを二玉　煙管《きせる》用の刻み煙草を丸めたものを二つ。

四海浪静かに　謡曲「高砂」の一節で、祝いの場で唄われる。

一五九　仲人は宵のうち　仲人は、結婚式が終わったら早く帰るべきだ、ということわざ。

一六三　玉椿八千代まで　玉椿は椿の美称。長寿の象徴として、和歌・謡曲・浄瑠璃などに用いられる。

一六五　幡随院　新幡随院を指す。以下の本文も同じ。

ボンボンをして　盆盆。江戸時代、盆の晩に子供たちが列を作って手をつなぎ、歌いながら町を練り歩いた。

一六六　一代身上俄分限　一代身上は、一代で財産を築いた者。俄分限は、急に金持ちになった者。

一六九　屋敷者　武家屋敷に奉公した者。

亭主をすごしている　亭主を扶養している。

一七〇　かくや　味噌漬け、たくあん、ぬか漬けなどの漬物を刻んだもの。

一七一　双刀　両個《りゃんこ》。二本差しをしていたことから、武士をあざけっていう。

一七四　恵比須講の商い　法外な掛け値のこと。ここでは、大げさな、の意。

鮭のせんばい　鮭の三杯酢。

一七五　その金で取りついて　その金を元にして。

一七八　貝殻骨　肩甲骨。

一八一　宿元　奉公人の奉公先が決まるまでの宿。身元保証も行った。後出の「宿」も同じ。

一八三　傷寒論　中国の医書。後漢の張機（仲景）撰ともいう。漢方医学の聖典。

一八八　切餅　一分銀百枚（二十五両）を四角く紙に包んだもの。

一八九　合中をつっつく　仲の良い間柄の邪魔をする。

一九〇 相対間男 夫も承知の上で妻が浮気をすること。美人局《つつもたせ》。
一九一 ぼくをはいて 僕を他所にやって。
素股をくわせる 無駄足を踏ませる。
一九三 金千疋 金一疋は銭十文または二十五文。
一本 一文銭または四文銭を百枚つないだ銭差し一本。転じて、金百両。
一九四 幾らかくら いくらぐらい。物の値段をあれこれといい立てる際にいう。
おつう 乙《おつう》。妙に。変に。
一九五 二三の水出し 紙片を水に入れて一の字が浮かび出れば賞品を貰えるが、二と三は外れとなる。客が損をする、いかさま博奕。
やらずの最中 いかさま博奕の一種。最中の中に餡《あん》の代わりに籤《くじ》を入れた博奕を行い、時を見計らって掛け金も博奕道具も持ち逃げする。
野天丁半 屋外でする博奕。
鼻っ張り 博奕で、他人より先に張ること。他人に張らせるためのサクラの役。
ヤアの賭場 ヤアは、やくざ、てきや、香具師の類。それらの賭博場。
なまぞらをつかっているものの いいかげんな嘘をついているけれど。
一九六 一埒 一部始終。
二〇四 趺跏量見智 跏趺量智見か。跏趺は、結跏《けっか》趺坐《ふざ》の略で、仏教の坐法の一つ。智見は、仏語で正しい認識・知識、の意。座禅を組んで真実を見抜く。
二一三 人相墨色 人相、墨色ともに占いの一種。人相は、顔を見て運命や吉凶を占う。墨色は、墨で文字を書かせて、その色で吉凶を占う。
二二一 お広敷番 大奥広敷に詰めて、警備や出入りする人々の点検などを行った。

二三六　黒気　妖気。妖しく不吉な気配。

二三九　幸手、栗橋、古河、真間田、雀の宮　現・埼玉県・茨城県・栃木県にある日光街道の宿場。

二三九　傷寒　チフスの類。高熱を伴う熱病。

二四五　正当　実直、正直。

二四八　妙珍　明珍。甲冑師の家名。

二五〇　八幡築土明神　築土《つくど》神社（現・東京都千代田区九段北）の祭神。

捨て札　死刑にする罪人の氏名、年齢、罪状などを記して公示した高札。

二五一　濡れ仏　戸外に安置された仏像。

【怪談乳房榎】

二五四　古法眼元信の描きました馬　狩野元信（一四七六〜一五五九）。狩野派の祖である正信の子。円朝『名人競』十六に、元信の描いた馬が草を食べる話がある。

二五六　四谷怪談のお岩が髪梳き場　四谷怪談は、四世鶴屋南北作の歌舞伎『東海道四谷怪談』。主人公のお岩が、毒薬を飲まされて凄惨な最期を遂げる直前に髪を梳くと、女の命である髪が抜けてゆく。「髪梳きの場」は、『東海道四谷怪談』の名シーンの一つ。

二五九　応挙の幽霊の絵　円山応挙（一七三三〜九五）の幽霊画。応挙作とされる幽霊画は数多く遺されており、円朝の幽霊画コレクションの中にもある。また、「応挙の幽霊」は落語や講談に類話があり、講談「応挙の幽霊」は本作の挿話と同内容を含む。

二六〇　光琳　尾形光琳（一六五八〜一七一六）。江戸時代中期の画家で、琳派を確立した人物。

又平　絵師の名であるが、複数の「又平」が想定される。近松門左衛門『傾城反魂香』「吃の又平」、大津絵の作者「又平久吉」、浮世絵の元祖「岩佐又兵衛」の三者。

師宣　菱川師宣（？～一六九四）。江戸時代前期の浮世絵師。浮世絵版画の祖とも。
宮川長春　一六八二～一七五二。江戸時代中期の浮世絵師。宮川派の祖。
一蝶　英一蝶（一六五二～一七二四）。江戸時代中期の絵師で、英派の祖。
二六一　瀬川路考　歌舞伎役者・瀬川菊之丞の俳名。
二六三　半元服　略式の元服。女子の場合、元服では眉毛を剃ること、鉄漿《かね》をつけることが行われたが、これらを省略したり、ただ髪を丸髷に結ったりするだけでもあった。
梅若　梅若忌の略。毎年、能「隅田川」で知られる梅若丸の命日とされる陰暦三月十五日に、梅若塚のある東京都墨田区の梅柳山木母寺《もくぼじ》で大念仏を修する。
二六三　地紙折り　ここでは、扇に張るために切った紙。
書画会　寛政年間（一七八九～一八〇一）に始まり、各地で盛んに催された書や絵画の展覧会。酒宴も催されて、交流の場となっていた。
二六五　五分月代　月代を剃らずに四、五分（約一・五センチ）の長さに伸ばした髪型。浪人や病人、無宿者らの風体。
二六六　斜子かなどの紋付　斜子は、魚子織。魚子織か何かで仕立てた着物の紋付き、の意。
探幽　狩野探幽（一六〇二～七四）。狩野派の中心人物。幕府の御用絵師を務めて、二条城行幸殿、名古屋城、江戸城、京都御所、日光東照宮などの障壁画を作成した。
二七〇　小粒　小粒金の略。江戸時代の通貨の一種である一分金のこと。
二七三　桜なら駒　小唄「咲いた桜」の歌詞「咲いた桜になぜ駒つなぐ、駒が勇めば花が散る」をふまえる。元禄以後に広く愛唱された小唄。
二七五　名代の本所だけひどい蚊　本所は、堀川や池や沼が多い水地で、蚊が多い地域として知られていた。

二八〇　鼻薬が飼ってある　鼻薬は、少額の賄賂のこと。鼻薬をきかせる、嗅がせるとも。
花月床　八畳間の正面中央に床の間を据えた造り。

二八一　松井町の鐘　松井町には時の鐘はない。入江町の鐘との混同か。

二八三　三十二相　元は仏教語で、仏に備わる三十二の優れた身体的特徴のこと。転じて、女性に備わる理想的なすべての美しさ。

二八九　左団次　歌舞伎役者・初代市川左団次（一八四二～一九〇四）。
八門寺　南蔵院の異名。

二九二　甲子　甲子待《きのえねまち》の略。大黒天の縁日とされ、甲子の夜に子の刻（午前零時頃）まで起きて祭る。
七色菓子　庚申の夜、酒とともに供えた七種の菓子。甲子の大黒天の祭にも供えた。
えんつう不通　縁遠不通。関係が薄くなり、連絡を取ることがなくなること。

二九三　丸竜　丸窓形の中に龍を丸く描いたもの。龍は火難除けになるということから、禅寺諸堂の天井に描かれた。

二九四　二、三日後から　二、三日前から、の意。
役の小角　役小角《えんのおづの》（生没年不詳）。修験道の開祖とされる。

二九九　各杯　各自が杯を持って、酒を飲むこと。

三〇〇　額　一分金のこと。二六七頁注「小粒」に同じ。

三〇一　一粒万倍　わずかなものから非常に多くの利益を得ることのたとえ。ここでは、少しも粗末にできないの意。

三〇三　座して食らえば山をも空し　働かなければ（座食すれば）、山のように豊富な財産もやがて無くなる。

三〇五　目のよるところへは玉　目の動きにつれて、瞳も動く。同類が集まることのたとえ。

三二一　骨は盗まぬ　ただ働きはさせない。

三二五　三つ子に浅瀬を聞いた　ことわざ。未熟な者に教えられるようなこともある。

三二五　喧嘩過ぎての棒ちぎり　喧嘩が終わってから棒切れを持ち出しても役に立たない。時機を逸して効果がないことのたとえ。

オンアボギャア　密教の真言である『光明真言』の冒頭句。

三二六　口を拭いて　悪いことをしていながら、知らない振りをして。

三二六　栴檀は二葉より芳し　白檀は発芽の頃から香気を放つことから、大成する人は幼い時から人並み外れて優れていることのたとえ。

二葉のうちに刈らずんば斧を入るるの悔いあり　若芽のうちなら簡単にむしり取ることができるが、成長すると斧を用いるなどの手間がかかる。転じて、後に災いとなりそうな人や事柄は、早めに取り除いた方がよい、の意。

千段巻きの槍　栴檀を千段巻きと聞き違えている。千段巻きの槍は、柄などを籐や麻苧で巻いて、漆で塗り込めた槍。

三二九　観音様の奥山　浅草観音（浅草寺）西側一帯の通称。

四谷角筈村の十二社　現・新宿区西新宿の新宿中央公園内にある熊野神社。

三四三　救命丸　小児の夜泣きや、疳《かん》の虫などに効く薬。

三四六　ちりからかっぽ　二挺鼓の囃子。二挺鼓は、小鼓を肩に、大鼓を脇の下にはさんで打つ。その音色からきた名称。

鈴木九郎　『新編武蔵風土記稿』（文政十三年〈一八三〇〉成）巻十一「角筈村」の「熊野社」に、「縁起に云、応永の頃、鈴木九郎某と云もの紀州藤白より中野の郷に来住す。鈴木三郎重家の子孫にて、殊に若一王子の祠官たる余胤なり。依て仮の小社を創建して、先若一王子のみ勧請しけるが、同き十年宮社を再造して、十二所の神、悉く備れり。夫より日夜崇信おこたらざりし験やありけん。終に家富み、倉廩軒を並べて栄名あり。よりて、郷民挙て中野長者と称す。（後略）」とある。

三四九　抜いたね　小便を漏らしたね。

三五八　塩笊　塩を入れる笊。塩は歯磨きに用いた。

しょぐり　小便、放尿をすること。

三六四　松月院　万吉山宝持寺松月院。現・東京都板橋区赤塚八丁目にある。曹洞宗総持寺派。『江戸名所図会』巻四に、「赤塚明神祠《あかつかみやうしん》　松月院《しようげつゐん》の門前《もんぜん》にある所の一堆《いつたい》の塚上《ちようしやう》に、榎《えのき》二、三株《ちゆう》あり。其下《そのもと》に小《しやう》祠《し》を営《いとな》み、白山権現《はくさんごんげん》を勧請《くわんじやう》す。（後略）」とある。

三六六　白山さまにはお約束の房楊枝　白山神社は、現・東京都文京区白山五丁目にある。歯痛に験があるとされて、祈願して平癒したら歯磨きに用いる房楊枝を供えた。

三七〇　世の中は三日見ぬ間に桜かな　世の中の移り変わりが激しいことのたとえ。

三七九　吹っ切る　吹切《ふきき》る。腫物《はれもの》などがうんで破れ、うみが出ること。

総別　総じて。概して。おおよそ。だいたい。

三八九　身を滅ぼす瑞相　身を滅ぼす前兆。瑞相は、吉兆と凶兆のどちらにも用いられる。

三九一　松永魁南　速記者。

（注作成　門脇　大）

解　説

堤　邦彦

円朝と近世怪異小説

江戸末期の文久年間（一八六一―六四）、三遊亭円朝二十代のころの作とされる『怪談牡丹燈籠』は、中国明代の「牡丹燈記」（『剪燈新話』）以来の怪異談を下敷きにして、新たに深川北川町の米問屋飯島喜左衛門の家筋にまつわる幽霊話や、牛込軽子坂の田中氏より聞いた主従敵同士の因縁をとりまぜながら、一篇の人情噺にまとめたものとされている（『三遊亭円朝子の伝』）。日本の怪談文芸史を念頭におくなら、たしかに『怪談牡丹燈籠』は中世末成立の『奇異雑談集《きいぞうたんしゅう》』や寛文六年（一六六六）刊の浅井了意『伽婢子《おとぎぼうこ》』に翻案された〈牡丹燈籠もの〉の系譜に位置付けることができるだろう。

ただし、作品の細部に立ち入って創作のあとを追ってみると、思いのほかに江戸怪談のさまざまなエッセンスが取り込まれ、人情噺の一景に再生しているのがわかる。

たとえば夢の中の逢瀬でお露と枕を交わした新三郎の手元に、なぜか香箱の蓋が残っていたという、第四席のプロットは、岩波版『円朝全集』の注にもあるとおり、『伽婢子』巻四の二「夢のちぎり」に拠る描写であろう。そもそも「萩原新三郎」の名前や、お露との歌のやりとりが『伽婢子』巻三の三「牡丹灯籠《ぼたんのとうろう》」から着想されたとの指摘（延広真治「怪談牡丹燈篭」、ちくま学芸文庫『幽霊名画集』所収）をおもいおこすなら、円朝と古典怪談の浅からぬ関係はいなめない。本文庫に収めた『怪談乳房榎』においても、『伽婢子』の投影がみえかくれしており、了意の怪談集が円朝作品の有力な出拠である点は想像にかたくない。すなわち『乳房榎』後半の三十四〜三十五で、惨殺された菱川重信の祟りにより乳に腫物ができて苦しむ「きせ」の体内から、膿血といっしょに「異形な鳥」が飛び出す奇怪な描写は、『伽婢子』巻十三の三「蛇瘤《こぶ》の中より出」を連想させる。ちなみに『伽婢子』の話は、宝暦五年（一七五五）刊の『幡随意上人諸国行化《ばんずいいしょうにんしょこくぎょうけ》伝《でん》』に転用され、説教僧の法席にひろく口誦されていた。書物と口演の両方にわたり市井に流布した古典怪談の一素材といってもよい。

さて、『伽婢子』の強い影響力をふまえて、いまいちど『怪談牡丹燈籠』の筋立てに話を戻すと、円朝以前の〈牡丹燈籠もの〉には見当たらない新たな趣向に気付かされることになる。

第六席の冒頭、お露に恋こがれる新三郎のもとを山本志丈が訪れ、娘の死を告げる。

あの時僕が君を連れていったのが過《あやま》りで、むこうのお嬢がぞっこん君にほれこんだ様子だ。（略）ふところのあいだ飯島のお屋敷へまいり、平左衛門様にお目にかかると、娘はみまかり、女中のお米も引き続き亡くなったと申されましたから、だんだん様子を聞きますと、まったく君に焦がれ死にをしたということです。ほんとうに君は罪造りですよ。

たがいに恋慕する若い二人の仲を「死」が隔つ。そうした設定を加えることによって、はじめて生身の男と肉体の朽ちた娘の生死をこえた幻妖な情愛の物語が成り立つといってよいだろう。一方、原拠の中国文学はもとより『伽婢子』の場合も、総じて男の前に現れる女はすでにこの世の者でない死美人にほかならない。幽霊との出会いはじつに淡白に描かれている。小異のようでいて、両者のあいだには説話の基本型に関わる落差が生じているように思えてならない。端的にいえば、男と女の因縁めいた恋、そして死別をきっかけに絶ちきれない死生交情へと展開する円朝作品の構造は、従来の〈牡丹燈籠もの〉と話型を異にする「幽霊女房の物語」に変遷しているのである。「冥婚《めいこん》」あるいは「死霊結婚」などの名で呼ばれるこの種の説話は、多くの場合、生きている者と死者の交情を話の根幹にすえる。

こうした新趣向が着想された背景には、深川北川町の幽霊話が意識されたのかもしれない。巷説の眼目は、婚礼を目前にして亡くなった娘「お露」の執着心にあるからだ。相思相愛の男女が偏愛の妄執ゆえに死生を隔てた冥婚をひきおこす。そのような幽霊女房のモチーフを導入することにより、円朝作品はより哀切で深みのある情愛の物語を醸し出すようになる。

もっとも、広汎な江戸怪談の流れに対比していえば、幽霊女房型の怪異談はじつに類例の多い題材でもあった。古くは寛文元年（一六六一）刊の片仮名本『因果物語』、延宝五年（一六七七）刊の『諸国百物語』などの怪異小説に取りあげられ市井に四散していった。同時にまた、一休禅師の出生を両親の冥婚の結果と説く高僧俗伝が唱導の場に語られ、仏法布宣の目的にかなう幽霊女房の説話を派生していた（『宜応文物語《ぎおうぶんものがたり》』）。今日、地方民話のかたちで伝承される「通幻《つうげん》伝説」などもこの系統に属するものと考えてよい。

江戸庶民のまわりに散在していた冥婚奇談の伝統に照らし合わせていえば、新三郎とお露の死生交情を違和感なく受け容れる下地が、円朝作品を聴く者、読む者の側にあらかじめ浸透していたとみることもできるのではないか。『怪談牡丹燈籠』は前近代の人々の心に根付いた怪談文化のひとつの到達点を示している。

お札はがしの趣向

『怪談牡丹燈籠』の見せ場のひとつは、「お札はがし」の趣向にある。お露の亡魂を退けるために良石和尚の貸し与えた海音如来像、経文、お札の効き目は、欲に目のくらんだ伴蔵・おみねのために無に帰してしまう。「お札はがし」はその象徴的な場面といえるだろう。

そもそも幽霊はなぜ聖なる呪物を怖がるのか。あるいは仏法の絶対的な優位を説き示す護符や経文の霊験は、いつ、どのようにして人々の生活圏に定着をみたのか。円朝作品にいたるまでの説話の流れにそいながら「お札はがし」の文化史的な位相と意味を探ってみよう。

幽霊が目指す相手の家の軒先に貼られた護符に妨げられて中に入れない。そこで、通りがかりの勇者に頼みお札を取り除いてもらう。そのような説話の古い記録は十六世紀までさかのぼることができる。たとえば元亀・天正期（一五七〇—九二）の播磨地方で編まれたとみられる『武道物語』巻四十六（『播陽万宝智恵袋』所収）に次の話が載っている。

石原十助なる侍が城の近くの墓原で逆さまに立つ女の幽霊に呼びとめられる。女は庄屋の妾者であったが、嫉妬に狂う本妻のため井戸に落とされ憤死したのだった。怨みを晴らすには戸口の「関札」が邪魔なので何としても剝がして欲しい、というのが幽霊の頼み事であった。侍が、望みどおりにしてやると、家の中から女房の悲鳴が聞こえ、たちまち絶命して果てた。逆さ女の復讐を語って中世末の奇談はおわる。

同様の怨霊譚は、近世に入ると片仮名本『因果物語』、『諸国百物語』、『宿直草《とのいぐさ》』などの怪異小説に潤色されて文芸の素材となる。一方、別のところでは地方名家の由来書にも流入し、逆さ女の手助けをして財宝を得た先祖の武勇を語るイエの伝承を生み出している。「幽霊からもらった杓子」をめぐる日沖敦子の考察（『説話・伝承学』二六号）は、民間奇談に展開した「お札はがし」の幽霊譚を紹介した興味深い事例といえるだろう。この系統の説話が近世を通して、史伝・実録と創作の双方向にひろく流伝し、既視感のつよい怪談となっていたことをうかがわせる。

むろん、護符の呪力を信ずるに足るものとして俗世間に普及させた真の発信源に、仏教唱導の根強い関与があった点は動かしがたい。とりわけ近世末の江戸の庶民仏教において、幽霊封じの護符の信仰は寺僧の布教活動と不可分の関係にあった。当時の葬送手引書の記録から容易にその実態を知ることができる。

東京小石川の源覚寺（文京区、通称こんにゃくえんま）に天保五年（一八三四）編述の『浄土名越派伝授抄』なる写本が所蔵されている。横死者や産死婦の特殊な弔い方をつまびらかにする内容に特色のみられる僧侶用の布教マニュアルである。全十二章のうち、弔祭関連の作法をまとめた第六章に幽霊封じの細かな方法がしるされている。すなわち幽霊が出る、といって怖がる信徒に対しては、ひとまず死者がこの世に舞い戻ることはないと諭して聞かせる。それでもだめな場合、僧侶は在家の不安を除く便法として、経文を書いた呪符を門口に配置し、戌《いぬ》の刻（午後八時前後）を選んで故人の法名を唱え、念仏回向する。そこまで弔っても霊異が止まないときは、執着の元凶（男女の情愛、財物への妄執など）を見定め、原因となる事物の名を書いた紙を焼く処置をほどこす（「亡魂往来之大事」）。

近世末の仏教唱導の現場にあっては、幽霊の未練を絶つため、経文、呪符のたぐいを駆使した儀礼が実際に行われていた。亡き者の執念をめぐる霊異の噂と、その宗教的な救済が寺の周辺で日常的に取り沙汰されていた点は注目してよいだろう。幽霊と護符の怪談が生成する原風景を、江戸時代人の信仰生活に垣間見ることは困難ではない。

円朝怪談の新しさ

円朝以前の〈牡丹燈籠もの〉が、おしなべて護符の効力を絶対視していたのに対して、『怪談牡丹燈籠』は第十八席にいたり、思いも寄らない方向へと物語を転回させていく。おみねの憑霊に悩まされる伴蔵は、如来像の紛失から女房殺しまでの出来事に疑いの目を向ける山本志丈を前にして、ついにおのれの旧悪を白状するのであった。

実は幽霊に頼まれたというのも、萩原様のああいう怪しい姿で死んだというのも、いろいろわけがあってみんなわっちがこしらえたこと

寝ている新三郎を蹴殺し、新塚より掘り出した骸骨を傍らに置いて「怪しい死にざまに見せかけ」る。すべてが伴蔵の仕組んだ謀りごとに過ぎないとする謎解きは、従来の〈牡丹燈籠もの〉に見当たらない人間悪の表出を意味している。

ひるがえってみれば、隣家の源次郎と密通をかさねて平左衛門殺しを唆《そそのか》す悪婦お国をはじめ、『怪談牡丹燈籠』には、妖魔ならぬ人の性《さが》の禍々しさに目をみはる新たな怪異表現が充ちている。情欲と非道、執心と復讐――。それらのテーマは『怪談乳房榎』にも通底するものであり、人の心の闇に本当の怖さを見出す円朝作品の特色を如実に示し

ている。

もっとも、人間悪と怪異の融合じたいは、すでに近世後期の戯作文芸のなかにさまざまな試行をみとめうるものであった。山東京伝、鶴屋南北といった戯作者たちが描き出した淫虐《いんぎゃく》な怪談美の世界、たとえば『東海道四谷怪談』にうごめく強悪人の群れは、巷説と幽霊話の混交をじつにうまく表現している。江戸戯作の発見した人の世の怪異は、幕末・維新の動乱期を経て、さらなる成長をとげていくことになる。その意味において、『怪談牡丹燈籠』は江戸怪談の正統的な継承者であり、延長線上にあるといえる。

（近世文学）

本書は、『三遊亭円朝全集　1(怪談噺)』(角川書店・一九七五年）の「怪談牡丹燈籠」「怪談乳房榎」を文庫化したものです。

本文中には、シナ、びっこ、手んぼう、きちがい、水飲み百姓など、今日の人権擁護の見地に照らして、不適切な語句や表現がありますが、作品の舞台である江戸時代、および作品の成立した明治時代の社会風俗を正しく理解するためにも、原本のままとしました。

(編集部)

怪談《かいだん》牡丹燈籠《ぼたんどうろう》・怪談《かいだん》乳房榎《ちぶさえのき》

三遊亭円朝《さんゆうていえんちよう》

平成30年 7月25日　初版発行
令和6年 11月25日　8版発行

発行者●山下直久

発行●株式会社KADOKAWA
〒102-8177　東京都千代田区富士見2-13-3
電話　0570-002-301（ナビダイヤル）

角川文庫 21064

印刷所●株式会社KADOKAWA
製本所●株式会社KADOKAWA

表紙画●和田三造

Printed in Japan
ISBN978-4-04-400342-5　C0193